윤이수 장편소설

해사의 심루

2

윤이수
장편소설

해시의 신루

2

화
마
가 가른 운명

해냄

차례

해시의 신루 2

화마가 가른 운명

상면(相面)

황금빛 햇살이 걸린 수강궁으로 화려한 가마 행렬이 이어졌다. 지루한 행렬은 수강궁 남쪽 언덕에 있는 선양정(善養亭)으로 향했다. 궁의 엄격한 위엄으로 무장한 상궁과 궁녀들이 선양정을 에워쌌다. 안으로 들 수 있는 사람은 오직 간택인과 간택인을 보필하는 몸종 하나뿐이었다.

"가마 밖으로 나오십시오."

선양정 앞을 지키고 선 상궁의 목소리가 공기를 가로질렀다.

가마 문이 열리고 간택인들이 하나둘 얼굴을 보였다. 모두 한결같이 화려하게 치장한 모습들이었다. 그중에서도 단연 돋보이는 것은 다름 아닌 좌의정의 여식 현성이었다.

현성은 한껏 눈을 내리깐 채 다른 간택인들을 돌아보았다. 그 모양새가 마치 세자빈이라도 된 듯 오만 도도하였다. 그 눈빛이 마음에 들지 않은 듯 간택인들의 표정이 일그러졌다. 아랑곳하지 않은 채 현성은 노골적인 눈빛을 거둬들이지 않았다.

그때 현성의 곁으로 형조판서의 여식 단소가 생글생글 웃는 낯으로 다가왔다.

"정말 속상했겠다."

걱정하듯 묻고 있지만, 은근한 조롱이 깔린 물음이었다.

"무어가?"

"그야말로 공든 탑이 와르르 무너지는 기분이 아니겠어?"

"무슨 소릴 하는 것이야?"

"그렇게 기를 쓰고 노력했는데, 이번에 세자빈 자리에 내정되었던 것이 취소되었으니 얼마나 속상했겠어."

현성의 눈썹 끝이 매섭게 곤두섰다.

"그런 소릴 어디서 들은 거야?"

"우리 아버지 말씀으로는 주상 전하의 진노가 하늘을 찔렀다고 하시던걸."

위로라고 생각하기엔 단소의 입가에 그려진 미소가 짙었다.

현성의 눈매가 가늘어졌다. 마음 같아서는 곱게 땋은 단소의 머리 타래를 엉클어트리고 싶었다. 하지만 흥분한 것도 잠시. 현성은 냉소를 뱉었다.

"모든 것이 원점으로 돌아간 것뿐이야. 설혹 그런 것이 없다고 해도 달라질 것은 없다. 타고난 기품과 인성이라는 것이 어디 가겠느냐?"

"글쎄, 길고 짧은 것은 대봐야 아는 게 아니겠어?"

단소가 입을 가리며 깔깔 웃었다.

"……저것이."

곁에서 안절부절못하던 유모가 얼른 현성의 소매를 잡아당겼다.

"참으세요. 속이 빈 수레가 요란하다 하지 않습니까? 이런 일로 화를 내면 아가씨만 손해이십니다."

"알았어. 내 지금은 참을 것이야. 하지만 세자빈만 되면 저년부터 가만두지 않을 테야."

이를 악문 현성이 유모와 함께 선양정 안으로 들어갔다.

전각 안은 간택인들 사이의 은근한 기세 싸움으로 살벌했다. 현성과 단소처럼 드러내놓고 싸우는 이는 없어도 서로를 견제하는 눈빛만큼은 매섭기 그지없었다. 저보다 못난 얼굴을 찾고 안도하며, 저보다 남루한 입성에 우월감을 느꼈다.

그렇게 얼마간의 시간이 흐른 후, 어린 궁녀들이 다담상을 들고 왔다. 일렬로 들어온 궁녀들은 각자 제 앞에 있는 간택인에게 다담상을 내려놓았다.

살벌한 분위기 탓일까? 궁녀들 역시 긴장한 기색이 역력했다. 그러다 맨 앞에 선 어린 궁녀가 찻물을 살짝 쏟고 말았다.

촤악!

공기를 찢는 날카로운 소리가 방 안을 가득 메웠다.

모두의 시선이 한곳으로 집중되었다. 좌의정의 여식 현성이 제 치맛자락을 가리키며 싸늘한 어조로 입을 열었다.

"이게 무슨 짓이냐?"

어린 궁녀는 머리를 조아린 채 몸을 벌벌 떨었다.

"소, 송구합니다."

"송구합니다? 하! 그 말로 끝날 일이더냐? 지금 이 자리가 어떤 자리인지 아느냐? 네가 지금 무슨 짓을 했는지 알고 있냐는 말이다."

"긴장한 나머지 그만…… 실수하였습니다. 용서해 주십시오."

"어디서 말대답이더냐? 네가 아직도 정신을 못 차렸구나."

찻물이 튄 자국은 극히 작았다. 그러나 어딘가 성화를 풀 대상을 찾던 현성은 쉽게 궁녀를 놓아주지 않았다. 날카롭게 눈빛을 세우던 현성이 다시 손을 올렸다.

"그만두셔요."

차분한 목소리와 함께 누군가 현성의 팔목을 잡았다.

"누구야?"

날카로운 음성이 등 뒤를 향했다.

"대제학 대감의 금지옥엽이십니다."

중년 여인의 단호한 대답이 들려왔다. 행여 제 주인이 현성에게 해코지를 당할세라 경계하는 눈빛이 분명했다.

상황을 살피던 현성의 유모가 한걸음에 다가왔다.

"아가씨, 손 내리시어요."

"뭐야?"

"대제학이시라면 주상 전하께서 총애하시는 분입니다."

현성의 눈두덩이 파르르 경련을 일으켰다. 매섭게 대제학의 여식을 노려보던 현성은 애써 숨을 가다듬으며 손을 내렸다. 그러나 마음에 생긴 앙금을 말끔히 털어내지는 못했다.

"이런 아이는 따끔하게 버릇을 고쳐놔야 하거늘."

"그런 마음을 접고 이리 용서를 해주시니, 이 아이도 앞으로는 조심 또 조심할 거여요. 안 그러냐?"

대제학의 여식, 윤설은 바닥에 엎드린 궁녀를 일으켰다. 어린 궁녀가 황급히 고개를 주억거렸다.

"네, 네. 절대 이런 실수 하지 않을 것입니다. 정말 실수였습니다. 정말……."

"알았으니 그만 가보아라."

윤설이 궁녀의 등을 떠밀었다.

"잠깐."

못마땅한 눈으로 지켜보던 현성이 궁녀를 잡았다.

"너, 이름이 무엇이냐?"

"소, 소쌍이라 합니다."

"그래. 노파심으로 하는 말이다만, 이 일이 밖으로 나가서는 아니 될 것이야."

"네."

소쌍이 황급히 뒷걸음질로 방을 나갔다.

소란이 가라앉고 나자 단소가 대제학의 여식에게로 다가왔다.

"……혹시 설아 언니?"

"네?"

대제학의 여식이 고개를 돌렸다.

"언니, 저 모르시겠어요? 단소예요. 어릴 적엔 여러 번 어울렸는데. 몸이 약해서 충청도 어딘가로 요양 간다고 소식을 들은 게 몇 해 전인데, 다시 돌아온 거여요?"

"아, 미안하구나. 내가 기억하질 못했네."

윤설의 얼굴에 머쓱한 웃음이 피어올랐다.

"이렇게 보니 정말 언니 맞네요. 그간 어찌 지냈어요? 정말 고와지셨어요."

"너도 곱구나."

"이런 곳에서 이리 만날 줄 몰랐어요. 어때요? 몸은 많이 좋아졌어요?"

"으응."

"우리 어머니께서 가끔 언니 얘길 하곤 했는데, 왜 그때 언니가 가야금을 탔었잖아요. 그때 얼마나 대단했던지, 언니도 기억하죠? 우리 어머닌 아직도 그 일을……."

반가운 마음에 단소의 수다가 길어졌다. 그때 윤설의 유모가 두 사람의 대화를 가로막았다.

"송구합니다. 저희 아가씨께서 이른 아침부터 움직여 많이 피로하신 듯하니, 잠시 쉴 수 있게 해주십시오."

"그, 그러시게."

한 걸음 물러난 단소는 아쉬움이 가득한 표정으로 윤설의 뒷모습을 응시했다.

오랜만에 만난 터라 할 말이 적지 않았다. 하지만 윤설은 많이 곤해 보였다. 그녀는 곧장 유모가 마련한 자리에 앉아 눈을 감은 채 휴식을 취했다.

그런 윤설을 지켜보는 시선에는 적의로 가득한 현성의 것도 포함되어 있었다. 살갗이 따끔거릴 정도의 살기. 그 따가운 눈초리를 분명 느꼈을 텐데도, 윤설은 시종일관 태연했다. 가뜩이나 경직되었던 분위기가 한겨울의 냉궁처럼 차갑게 가라앉았다.

해루가 선양정에 도착한 때는 그런 기운이 절정에 달할 때였다.

상궁의 안내를 받으며 안으로 발을 들인 해루는 예상보다 굳어 있는 분위기에 어리둥절한 표정을 지었다. 주춤주춤 분위기를 살피자니 혼자 조금 떨어진 곳에 앉아 있던 소은이 작게 손짓을 해 보였다.

그렇지 않아도 어색했던 터라, 해루는 냉큼 소은의 곁으로 다가갔다.

"분위기가 왜 이럽니까?"

"단순한 기 싸움이지요."

"기 싸움요?"

"지금부터 세자빈 간택을 결정짓는 중요한 시기니까, 다들 긴장하고 있는 거여요."

"그렇겠군요."

나름 마음의 준비를 하고 왔다 생각했건만. 다른 간택인들에 비하면 자신은 아직 한참 멀었다. 그들은 목숨이 걸린 것처럼 재간택에 임하고 있었다. 아무리 목적이 다르다 해도 이들 무리에 자연스럽게 섞이려면, 긴장하는 척이라도 해야 하리라.

해루는 머리를 빗겨주던 최씨의 온화한 미소를 떠올렸다. 어느덧 이 일은 자신만을 위한 것이 아니었다. 그분과 그분 집안의 명예도 걸린 일이었다.

"무얼 그리 생각해?"

소은이 해루를 들여다보며 물었다.

"네?"

"우리, 이제 편하게 말하지 않을래?"

제 몫의 다담상을 해루에게 내밀며 소은이 물었다.

떡 하나를 입에 물며 해루는 고개를 끄덕거렸다. 나쁠 것은 없었다. 아니, 이리 마음 고운 아가씨와 벗이라니, 반가운 일이었다.

그러고 보니 요즘은 연일 행복한 일투성이네. 팔자에도 없는 어머니와 아버지가 생기질 않나, 이리 고운 동무가 생기질 않나.

해루는 떡을 꿀꺽 삼키며 아이처럼 해맑게 웃었다. 마주 보던 소은 역시 덩달아 하얗게 미소 지었다. 경직된 시간은 그렇게 흘러가고 있었다.

궁녀들이 다담상을 치우고 약간의 자유 시간이 허락되었다. 간택인들의 이상한 행동이 시작된 것은 바로 그때부터였다. 그림자처럼 붙어 있던 간택인들의 몸종들이 저마다 면경을 내놓았다. 그러자 누구랄 것 없이 간택인들은 면경을 들여다보며 생긋생긋 웃기 시작했다.

"다들 왜 저러는 거야?"

돌연한 상황에 해루가 멍한 표정을 지었다.

전각 안의 분위기는 여전히 납덩이처럼 무거웠다. 그러나 정작 그런 분위기를 연출하는 여인들은 열심히 웃고 있었다. 그 광경이 괴이하다 못해 무서웠다.

"글쎄……."

소은도 영문을 모르겠다는 듯 고개를 저었다. 기다렸다는 듯 두 사람 사이로 단소가 끼어들었다.

"아무 이야기도 듣지 못했소?"

"이야기요? 대체 무슨 이야기 말입니까?"

"이번 재간택엔 모두 세 가지 관문이 있다 하오."

"관문이 셋이나 된답니까?"

해루가 놀란 표정을 짓자, 단소가 그녀를 빤히 들여다보았다.

"그대가 그 유명한 해루라는 사람이 맞소?"

"제가 유명합니까?"

"세자빈을 뽑는 근엄한 자리에서 긴장하는 기색도 없고, 엉뚱한 행동과 말로 왕실 어른들을 웃게 하였다는 소문이 자자하오. 그런 사람이 유명하지 않으면 또 누가 유명하겠소?"

"그래요?"

해루는 머쓱한 얼굴로 소은을 돌아봤다. 소은이 수긍하듯 고개를 끄덕여 보였다.

단소의 말대로 해루는 간택인들 사이에서 가장 유명한 여인이었다. 처음 간택을 시작할 때, 가장 시선을 끌었던 간택인은 현성과 윤설이었다. 하지만 초간택이 치러지고 간택인들 사이에 회자된 이는 두 사람이 아닌 해루였다. 그녀의 엉뚱한 행동은 여인들의 주목을 받기에 충분했다.

"지난번에 만났는데, 난 단소라 하오."

단소는 유달리 호기심이 많고 참견하길 좋아하는 여인이었다. 이 수다스러운 아가씨는 어디든 끼지 못하면 안 되는 병이라도 걸린 듯 쉴 새 없이 입을 움직였다.

그러나 그것이 해루에게는 행운이었다. 덕분에 누구도 말해 주지 않던 사실을 알게 되었다.

"앞서 설명한 대로 이번 재간택엔 세 가지 관문이 있소. 그리고 그 첫 번째가 바로 조금 후에 있을 상면(相面)이오."

"상면이라면 관상을 본단 말입니까?"

"바로 그렇소. 장차 한 나라의 국모가 될 자리에 오를 사람이니, 천리를 살피는 것은 당연한 일. 미리 제출한 사주로 명운과 궁합을 점치고 오늘 이 자리에선 간택인들의 상을 살핀다고 하오."

"그렇습니까?"

비로소 여인들이 면경을 보며 웃고 있는 이유를 알 수 있었다.

상을 살필 때 가장 중요하게 보는 것은 오관육부(五官六府)를 비롯한 얼굴의 조화와 골격의 형태다. 하지만 그와 더불어 인상 또한 중요하게 살펴야 한다. 제아무리 좋은 관을 가진 사람도 인상이 우울하면 천리를 제때 받지 못하고 제 운명의 반도 이루지 못하기 때문이었다. 여인들이 느닷없이 웃는 연습을 하는 연유는 거기에 있었다. 정 판수에게서 어깨너머로 사주와 관상을 배운 해루는 누구보다 그것을 잘 알고 있었다.

단소의 이야기가 이어졌다.

"듣자 하니 이번 세자빈 간택을 위해 명과학의 교수를 새로이 들였다고 하던데……. 관상을 살피는 데 있어서 그분을 따를 자가 없다 하더이다."

"그렇군요."

그때 옆을 지키던 덤이가 작은 목소리로 물었다.

"아가씨, 설마 모르셨던 건 아니죠?"

"몰랐어."

그걸 나만 모르고 있었어.

해루는 가자미눈을 뜨고 신루가 있는 곳을 슬며시 노려보았다. 밤새 들키지 않고 무기 숨기는 방법과 소리 없이 걷는 법, 은신하는 방법 등을 가르치던 심운기와 양여섭을 떠올렸다. 그 옆에서 흐뭇한 표정으로 지켜보던 김담까지.

정작 필요한 것은 배우지 못하고 엉뚱한 것만 잔뜩 배웠다. 신루의 학자들을 생각하니 긴 한숨이 절로 나왔다.

단소로부터 상면에 대해 전해 들은 해루는 뒤늦게 미소 연습에 돌입했다. 상면에 대해 알고 미리 필요한 물품을 준비한 다른 간택인들과 달리 해루와 소은은 면경을 준비하지 못했다. 상면에 대해 알려준 단소도 정작 면경을 빌려주지는 않았다.

"미안하지만 내 코가 석 자라서 말이오."

냉정히 뿌리치고 돌아서는 단소를 탓할 수는 없었다.

그나마 상면에 대해 들은 게 어디인가. 다른 간택인들은 정보는 커녕 서로 말조차 섞지 않으려 했다. 하는 수 없이 해루는 소은과 함께 서로를 바라보며 웃는 연습에 들어갔다.

"어때? 이렇게 하면 될까?"

해루가 입 끝을 바르르 떨며 물었다.

"입꼬리가 조금 과한 듯한데."

소은이 헤벌쭉 벌어진 해루의 입술을 다듬어주었다.

"이렇게?"

"이번엔 눈이 과한 것 같아."

소은이 다시 해루의 눈썹 위치를 잡아주고, 눈꼬리를 만져주었다. 해루의 미소가 한결 자연스러워졌다. 그러나 애써 환하게 미소 짓던 해루의 얼굴이 이내 해괴하게 일그러졌다.

"이건 정말 못 해먹겠다."

"괜찮아. 좀 전보다 많이 좋아졌어."

"전혀 좋아지지 않았어. 억지로 웃으려니 입술에 경련이 일어날 지경이야. 이것 봐. 입술 끝이 뭍으로 올라온 언어(鰋魚, 메기) 아가미처럼 너풀거리잖아."

해루의 말에 소은이 손으로 입을 가리고 웃었다. 그 모습을 가만 바라본 해루가 불쑥 부러운 듯 말했다.

"넌 좋겠다."

"무어가?"

"웃음 말이야. 자연스럽고 고와서."

"괜한 칭찬 말아."

"칭찬이 아니야. 진심인걸."

"해루 너도 참 좋아. 자연스럽고 밝으니까."

소은의 칭찬에 해루는 어깨를 으쓱했다.

"내가 껄껄 웃는 거 하나는 정말 자신 있거든. 아마 조선의 모든 여인 중에서 크게 웃을 수 있는 사람을 줄 세우면 내가 열 손가락 안에 들걸."

해루의 너스레에 소은이 작게 웃음을 터트렸다. 둘이 그렇게 웃고 있자니, 한 사람이 다가왔다.

"너희는 뭐가 그리 좋아서 바보같이 웃고 있느냐?"

현성이 싸늘한 표정으로 두 사람을 번갈아 보았다.

"너희에게는 재간택이 장난으로 느껴지는 모양이지? 허긴, 어차피 올라가지 못할 나무이니 마음 편히 즐기는 것도 나쁘지 않겠구나."

말 곳곳에 사나운 가시가 돋아나 있었다. 그러나 해루는 전혀 위축되지 않았다.

"자고로 관상은 인상만 못하고, 인상은 심상만 못한 법입니다. 마음을 옳게 쓰는 것이 좋은 관상만 못한 법이지요."

"그래. 내 보아하니 너희는 심상이 참 고운 듯싶다. 그런데 안타깝구나. 정작 사람들에게 너희의 그 고운 심상을 보여줄 방법이 없으니 말이다. 그래도 다행이지 않으냐? 면경이 없어 너희의 그 흉한 얼굴을 보고 미리 실망하지 않아도 되니 말이다."

끝까지 고운 말 한마디 하지 않던 현성은 싸늘한 조소를 날리며 제자리로 돌아갔다.

"뭐 저런 사람이 다 있지?"

다른 사람이라면 겉치레라도 고운 소리 한 번쯤은 해줄 텐데. 솔직하다고 해야 하나? 오냐오냐 곱게 키워 버릇이 없다고 해야 하나? 해루는 어처구니없다는 표정을 지었다. 지금까지 많은 사람을 만났지만, 현성처럼 마음이 뒤틀린 사람은 처음 보았다. 타고난 관상보다 자란 환경이 중요하다더니, 현성이 딱 그 모양새였다.

탁탁. 박을 치는 소리가 들려왔다. 곧이어 문이 열리고 최고 상궁을 선두로 십여 명의 상궁들이 방 안으로 들어왔다.

굳게 닫힌 문이 훤하게 열리고 상궁들은 간택인들을 한 줄로 길게 앉혔다.

"곧 명과학의 교수들께서 안으로 드실 것이옵니다. 그분들께서 한 분 한 분 세심히 살피실 것이니, 고개를 내리시거나 몸을 움직여서는 아니 될 것입니다."

말은 다소곳했지만, 목소리에 담긴 저의는 강했다.

어린 여인들의 몸이 긴장으로 꼿꼿해졌다. 극도의 긴장감으로 들숨과 날숨이 한없이 무거웠다. 간택인들의 앞에 긴 발이 드리워졌다. 준비를 마치자 최고 상궁이 밖으로 눈짓을 보냈다.

관복을 입은 명과학의 교수들이 열을 맞춰 안으로 들어섰다.

해루는 저도 모르게 입에 고인 침을 꿀꺽 삼켰다. 오랫동안 하얀 피부를 만들어오고, 머릿결을 다듬고, 표정을 연습한 다른 간택인들을 돌아보았다. 그에 반해 자신은······.

불과 며칠 전에 향과 함께 산을 넘었다. 그 탓에 팔이며 뺨엔 나뭇가지에 긁힌 흔적들이 역력했다. 그뿐이랴? 볕에 그을린 피부와 마른 체형. 결코, 좋은 여인의 상이 아니었다.

해루는 남몰래 한숨을 쉬었다.

고작 여기까지인가. 세작을 잡아내고, 신루와 세자 저하를 지키겠다는 다짐이 예상치 못한 관문의 등장으로 와르르 무너지게 될 판국이었다.

정말, 이대로 떨어지는 거야?

걱정하는 해루의 귓가로 최고 상궁의 목소리가 들려왔다.

"발을 걷어라."

말이 떨어지기 무섭게 궁녀들이 간택인과 명과학 교수들 사이를 가로막고 있던 발을 걷었다. 날카로운 시선들이 간택인들에게로 쏟아졌다. 그 따가운 눈길 속에서 간택인들은 한껏 연습한 미소를 지어 보였다.

누군가는 여유롭게. 누군가는 정숙하면서도 도도하게. 또 누군가는 단아하게.

다른 이들과는 달리 등에 식은땀을 흘리며 해루는 고개를 들었다.

그리고 다음 순간.

"응?"

명과학 교수들을 한 사람 한 사람 살펴보던 해루의 눈이 휘둥그레졌다. 명과학 교수 중에 눈에 익은 얼굴이 하나 보였다. 아니, 절대로 여기 있을 수 없는 사람이 그곳에 있었다.

'말도 안 돼.'

너무 긴장한 나머지 내가 헛것을 다 보는구나.

해루는 눈을 꾹 감았다. 그리고 눈을 크게 뜨며 다시 그 사람에게로 시선을 돌렸다.

푸른 관복을 입고 염소수염을 쓰다듬으며 근엄한 표정을 짓는 명과학 교수. 그 모습이 안 어울리는 옷을 입은 듯 어색하기 짝이 없었다.

당연한 일이었다. 그 사람은 관직과는 전혀 어울리지 않는 사람이었고, 간택인의 관상을 보는 중요한 자리에는 더더욱 어울리지 않은 사람이었다. 해루는 저도 모르게 중얼거렸다.

"아저씨?"

아무리 눈을 감았다가 떠도 눈앞에 앉아 있는 염소수염의 모습은 사라지지 않았다. 잘못 본 게 아니었다.

정 판수 아저씨, 아저씨가 어떻게 거기 있는 겁니까?

넌 그저 나만 믿으면 돼

"최고! 최고! 최고올시다."

엄지를 추켜세운 정 판수의 목소리가 관상감 밖으로 흘러나왔다. 관상감 관원들은 물론이고 함께 선양정에 들었던 교수들의 시선이 정 판수에게로 향했다.

"내 살다 살다 이리 귀한 상은 처음이오."

첫 관문을 끝낸 명과학의 교수들은 간택인들의 관상에 대해 의견을 나누는 중이었다. 다른 간택인들에 대해서는 시큰둥한 반응을 보이던 정 판수는 해루의 차례가 오자 말도 꺼내기 전에 최고부터 외쳐댔다. 그의 극찬에 교수들이 어리둥절한 표정으로 물었다.

"그 간택인의 관상이 그리 좋단 말이오?"

"두말하면 잔소리고 세 말하면 내 입만 아픕니다."

"오악(五嶽)이 너그러워 보이긴 하나, 그 밖의 것은 그리 특별해 보이지 않은데…….”

이마 중앙에 큰 점을 가진 교수가 고개를 흔들며 미심쩍은 표정을 짓자, 정 판수는 눈까지 크게 뜨며 강조했다.

“어허! 상을 어찌 그리 좁게 보시오? 모름지기 모든 학문은 넓고 크게 보아야 하는 법. 부분의 완성도 물론 중요하지만, 그보다 더 중요한 건 바로 조화가 아니오? 그 간택인의 상은 부분 부분으로 쪼개 보자면 그리 대단하지 않지만, 한데 모아 조합해 보면 그야말로 보배로운 관상이오.”

“하지만…….”

“내 지금까지 조선 팔도는 물론이고 명나라 황실까지 들어가 상을 두루 살폈지만……. 아, 이건 극비인데. 하하하, 이런, 이런. 내가 또 애먼 소리를 하고 말았습니다그려.”

“명나라 황실에서 일하셨단 말이외까?”

교수들의 눈이 커졌다. 사람들의 관심이 집중되자 정 판수는 하지 말아야 할 소리를 한 사람처럼 과장되게 헛기침을 했다. 그러곤 ‘이건 정말 비밀인데……’라며 속삭이듯 말 머리를 풀어놓았다.

“아주 잠깐이오. 명의 황실에 새로이 사람을 들이실 때나 혹은 후궁마마들께서 아기씨를 낳으실 때면 으레 저를…….”

의뭉스러운 그의 말을 지레짐작한 교수들의 입에서 탄성이 새어 나왔다.

“오오, 대단합니다.”

“이런 말, 내 입으로 말하기 무엇하지만 명나라 황실 사람치고 이 사람의 눈길을 벗어난 사람이 없지요, 하하하.”

“우리가 진실로 대단한 분과 자리를 함께하게 되었군요.”

“과찬이십니다. 사실 이곳에 오기 전까지만 해도 조금 교만해져 있었던 것이 사실이었습니다. 세상천지 어딜 가도 나만 한 사람 없구나, 그렇게 자만했지요. 하지만 이곳에 와서 그 생각이 변했습니다."

"어떻게 변했단 말입니까?"

"천상천하 유아독존. 하늘 아래 오직 나뿐이라 생각했던 거만한 마음이 이곳에서 여러 교수님들을 뵙고 나서 싹 달아났습니다. 교만한 마음이 감쪽같이 사라지고 말았습니다. 아! 역시 세상은 넓고 고수는 많구나. 전 이 자리에 오고 나서야 비로소 감은 눈을 뜬 것 같은 느낌을 받았습니다. 명국의 황실에서도 보지 못한 진정한 고수를 이 자리에서 모두 뵙게 되었으니 말입니다. 정말 조상의 돌보심이지요."

"허허. 겸양이 지나치시오. 허허허."

정 판수의 과한 칭찬에 교수들은 얼굴까지 붉혀가며 즐거워했다. 분위기가 달아오르자 정 판수는 다시 슬쩍 해루에 대한 이야기를 꺼냈다.

"이곳에 와서 두 번째 놀란 일이 바로 지금 이야기할 그 간택인에 관한 것입니다. 척 보는 순간 벌린 입을 다물지 못했습니다. 귀합니다. 부귀와 명예, 그리고 인망과 덕, 모두를 아우르는 최고의 상이었습니다. 아마도 성 교수께서는 저보다 더 잘 아실 것입니다. 안 그렇습니까, 성 교수님?"

좀 전에 해루에 대해 '오악을 제외하곤 평범하다'고 평가했던 성 교수가 얼결에 고개를 끄덕였다. 여기서 간택인의 흠을 보았다간 졸지에 상도 제대로 못 보는 사기꾼 취급을 받을 상황이었다.

"네, 네. 그렇지요. 저도 아까 선양정에 탁 들어서는 순간, 뭐랄까요, 후광이 느껴졌다고나 할까요."

"바로 그렇습니다. 안개에 가려진 준엄한 기상. 얼핏 보면 평범한 듯하나 바로 그 평범한 모습 속에 만인을 압도하는 위엄이 숨어 있는 게 아니겠습니까? 그렇지 않습니까, 여러분?"

정 판수가 염소수염을 쓸어내리며 주위를 둘러보았다. 정 판수와 성 교수의 의견이 일치하자 다른 이들 역시 고개를 끄덕거렸다.

"나 역시 그리 생각하던 참이외다."

"이런, 이런. 내가 이번에는 정 교수에게 선수를 빼앗기었소. 하하하."

"달리 조선 최고의 관상쟁이라 하였겠소."

칭찬하는 목소리에 정 판수가 어울리지 않게 겸손을 보였다.

"과한 칭찬에 몸 둘 바를 모르겠습니다. 거듭 말하지만 전 여러 교수님들을 만나 비로소 눈을 뜨게 되었습니다. 제가 조금 아는 것이 있다 하나, 어찌 여러 교수님들에 비할 수 있겠습니까?"

"아니외다, 아니외다. 오죽하였으면 세자 저하께서 친히 천거하셨겠소. 명과학에 대해서는 언제나 회의적으로 생각하시던 저하가 아니시오. 그런 분을 움직였으니, 명과학에서 정 교수, 그대를 따를 수 있는 자는 이 조선 땅엔 없을 것이외다."

"정말로 그럴까요? 하하하."

정 판수의 웃음소리가 다시 담장을 넘어갔다.

교수들과 간택인들의 천명을 논한 정 판수는 날이 어두워질 무렵에야 간신히 관상감을 빠져나올 수 있었다. 온종일 떠들었더니 입안이 텁텁했다.

"이럴 때는 그저 탁주 한 사발이 최고인데 말이야."

아쉬운 듯 정 판수는 입맛을 다셨다.

"지금 탁주나 찾을 때입니까?"

느닷없이 들려온 목소리에 정 판수는 반사적으로 고개를 돌렸다. 담벼락 아래에서 눈을 시퍼렇게 뜬 여인이 그를 노려보고 있었다.

"아이쿠! 깜짝이야."

화들짝 놀란 정 판수는 뒤늦게 상대를 알아보고 안도의 한숨을 쉬었다.

"해루구나. 이것아, 낮도깨비처럼 그리 불쑥불쑥 튀어나오지 말라 하지 않았더냐. 내가 여기, 여기가 약하다고 했냐, 안 했냐?"

정 판수가 가슴을 두드렸다. 예전부터 해루는 전혀 뜻밖의 장소에서 갑자기 불쑥 모습을 드러내곤 해서 사람을 놀라게 하곤 하였다.

"지금 그게 중요한 게 아니지 않습니까? 잠깐 이리 와보십시오."

"어허, 어딜 간다 그래? 이러다 들키기라도 하면 어쩌려고?"

"괜찮으니 어서 오십시오."

해루는 정 판수를 이끌고 인적이 드문 곳으로 장소를 옮겼다.

"대체 여기서 뭐 하는 겁니까?"

"그러는 너야말로 여기 이렇게 있어도 되는 거냐?"

"잠시 여유 시간이 생겼어요. 그보다 어서 대답해 보세요. 궁엔 언제 오신 겁니까? 아니, 어떻게 들어왔어요? 게다가 명과학 교수라뇨? 아저씨가 어떻게 그런 사람이 될 수 있습니까?"

"숨넘어가겠다. 하나씩 물어봐라."

"도무지 말이 안 되는 상황이니 이러는 거잖아요."

"내가 뭐 어때서? 천둥벌거숭이 같은 너도 세자빈 간택에 나섰는데, 나라고 못할 것이 무어냐?"

"궁이 그리 호락호락한 곳이 아니니 그러는 거 아닙니까? 뭐예요? 이번엔 또 어떤 말도 안 되는 사기를 치신 겁니까?"

"사기라니, 정당하게 실력으로 들어왔다."

"실력요?"

"명과학이 뭐냐? 길흉화복을 점치는 학문이 아니더냐? 길흉화복을 점치는 데 나보다 뛰어난 사람이 어디에 있다고?"

"사람이 입은 비뚤어져도 말은 바로 하랬다고. 사실, 아저씨가 그리 뛰어난 판수는 아니시잖아요."

"어허!"

"어쨌든 말해 봐요. 궁에 어떻게 들어왔어요? 관상감의 교수는 어찌 된 겁니까?"

해루의 물음에 정 판수의 얼굴에 은근한 미소가 피어올랐다.

"내게도 뒷배가 생겼다."

"뒷배요?"

문득 불길한 예감이 해루의 등줄기를 훑고 지나갔다.

"그 든든한 뒷배가 세자 저하는 아니시지요?"

혹시나 하는 질문에 기다렸다는 듯 정 판수가 대답했다.

"왜 아니겠느냐?"

"역시 그랬어."

그간 이상하다고 생각했다. 해루가 신루의 학자들에게 엉뚱한 교육을 받고 있음을 뻔히 알고도 세자는 말리지 않았다. 심지어 재간택에서 어떤 시험이 있을지도 말해 주지 않으셨다. 그런 느긋한 대응은 그간 보아 왔던 향의 모습이 아니었다.

허술한 듯 보이나 실상은 치밀한 세자 저하의 일 처리 방식과는 사뭇 다른 것이었다. 세자빈 간택에 숨어 있을지 모르는 세작을 잡으려면 해루는 어떻게든 재간택을 통과해야 했다. 그걸 잘 아시는 분께서 어찌 저리 방관만 하고 계실까?

정 판수를 보는 순간, 모든 의문이 일시에 풀렸다. 세자 저하는 방관한 게 아니었다. 무심한 듯 보였던 것은 모든 준비를 마친 사람의 여유였던 것이다.

해루는 고개를 푹 숙이고 말았다. 그런 해루의 어깨를 정 판수가 톡톡 다독거렸다.

"넌 그저 나만 믿고 있으면 된다. 내가 이래 봬도 조선 최고의 관상쟁이가 아니겠느냐."

정 판수의 너스레에 해루가 한숨을 포옥 내쉬었다. 정말로 아저씨가 조선 최고의 관상쟁이면 얼마나 좋겠어요.

"어떻게 한 겁니까?"

"뭘?"

"대체 저 순진한 양반들에게 무슨 거짓말을 어떻게 했기에 아저씨를 두고 조선 최고의 관상쟁이라고 하는 겁니까?"

"거짓말 안 했다. 저들은 진심으로 내 능력과 인품에 감복하여……."

"입에 침이나 바르고 그런 말 하십시오."

해루의 단호한 대답에 정 판수의 기세가 조금은 수그러들었다.

"사람이라는 게 높으나 낮으나 다르지 않더구나."

"무슨 말씀이세요?"

"듣기 좋은 말엔 웃고, 듣기 싫은 말엔 찡그리고, 자존심이 상하면 화내고, 제 것을 잃으면 슬퍼하고, 조언하면 욕하고, 박수치면 즐거워하고. 적당히 교만하며 비위를 맞춰주면 알아서들 따라오더구나."

"높은 사람들도 지금까지 만난 사람들과 크게 다를 바 없단 말입니까?"

"오히려 욕심이 많아서 다루기가 더 편해. 이번 일로 내 확실히 알게 되었다. 사람 사는 게 매양 다르지 않다는 걸 말이다. 높은 양반들이나, 미천한 노비나. 그래서 그들 듣기 좋은 말 몇 소절 읊어 댔지. 그랬더니 무척 즐거워하며 덩달아 날 치켜세우지 않겠느냐? 난 내 입으로 내가 어떤 사람이다, 이렇게 말한 적이 없어요. 적당히 화두를 던지면 알아서들 오해한 거지. 그러니 사기 친 게 아니야. 그저 대세의 흐름에 몸을 맡겼더니, 원치 않게 대단한 사람이 되어버린 거지."

이 모든 상황이 제 탓이 아니라는 듯 대답하는 정 판수를 보며 해루는 긴 한숨을 쉬었다.

아무래도 세자 저하라는 뒷배와 능수능란한 말재간에 순진한 사람들이 홀딱 넘어간 모양이다. 권모술수가 판치는 게 궁이라더니, 그런 점에서 보자면 정 판수야말로 최고의 전문가였다.

"하여간…… 아저씨 때문에 제가 못 살겠습니다. 궁은 지금까지 살던 곳과는 다릅니다. 아시지요?"

"당연하지. 이렇게 돈이 널린 곳이 어디에 있다고."

"그런 뜻이 아닙니다. 여긴 한 걸음 한 걸음이 살얼음판인 곳이 란 말입니다. 잘못 입을 놀렸다간 쥐도 새도 모르게 죽을 수도 있어요."

"너, 나보다 궁 물 좀 먼저 마셨다고 제법 아는 척을 하는구나."

"네. 아저씨보다 먼저 궁에 들어온 선배로 말씀드리는 겁니다. 절대 경거망동하지 마십시오."

"너야말로 경거망동하지 말고……."

말끝을 흐리던 정 판수가 해루의 두 눈을 정면으로 응시했다.

"이제부터 너는 궁을 일평생 네가 살아가야 할 집이다, 생각하고 궁 밖으로 나갈 생각일랑은 하지도 마라. 알겠느냐?"

정 판수의 말에 해루는 어이없는 웃음을 흘리고 말았다.

"됐습니다."

"이것아, 기왕 이렇게 된 거 이참에 세자빈이 되는 것도 나쁘지 않잖아."

"말도 안 되는 소리 하지 마십시오. 어차피 세자빈 간택도 세자 저하의 명으로 억지로 참여한 겁니다."

"일석이조(一石二鳥)란 말도 모르냐? 꿩 먹고 알 먹고, 누이 좋고 매부 좋고. 세작 잡고 세자빈 되고."

"꿈도 참 야무집니다."

"원래 꿈은 크고 야무지게 갖는 게 좋은 거다."

"설마, 절 세자빈 시켜 한몫 잡으실 생각인 건 아니시죠? 미리 말씀드리지만, 언감생심 꿈도 꾸지 마십시오."

"내가? 아니야. 난 큰 거 안 바라. 뭐, 네가 세자빈이 되어 알아서 챙겨 준다면야 감지덕지하겠지만 말이다."

"오르지 못할 나무는 쳐다도 보지 말라 했습니다."

"넌 어찌 그리 야망도 없냐? 어린놈이 그리 겁이 많아서야. 쯧쯧."

"이게 다 어린 시절부터 각박한 현실을 깨닫게 해주신 어느 판수 어르신 덕분입지요."

"어쨌든 내 말 명심해라. 여기서 나갈 생각 하지 마. 어떻게든 세자빈이 되겠다, 이렇게 마음먹으란 말이다."

"거, 왜 말도 안 되는 소릴 자꾸만 하십니까? 저는 세작 잡으러 왔다니까요."

"이놈아, 세작은 내가 잡을 것이니 넌 재간택에나 열중해. 다른 일은 일절 신경 쓸 필요 없어. 그저 이 조선 최고의 관상쟁이이자 판수인 나만 믿으면 돼."

"그거 아세요? 아저씨가 그 말 할 때가 제일 무서워요."

불퉁하게 투덜거리며 해루는 몸을 돌렸다.

그나저나 판수 아저씨를 궁으로 불러들이다니. 세자 저하께서는 대체 무슨 생각이신 거지?

도성 밖, 울울창창한 소나무 숲.

"그래? 무사히 통과한 모양이구나."

너럭바위에 앉아 잠시 땀을 식히던 향은 무혁의 보고에 고개를 끄덕였다. 마치 당연한 일이 처리되었다는 듯한 반응이었다.

"정 판수란 자가 일을 잘 주도한 모양이옵니다."

"그렇구나."

잠시 향의 기색을 살피던 무혁이 다시 물었다.

"알고 계셨습니까?"

"뭘 말이냐?"

"정 판수 그 사람이 관상감의 교수들을 좌지우지하리라는 것을 말입니다."

"어쩌면 그리할 수 있을지도 모른다고 기대하기는 했지."

"완벽하게 신임하신 것은 아니셨군요."

역시. 향이라면 정 판수 이외에도 이중 삼중으로 방도를 생각해 두었으리라. 이번 일은 운 좋게 차선을 사용할 필요도 없이 잘 풀린 경우였다.

"해루와 함께했던 사람이라 하더니, 기대보다 일을 잘하는구나."

"사기꾼이라 합니다. 크게 믿지는 마십시오."

"그래, 그래야겠지. 그나저나 곧 두 번째 관문이 시작되겠구나."

"그렇습니다."

짧게 대답한 무혁은 향을 가만히 바라보았다. 현명한 세자 저하께서 또 어떤 방도를 마련해 놓았을까 궁금하였다.

"그런 눈으로 보지 마라. 이번만큼은 나도 뾰족이 도와줄 방도가 없다."

"……."

무혁은 향의 말을 곧이곧대로 믿지 않았다. 저분의 말을 순진하게 믿었다가 황당한 경우를 당한 적이 한두 번이 아니었던 까닭이다.

"이번은 정말이래도."

"그럼 해루는 아무런 방도도 없이 저 스스로 두 번째 관문을 통과해야 한단 말씀이옵니까?"

"그래야겠지."

"만약……. 만약 통과하지 못하면 어찌하려 하십니까?"

해루에겐 세작을 잡아야 한다는 중요한 임무가 있었다. 그간 엉뚱한 훈련과 무리한 교육을 수행한 것도 모두 그 때문이었다. 하늘이 무심하지 않은 덕인지, 다행히 재간택 두 번째 관문까지 올 수 있었다. 그러나 여전히 세작은 그림자조차 발견하지 못했다. 만약, 이대로 수상한 자가 세자빈에 간택이라도 된다면…….

물론 운 좋게 첫 관문도 통과하지 못하고 떨어졌을 수도 있다.

하지만 모든 일은 항상 최악의 상황을 가정해야만 하는 일.

"이번만은 어찌 손을 쓸 수 없더구나. 손을 쓰면 오히려 불리하게 되어 있거든."

"그렇다면……."

"해루를 한번 믿어보자꾸나."

향은 하늘을 올려다보았다.

소나무 가지 끝으로 하얀 구름이 걸려 있었다. 미풍에 흔들리는 그것을 보며 지그시 눈을 감았다. 푸른 하늘이 그의 얼굴 위로 조용히 내려앉았다.

"말도 안 돼."

현성의 날카로운 외침이 선양정을 들썩이게 했다. 그녀는 믿기지 않는 듯한 표정으로 해루를 돌아보았다.

"어째서 네가 여기 있는 것이야?"

첫 번째 상면 관문을 통과한 일곱 명의 간택인이 모인 자리였다. 그 자리에 반갑지 않은, 아니 있어서는 안 될 얼굴이 보였다.

싫은 것은 조금도 참지 못하는 성정인지라, 속내를 숨기지 않은 채 현성은 해루를 손가락질했다. 해루가 주위를 둘러보더니, 스스로를 손가락으로 가리키며 되물었다.

"저 말입니까?"

"그럼 누구겠느냐?"

"저는 다만 여기 있으라 하기에 여기 있는 것입니다만."

태연한 해루의 반응에 현성의 미간이 와락 일그러졌다.

"여기가 뭐 하는 곳인 줄 알기는 하는 것이냐?"

"두 번째 과제를 받기 위해 모인 자리라고 알고 있습니다만."

"잘 알고 있구나. 그럼 어서 나가거라."

현성이 귀찮은 모기 쫓듯 팔을 내저었다. 한시도 해루와 같은 자리에 함께 있고 싶지 않은 기색이 역력했다.

"그럴 수는 없습니다."

해루가 고개를 저었다.

"무어?"

"저도 첫 번째 관문을 통과하였으니, 두 번째 과제를 받아야 하질 않겠습니까?"

"네가 첫 번째 관문을 통과해?"

단소가 끼어들었다.

"그것도 가장 높은 점수로 통과하였대."

"뭐?"

현성의 눈이 옆으로 길게 찢어졌다.

"어디서 그런 말도 안 되는 소릴 하는 것이야? 이 비루먹은 개보다 못한 얼굴이 통과하였단 말이야?"

"……."

이 아가씨가, 사람을 앞에 두고.

현성의 말에 해루의 눈매가 곤두섰다. 그러나 해루가 나서기도 전에 단소가 끼어들어 현성의 자존심을 밟아버렸다.

"정히 못 믿겠으면 직접 알아봐. 아참, 그리고 가장 낮은 점수를 받은 이가 너라던데. 세자빈이 되기엔 성격이 지나치게 드세다나 뭐라나. 원래는 떨어질 것을 높으신 분들이 간곡히 청하여 간신히 붙었다는 후문이 있던데."

"뭐?"

"물론 소문이라는 게 믿을 것이 못 되지만 말이야. 호호호."

단소의 분탕질에 현성의 어깨가 위아래로 거칠게 들썩거렸다. 그때 방문이 열리고 최고 상궁을 위시한 상궁들이 안으로 들어왔다.

"무슨 일이 있으신지요?"

최고 상궁이 현성을 건너보았다. 제자리에 돌아가 앉으라는 무언의 압력이 깃든 눈빛이었다.

그 시선에 마음이 움츠러든 현성이 주춤주춤 제자리에 앉았다. 그 와중에도 노골적으로 해루를 노려보았다. 시빗거리를 가져오는 단소도 얄밉지만, 고고한 학들이 모여 있는 곳에 눈치 없이 끼어 있는 잡새 한 마리가 더 신경에 거슬렸다.

소란이 멎고 이내 고요함이 내려앉았다. 훑어보는 시선으로 간택인들을 둘러보던 최고 상궁은 곁에 선 대전 상궁을 돌아보았다.

"나눠 드리시게."

말이 끝나기 무섭게 일곱 명의 간택인들에게 작은 비단 주머니가 한 개씩 전해졌다. 묵묵히 지켜보던 최고 상궁이 다시 입을 열었다.

"지금 나눠 드린 것은 쌀 반 되씩입니다."

최고 상궁의 이야기가 이어졌다.

"아시다시피 두 번째 관문은 닷새 동안 궁궐 생활을 하는 것입니다."

"그건 알고 있습니다."

내내 침묵하던 대제학의 여식, 윤설이 입을 열었다.

나직한 목소리였건만, 듣는 이를 압도하는 무언가가 담겨 있었다. 현성에겐 내내 눈빛을 세우던 최고 상궁마저 조용히 고개를 숙였다.

"궁금한 것이 있으시온지요?"

최고 상궁의 물음에 윤설이 입가에 은은한 미소를 떠올리며 물었다.

"헌데 이것을 우리에게 나눠 준 연유가 대체 무엇입니까?"

윤설을 향해 긴 미소를 떠올리며 최고 상궁이 대답했다.

"지금부터 그 반 되의 쌀로 닷새를 사셔야 합니다. 이후부터 궁에서는 아무런 먹거리를 드리지 않을 것입니다."

그때 현성이 다시 끼어들었다.

"그걸 말이라고 하오? 고작 쌀 반 되로 닷새를 살라니?"

내내 윤설에게 시선을 고정하던 최고 상궁이 현성에게로 시선을 돌렸다. 윤설을 바라볼 때와는 전혀 다른 차가운 것이었다.

"그것이 두 번째 관문입니다. 그것으로 닷새를 버티시든 아니면 못 참고 궁을 나가시든 그것은 각자의 결정에 달린 것이오니 결정을 내리시면 될 것입니다."

"뭐요?"

어이없는 과제에 현성의 얼굴이 일그러졌다.

"한 사람이 쌀 반 되로 어찌 닷새를 버틸 수가 있단 말이오?"

"그렇지요. 한 사람이 쌀 반 되로 닷새를 버티긴 쉽지 않겠지요. 하오나……."

잠시 말을 끊은 최고 상궁은 일곱 명의 간택인들을 돌아보았다.

"이 반 되의 쌀로 혼자가 아니라 두 사람이 사셔야 합니다."

"뭐라?"

더는 참지 못하겠다는 듯 현성이 자리를 박차고 일어섰다.

"두 사람이라니?"

"곁에 있는 유모의 입은 입이 아니더이까?"

최고 상궁의 되물음에 현성은 제 유모를 돌아보았다.

"그러니까 나더러 겨우 쌀 반 되로 닷새를 버티란 거요? 그것도 유모와 함께 말이오?"

"싫으시면 지금 당장에라도 나가시면 됩니다."

"……."

더는 반박할 말을 찾지 못한 현성이 다시 자리에 주저앉았다.

"더 궁금한 것이 없으시면 소인들은 그만 물러가겠나이다. 앞으로 거처할 곳은 밖으로 나오시면 안내해 드릴 것입니다."

말을 마친 최고 상궁이 방을 나갔다.

방 안에 긴 침묵이 흘렀다. 멍하니 각자 제 손에 있는 쌀을 들여다보던 간택인들은 악몽이라도 꾼 듯 일제히 얼굴을 찡그렸다.

"뭐야? 고작 이걸로 닷새를 버티란 말이야?"

"우릴 굶겨 죽일 작정인 거야?"

"난 못해. 아니, 안 할 거야."

"아버님께 말씀드리겠어."

최고 상궁 앞에서 터트리지 못했던 불만이 봇물 터지듯 터져 나왔다. 결국, 구석진 곳에서 울음소리가 새어 나왔다.

"집에 가고 싶어, 유모. 난 더는 못하겠어."

열두 살의 간택인이었다. 어린 나이에 감당해야 할 긴장감으로도 모자라 이제는 굶주림과도 싸워야 할 상황이었다.

"아가씨, 참으셔야 해요."

"아니. 못해. 집에 가고 싶어. 집에 갈래."

"아가씨, 대감마님을 생각하셔요. 집안을 위해서라도……."

"싫어. 집에 갈래, 집에 보내줘!"

아이처럼 울음을 늘어놓는 간택인과 어떻게든 어르고 달래 간택을 이어가려는 유모의 실랑이가 이어졌다.

그 모습을 지켜보던 현성이 혀를 쯧쯧 찼다.

"못난 것."

그녀는 힐끗, 오만한 곁눈질로 유모를 돌아보았다.

"그걸로는 나 혼자 먹기도 모자랄 터. 닷새는 굶을 수 있겠지?"

"네?"

"말귀를 못 알아듣는 거야? 아니면 못 알아듣는 척하는 거야? 잔말 말고 따라 나와."

성화 섞인 말을 끝으로 현성은 선양전을 나갔다. 그 뒤를 그녀의 유모가 맥없는 걸음으로 따랐다.

"어찌할 거야?"

내내 침묵한 채 주위를 살피던 소은이 낮은 목소리로 해루에게 속삭였다.

"응?"

"두 번째 관문, 할 거야?"

"그러는 넌?"

"당연히 해야지."

소은의 대답에 해루는 간택인들을 돌아보았다.

끝까지 울음을 그치지 못한 어린 간택인 둘이 집으로 돌아가고 남은 간택인은 다섯. 중간에 포기한 간택인들은 세작이 아니리라. 만약 이곳에 정말 세작이 있다면, 남아 있는 간택인들 중 하나일 것이다. 그렇다면 누굴까?

가장 눈에 띄는 사람은 현성. 짜증 많고 자존심 강한 그녀는 이 느닷없는 관문이 심기 불편한 듯 보였다. 그럼에도 포기하지 않고 수강궁의 제 거처로 향했다. 그녀는 왜 저다지도 세자빈 자리에 집

착하는 걸까? 가문의 명예? 개인의 영달? 그도 아니면 다른 이유가 있어서일까? 저렇게 날카로운 성격이면 차라리 포기한 사람들처럼 돌아가버려야 하지 않을까? 하지만 달리 생각하면 세작이라면 저리 눈에 띄게 행동하지 않을 것이다.

다음으로 눈에 띄는 사람은 윤설이었다. 그녀는 마치 학을 사람의 형태로 빚은 듯 고고하면서도 은은한 자태를 자아냈다. 굳이 자신을 드러내려 애쓰지 않아도 눈에 띄는 사람. 쌀 반 되로 닷새를 버텨야 하는 시험에도 그리 당황한 기색이 보이지 않았다. 좋은 묘안이라도 있는 걸까?

그다음은 수다스럽기 그지없는 단소였다. 참견하기 좋아하는 단소는 간택인들 사이를 돌아다니며 어찌해야 닷새를 버틸 수 있는지에 대해 이야기하고 있었다.

세작치고는 입이 너무 가벼워.

작게 고개를 흔들며 해루는 제 곁에 있는 소은에게로 고개를 돌렸다.

있는 듯 없는 듯 조용히 자리를 지키던 소은은 해루와 눈이 마주치자 예의 맑은 미소를 보였다. 웃는 모습이 참으로 어여쁜 여인이다. 그녀 역시 어려운 관문을 눈앞에 두고도 크게 고민하는 표정이 아니었다. 소매에 비상식량이라도 숨긴 걸까?

"지금 그리 다른 사람들을 살피고 있을 여유가 있습니까?"

해루가 주위를 두리번거리자 덤이가 핀잔을 주었다.

"다른 사람들은 어찌할까 궁금해서."

"아가씨 걱정이나 하십시오. 무려 닷새입니다. 쌀 반 되로 어찌 닷새를 버티실 건지 고민하셔야지요."

제법 야무지게 충고하던 덤이가 불현듯 불안한 표정으로 해루에게 물었다.

"그런데…… 설마, 아가씨도 좌의정 댁 아가씨처럼 저더러 굶으라 하시는 건 아니시지요?"

해루가 푸스스 풀린 웃음을 지었다.

"설마, 그럴 리가 있겠어?"

"그렇지요?"

"당연하지."

"다행이다. 그럼 어찌하실 거여요? 무슨 방도가 있으신 거지요?"

덤이가 눈을 반짝거리며 해루를 응시했다. 기대에 부응하듯 해루가 큰소리쳤다.

"그럼! 넌 그저 나만 믿으면 돼."

이번에도 세자 저하께서 무슨 방도를 마련해 두셨으리라. 암, 그분이 어떤 분이신데.

해루는 덤이를 향해 환하게 웃음을 지었다.

숨겨둔 한 수

달그락거리는 말발굽 소리와 함께 심운기가 끄는 수레가 신루 마당을 둥글게 돌았다.

딩! 수레에 실린 커다란 톱니바퀴가 한 바퀴 돌 때마다 뒤를 따르던 김담이 징을 쳤다. 두 사람은 거리를 재는 수레를 시험하는 중이었다. 징소리는 일정한 간격으로 울렸다. 징소리가 들릴 때마다 심운기는 들고 있던 작은 서책에 동그라미를 그려 넣었다.

아침부터 시작된 일은 정오가 다 되도록 끝나지 않았다.

반복되는 작업에 슬슬 지루함을 느끼던 심운기는 문득 든 생각에 수레를 멈췄다. 언제부터인가 징소리가 들리지 않았던 까닭이다. 그는 고개를 돌려 김담을 쳐다보았다.

"김 학사, 왜 그러시는가?"

징을 쳐야 할 김담은 먼 데로 시선을 던지고 있었다.

새로운 도구를 시험하는 중에 한눈을 팔다니. 전에는 보지 못한 생소한 모습이었다.

새로운 물건을 만들고 그것을 시험하고 기록하는 일이라면 자다가도 벌떡 일어나는 김담이 아니던가. 그런 위인이 오늘따라 영 정신을 집중하지 못했다.

대체 어디에 넋이 빠져 있는 것일까?

김담이 바라보는 시선 끝엔 수강궁이 있었다. 세자빈 재간택이 치러지는 곳. 영문을 알아차린 심운기는 말을 묶어두고는 김담의 곁으로 다가섰다.

"그 아이가 걱정되는가?"

"워낙 천방지축이질 않은가."

김담은 전각 그늘에 궁둥이를 붙이고 앉았다. 그 곁에 나란히 앉으며 심운기는 긴 한숨을 내쉬었다.

"주상 전하께서도 참으로 별나지 않으신가. 그런 해괴한 과제를 내시다니."

수강궁에서는 재간택에 낙점된 다섯의 간택인들이 고작 쌀 반 되로 닷새를 사는 과제를 수행하는 중이었다. 그리고 그 별난 과제를 내신 분, 다름 아닌 주상 전하였다.

궁의 이목이 수강궁으로 집중되었다. 더러는 누가 제일 먼저 못 참고 궁 밖으로 나가는가를 두고 내기를 벌이는 자도 있었다. 어찌 되었든 이번 세자빈 간택은 궁궐 안에서의 무료한 삶에 활력을 가져다주는 일임엔 틀림없었다.

다른 때라면 심운기나 김담 역시 그 별난 과제를 재미 삼아 지켜보았으리라. 그러나 이번만은 그럴 수 없었다. 그 과제를 수행하는 간택인 중에 해루가 있었기 때문이다.

"우리 해루, 다른 건 몰라도 굶주리는 것은 좀처럼 못 참는데."

김담의 입에서 해루를 걱정하는 목소리가 흘러나왔다. 해루를 교육하는 과정에서 참 많은 일이 있었다. 말썽도 많고 탈도 많은 여인이었다.

어디서 이런 녀석이 떨어졌을까. 왜 하필 하고많은 사람 중에서 녀석일까 하며 한탄한 적도 여러 번이다. 그러나 그놈의 정이 무엇인지, 함께 웃고 우는 동안 이제는 녀석의 고생이 남의 일처럼 느껴지지 않았다.

"걱정도 팔자로군."

붉게 옻칠한 중문 너머에서 되받아치는 음성이 들려왔다. 양여섭이 통통한 볼을 실룩이며 모습을 드러냈다.

김담과 심운기가 반색했다.

"어서 오게."

"이리 와 앉게."

심운기가 비켜준 자리에 양여섭이 헛기침을 하며 앉았다.

"덥다, 더워. 아직 여름이 되려면 한참 남았는데, 어찌 이리 더울까."

덥다는 양여섭의 얼굴에 김담이 손 부채질을 해주었다.

"그러게 말일세. 그보다 어찌 되었나?"

"알아는 봤나?"

김담과 심운기가 안달 난 표정으로 물었다.

두 사람이 양여섭에게 이처럼 과한 친절을 베푸는 이유, 바로 양여섭이 수강궁의 소식을 알아보고 온 까닭이었다.

"어떻던가? 해루, 그 아이가 무슨 뾰족한 수라도 내었던가?"

"설마 그 엉뚱한 녀석이 또 해괴한 짓을 벌인 건 아니겠지?"

걱정 반, 기대 반 뒤섞인 두 사람의 시선을 양여섭은 심드렁한 웃음으로 외면했다.

"글렀네."

"그르다니? 무어가 글러?"

"그 녀석, 이번 관문은 포기한 듯싶으이."

"거참, 그리 에둘러 말하지 말고 자세히 좀 말해 보게."

조급증이 난 심운기가 양여섭을 다그쳤다. 양여섭이 숨을 고르며 다시 입을 열었다.

"미운 정도 정이라고, 사실 해루 그 녀석에게 기대라곤 한 푼도 하지 않았지만 그래도 재간택의 첫 번째 관문을 무사히 통과하였으니 궁금하질 뭔가. 하여……"

"그래서 자네가 수강궁의 궁녀에게 은밀히 연통을 넣어본다 하질 않았는가?"

"그랬지. 자네들도 알다시피 이 몸이 궁녀들 사이에서 제법 회자되는 인물이지 않은가?"

김담과 심운기의 얼굴 위로 순간 믿을 수 없다는 표정이 잠시 떠올랐다.

이 통통한 인물이 궁녀들 사이에서 회자 된다고? 한겨울에도 걸음만 옮기면 시원하게 육수를 뽑아내는 신기한 재주 때문이 아닐까? 아무튼, 지금 중요한 것은 양여섭의 믿을 수 없는 인기 따위가 아니었다.

"그래서? 알아봤는가?"

"알아봤네."

"역시 양 학사로군."

김담이 양여섭을 치켜세웠다.

"이게 다 잘난 내 인물 덕이라는 것만 알아두게나."

우쭐대는 양여섭에게 심운기가 찬물을 끼얹었다.

"궁녀들이 측은지심이 동한 게로군. 하여간 여인들이란 정이 많아서 탈이야."

"확, 입 다물어버릴까?"

"어허! 잘생긴 양 학사. 어찌 그러는가?"

평소 농이라곤 할 줄 모르던 김담이 어이없는 말을 입에 올렸다.

오죽 속이 타면 저럴까. 심운기가 안타까운 시선으로 김담을 응시했다.

제 흥에 겨운 양여섭의 입이 헤벌쭉 벌어졌다.

"자네들도 알다시피 낙점된 간택인은 모두 다섯이 아니던가. 그중 단연 눈에 띄는 사람은 좌의정 대감 댁의 현성 아가씨일세. 소문이라는 것이 참으로 믿을 것이 못 되는가 보이. 평소 조신하고 덕스럽다고 소문 자자했던 현성 아가씨가 아니던가. 헌데 그 아가씨 하시는 행태가 그야말로 가관이라네. 저 혼자 살겠다고 부리는 아랫것의 배는 쫄쫄 굶기고 있다는구먼."

듣고 있던 심운기가 맞장구를 쳤다.

"고약한 심보가 그 아비를 고스란히 빼다 박았구먼."

"어허, 이 사람. 궁궐은 벽에도 귀가 있다는 말 모르는가?"

"우리끼리니 하는 말이 아닌가. 그보다 다른 간택인들은 어찌하고 있다던가?"

"형조판서의 따님께선 그나마 좌의정 대감댁 아가씨보단 나은 듯싶더군. 그 어린 아가씨께선 제일 먼저 반 되의 쌀을 똑같이 열 개로 나눠 자신과 부리는 아랫것의 몫을 공평하게 나누었다고 하네."

"가장 일반적인 생각이로군. 허나 그리하였다간 두 사람 모두 닷새를 버티긴 어려울 것일세."

김담의 말에 양여섭도 수긍했다.

"그렇지. 그래도 부리는 아랫것을 나 몰라라 하지 않았으니 그점은 높이 살 만할 것일세."

"그럼 다른 분들은 어찌하였다던가?"

심운기가 다시 물었다. 사실, 해루도 궁금했지만 다른 간택인들의 지혜도 궁금하던 참이었다.

"창녕 현감의 여식께선 다섯의 간택인 중 가장 너그러운 성정을 보이셨다네."

"너그러움을?"

"그분 역시 형판 대감의 아가씨처럼 반 되의 쌀을 열 개로 나눠담으셨다지. 헌데 자신보다 부리는 사람의 몫을 좀 더 많이 넣으셨다 하네."

"자신의 굶주림보다 어린 자식의 굶주림을 먼저 챙기는 어미의마음과 일맥상통하니 혹여 주상 전하께서 보고 싶으신 것이 그런것은 아닐까?"

심운기의 어림짐작에 김담이 제 의견을 내놓았다.

"전하께서 어떤 분이신지 잊었는가? 그런 평범한 것을 보시고자이러한 과제를 내놓으시진 않으셨을 터, 어린 아가씨의 마음은 장하시나 지혜롭다고는 하지 못하겠군. 그보다 왜 모두 굶주림을 참을 생각만 하는 것인지 모르겠군. 과제를 내실 때 별다른 제약이없었다는 소리를 들었던 것 같은데 말일세."

"그렇지. 간택인들이 간과한 것이 바로 그것이라네. 헌데 그것을지나치지 않고 정확히 집어낸 간택인이 있다네."

갑자기 신이 난 듯 양여섭이 침을 튀겨가며 이야기에 열을 올렸다.

"그게 무슨 말인가?"

"지니고 있는 패물을 궁녀들의 먹거리와 맞바꾼 간택인이 있다네."

"그게 우리 해루인가?"

김담이 눈을 반짝거렸다.

"유감스럽게도 아닐세."

"그래? 해루가 아니야?"

해루가 아니라는 말에 김담의 표정이 금세 시큰둥해졌다. 그를 대신하여 심운기가 물었다.

"누가 그런 생각을 했다던가?"

"대제학의 따님이라네. 듣자 하니 가락지 하나로 무려 한 달은 족히 버틸 만한 먹거리를 구하셨다는군."

"그럼 우리 해루는?"

더는 궁금해 못 참겠다는 듯 김담이 물었다.

등줄기로 스멀스멀 불길한 예감이 올라왔다. 이 엉뚱한 녀석이 또 무슨 짓을 벌인 건 아닐까?

양여섭의 입에서 낙심 섞인 한마디가 흘러나왔다.

"그 녀석은 애저녁에 포기한 듯싶으이."

"그건 또 무슨 말인가?"

"고작 한 끼에 반 되의 쌀을 다 먹어버렸다네."

"그걸 다 먹어? 아무리 엉뚱한 녀석이라 해도 아무런 대책도 없이 그럴 리가."

"해루의 처소를 맡은 궁녀에게서 직접 들은 이야기라네."

김담이 마른침을 삼키며 물었다.

"이유가 있겠지. 뭔가 묘안이 있었을 게야. 그러니 쌀을 다 먹었 겠지. 안 그런가?"

"그래. 우리 해루가 아무리 엉뚱하다고 해도 그리 대책 없이 일을 벌일 아이가 아니라네."

심운기도 입을 모아 해루의 행동을 변명했다.

"그런가?"

내내 조소를 날리던 양여섭도 고개를 갸웃거렸다. 듣고 보니 일리 있었다. 아무리 엉뚱해도 아무런 대책도 없이 그런 일을 벌일 리 없다.

내가 해루, 그 아이를 너무 얕잡아보았나? 그래, 어쩌면 그 아이에게도 숨겨둔 한 수가 있으리라. 그것이 무얼까?

사흘 낮, 사흘 밤이 흘러갔다.

웃음소리 왁자하던 해루의 거처에도 밤의 기운이 물러가고 아침 햇살이 비집고 들어왔다. 두 번째 관문을 시작하고 나흘째 아침이 밝았다.

"……으음."

문지방 앞에서 앓는 듯한 신음이 들려왔다. 비척비척 몸을 일으킨 해루는 문지방 앞으로 다가섰다.

"덤이야, 너 괜찮으냐?"

대답은 들려오지 않았다. 해루는 죽은 듯 바닥에 엎드려 있는 덤이를 서둘러 흔들었다.

"덤이야! 덤이야!"

"……흔들지 마시어요. 흔들릴 기운도 없단 말이어요."

"죽은 줄 알았다."

"죽으려 해도 먹고 죽을 게 없어서 못 죽고 있습니다."

"고작 이 정도로 뭘 그러느냐?"

"고작 이 정도라고요?"

내내 풀기 없이 늘어져 있던 덤이가 발딱 몸을 일으켰다.

"엄마얏!"

놀란 해루가 주춤 한 걸음 뒤로 물러섰다.

"덤이야, 너 왜 그러느냐? 눈빛이 무섭구나."

애써 웃는 낯을 하는 해루의 목덜미 밑으로 덤이가 바싹 붙었다.

"……믿으라면서요."

두 번째 관문이 시작되고 수강궁에 들었을 때만 해도 해루는 자신만만하였다. 심지어 닷새 동안 먹으라던 반 되의 쌀을 한 끼에 해치워버리는 배포까지 보였다. 불안해진 덤이가 방책이 있느냐 물을 때마다 매번 자신만 믿으라고 큰소리쳤다. 내겐 든든한 뒷배가 있으니 염려 말라고.

그렇게 사흘이 지났다. 덤이는 근본 없는 믿음에 대한 대가를 처절하게 경험하고 있었다.

"믿었습니다. 철석같이 믿었어요. 그런데 이게 뭐여요? 벌써 사흘째 굶고 있잖아요. 이럴 줄 알았으면 궁 구경한답시고 아가씨 따라오지 않았을 거예요."

"……"

덤이의 원망에 해루는 괜스레 먼 데를 바라보았다.

조금 섭섭은 하였으나 유구무언(有口無言)이라. 입이 열 개라도 할 말이 없었다.

해루에게 있어 세상에서 가장 나쁜 짓은 물건을 훔치는 것도, 사람을 때리는 것도 아니었다. 세상에서 가장 나쁜 짓은 나를 믿고 따르는 사람에게 끼니 밥을 챙겨 먹이지 못하는 것이었다. 그 나쁜 짓을 무려 사흘째 하고 있으니. 슬쩍, 곁눈질로 덤이를 살피던 해루는 슬그머니 소맷자락을 뒤져 무언가를 꺼냈다.

"정히 견디기 어려우면 이거라도 먹지 않으련?"

그러나 해루의 호의에도 덤이는 흘기는 눈매를 쉬이 풀지 않았다.

"그깟 꽃으로 어찌 배를 채울 수 있단 말이어요?"

"이게 보기엔 영 맥이 없어도 먹다 보면 허기는 잊을 만하단다."

주눅이 든 목소리로 대답하던 해루는 수강궁 화원에서 딴 여름 꽃 한 움큼을 입에 넣었다. 제법 맛나게 먹는 그 모습에 덤이는 기어이 울음을 터트렸다.

"몰라요, 몰라. 믿는 도끼에 발등 찍혔어요."

어린아이처럼 울어대는 덤이를 어찌 다독여야 할지 난감했다. 해루는 뒤통수를 긁적거렸다.

"울지 마라, 덤이야. 울고 싶은 건 나란 말이다. 나야말로 믿었던 저하한테 제대로 발등 찍혔단 말이야."

저하께서 무슨 방도를 세워두신 줄 알았는데.

첫날엔 그저 무슨 사정이 있어 늦는 줄만 알았다. 둘째 날에도 곧 기별이 오리라 믿어 의심치 않았다. 하지만 이틀이 지나고, 사흘이 지나고 마침내 나흘째 아침이 되었건만 지금까지 세자 저하는커녕 개미 새끼 한 마리 해루를 찾지 않았다.

"이 양반들이 일을 시켰으면 적어도 배는 곯게 하지 말아야지."

퀭해진 눈으로 해루는 동창 밖을 응시했다.

공갈 저하, 대체 어디서 뭐 하시는 겁니까?

"이러다 세작 잡기 전에 저부터 잡겠습니다."

원망 가득한 혼잣말이 허공 위로 떠올랐다. 그러나 그 어디에서도 대답은 들려오지 않았다. 대답을 하기엔 세자께선 너무 먼 곳에 있었다.

❖

우거진 측백나무 사이로 버려진 사찰 하나가 보였다.

푸르스름 동이 터오는 시각.

오래전, 홀로 사찰을 지키던 노승이 입적한 이후 사찰은 돌보는이 없이 버려졌다.

하지만 오늘 새벽, 찾는 이 없어 고즈넉하던 사찰이 부산스러웠다.

"갈 길이 멀다. 서둘러라."

여인들이 하나의 줄에 손이 묶인 채 열을 맞춰 사찰 마당을 걸었다. 하나같이 어린 여인들이었다. 적게는 갓 열 살이 넘은, 여인이라 부르기도 어색한 나이부터 많으면 열대여섯 살 정도. 겁에 질린 여인들은 연신 등 뒤를 살피며 걸음을 옮겼다.

"부지런히 걸어라. 미적거리면 용서 없을 줄 알아."

"콱! 어디서 다리를 절어? 발모가지 부러지기 싫으면 빨리 걸어라."

십여 명의 사내들이 여인들을 향해 눈을 부라리며 위협했다. 험상궂은 인상의 사내들은 허리와 어깨에 시퍼런 칼을 달거나 걸치고 있었다. 맨 앞에서 수하들을 부리던 털석부리 거한이 여인들을돌아보았다.

"이년들아, 이 고생도 오늘로 끝이다. 사찰 밖에 훌륭한 어르신

들이 너희를 기다리고 계신다. 이후부터는 너희 하기에 달려 있어. 시키는 대로 고분고분 따르면 밥은 굶지 않을 거다. 아니, 밥만 안 굶겠느냐. 잘만 하면 정승 판서댁 마나님 부럽지 않은 호사를 누릴 것이야."

거한의 말에도 여인들의 안색은 그리 나아지지 않았다.

이대로 다른 사람에게 넘어가면 영영 고향 땅을 밟지 못하게 되리란 것을 알고 있었던 까닭이다. 서러운 제 신세에 여인 하나가 기어이 울음을 흘렸다. 텁석부리 사내의 눈빛이 험상궂게 일그러졌다.

"이년이 좋은 날에 재수 없게."

울고 있는 여인에게 달려간 사내가 뺨을 갈기려 했다. 그때 그의 손을 누군가 잡았다.

"그만두시게."

흑립을 쓴 중년인이었다.

"나, 나리."

중년인을 보자 텁석부리 사내는 적잖이 당황했다.

"말하지 않았는가. 거칠게 대하진 말라고."

"하, 하오나……."

텁석부리 사내는 어차피 팔려 갈 계집들이 아닙니까, 라는 말을 간신히 목구멍 아래로 삼켰다. 흑립의 사내가 건조한 시선으로 여인들을 훑어보았다.

"거사를 위해 어쩔 수 없이 행하는 일일세. 먼 길 가야 할 사람들이니 대접은 못 할망정 괄시는 말아야 하지 않겠는가?"

"아, 알겠습니다."

텁석부리 거한이 고개를 숙였다.

저리 고상을 떨어봤자 납치한 계집을 파는 인신매매범이라는 사실에는 변함이 없었다. 위선적인 사내의 행실에 불만을 품은 적이 한두 번이 아니었다. 그러나 감히 입 밖으로 그것을 내놓을 수는 없었다. 이 점잖은 사내가 얼마나 위험한 인물인지, 텁석부리는 그 누구보다 잘 알고 있었다.

"어르신 이야기 들었지? 말만 잘 들으면 가는 길까지 곱게 데려다줄 것이니, 그만 질질 짜고 걸어라."

텁석부리 사내가 여인들을 다그쳤다. 차마 지켜보는 눈이 있어 거친 행동은 하지 않았지만, 말하는 목소리가 썩 곱지 않았다.

"어허, 저자가……."

흑립 사내는 눈살을 찌푸렸다. 그러나 더는 나서지 않았다. 마음에 들지 않았지만, 이 더러운 일을 계속하려면 저런 몹쓸 망나니 같은 자들의 손이 꼭 필요했다.

그의 탁한 동공에 비틀거리며 끌려가는 여인들이 들어왔다. 한없이 처량하고 안쓰러운 모습이었다. 큰일만 아니라면 절대 하지 않았을 것이다. 하지만…….

흑립 사내는 고개를 저었다. 아서라. 이미 각오한 일이 아니던가. 알량한 연민에 휩쓸려 그만둘 일이라면 애초에 시작도 하지 않았으리라.

그때 옅은 신음과 함께 어린 소녀가 바닥으로 쓰러졌다. 하나가 쓰러지자, 함께 줄에 엮인 다른 여인들도 우르르 넘어졌다.

"이것들이 정신이 어디로 나간 거야? 그 나이 처먹고도 아직 걸음도 제대로 못 걸어?"

흑립 사내의 경고가 무색하게 텁석부리 사내가 여인들을 윽박질렀다. 곧 여인들의 구슬픈 울음소리가 들려왔다. 흑립 사내는 아예 고개를 돌려버렸다.

이마에 사마귀가 크게 자리한 사내가 흑립 사내의 눈치를 살피며 텁석부리에게 소곤거렸다.

"오늘은 어쩐 일로 저 양반이 안 가시네요."

"중요한 거래라지 않느냐?"

"그래 봐야 바로 윗선에 계집들을 넘겨주는 것뿐이지 않습니까? 아무래도……."

"수하들 단속이나 좀 잘해. 지난번에 보낸 물건에 흠이 생겨서 저리 호들갑을 떠는 거 아니냐?"

"물건을 다루다 보면 다소 흠이 생길 수도 있는 거죠. 그나저나 저분들은 이 일을 하면서 왜 저리 고상을 떠신답니까?"

"난들 아나. 고상을 떨든 지랄을 떨든 우리야 그저 굿이나 보고 떡이나 먹으면 되는 거지."

"아무렴요. 돈이나 벌면 되는 것이죠."

사마귀가 킥킥대며 웃었다. 텁석부리가 목소리를 높였다.

"또 설렁설렁 걷지? 아직 매운맛이 부족한 모양이다."

사마귀가 거들었다.

"두령님 말씀 못 들었냐? 엄살 그만 떨고 일어나. 아니면 더 맞고 싶은 거냐?"

두 사내의 매서운 눈길에 여인들은 신음을 흘리며 하나둘 몸을 일으켰다. 흡족한 표정으로 여인들을 훑어보던 텁석부리 사내가 사마귀에게 물었다.

"그나저나 물건 가져갈 분들은 왜 이리 안 오시는 거냐?"

"글쎄요. 올 때가 지났는데……."

텁석부리가 슬쩍 흑립 사내를 돌아봤다.

흑립 사내는 먼 곳을 볼 뿐, 이쪽 일엔 도통 관심을 보이지 않았다.

텁석부리는 속으로 코웃음을 쳤다. 고개를 돌리고 있는 수작이야 뻔하다. 계집들의 처량한 모습을 외면하고 싶은 거겠지. 그렇게 마음에 걸리면 애초에 이런 더러운 일에 손을 대지도 말았어야지. 원하는 물건을 구하려면 이 수밖에 없어서 어쩔 수 없다는 속사정은 들었지만, 그래도 겉과 속이 다른 듯한 행동에 속이 꼬였다.

"저기 옵니다."

사마귀 사내가 말했다. 그의 말대로 삿갓에 붉은 철릭을 입은 사내가 대문 안으로 성큼 들어서고 있었다. 사내의 등장에 텁석부리가 눈을 가늘게 여몄다.

"매번 오던 양반이 아닌데? 게다가 혼자고."

"그러게요. 여자들을 실어 갈 마차도 보이지 않는데요."

텁석부리 사내가 흑립 사내에게 고개를 돌렸다.

"혹여 아는 분이십니까?"

흑립 사내는 고개를 저었다.

"이봐, 네 녀석은 뭐냐?"

텁석부리가 낯선 사내에게 물었다.

"나 말인가?"

낯선 사내가 얼굴을 가린 삿갓을 슬쩍 들어 보였다.

순간, 주위가 환해진 듯한 착각이 일었다. 같은 사내가 보아도 탄성이 나올 만큼 참으로 잘난 사내였다. 낯선 사내의 얼굴에 옅은 미소가 피어올랐다.

"저 여인들을 데려가려 온 사람일세."

사마귀가 고개를 끄덕였다.

"여자들을 데리러 왔다는 걸 보니 맞는 모양인데요?"

"허튼소리 마라. 이쪽 장사 한두 번 해보느냐? 갑자기 사람이 바뀌는 경우는 없어."

"그럼 저놈은 뭘까요?"

"수상한 녀석이로군. 이봐, 너 이름이 뭐냐? 어디에서 누가 보내서 온 거냐?"

"내 이름은 향이라고 한다."

"향?"

"그리고 날 보낸 곳은 바로 저곳이지."

스스로를 향이라 말한 사내가 돌연 손가락으로 하늘을 가리켰다. 텁석부리 사내를 비롯한 모두가 그의 손길을 따라 일제히 고개를 들었다.

"하늘?"

"무슨 개소리야?"

다소 진부한 물음에 향은 소매를 걷는 것으로 대답을 대신했다. 그의 손목엔 검은 윤기가 흐르는 둥근 고리가 매여 있었다. 그가 고정하는 부분을 열자 고리가 풀리며 긴 작대기로 변했다.

"경첩을 빼니 보관은 편하나 준비에 시간이 적잖게 걸리는군."

무언가 마음에 들지 않은 듯 향은 혼잣말을 중얼거렸다. 그 와중에도 어른 팔 길이만 한 작대기를 바닥에 세우고 누르며 양 끝에 시위를 걸었다. 그제야 사람들은 그의 손목에 감겨 있던 것이 본래 활이었음을 알 수 있었다.

"대신 활 쏘는 재미는 있겠구나."

시위를 당겨본 향이 이번엔 만족스러운 표정을 지었다.

신기한 광경에 잠시 넋을 잃고 지켜보던 텁석부리 사내가 뒤늦게 고함을 질렀다.

"네 이놈, 누구냐! 누가 보내서 온 것이냐!"

그의 위협에도 향은 웃음을 잃지 않았다.

"아까 말하지 않았느냐? 저쪽에서 보내서 왔다고."

"뭐? 너, 대체 뭐 하는 놈이냐?"

소매에서 짧은 화살 하나를 꺼내 시위에 걸며 향은 말을 이었다.

"사람 같지 않은 자들을 사냥하러 온 사람이니라."

그의 눈빛이 서늘해졌다.

반 시진 후.

사람들로 번잡했던 사찰은 본연의 고요함을 되찾았다. 여인들을 인신매매하려던 텁석부리 사내와 그의 수하들은 모조리 죽거나 다쳤다.

향의 활에 먼저 넷이 당했다. 나름 반격하려는 찰나, 지붕에서 허깨비처럼 무혁이 뛰어내렸다. 그의 뒤로 잘 훈련된 무사들이 줄줄이 모습을 드러냈다. 눈 깜짝할 사이 여인들을 겁박하던 열 명의 사내들이 바닥을 나뒹굴었다. 물론 쉽지 않은 상대도 있었다.

중년의 흑립 사내. 다른 녀석들과 달리 그의 무예 실력은 보통이 아니었다. 결국, 무혁이 직접 나서서야 그를 제압할 수 있었다.

"여인들을 풀어주어라."

무혁이 명하자 무인들이 여인들을 묶은 줄과 재갈을 풀어주었다.

일을 마친 무혁이 향에게로 다가갔다.

"괜찮으십니까?"

향은 고개를 끄덕였다.

"괜찮다. 그보다…… 이자들과 거래하려던 자들은 잡았느냐?"

"눈치 빠른 작자들이었습니다. 수상한 낌새를 눈치채고 모두 달아난 듯하옵니다. 다만 여인들을 태워 가려고 가져온 듯 보이는 마차에서 이것을 발견하였습니다."

무혁이 가죽 주머니를 두 손으로 건넸다.

"……화약이로군."

주머니 안의 내용물을 살피던 향의 눈빛이 깊어졌다. 최경묵의 집에서 발견한 화약이 전혀 다른 장소에서 다시 나타났다.

"이번에도 여인을 대가로 화약을 받으려 한 모양입니다."

"아쉽군. 마차의 주인을 잡았다면 뒷배를 확인할 수 있었을 텐데."

인신매매와 화약의 출처를 쫓던 향이 수상한 움직임을 포착하였다는 보고를 듣게 된 것은 지금으로부터 이틀 전이었다. 바쁜 일을 제쳐두고 한달음에 달려온 덕에 늦지 않게 현장을 잡아낼 수 있었다. 하지만 이번에도 정작 중요한 윗선은 꼬리만 자르고 사라지는 도마뱀처럼 자취를 감추었다.

"헌데 이자들은 왜 화약을 모으고 있는 것일까요?"

"살아 있는 자들을 문초해 보면 알 수 있겠지."

다른 자들은 몰라도 흑립 사내는 분위기가 남달랐다. 그를 조사하면 어쩌면 애타게 찾던 정보를 찾을 수 있을지 모른다.

그때였다.

"저, 저하."

사찰 뒷마당에서 살아남은 자들을 한데로 모으던 무인이 당혹스러운 음성으로 향을 불렀다.

심상치 않은 분위기.

"무슨 일이냐?"

"살아남은 자들이……."

"무엇이?"

향은 한달음에 사찰 한쪽으로 달려갔다.

지푸라기 인형처럼 맥없이 쓰러진 사람들이 보였다. 좀 전까지 분명 멀쩡히 살아 있던 자들이다.

"어찌 된 일이냐?"

"갑자기 코와 입으로 피를 쏟으며 죽었습니다."

죽은 자들을 살피던 무혁이 무거운 표정으로 고했다.

"독입니다."

향의 입에서 혀 차는 소리가 흘러나왔다.

"참으로 독한 자들이로구나."

한순간에 심문할 포로마저 잃었으니 배후를 밝혀낼 단서도 모두 잃게 된 셈이다.

"이를 어찌한다?"

향은 난감한 표정으로 주위를 둘러보았다.

문득 그의 눈에 이채가 서렸다.

피 흘리며 쓰러진 흑립 사내의 앞섶에 곱게 접힌 서찰 하나가 삐죽 귀퉁이를 보였다.

무엇일까? 궁금한 마음에 향은 흑립 사내의 곁으로 다가가 쪼그리고 앉았다. 서찰을 펼쳐 보던 향의 눈동자가 커졌다.

"이것은……!"

서찰을 든 향의 손이 미세하게 떨렸다.

바로 그때였다.

죽은 줄 알았던 흑립 사내가 돌연 벌떡 몸을 일으켰다.

"원수! 죽어라!"

독을 먹고 자결한 다른 자들과 달리 그는 혀를 깨물고 죽은 시늉만 했던 것이다. 어느새 그의 손엔 시퍼런 단도마저 쥐여 있었다.

"위험합니다."

무혁이 재빨리 두 사람 사이로 뛰어들며 검을 휘둘렀다.

검붉은 핏방울이 사방으로 튀었다. 흑립 사내가 피를 쏟으며 바닥으로 허물어졌다. 죽어가는 그에게 향이 물었다.

"널 부린 자가 누구냐? 무엇 때문에 화약을 모으는 것이냐?"

"사악한 종자들. 내 손으로 끝장내고 싶었는데……. 아쉽구나. 으흐흐. 먼저 가서 기다리고 있으마."

그 말을 끝으로 흑립 사내는 고개를 떨구었다.

향은 씁쓸한 표정으로 몸을 일으켰다.

이로써 단서가 모두 사라졌다. 아니, 성과가 전혀 없었던 것은 아니었다.

향은 손에 쥐고 있는 서찰을 내려다보았다.

흑립 사내로부터 얻은 초상화. 그러나…… 그것은 전혀 상상하지 못했던 인물의 얼굴이었다. 이것이 이번 사건과 어떤 연관이 있단 말인가? 머릿속이 혼란스러웠다.

그때 무혁의 당황한 목소리가 향의 귓전을 파고들었다.

"저, 저하!"

전에 없이 허둥대는 눈빛.

왜 저럴까? 좀처럼 마음의 동요를 보인 적 없었던 무혁이 아니던가. 향은 고개를 갸웃거리며 무혁의 시선을 좇았다. 곧 자신의 왼쪽 어깨에 눈길이 멈췄다. 그의 붉은 철릭이 서서히 젖어가고 있었다. 저도 모르는 사이, 흑립 사내의 기습에 상처를 입은 것이다.

돌연 전신이 나른해지며 지독한 현기증이 밀려왔다. 바닥으로 쓰러지는 향을 무혁이 서둘러 부축했다.

"저하!"

머리 위로 무혁의 숨결이 쏟아졌다.

괜찮다, 말해야 하건만. 이상하게도 온몸이 물에 젖은 솜처럼 무거웠다.

향은 무거운 눈꺼풀을 천천히 감았다. 흐릿한 시야 끝에 독을 삼키고 자결한 자들의 모습이 맺혔다.

독(毒).

흑립 사내의 단검에 독이 묻어 있었던 모양이다.

"낭패……로군."

답답한 한숨을 끝으로 시야가 캄캄하게 어두워졌다.

가지 마라

눈꽃이 나리던 날이었다.

나는 고모의 상여가 나가는 것을 멍하니 지켜보고 있었다.

눈물이 끝없이 흘러나왔다.

참으로 다정한 분이셨는데.

돌이켜보면 꽃 같은 분이셨다.

제비꽃처럼 수줍고, 목단처럼 화사했다. 들국화처럼 소박했고, 매화처럼 고아했다.

계절마다 다른 모습의 아름다움과 다른 빛깔의 생기가 흘러넘쳤다.

하지만 갑작스러운 병마가 그분의 전신을 휩쓸었다.

밝은 생기는 순식간에 사라졌다. 화사한 젊음은 신기루처럼 쉽게 부서졌다.

생(生)은 모래성처럼 허무하게 무너졌다.

죽음은 늪처럼 그분의 발을 삼키고, 허리를 먹고 어깨를 지나 급기야 머리 위로 올라왔다. 생과 사가 뒤바뀌는 것은 그야말로 순식간이었다. 깨어나지 않는 악몽을 꾸는 듯 머릿속이 흐릿했다.

믿을 수 없었다. 믿지 않았다.

하지만…… 그분의 싸늘한 시신은 이 모든 것이 꿈이 아닌 현실이라 말해 주었다. 슬픔이 채 가시기도 전에 이번엔 누이마저 내 곁을 떠났다.

고작 열세 살. 일생의 가장 찬란한 한때를 보내야 할 누이는 차가운 모습으로 누워 다시는 일어나지 못했다.

다시는 봄 들판을 함께 걷지 못하게 되었다.

다시는 마주 보며 웃을 수도 없었다.

죽음은 물처럼 누이를 삼켰다. 파리한 입술과 창백한 누이의 얼굴이 꼭 물에 잠긴 듯했다.

누이의 마지막 눈길을 잊지 못한다.

애타게 누이의 이름을 불렀지만, 누이는 나를 보지 않았다. 초점 잃은 동공은 이미 살아 있는 자의 세상이 아니라 그 너머의 어딘가를 응시하고 있었다. 날카로운 칼날로 심장을 도려낸 듯하였다. 가슴에서 붉고 뜨거운 무언가를 생으로 꺼내어 갈기갈기 찢어버린 느낌이었다. 머릿속에 남은 추억마저도 누이를 삼킨 물에 빼앗긴 듯하였다.

이번엔 울음조차 나오지 않았다. 혼절하고 깨어나길 반복하는 어머니의 곁에서 나는 차마 마른 울음조차 내어놓질 못했다.

저주라 생각했다.

죄 없는 수많은 목숨을 제물 삼아 이뤄낸 왕좌. 피를 타고 이어지는 죗값.

내 할아버지와 그 아버지의 손에 목숨을 잃은 수많은 혼령의 원한이라 생각했다.

천형이 되어 돌아온 피의 무게.

가장 높은 곳에 군림하는 자의 업보.

미숙하고 어린 시절엔 그리 생각하고 고뇌하고 슬퍼하였다. 고모와 누이의 죽음 속에 도사린 핏빛 원념조차 읽지 못할 만큼…….

그때의 난 아둔하고 어리석었다.

"저하, 정신이 드십니까?"

흐릿한 시야 사이로 무혁의 얼굴이 들어왔다. 향은 고개를 끄덕거렸다. 아니, 끄덕이려 하였다.

그러나 몸은 여전히 무거웠다.

"내가 얼마나 정신을 잃었던 것이냐?"

"한 시진쯤 되었사옵니다. 검 끝에 독이 묻어 있었던 모양이옵니다."

"그래?"

"다행히 조금 스친 정도라, 몸이 일시 마비되는 걸로 그친 모양입니다."

"다행이구나. 허면 다른 자들은 어찌 되었느냐?"

향은 하얗게 마른 입술을 혀끝으로 적시며 물었다.

"모두 절명하였습니다. 그러나 숲 바깥에서 마차를 버리고 간 자들로 추정되는 무리를 발견했다는 보고가 있었사옵니다."

"그자들을 쫓아라. 그들이 도마뱀의 몸통으로 우리를 안내해 줄 것이다."

"충위군 아이들을 붙여두었습니다."

"그들로는 부족하다. 혁아, 네가 가거라."

"하오나……."

무혁이 향의 상처 부위에 시선을 던졌다. 소매를 찢어 감싼 부위가 다시 벌겋게 물들었다. 무혁의 얼굴에 스스로를 책망하는 빛이 떠올랐다. 조금만 더 빨랐어도, 아니 그때 저하에게서 눈만 떼지 않았어도.

무혁의 후회는 향에게로 고스란히 전해졌다. 향은 손을 뻗어 무혁의 어깨를 굳게 잡았다.

"나는 되었으니, 너는 그들을 쫓아라."

"송구하옵니다. 신, 이번만은 저하의 뜻을 따를 수 없사옵니다."

"혁아!"

"죄는 달게 받겠나이다."

"정녕 고집을 부릴 것이냐?"

"제게는 그자들을 쫓는 일보다 저하의 안위를 살피는 일이 더 중요하옵니다. 제 생각이 짧았사옵니다. 이리 험한 곳에 저하를 뫼시는 것이 아니었사옵니다."

"내가 원하여 온 것이다."

"저하께서 뭐라 하셔도 뫼셔서는 안 되었사옵니다."

더는 후회할 일을 만들지 않으리라. 단호한 표정을 한 채 무혁은 고집을 부렸다.

그를 바라보는 향의 입가에 흐릿한 미소가 떠올랐다. 향은 천천히 몸을 일으켰다.

"상처가 웬만하니 나 혼자 돌아가도 충분하다. 그러니 너는 충위 군과 함께 적들의 뒤를 쫓아라."

"저하……."

"명이다!"

쐐기를 박는 한마디. 감히 거역할 수 없는 주술에 포박당한 듯 무혁은 굳어졌다.

향은 석상처럼 굳어버린 무혁을 뒤로한 채 낡은 집을 나섰다.

"가거라. 가서 그들을 잡아 와."

"……잡을 것이옵니다. 어떻게든 잡겠사옵니다. 그러니 곧장 궁으로 가셔야 하옵니다. 다른 길로 가셔서는 아니 되옵니다. 별도, 달도……. 다른 곳은 보지 마시고 궁으로만 가시옵소서."

무혁의 당부에 향은 예의 장난기 가득한 얼굴로 그를 돌아보았다.

"궁으로 가마. 다른 곳엔 한눈팔지 않고 곧장 궁으로 가마. 내 약조하마."

산 아래 매어둔 말을 달려 향은 궁으로 돌아왔다. 곧장 동궁전 으로 가서 치료를 하는 대신 그는 신루로 은밀히 스며들었다.

생각을 정리할 시간이 필요했다. 아니, 사실 그 누구도 지켜보지 않는 곳에서 잠시 쉬고 싶은 마음이었다. 왕세자도 그 무엇도 아닌 그저 사람으로…….

상처 입은 사내의 모습으로 잠시만 눈을 붙이고 싶었다.

밤이 깊지 않은 시각이라, 궁 곳곳이 환하게 불을 밝히고 있었 다. 그러나 이곳에서 나고 자란 향에겐 그 무엇도 방해가 되지 못했다. 왕과 왕세자만이 알고 있는 비밀 통로를 통해 그는 신루 안에 있는 자신의 거처로 향했다.

누구에게도 방해받지 않는 곳. 마치 어머니의 자궁처럼 안전하고 한없이 아늑한 곳에 발을 디디는 순간, 그는 쓰러지듯 바닥에 몸을 뉘었다.

상처 입은 채로 말까지 달렸으니, 몸이 아우성을 쳤다.

이대로 죽은 듯 푹 자야겠다. 한숨 자고 일어나면 무거운 몸도 한결 가벼워지리라. 생각은 그다음에…… 이다음 일은 잠시 쉬고 난 이후에 해도 늦지 않겠지.

향의 머릿속이 까무룩 어두워졌다. 그러나…… 향은 감았던 눈을 떴다.

찌르는 듯한 시선.

누구의 방해도 받지 않을 안전하고 은밀한 자신만의 안식처. 그곳에 누군가 있었다.

향은 누운 채로 고개를 돌렸다.

어둠 속에서 무언가 반짝거렸다.

눈동자였다. 달빛을 받아 푸르게 깜빡이는 눈동자엔 하나 가득 원망이 서려 있었다. 그의 눈매가 가늘어졌다. 향은 어둠에 숨어 있는 불청객을 향해 목소리를 높였다.

"누구냐?"

어둠을 가른 물음이 반짝이는 눈동자에 꽂혔다. 대답은 곧바로 돌아왔다.

"지금 한가로이 잠이 오십니까?"

제법 날을 세웠으나 어쩐지 풀기가 많이 빠진 힘없는 목소리. 향은 상체를 일으켜 벽에 등을 기대고 앉았다.

"해루냐?"

"네, 해룹니다. 저하께 제대로 배신당한 해룹니다."

"여긴 어찌 알고? 그보다 누가 누굴 배신했단 말이더냐?"

"그럼 이게 배신이 아니고 무엇이겠습니까? 닷새입니다. 그중 무려 사흘 동안 세자 저하를 기다렸습니다. 오늘은 오시겠지, 내일은 무슨 연통이 있을 거야…… 하며 굶었습니다."

"굶어?"

"무얼 그리 새삼스럽다는 듯 말씀하십니까? 재간택의 두 번째 관문, 쌀 반 되로 닷새를 사는 거, 모르셨습니까?"

"알고는 있었다만……."

"알면서 모른 척, 아무런 방도도 세우지 않으셨단 말입니까?"

향의 태연한 대답에 해루는 한숨을 내쉬었다.

이런 분을 철석같이 믿고 그 반 되의 쌀을 한 끼에 다 털어먹었으니. 괜히 억울한 마음에 해루는 향의 곁으로 바싹 다가앉았다. 한바탕 따질 심산이었다.

"대체 어찌 되신 겁니까? 세작 잡으려다 제가 먼저 죽을 뻔했습니다."

"그래도 어찌 잘 살아 있구나."

"그걸 말이라고 하십니까? 저나 되니까 이 정도로 끝난 것입니다."

"너라면 잘해낼 거라 생각했다. 그보다 함께 들어간 아이가 있었을 터인데?"

"말도 마십시오. 저 하나라면 굶고 말 일이지만, 덤이가 있어 그러지도 못했습니다."

향이 미소 지었다.

"말을 들어보니 뭔가 한 모양이구나."

"어찌어찌 이틀은 버틸 수 있었습니다. 시중들어 주는 궁녀의 사주를 봐주며 주전부리도 조금씩 얻어먹을 수 있었으니까요. 하지만 사흘째 되는 날부터는 먹을 것이 씨가 말랐습니다. 그래서 결국, 음식을 청하고 말았습니다."

"그래. 결국, 그리했구나. 왜 그리하였느냐?"

"덤이가 아팠습니다."

"그래서 방을 나갔구나. 덤이를 위해서."

"그 일은 공갈 저하께 죄송하게 생각하고 있습니다. 자칫했으면 탈락하여 세작 잡는 일을 더는 하지 못할 뻔하였습니다."

"하지만 떨어지지 않았겠지. 떨어진 줄 알았지만, 결과적으로는 떨어지지 않았어. 그렇지?"

해루가 눈을 동그랗게 떴다.

"그걸 어찌 아셨습니까?"

향은 그녀의 순진한 눈을 마주 보며 미소 지었다.

"네가 정답을 찾았기 때문이다."

"정답……이라고요?"

"그 시험은 주상 전하께서 내리신 것이다. 핵심은 쌀 반 되로 닷새를 버티는 게 아니었다."

"닷새를 버티는 게 문제가 아니었다고요?"

"정말 중요한 건 함께 있는 아랫사람이 굶고 있는 걸 보고 어찌 대응할까 하는 것이었다."

"그런…… 것이었습니까?"

"좌의정 댁 규수는 악수(惡手)를 두었다. 결국, 제가 살고자 아랫사람을 굶기고 말았다. 형판 대감 댁의 아가씨는 평범한 선택을 하였지. 창녕 현감의 여식은 배려는 깊었으나 옳은 답은 아니었다. 결국, 제가 굶었으니 말이다. 대제학의 여식은 뛰어났다. 가락지를 팔아 두 사람 모두 배불리 먹었으니. 하지만 뛰어날지언정 정답은 아니었다. 결론적으로 가락지를 헐값에 팔았으니, 손해를 본 것이기 때문이다."

"그 시험에 그런 깊은 의미가 있었습니까? 아니, 그보다 그런 사정을 저하께선 어찌 다 알고 계신 겁니까?"

해루는 놀란 표정으로 물었다.

"내 눈과 귀는 세상 어느 곳에도 다 있다."

"말도 안 됩니다."

토라진 아이처럼 고개를 돌리는 해루를 향해 향의 말이 이어졌다.

"어쨌든 이번 과제에서 정답을 찾아낸 사람은 너였다. 해루 넌, 틀에 얽매이지 않고, 과감하게 문밖으로 나가 문제를 해결하려 하였지."

"하지만 전 규칙을 지키지 않았습니다."

"방 밖으로 나가지 말라는 규칙은 없었다."

"하지만 최고 상궁께선……."

"각자의 거처에서 쌀 반 되로 닷새를 버티라 하였지, 거처 밖으로 나오지 말라는 말은 하지 않았다."

해루의 입이 떡 벌어졌다.

이 관문에 그런 식의 해법이 존재하는 줄은 상상도 못하였다.

"이 시험은 백성을 대하는 마음을 평가하는 것이었다. 그리고 이유야 무엇이건 간에 넌 정답을 찾아낸 것이다."

"의도한 것이 아닙니다. 문제를 제대로 파악한 것도 아닙니다. 전 그저……."

"그래, 본능에 따른 것이겠지. 덤이를 굶기고 싶지 않은 본능. 설사 그 때문에 간택에서 떨어지게 되는 한이 있어도 말이야."

향은 따뜻한 눈길로 해루를 바라보았다.

"그래서 너를 택한 것이다."

"네?"

"너라면 반드시 이 시험을 통과할 줄 알았다."

불퉁한 말과 달리 주위 사람을 아끼고 진심으로 보살피는 너라면…… 틀림없이 통과할 거라 믿었다.

향이 말을 하는 동안 해루는 내내 놀란 기색을 감추지 못했다.

이 모든 일을 다 알고 계셨단 말이야? 게다가 내 행동까지도 예측하셨다고?

그러나 잠시 후.

두근거리는 감정을 진정시킨 그녀는 입술을 뾰족하게 내밀었다.

"아주 청산유수십니다. 말이라도 못 하시면 밉지나 않을 것을……. 솔직히 말씀하십시오. 그냥 방치해 둔 일을 대충 얼버무리시는 거 아닙니까?"

"……"

"왜 아무 말씀도 없으십니까?"

"말이라도 못 하면 밉지 않을 거라며?"

"지금 그걸 농이라고 하십니까? 저는 죽어라 고생하였는데 그리 농만 하실 겁……."

문득 해루의 목소리가 잦아들었다. 반듯하던 이마가 한데로 모였다. 무얼 보았는지 그녀는 향의 얼굴을 이리저리 살피기 시작했다. 부드럽게 미소 짓는 향의 얼굴엔 식은땀이 가득 맺혀 있었다.

"뭡니까? 왜 이러십니까?"

"무엇이 말이냐?"

"안색이 왜 이러십니까? 배 곯아가며 고생한 사람은 전데, 왜 저하께서 피죽 한 그릇 못 먹은 사람 꼴을 하고 계십니까?"

"왕세자에게 꼴이라니."

"지금 그게 중요한 게 아니질 않습니까? 왜 이러십니……."

부산하게 향을 살피던 해루의 눈이 찢어질 듯 커졌다.

붉게 물든 향의 왼쪽 어깨가 시야에 들어왔다.

"저하, 다치셨습니까?"

"조금 긁힌 정도다."

"말도 안 돼요. 이리 많은 피를 흘리셨는데, 긁힌 정도라니요."

해루는 상처를 감싼 천을 조심조심 풀었다.

이내 볼멘소리가 해루의 입에서 흘러나왔다.

"이게 어디가 긁힌 상첩니까?"

"……걱정되느냐?"

"당연하지요."

"왜?"

내가 너의 무엇인데 걱정하느냐?

"왜가 어디에 있습니까? 걱정됩니다. 이리 다친 것을 보고 누가 걱정하지 않겠습니까? 아니, 이러고 있을 것이 아니라…… 어의를 부르겠습니다."

마음이 다급해진 해루는 자리에서 일어섰다.

그 부산스러운 몸짓이, 수선스러운 목소리가 여름 빛살처럼 향의 심장을 파고들었다.

여느 때라면 조금은 귀찮고, 또 조금은 번잡하게 느꼈을 행동.

그러나 어이없게도 자신을 걱정하는 해루를 보는 순간, 팽팽하게 온몸을 조이던 긴장감이 맥없이 허물어졌다.

햇솜처럼 포근하고 따뜻한 기운이 향의 살갗에 스몄다.

"저하……."

겁 없이 짓쳐들어오는 저 커다란 눈동자.

"안색이 안 좋으십니다. 정말 괜찮으십니까?"

순수하게 염려하는 저 표정.

저것이었나 보다.

아니다, 싫다 하면서도 나는 지금껏 저런 눈빛이, 저런 표정이 보고 싶었나 보다.

"사람을 불러오겠습니다."

"가지 마라."

지금은 방해받고 싶지 않구나.

"저하."

"가지 마."

향은 돌아서는 해루의 손을 붙잡았다.

거센 완력이 작은 몸의 균형을 무너뜨렸다.

중심을 잡지 못한 채 휘청이는 그녀를 향은 제 품속으로 끌어당겼다.

콩!

해루의 하얀 이마가 향의 가슴에 박혔다.

순간, 박하 잎을 삼킨 듯 화한 전율이 일었다.

그것은…… 아주 작은 온기에서 비롯된 전율이었다.

그저 한 손 안에 들어올 만큼의 작은 온기.

그러잡은 손에 힘이라도 주면 와스스 부서져버릴 것만 같은 그런 연약한 존재.

　　그런데…… 가슴이 뛴다.

　　제 심장에 맞닿은 온기에…… 명치끝에 달라붙는 숨결에……
줄곧 죽어 있던 심장이 뛰기 시작했다.

잠시만 쉬고 싶구나

자글거리는 햇살이 문지방 너머로 물러가고 있었다.

사흘째.

여전히 세자 저하에게선 기별이 없었다.

"정말 뒷배가 있긴 하신 거여요?"

붉게 번지는 하늘 귀퉁이를 바라보던 덤이가 기어이 뾰족한 한 마디를 흘렸다. 아침나절까진 그럭저럭 참아내더니, 덤이의 인내심도 드디어 한계에 다다른 모양이다. 하얗게 마른 입술을 겨우 혀끝으로 축이던 덤이는 또다시 울음을 터트렸다. 사흘째 되는 날부터 터진 덤이의 울음보는 하루에도 몇 번이나 터졌다.

"이놈의 주둥이가 문제라니까요. 왜 아가씨 수모 노릇을 자청하였을까요? 고분고분 집에 있었으면 지금쯤 울 어머니가 해 주는 따신 밥 먹으며 배 두드리고 있었을 텐데. 흐윽. 어머니, 보고 싶어요.

울 어머니 얼굴도 못 보고 이대로 죽는 건 아닌지 모르겠어요."

"……."

몇 끼 굶는다고 설마 죽기야 할까. 그래도 설움 중에 가장 큰 설움이 배고픈 설움이라. 그 마음, 이해하고도 남음이었다.

그나저나 저하께서는 어찌 이리 소식이 없으신지. 얼마나 더 기다려야 하는 걸까? 이럴 때면 미래가 마음대로 보이지 않는 것이 참으로 답답했다. 세자 저하께서 언제 오시는지 알면 이리 갑갑하지 않을 것을.

해루는 검붉게 물드는 동창으로 시선을 던졌다. 언제부터인가 향을 떠올릴 때면 저도 모르게 무심코 창을 보곤 하였다.

"무슨 일이라도 생긴 걸까?"

처음엔 세자 저하의 무심함을 원망했었다. 하지만 이젠 혹 세자 저하께 무슨 일이 생긴 것은 아닐까 걱정되었다. 이리 내버려둘 분이 아니신데.

"아무래도 안 되겠어요."

내내 울먹거리던 덤이가 자리에서 벌떡 일어섰다. 해루가 눈을 휘둥그렇게 떴다.

"왜? 뭘 하려고?"

"더는 이러고 있을 순 없어요. 이대로 있다간 정말 굶어 죽겠어요."

"어쩌려고?"

"죽을 수는 없잖아요. 제가 나가서 먹을 것 좀 구해볼게요."

단단히 결심한 듯 덤이가 문을 향해 걸어갔다. 해루는 서둘러 덤이의 발목을 잡았다.

"아니 된다."

"놓으세요. 이러다 정말로 굶어 죽겠어요."

"조금만 참자. 조금만."

"참는다고 뾰족한 방도가 생기는 것도 아니잖아요."

"생길 거야. 그러니……."

"그 말을 사흘 내내 들었어요. 기다린다는 도움은 대체 언제 오는 거예요?"

"조만간 연락이 올 거야."

"이젠 아가씨 말씀, 못 믿겠어요."

"조금만 더 참아보자, 응? 덤이야."

해루의 간곡한 청에 덤이는 못 이기는 척 자리에 도로 앉았다.

"제가 아가씨 때문에 못 살겠어요."

덤이가 투덜거렸다.

"고맙다, 덤이야."

진심을 담은 해루의 한마디가 덤이의 귓전을 파고들었다. 덤이의 얼굴이 발그레 붉어졌다.

"그러지 마세요. 괜히 투정 부린 것뿐이에요. 저는 무식한 아랫것이라 무슨 일이 어찌 돌아가는지 몰라요. 그래도…… 이대로 나가면 안 된다는 건 눈치로 알 수 있어요."

"그랬구나."

"아가씨, 이번 간택에 나선 이유가 있다고 하셨지요?"

덤이의 물음에 해루는 고개를 끄덕였다.

이 고단한 간택에 참여한 이유, 세작을 잡기 위해서였다. 궁에 불어 닥칠 겁화를 막기 위함이었다. 만약 이대로 세작을 잡아내지 못한다면……. 세자 저하와 신루의 학자들이 위험해질 수도 있다.

그러나 아직 세작이 누구인지 그 그림자조차 잡지 못했다.

"어떤 연유로 아가씨께서 대감마님의 양녀가 되신 건지 모르겠지만, 어찌 되었든 아가씨께서 재간택에 낙점된 이후로 대감마님께서 은근히 기뻐하셨어요. 안방마님은 또 어떻고요? 아가씨께서 입으실 옷가지를 마련하시면서 얼마나 좋아하셨는데요."

"그러셨느냐?"

"네, 그랬죠."

한숨을 푸욱 내쉰 덤이가 대(大) 자로 드러누웠다.

"에고, 모르겠어요. 안방마님을 생각해서라도 그냥 참아볼래요. 끽해야 닷새인데, 설마 그걸 못 참겠어요?"

그러나 덤이의 장담은 얼마 가지 못했다.

새벽 무렵, 덤이의 상태가 이상해졌다. 밤새 끙끙 앓는 소리를 내더니 새벽이 될 때쯤엔 쌕쌕 밭은 숨을 내뱉었다.

"덤이야, 어찌 이러니?"

놀란 해루가 덤이를 깨웠다. 그러나 덤이는 좀처럼 눈을 뜨지 못했다. 해루의 마음이 급해졌다.

"보십시오. 밖에 아무도 안 계십니까?"

다급한 부름에도 어찌 된 일인지 돌아오는 목소리가 없었다.

항상 궁녀가 문밖을 지키고 있었는데. 깊은 잠이라도 든 걸까?

"보십시오! 보셔요!"

해루는 다시 한 번 목소리를 높였다. 여전히 대답은 들려오지 않았다.

어찌한다? 고민하던 해루는 결국, 문을 열고 밖으로 나갔다.

"왜 그러셔요? 무슨 일이십니까?"

수강궁의 솟을대문 밖으로 나가자 때마침 번 교대를 하러 온 궁녀와 마주칠 수 있었다. 해루를 본 궁녀의 얼굴에 놀람이 들어찼다.

"아직 과제가 끝나지 않았습니다."

문밖으로 나온 간 큰 간택인을 향해 궁녀가 말했다. 해루는 고개를 끄덕거렸다.

"알고 있습니다. 그런데 저와 함께 온 아이가 이상합니다."

"네?"

"어서요. 급합니다."

해루는 머뭇거리는 궁녀의 팔을 잡고 방으로 돌아왔다. 덤이는 여전히 의식이 없었다.

"덤이야, 정신 차려봐. 덤이야."

해루가 덤이를 안아 일으켰다. 맥없이 축 늘어지는 덤이의 모습에 궁녀들의 행동이 분주해졌다. 방을 나간 궁녀가 의녀와 함께 다시 돌아왔다.

덤이의 맥을 짚은 의녀의 한마디가 해루의 귓가를 파고들었다.

"맥이 약하고 손발이 찹니다. 굶주림으로 기가 허해져 그런 것입니다."

"그럼……."

"보기보다 몸이 많이 약한 모양입니다. 이대로 더 굶주리면 몸이 상할 수도 있습니다."

"덤이의 몸이 상한단 말인가요?"

해루는 누워 있는 덤이에게서 시선을 떼지 못했다.

사람의 몸이 이리 나약할 줄은 미처 몰랐다. 설마, 며칠 굶는 정도로 아플 줄이야.

머릿속이 복잡해졌다. 식은땀을 흘리는 덤이의 모습 위로 향과 신루의 학자들이 겹쳐 보였다.

"앞으로 이틀만 더 참으면……."

"위험해질 수도 있습니다."

그때 귓전을 파고드는 의녀의 한마디. 더 이상의 갈등은 없었다.

세자 저하와 신루의 학자를 지켜야 한다는 생각은 여전했다. 하지만 그렇다고 이대로 덤이를 내버려둘 수는 없었다.

우선 덤이를 구하고, 세작 일은 그 이후에 생각해 봐야겠다.

세자 저하의 믿음을 저버리겠다는 생각은 절대 아니다. 간택에서 떨어진다고 하더라도 세작은 무슨 수를 써서라도 잡아내리라. 그러니 우선은…….

"먹을 것을 주십시오."

해루의 말에 궁녀와 의녀가 놀란 표정을 지었다.

"아직 관문이 끝나지 않았습니다. 음식을 청하면……."

해루가 궁녀의 눈을 정면으로 바라보며 말했다.

"이대로는 덤이가 위험하다는 말 못 들으셨습니까? 눈앞에 아픈 사람이 있는데, 세자빈 간택이 무슨 큰일이겠습니까."

"고작해야 부리는 아랫것입니다."

이깟 일로 세자빈이 될 수 있는 귀한 기회를 스스로 차버리겠습니까?

"덤이입니다. 고작해야 부리는 아랫것이 아니고 저 아이의 이름은 덤이입니다. 먹을 것을 주십시오."

"……."

흔들림 없는 해루의 눈빛에 궁녀는 결국 고개를 주억거렸다.

"알겠습니다."

잠시 후.

잘 차려진 음식상이 해루의 거처 안으로 들어왔다. 내내 의식을 잃고 있던 덤이는 밥 냄새를 맡고 번개같이 몸을 일으켰다. 그러고는 허겁지겁 정신없이 밥을 입안에 퍼 넣었다. 그러다 뒤늦게 지금의 상황이 떠올랐는지 숟가락질을 멈췄다.

덤이는 밥그릇에 얼굴을 반쯤 묻은 채, 해루와 궁녀의 모습을 번갈아가며 살폈다. 다행이라는 표정을 짓는 해루와 그런 해루를 안쓰럽게 지켜보는 궁녀의 얼굴이 잡혔다. 그제야 무슨 일이 벌어졌는지 깨달은 덤이는 입가에 밥풀을 붙인 채, 목 놓아 울었다.

"흐윽, 제가 망쳤어요. 이 무식한 것이 기어이 일을 치고 말았어요."

대감마님과 안방마님의 기대를 저버리고, 해루의 신세마저 망치게 했다며 스스로를 책망했다.

해루는 덤이를 다독거렸다.

"괜찮아. 네 탓이 아니야. 애초에 제대로 준비하지 못한 내 잘못이야. 그러니 울지 마. 응? 덤이야, 괜찮다."

그래, 내 탓이다. 스스로 할 생각은 하지 않은 채 그저 저하의 도움만 바라고 손을 놓고 있었다. 결국, 덤이를 굶기고 이런 상황을 초래한 것은 모두 나였다.

해루는 해사하게 웃으며 덤이의 얼굴에 얼룩진 눈물을 닦아주었다.

"그만 울고 우리 밥 먹자."

"아가씨."

"괜찮아. 기왕 이리되었으니, 더는 고민하지 말고 배부르게 먹자꾸나."

해루는 의기소침한 덤이를 위해 수저를 들고 열심히 밥을 삼켰다. 하지만 오랜만에 먹는 음식임에도 맛을 느낄 수 없었다. 모래알을 한 움큼 삼킨 듯 입안이 서걱거렸다. 목구멍에 커다란 가시가 걸린 듯 껄끄러웠다. 겨우 식사를 마친 해루는 궁녀에게 물었다.

"이제 집으로 돌아가면 되는 것입니까?"

궁녀가 대답하는 대신 되물었다.

"돌아가고 싶으시옵니까?"

"그런 것은 아니지만……."

"그럼 닷새의 기간이 끝날 때까지 예서 머무르셔도 좋다고 하셨습니다."

"……네?"

어찌 더 머물러도 좋다 하는 것일까?

궁녀의 대답이 이해되지 않았지만, 해루는 차라리 잘된 일이라 생각했다.

남은 시간, 세자빈 간택에 상관없이 세작 잡는 일에 집중할 수 있겠구나.

그러나 여전히 입맛이 썼다.

배를 채운 덤이는 거짓말처럼 금세 말짱해졌다.

"어릴 적에 한 번 심하게 앓은 적이 있었거든요. 그때 물 한 모금도 넘기지 못해 꼭 죽는 줄 알았대요. 그런데 정말 기적처럼 살아난 거죠. 그때 이후로는 한 끼만 굶어도 어지럼증이 일지 뭐여요."

손가락 끝에 묻은 밥풀을 떼어 먹으며 덤이가 말했다.

"그렇구나."

금세 제 혈색을 되찾은 덤이의 모습에 해루는 혀를 내둘렀다. 먹을 것이라면 자다가도 벌떡 일어나는 해루였지만, 덤이만큼은 아니었다.

처음이 어려웠지, 그다음은 쉬웠다.

이미 엎질러진 물.

끼니때마다 해루는 당당하게 먹을 것을 요구했다. 그리고 덤이와 함께 배부르게 먹었다. 덕분에 해루의 처소는 연일 기름진 냄새가 가득했다.

이날부터 해루는 아예 처소 밖을 활보하며 수상한 움직임은 없는지 살펴보았다. 언제 이곳을 떠나게 될지 알 수 없었다. 그러니 있는 동안 작은 단서라도 잡아야 했다. 그러나 해루의 노력에도 불구하고 별다른 성과를 얻을 수 없었다.

그리고 마침내 닷새, 마지막 날이 밝았다.

묵직한 징소리와 함께 굳게 닫혀 있던 문들이 열렸다. 곧 저마다의 처소에 틀어박혀 있던 간택인들이 모습을 드러냈다. 다들 수척한 모습이었지만, 관문이 끝났다는 사실에 기뻐하고 안도하는 눈빛들이었다.

해루를 포함한 간택인들이 각자의 처소 앞에 섰다.

최고 상궁과 상궁들은 다섯의 간택인 한 명 한 명을 세심하게 살폈다. 특이한 것은 간택인과 더불어 간택인과 함께 들어간 사람도 확인한다는 점이었다. 그리고 마침내 최고 상궁이 해루 앞에 걸음을 멈췄다.

보나 마나 결과는 뻔했다. 관문을 중도에 포기하였으니, 이대로 집으로 돌아가라 하겠지.

문득 이 일에 매달렸던 지난날들이 뇌리를 스쳐 지나갔다. 며칠 밤을 새워 차[茶]를 공부하고, 세자빈이 되는 자세를 연습하고 걸음을 배우던 시간들이 떠올랐다.

　마음 한 귀퉁이가 아려왔다. 그야말로 공들인 탑을 제 손으로 와르르 무너뜨린 기분이었다.

　향에게 미안했다. 함께 머리를 맞대고 고민했던 신루의 학자들을 볼 낯이 없었다. 괜스레 억울하고 속상한 마음이 일었다.

　최고 상궁이 무표정한 얼굴로 해루에게 물었다.

　"처소 밖으로 나와 궁녀에게 음식을 청했다 들었습니다."

　"네, 그랬습니다."

　해루의 대답에 간택인들 사이에서 작은 동요가 일었다. 누군가는 놀라는 표정을 지었고, 누군가는 입가에 미소를 떠올렸다.

　최고 상궁이 다시 물었다.

　"함께 들어간 아이가 아팠다지요?"

　"지금은 많이 좋아졌습니다."

　"재간택에 떨어질까 걱정되지 않으셨습니까?"

　"걱정은 되었지요. 허나, 그보다는 아픈 사람을 돌보는 게 우선이라 생각했습니다."

　해루의 대답에 최고 상궁은 고개를 끄덕거렸다.

　그리고…… 그대로 지나쳤다.

　"응?"

　이게 끝이야?

　전혀 예상 밖의 반응에 해루는 어리둥절했다. 차가운 표정으로 그만 나가달라고 청할 줄 알았는데. 의외의 상황은 이것으로 끝이 아니었다.

　다섯 명의 간택인들을 꼼꼼히 살핀 최고 상궁이 모두를 향해 말했다.

"전원 관문을 통과하신 것을 감축드립니다. 곧 식사를 올리겠사옵니다. 또한, 고생하신 간택인들을 위해 연회를 베풀라는 주상 전하의 명이 있으셨사옵니다. 준비되는 대로 아이들을 보낼 것입니다. 그때까지 처소에서 기다려주십시오."

그 말을 끝으로 최고 상궁은 자리를 떠나려 했다. 그때 작은 소요가 간택인들 사이에 일었다. 현성이 앞으로 나서며 갈라진 목소리로 물었다.

"잠깐! 모두 통과했다니. 설마, 저쪽의 아이도 통과했단 말이오?"

현성이 해루를 턱짓했다.

최고 상궁이 대답했다.

"그렇습니다."

"조금 전, 저 아이가 시험이 끝나기도 전에 음식을 청했다 하지 않았소. 그럼 당연히 탈락이지, 어찌 합격이란 말이오?"

"제가 드릴 수 있는 대답은 이 자리에 계신 모든 분이 합격하였다는 말뿐입니다."

무심히 돌아서던 최고 상궁이 뒤늦게 무언가 떠오른 듯 다시 현성과 간택인들을 돌아보며 말을 이었다.

"한 가지 더 알려드리면, 이 자리에 계신 간택인 중에서 이번 관문의 정답을 알아낸 분은 단 한 분뿐이었습니다."

최고 상궁의 시선이 해루를 향했다.

"말도 안 돼!"

현성은 저도 모르게 큰 소리로 항의했다. 그러나 최고 상궁은 더는 말할 것이 없다는 듯 그대로 수강궁 밖으로 나가버렸다.

"이게 뭐야. 설마, 저 아이가 정답이라는 거야? 어째서?"

현성의 성화가 수강궁의 밤을 뒤흔들었다.

이해할 수 없는 표정. 아니, 이해하고 싶지 않다는 눈빛이었다.

다른 간택인들도 어리둥절하긴 마찬가지였다. 그리고 그런 사정은 해루 역시 다를 것이 없었다.

내가 정답을 알아냈다고? 그보다 대체 정답이 뭐야?

해루는 의문에 대한 해답을 전혀 의외의 사람에게서 들을 수 있었다.

"주상 전하께서 내린 시험은 쌀 반 되로 닷새를 버티는 게 핵심이 아니었다. 정말 중요한 건 함께 있는 아랫사람이 굶고 있는 걸보고 어찌 대응할까 하는 것이었다."

간택인들을 위한 연회가 시작되기 전.

답답함과 원망을 풀기 위해 그녀는 향을 찾았다.

보려고 할 때는 그렇게 보이지 않던 미래가 향을 떠올리자 기다렸다는 듯이 안개와 함께 나타났다.

신루의 으슥한 곳에서 쉬고 있는 향의 모습.

안개 너머로 그의 모습이 보이자마자 해루는 다짜고짜 신루를 찾았다.

자신이 보는 미래가 언제 일어나는 일인지 알 수 없다는 사실일랑은 미처 깨닫지 못했다.

향을 떠올리는 순간, 자신도 모르게 발길이 이리로 향했다.

다행히 헛걸음은 아니었다.

향이 그곳에 모습을 보인 것이다.

먼 곳을 다녀왔는지, 흙먼지를 묻히고 돌아온 향은 자신의 안식처에 들어오기 무섭게 몸을 뉘었다.

그 모습이 천하에 다시없을 만큼 태평스러웠다.

"잠이 오십니까?"

원망 섞인 음성이 저도 모르게 튀어나왔다.

미안함이, 섭섭함이 뒤범벅된 마음이 애꿎은 성화가 되어 입 밖으로 뱉어졌다.

아차 싶었지만, 이미 밖으로 나온 말이었다.

이왕지사 이리된 거, 해루는 작정하고 향에게 다가갔다.

제대로 따져볼 생각이었다.

제대로 불평불만을 늘어놓으리라 작정하였다.

그런데…….

웃고 있는 향의 낯빛이 여느 때와 달랐다.

달빛을 받아 희게 빛나는 얼굴에 검푸른 기색이 덧입혀져 있었다.

가늘게 웃고 있는 눈 밑이 전에 없이 검었다.

이마에 맺힌 식은땀, 하얗게 마른 입술.

곧 연유를 알 수 있었다.

파르르 떨고 있는 향의 어깨가 축축하게 젖어 있었다.

코끝으로 스며드는 짙은 혈향.

정신을 아뜩하게 만드는 비릿한 피 냄새에 해루는 심장이 덜컥 내려앉았다.

"저하, 다치셨습니까?"

걱정스럽게 묻는 말에 향은 심드렁하게 대답했다.

"조금 긁힌 정도다."

대수롭지 않은 말투.

하지만 그의 상처는 생각보다 깊었다.

날카로운 것에 베인 듯 붉게 속살을 드러낸 상처에 해루는 그대로 굳어버리고 말았다.

"이게 조금 긁힌 겁니까?"

억울한 마음일랑은 사라진 지 오래였다.

해루의 뇌리에 들어찬 것은 향에 대한 걱정이었다.

"대체 왜 이리 미련하십니까? 이리 다치셨으면 의원부터 부를 일이지요. 이리 오실 일이 아니라 동궁전으로 돌아가 치료를 받으셨어야지요."

볼멘소리가 해루의 입에서 새어 나왔다.

속상하고 아린 마음이 불퉁하게 튀어나왔다.

그런 그녀를 향이 물끄러미 응시했다.

"……걱정되느냐?"

"당연하지요."

"왜?"

"왜가 어디에 있습니까? 걱정됩니다. 이리 다친 것을 보고 누가 걱정하지 않겠습니까? 아니, 이러고 있을 것이 아니라…… 어의를 부르겠습니다."

이대로 있다간 눈물이 쏟아질 것 같았다.

홀로 아픔을 참는 그의 곁에 앞으로도 내내 머물고 싶어질 것 같았다.

해루는 서둘러 몸을 일으켰다.

부산한 몸짓으로 밖으로 나가려는 순간.

뜨거운 손길이 그녀를 잡았다.

와락 당기는 힘에 이끌려 해루는 그대로 향의 품에 얼굴을 묻고 말았다.

톡.

단 한 번, 흐릿한 안개 너머로 보았던 빛의 세계가 그녀의 앞으로 밀려들었다.

환각이 아니었다.

언젠가 보았던 안개 너머 피안의 세계가 아닌 또렷한 현실이 눈앞에 펼쳐졌다.

자신의 것이라 하기엔 너무 따뜻하여 한사코 부정하고 도망치던 그 세계가 해루의 앞으로 성큼 다가섰다.

"가지 마라."

머리 위로 뜨거운 바람이 불었다.

이마에 맞닿은 향의 가슴이, 뒷머리를 잡고 있는 그의 손끝이 뜨거웠다.

그 뜨거운 열기에 머릿속이 하얘졌다.

하얗게 바랜 뇌리로 언젠가 보았던 미래가 떠올랐다.

다정한 향의 눈빛이, 그녀에게 입맞춤하던 그의 입술이 생각났다.

해루의 몸이 단단히 굳어졌다.

"이, 이러지 마십시오."

해루는 향을 밀쳐냈다.

아니, 밀쳐내려 하였다.

그러나 좀 더 세게 끌어안는 완력.

해루를 끌어안는 향의 팔에 힘이 들어갔다.

쿡.

해루의 어깨에 얼굴을 묻은 채 그가 중얼거렸다.

"쉬고 싶어 그런다. 잠시만 쉬고 싶구나."

"저하……."

일순간 모든 것이 정지했다.

멈춰버린 공간 속엔 오직 향과 해루, 두 사람밖엔 없었다.

"잠시만 이리 있자."

어찌한다? 어찌할까?

미친 듯 자맥질하는 심장을 진정시키려 해루는 눈을 감았다.

"잠시만 이리 있자, 해루야."

감히 거부할 수 없는 목소리.

"그럼…… 잠시만입니다. 아주 잠시만…… 제 어깨 빌려드리겠습니다."

망설이던 해루는 전신의 힘을 풀었다.

"하아……."

긴 한숨과 함께 전해지는 안도의 미소.

그가 웃는다.

공갈 저하가 웃고 있었다.

톡.

빛이…… 따뜻한 온기가…… 해루에게 전해진다.

그의 웃음에 전염된 듯 해루도 따라 웃었다.

긴 숨이 내쉬어졌다.

행여 해루가 달아날까, 품속을 빠져나갈까 걱정이었다.

그런데 참새처럼 작은 아이는 그대로 향의 품속에 머물렀다. 그의 가슴에 둥지를 틀고 얌전히 몸을 기댔다.

그걸로 족했다.

그것만으로 안심이 되었다.

향은 시선을 내려 해루를 응시했다. 어찌하여 이런 마음이 드는 것인지 알 수 없었다.

어린 시절, 고모와 누이를 잃은 이후로 그의 삶은 언제나 공허했다. 그러다 두 죽음의 배후를 알게 되었다.

살아 있으나 살아 있지 않은 피의 원념.

두 사람의 죽음에 배후가 있음을 알게 되었다.

궁궐이라는 황금의 고치.

하지만 화려한 고치 안에선 그 무엇도 자유롭지 않았다.

왕족이기에, 왕세자이기에 그 무엇 하나, 마음대로 할 수 없었다.

왕족이기에 모든 행동에는 명분이 필요했다.

왕세자이기에 숨소리 하나마저도 법도를 지켜야 했다.

차마 잠꼬대조차 함부로 할 수 없는 곳.

궁이란, 적과 아군을 구분할 수 없는 그런 곳이었다.

사방이 가로막힌 궁 안에서 향은 마음을 베어버렸다.

지키지 못할 바엔 지키고 싶은 그 무엇도 더는 만들지 않으리라. 그 누구도 믿지 않으리라. 그 누구도 마음에 담지 않으리라. 그 누구에게도 진심을 말하지 않으리라.

그런데…… 이 아이가 자꾸만 심장을 파고들었다. 하 많은 여인 중에 해루가 그의 시야에 들어왔다. 왜 하필이면 이 아이일까?

문득 향의 미간이 한데로 모였다.

그의 가슴속에 있는 한 장의 서찰. 그 안에 그려져 있는 여인의 초상화.

해루를 닮은 여인이었다. 아니, 해루가 틀림없었다. 어째서 해루의 초상화를 그자들이 갖고 있었던 것일까? 그들과 해루가 무슨 관계가 있는 걸까? 행여……

의구심이 머릿속을 뒤덮는다.

"왜 그런 눈으로 보십니까?"

티끌 한 점 보이지 않는 해루의 맑은 눈동자가 향의 눈 속으로 들랑거렸다. 향의 입가에 마른 웃음이 튀어나왔다.

"아니다."

그럴 리 없지. 이 아이가 그자들과 관련이 있을 리 없지.

고개를 흔들었다.

그때였다.

물끄러미 향을 올려다보던 해루가 문득 그의 품을 벗어났다.

"아무래도 안 되겠습니다."

"무얼 하려고?"

"잠시만 기다리십시오."

말이 끝나기 무섭게 해루는 자취를 감추었다.

그렇게 얼마나 지났을까?

다시 돌아온 해루는 무언가를 우물우물 씹고 있었다.

무얼 저리 맛나게 먹는 것일까?

궁금한 찰나.

퉷! 돌연 해루가 씹고 있던 것을 손바닥에 뱉었다. 이윽고 그것을 돌돌 길게 만든 그녀가 향을 향해 다가섰다.

"무, 무얼 하려고?"

"신루 화원에서 키우고 있는 약초입니다. 이 녀석이 있어 얼마나 다행인지 모르겠습니다."

"그걸로 뭘 하려고?"

"뭘 하긴 뭘 합니까? 이게 상처에는 특효약입니다."

해루의 말에 향은 기겁하며 물었다.

"설마 그걸 지금 내 상처에 붙이겠다는 건 아니겠지?"

"왜 아니겠습니까?"

"허나, 좀 전에 네가 질겅질겅 씹어대질 않았느냐?"

"어쩔 수 없었습니다. 빨을 시간이 없어서 그랬습니다."

"그러니까 그렇게 입에 넣고 씹어대던 걸 나한테 붙이겠다는 것이냐?"

"걱정 마십시오. 이것만 붙이면 출혈도 멎고 상처 또한 귀신같이 아물 것입니다."

"자, 잠깐!"

"걱정 마시라니까요."

향은 슬금슬금 다가서는 해루를 피해 뒤로 몸을 물렸다. 그러나 그가 물러난 만큼 해루가 다가섰다. 그렇게 물러나고 다가서기를 반복하는 사이, 차가운 벽이 향의 등에 와 닿았다. 더는 물러설 곳이 없어진 향이 나름 엄한 표정을 지었다.

"더는 다가오지 마라."

"이것만 붙이면 오라 하셔도 아니 갈 겁니다."

그리 엄한 표정 지으면 제가 물러설 줄 알았습니까? 어림도 없습니다.

회심의 미소를 지으며 해루는 쓰윽, 상체를 기울였다.

"어허!"

향이 고개를 좌로 돌렸다. 그러나 악착같이 달라붙은 해루가 그의 어깨를 잡았다.

"하지 마라, 하지 마."

"아이처럼 왜 그러십니까?"

"저리 못 가겠느냐?"

"가만있어 보십시오. 잠시면 됩니다. 아주 잠시면 끝난다니까요."

"안 된다. 저리 가라."

"아이참, 처음만 아프지 곧 괜찮아질 겁니다."

"하지 마라."

"가만있어 보시라니까요."

무릎걸음으로 다가온 해루가 향의 앞으로 바싹 다가앉았다. 식은땀을 흘리며 지켜보던 향이 기어이 그녀의 양어깨를 잡았다.

붙잡는 힘과 버둥거리는 힘이 맞부딪쳤다. 밀고 당기고, 잡고 비트는 몸싸움이 이어졌다. 승세는 향에게 기울었다.

"어어어!"

한순간 떠밀린 해루는 기우뚱 뒤로 넘어갔다. 그녀의 입에서 짧은 신음이 새어 나왔다. 뒤통수에 가해질 충격을 생각하며 해루는 두 눈을 질끈 감았다.

그와 동시에 쿵! 낮은 파공음이 어둠 속을 진동했다. 그런데…… 생각보다 아프지 않았다.

"괜찮으냐?"

어느새 향의 손등이 바닥을 짚고 있었다. 그의 손바닥으로 떨어진 덕분에 그녀의 뒤통수는 말짱했다.

다행이다.

긴 안도의 한숨을 내쉬는 찰나.

"질긴 녀석."

몸싸움으로 거칠어진 숨소리가 해루의 이마 위로 떨어졌다.

해루는 천천히 눈꺼풀을 들어 올렸다.

내려다보는 향의 시선이 지척에 있었다.

밤하늘이 고스란히 담긴 그의 눈빛이 꿰뚫듯 그녀를 바라보고 있었다.

제 어깨에 기대십시오

"저하."

간신히 쥐어짠 듯한 목소리는 가늘게 떨리고 있었다.

향의 한 손은 바닥에 누운 해루의 뒤통수를 감싸 안고 있었다.

다른 한 손은 약초 쥔 그녀의 손을 잡고 있는 상황.

그의 몸에 결박당한 해루는 사나운 들짐승과 마주한 어린 짐승 같았다.

두려움과 놀람 그리고 당황스러움이 뒤섞인 작은 흥분이 향에게 전해졌다.

옅은 속삭임에 참으로 많은 감정이 묻어 있었다.

그 보잘것없는 속삭임에 향은 놀랍게도 충동을 느꼈다.

"저하……."

그녀가 다시 그를 불렀다. 이번엔 의문이 묻어 있는 목소리.

어찌 이러십니까? 평소의 저하와 다르십니다. 저하답지 않으십니다.

안다. 알고 있다.

지금의 이 상황이, 자신의 이런 반응이 평소와 같지 않음을 그 누구보다 향, 자신이 가장 잘 알고 있었다.

그럼에도 그는 이 생경한 충동을 외면하지 않았다.

아니, 외면하고 싶지 않았다.

해루의 숨결이 코끝에서 느껴진다. 자신의 숨결이 그녀의 뺨을 어루만진다.

그가 내뿜는 날숨과 들이쉬는 들숨에 따라 그녀의 자분치가 여리게 흔들렸다. 그 뒤로 희고 둥근 귀가 보였다. 아래쪽으로 열매처럼 매달린 귓불도 눈에 들어왔다. 불현듯 그것을 물고 싶어졌다.

어찌하여 그런 충동이 일게 되었는지 모르겠다. 그러나 해루의 여린 귓불을 깨물어보고 싶다는 어이없는 충동이 해일처럼 밀려들었다.

뾰족한 송곳니로 아프게 하면 저 여인이 어찌 반응할까 궁금해졌다. 호기심이 피어올랐다.

학문과 기계장치에만 피어오르던 탐구와 욕망이 따뜻한 온기로 가득한 여인의 숨결에 예민하게 반응했다. 부드러운 살결과 두근거리는 심장 박동에 호응하고 있었다.

고요한 호수 위에 떨어진 단 한 방울의 탐욕. 고작 한 방울에 불과한 그 이색적인 감정은 제법 크고 선명한 파문을 그리고 있었다. 스스로의 변화가 놀랍고 당혹스러웠다.

하지만 향은 그 낯설고 생경한 감정의 변화를 기꺼이 용인해 주었다.

그는 마음이 가리키는 곳으로 시선을 옮겼다.

이내 하늘꽃을 닮은 해루의 뺨에 눈길이 머물렀다.

발그레 홍조 띤 볼과 부드러운 곡선을 그리는 턱. 그리고 그 아래에 자리 잡은 하얀 목.

숨을 쉴 때마다 부풀어 올랐다 가라앉는 목덜미로 팽팽한 긴장감이 느껴진다.

한 손에 들어올 만큼 가늘고 여린 목.

그것을 보는 순간, 괴롭히고 싶었다.

아무래도 내 안에 거칠고 못된 짐승이 숨어 있는 모양이다.

사나운 맹수의 거친 감정이 심장 깊숙한 곳에 웅크리고 있는 모양이다.

희미하게 일어난 충동이 새벽안개처럼 전신을 휘감았다. 그는 제 손아귀에 사로잡힌 여린 사냥감을 바라보았다.

어찌 괴롭힌다?

생각이 깊을수록 갈증도 깊어진다.

어찌한다? 어찌해야 이 영문 모를 갈증을 채울 수 있을까? 어찌해야…….

향은 해루를 향해 천천히 고개를 숙였다. 그녀를 한껏 베어 물면 바싹 말라붙은 연못에 생기가 채워질 것 같았다.

"재미있으십니까?"

그녀, 해루가 물었다.

"무엇이 말이냐?"

"절 꼼짝 못 하게 결박하고 계시지 않습니까. 연약한 여인을 힘으로 제압하고 괴롭히시는 것이 재미있으신 모양입니다."

"설마 그럴 리가."

"웃고 계십니다."

향의 표정이 딱딱하게 굳었다.

"내가 웃고 있다고?"

웃고 있다? 여인을 누르고 제압한 꼴사나운 모습으로 웃고 있단 말인가?

둔중한 것으로 뒤통수를 맞은 듯 향은 멍해졌다.

그 찰나의 틈새를 놓치지 않고 해루가 그의 품을 빠져나갔다.

한순간, 허허로운 공허가 그를 뒤덮었다.

따뜻한 온기를 빼앗긴 것이 못내 아쉬웠다.

도망간 그것을 찾아와 식어가는 품을 다시 데우고 싶었다.

"가만 계십시오."

해루는 멀리 도망가지 않았다.

금세 다시 다가와 향의 어깨에 약초를 고르게 펴 바르고 있었다.

"질긴 녀석. 끝내 그걸 바르는구나."

"이게 보기는 어떨지 몰라도 약효는 끝내줍니다."

"너처럼 질긴 녀석은 내 살다 살다 처음 본다."

더는 싸울 기운도 없다는 듯 향이 웅얼거렸다.

갑작스레 피로가 밀려들었다. 생각해 보니 낯선 적과 싸우고 밤새도록 말을 달렸더랬다. 당장 바로 앉아 있을 힘도 없었다. 그런데 좀 전엔 어찌하여 그런 충동이 일었을까?

"그러는 저하야말로 왜 이리 치료를 방해하십니까?"

"뭐라? 치료?"

"네."

그 당당한 대답에 향은 낮게 웃음을 터트렸다.

"어쨌든 고맙구나."

향은 벽에 비스듬히 등을 기댔다. 온몸이 무거웠다. 잠이 쏟아졌다.

그는 무거운 눈꺼풀을 감았다. 해루의 목소리가 먼 데서 들리는 환청처럼 느껴졌다.

"어쩌다 이리 다치신 겁니까?"

깨끗한 천으로 상처를 감싸던 해루는 문득 허전한 생각에 주위를 두리번거렸다. 그림자처럼 향을 쫓아다니던 무혁이 보이지 않았다.

"두목님은 어디 가신 겁니까? 저하께서 이리 다치실 동안 두목님은 대체 뭘 하셨던 겁니까?"

"갑자기 일어난 일이라 어쩔 도리가 없었구나."

"두목님이라면 세상 사람들이 다 덤벼도 세자 저하를 지켜내실 줄 알았더니, 생각 외로 허점이 많은 분인가 봅니다."

"하하. 혁이 그 녀석이 들었다면 어떤 표정을 지을지 궁금하군."

대답하는 목소리가 점점 잦아들었다.

방금 전, 사나운 맹수처럼 자신을 결박한 채 탐욕스럽게 바라보던 사내는 거짓말처럼 사라졌다. 대신 상처 입은 사내가 그녀의 눈앞에 있었다.

내뿜는 향의 숨결에 곤함이 고스란히 깃들어 있었다. 금방이라도 사라질 듯 아스라한 그의 모습이 안타까워 해루는 손을 뻗었다.

그러나…….

이내 다시 손을 거둬들인다.

맥없이 빈 허공을 어루만지며 해루는 눈 감은 그를 가만히 바라보았다.

"아프……십니까?"

"나도 사람이니 아플 수밖에. 허나 네 덕에 조금은 덜 아프구나."

따뜻한 공치사가 해루를 향해 날아왔다.

"제가 뭐라 했습니까. 효과가 좋다 하지 않았습니까?"

해루의 얼굴에 붉은 홍조와 함께 여린 웃음이 피어올랐다.

좋았다. 이리 마주 볼 수 있는 향이, 맞닿는 그의 숨결이 하 없이 좋았다.

그러나 흔들리지 않으리라.

따뜻한 세계는 이제 깨어졌다.

짧은 순간, 행복한 것으로 만족했다.

섣부른 기대 같은 걸 할 만큼 어리석지 않았다. 세상엔 기대할 수 있는 일과 기대조차 해선 안 될 일이 있었다.

향은…… 후자였다.

그래도 조금은 서럽고도 아린 마음인지라, 저도 모르게 다시 손이 올라간다.

만져보고 싶었다, 그의 얼굴을.

그때 향이 감은 눈을 떴다.

갑작스러운 상황에 놀란 해루는 그대로 돌처럼 굳어졌다.

"무얼 하는 것이냐?"

맥없이 허공을 유영하는 그녀의 손을 보며 향이 물었다.

"그것이……."

잠시 눈동자를 굴리던 해루는 향의 이마를 짚었다.

"열, 열이 나는가 싶어서요."

향은 해루의 작은 손에 온전히 얼굴을 맡겼다.

"하여, 어떠하냐?"

"네?"

"열이 나느냐?"

"안 납니다. 아니, 오히려 너무 차가운 것 같습니다."

해루는 서둘러 손을 거둬들였다.

"아무래도 안 되겠습니다. 몸을 따뜻하게 할 만한 것을 찾아오겠습니다."

급하게 몸을 일으키는 찰나.

불쑥, 향이 해루를 제 품으로 끌어당겼다.

"굳이 먼 데서 찾을 것이 무어냐?"

향의 말에 해루는 어리둥절했다.

"그게 무슨 말씀이십니까?"

"네 몸이 불덩이다."

홍조를 띠고 있던 뺨이 더욱 붉어졌다.

그런 해루의 사정일랑 상관없다는 듯 향이 말했다.

"화로를 품은 듯 따뜻하구나."

작은 혼잣말과 함께 그는 다시 눈을 감았다.

이제야 비로소 편안해진 그 모습인지라, 해루는 버둥거리던 몸짓을 멈추었다.

일순간에 화로로 전락해 버렸지만, 무에 어떠하랴.

달밤은 소리 없이 깊어갔다.

까무룩 잠이 들었던 향이 눈을 떴다. 흐릿하던 눈빛이 본래의 총기를 되찾았다. 잠시 주위를 두리번거리던 그의 눈에 옅은 미소가 떠올랐다.

자신의 품에서 얌전히 화로 노릇을 하는 해루의 모습에 이상하게도 웃음이 났다.

어찌 이러할까?

이 아이와 얽힌 것은 알면 알수록 미궁이었다.

해답을 알 수 없는 난제.

향의 입가에 드리워진 웃음이 서서히 지워졌다.

"벌써 일어나셨습니까? 더 주무십시오."

꾸벅꾸벅 졸던 해루가 인기척에 정신을 차렸다.

"아니다."

향은 서둘러 자리를 털고 일어섰다.

문득 그의 눈에 아쉬움이 걸렸다. 그러나 이내 마음을 털어버린 그는 흐트러진 의관을 정제했다.

"왜요? 어딜 가시려고요?"

"해야 할 일이 있구나."

"그 몸으로 말입니까? 좀 더 쉬셔야 합니다."

"할 일이 남아 있는데 어찌 마음 편히 쉬겠느냐?"

"누가 감히 저하를 쉬지도 못하게 한단 말입니까?"

"누가 못하게 하는 것이 아니다. 다만, 내가 나를 다그치는 것이지."

"왜 그러시는 겁니까? 어찌 그리 저하 자신께는 야박하십니까? 아프면 치료를 받으셔야지요. 곤하면 쉬셔야지요. 누가 쫓아오는 것도 아닌데, 어찌하여 자신을 그리 험하게 다루십니까?"

"……."

"왜 아파도 아프다고 소리 내어 말씀하지 않으십니까? 왜 모든 것을 속으로만 삭이십니까? 한 나라의 국본이질 않습니까? 이 나라의 왕세자이질 않습니까?"

"왕세자이기 때문이다."

"네?"

"내가 이 나라의 국본이기 때문이다."

향의 말에 해루는 잠시 멍하니 그를 바라보았다. 낮게 가라앉은 그의 눈동자 속에 홀로 견뎌야 하는 존재의 고독을 읽을 수 있었다.

깊은 침묵이 흘렀다.

정적을 깨며 해루는 제 어깨를 향에게 기울였다.

"동궁전까지 부축해 드리겠습니다."

"되었다."

"아무리 왕세자라고 하셔도 기댈 어깨 하나쯤은 있어야 하는 법 아닙니까. 그러니 기대십시오. 제가 지켜드리겠습니다."

"네가 나를 지켜줘?"

향은 해루가 내준 어깨를 내려다보았다.

채 한 뼘도 되지 않을 만큼 작고 왜소한 어깨. 그녀는 그 여린 몸 으로 건장한 사내들도 하지 못한 말을 그에게 하고 있었다.

"제가 지켜드리겠습니다."

"저리 치워라."

향이 손을 내저었지만 해루는 꿈쩍도 하지 않았다.

"좀 전에 그리 겪고도 모르십니까? 쇠심줄보다 더 질긴 것이 저 입니다. 치우라 한다고 치울 제가 아니란 말입니다."

"네 고집을 누가 말리겠느냐."

툭, 못마땅한 투로 말하지만, 향은 가만히 해루가 하는 대로 몸 을 맡겼다.

그러나 키가 큰 향을 해루가 제대로 부축할 리 만무했다.

향의 긴 다리가 바닥에 질질 끌렸다. 그런 향을 부축한 채 해루가 더디게 한 발 한 발 옮겼다.

누가 누굴 부축하는지 모를 형세.

문득 향의 얼굴에 짓궂은 웃음이 피어올랐다.

해루에게 부러 체중을 실은 그가 투덜댔다.

"내가 부축을 받는 것인지, 아니면 내가 널 부축하는 것인지 모르겠구나."

갑작스러운 무게에 한 뼘은 더 작아진 해루가 숨을 몰아쉬며 말했다.

"노력하는 거 안 보이십니까? 어떠십니까? 조금 편해지셨지요?"

"팔을 다친 거지, 다리를 다친 것이 아니다."

"아, 그렇군요."

이제야 상황을 파악한 해루는 걸음을 세운 채 뒤통수를 긁적거렸다.

그 모습에 향은 다시 웃음을 터트렸다.

이 엉뚱한 녀석을 어찌하면 좋을까?

"그런데 신루의 학자님들은 다들 어디로 가신 겁니까? 평소엔 낮이고 밤이고 신루에서 꼼짝도 않던 분들이. 개똥도 약에 쓰려면 없다고, 필요 없을 땐 불쑥불쑥 잘만 나타나던 분들이 필요할 땐 코빼기도 보이지 않습니다."

"그래, 그렇구나."

향이 해루를 보며 부드럽게 웃었다.

언제나 보았던 웃음과 눈빛이었지만, 오늘은 어찌 된 이유에선지 어색하게만 느껴졌다.

생소한 눈빛이었고 생소한 미소였다.

생소한 그의 모습에 해루의 얼굴이 다시 붉어졌다.

그와 눈빛을 마주할 때마다 그리고 그의 미소를 볼 때마다 이상하게 심장이 간질거렸다.

해루는 새삼스러운 시선으로 향을 응시했다.

"왜?"

"뭔가 달라지셨습니다."

"무어가?"

"세자 저하 말입니다. 오늘 밤엔 마치 다른 분 같습니다."

"그래?"

"아무래도 아프셔서 그런 것 같습니다."

"그래, 그럴지도 모르겠구나."

어쩌면 독 때문인지도 모르겠다.

상처에 스며든 나쁜 기운에 정신이 잠시 어찌 된 것일지도. 하지만 이 색다른 느낌이 나쁘지 않았다. 아니, 오히려 좋았다.

향의 순순한 수긍에 해루는 심각한 표정을 지었다.

"역시 많이 아프신 것이 틀림없습니다."

"그래, 그렇구나."

"……."

힐긋, 향을 곁눈질하던 해루의 입가에 다시 미소가 피어올랐다.

문득 가끔 아프셔도 좋을 것 같다는 생각이 들었다.

그러다 제 불경한 생각에 흠칫 놀란 그녀는 재게 걸음을 옮겼다.

두 사람이 동궁전 담벼락을 막 벗어날 때였다.

"어? 저기 있잖아!"

카랑한 목소리가 어두운 밤공기를 흔들었다.

해루는 서둘러 고개를 돌렸다. 네 명의 간택인들이 해루와 향을 번갈아 보고 있었다.

"뭐야?"

"웬 사내?"

간택인들의 놀란 음성과 눈빛. 해루의 얼굴 위로 당혹스러운 감정이 번져 나갔다.

들켰다!

❀

탁.

붉은 석류꽃이 바닥으로 떨어졌다. 길게 가지를 늘인 석류나무 아래, 잿빛 도포를 입은 중년의 사내가 서 있었다.

여름 꽃이 만발한 작은 정원의 가장자리. 사내의 서늘한 가윗날이 꽃가지를 누빌 때마다 붉은 꽃잎이 처연한 모습으로 바닥을 뒹굴었다.

"대감마님."

별채의 중문이 열리고 검은 무복 차림의 무사가 사내의 곁으로 다가왔다. 특별한 시간을 방해받았다는 듯 사내의 미간이 한데로 모였다.

"방해하지 말라 하였거늘."

"대행수께서 뵙길 청하십니다."

"민 행수가?"

한 걸음 옆으로 비켜서는 무사의 뒤로 대나무색의 청수한 두루마기 차림에 검은 갓을 쓴 민안선의 모습이 보였다. 박두언은 말없이 고개를 끄덕거렸다.

무사가 물러갔다. 민안선이 박두언의 앞에 섰다.

"그간 별고 없으셨습니까?"

"그대가 이리 걸음 한 것을 보니 별고가 생긴 모양이군."

"최경묵 대감이 요상한 물건을 가져왔더이다."

민안선은 작은 가죽 주머니를 내놓았다.

박두언의 얼굴에 동요가 일었다. 물끄러미 가죽 주머니를 바라보던 박두언이 민안선에게 물었다.

"뭘 알고 싶은 겐가?"

"이것이 무엇입니까?"

"그 안에 든 물건이 무엇인지 정말 몰라서 묻는 건 아닐 테고, 날 추궁할 생각인 게로군."

"그저 묻는 것입니다."

"화약일세."

"어디에 쓰일 것인지 알 수 있겠습니까?"

"큰일을 도모하려 함일세."

박두언의 단단한 목소리에 민안선은 잠시 침묵했다.

무거운 정적이 흘렀다.

가위질 소리만 이따금 들려왔다.

침묵을 깨며 민안선이 다시 입을 열었다.

"모든 일을 제게 맡기겠다고 하질 않으셨습니까?"

"자네의 계획은 너무 느려."

"느려도 확실한 길입니다."

"그래, 그럴 테지."

"그런데 어찌 새로운 일을 하려 하십니까?"

"내게 여유가 없어졌다네. 그래서 자네가 이리 싫어할 것을 알면서도 일을 벌일 수밖에 없었네."

"무얼 하실 생각이십니까?"

"오래전 나와 내 가족이 당한 일을 고스란히 되돌려줄 생각이네."

민안선의 눈동자가 잘게 흔들렸다. 실로 위험천만한 말이었다.

"실수라도 하였다간 오랜 기간 준비한 우리의 계획마저 어그러질 수도 있습니다. 다시 한 번 신중히 생각하는 것이 어떻겠습니까?"

"이미 늦었네. 일은 시작되었고 나는 일평생 시작한 일을 중도에 그만둔 적이 없네. 성공하건 실패하건 끝장을 보았지."

"말리고 싶습니다. 지금이라도 생각을 바꾸실 수는 없습니까?"

"얼마 전부터 아침에 일어나면 각혈을 한다네. 의원의 말로는 그 을음을 너무 마셔 그렇다더군."

"……."

"하루하루 시간이 지날 때마다 육신이 죽어가는 것이 선명하게 느껴져. 그런데 말이야, 육신은 점점 생기를 잃어가는데 가족을 잃은 설움과 아픔만은 되레 또렷해지니 참으로 이상한 일이 아니겠는가?"

박두언은 조용한 눈길로 민안선을 응시하며 말을 이었다.

"조선과 그 썩어빠진 종자들은 그 옛날 내 가족과 내 친구들이 그러했듯 화마와 함께 영원히 사라질 것일세."

말을 끝낸 박두언은 민안선에게 등을 돌렸다.

더는 할 말이 없으니 그만 물러가라는 뜻.

물끄러미 바라보고 섰던 민안선이 무거운 걸음을 돌렸다.

그가 사라지고 얼마 후.

잠시 자취를 감추었던 무사가 다시 모습을 보였다. 그의 얼굴에 불만이 가득했다.

"어찌하여 내치지 않으시는 것입니까?"

"무슨 뜻이냐?"

"대행수 말입니다. 한때는 뜻을 같이하였으나 지금은 방해꾼에 불과한 자이옵니다. 어찌하여 저자를 그냥 두시는 것입니까?"

"……"

"명만 내리십시오. 언제든 치워버리겠나이다."

박두언은 조용히 고개를 저었다.

"네가 저 사람을? 어림도 없는 소리."

"그의 수완이 대단하다는 건 소인도 알고 있습니다. 하오나 제아무리 대단한 사람도 칼에 찔리면 비명을 지르고, 독을 마시면 피를 토하기 마련입니다."

"글쎄. 그를 찌르면 비명 대신 웃음이 나오고, 독을 마시면 피 대신 금가루가 쏟아질 것 같군."

"무슨 말씀이신지요?"

"대행수는 우리를 위해 가장 소중한 것을 내주었다. 그에게 단점이 있다면, 지나치게 치밀한 성품뿐. 나는 지금까지 그가 하고자 하는 일을 이루지 못한 것을 보지 못했다. 누가 내게 세상에서 가장 무서운 사람을 꼽으라 하면 난 주저 없이 그를 첫손에 꼽을 것이다."

"어찌 그를 아끼십니까?"

"아끼는 것이 아니라 두려워하는 것이다. 또한, 고마워하는 것이다. 저 사람이 없었더라면 우리는 이미 그날 죽고 없을 것이야. 저 사람이 있었기에 이만한 기반을 닦을 수 있었고, 또한 이렇게 복수도 꿈꿀 수 있게 되었지. 그는 은인이다. 그런 사람에게 칼을 꽂으라니. 난 그리 독한 사람이 못 된다."

무사는 쓰게 웃었다.

박두언.

그가 독하지 않다면 천하에 독한 사람은 아무도 없으리라.

"대행수에 대한 건 이쯤에서 그만하는 게 좋겠군. 그보다 시킨 일은 어찌 되었느냐?"

박두언의 물음에 무사는 고개를 숙이며 대답했다.

"다행히 그분께서 시간을 내주실 듯합니다."

"잘되었구나. 이번 일에 그의 조력이 가장 중요하다는 것을 잊지 마라. 그를 우리 편으로 끌어들이지 못한다면 이 일이 성공한다 하더라도 후일을 도모할 수 없게 될 것이야. 그러니 어떻게든 그를 우리 사람으로 만들어야 한다."

꽃가지를 쓸어내리던 박두언이 무사를 돌아보았다.

"궁에서는 전갈이 왔느냐?"

"네. 무사히 관문을 통과하였다고 하나이다."

"잘되었군."

"하온데……."

무사의 말에 박두언이 고개를 돌렸다. 그와 시선을 마주친 무사가 말을 덧붙였다.

"서찰 말미에 묘한 것을 보았다는 말이 쓰여 있었습니다."

"묘한 것?"

"네. 일전에 최경묵 대감께서 말씀하신 그 여인을 이번 세자빈 간택에서 보았다 합니다."

"세자빈 간택에서?"

"네. 그 여인 역시 재간택을 통과하였다는 소식입니다."

무사의 말에 돌연 박두언은 웃음을 터트렸다.

"하하하. 이런, 이런. 참으로 재미있지 않은가."

갑자기 뚝 웃음을 그친 박두언의 눈에 불꽃이 일렁거렸다.

"그 아이가 세자빈 간택에 참여하였다? 참으로 재미있고도 무서운 것이 운명이로군. 그렇지 않은가?"

"……."

영문을 모르기에 무사는 긍정도 부정도 하지 못했다.

박두언의 혼잣말이 이어졌다.

"운명이란 알면 알수록 참으로 무서운 존재로구나. 내 지금껏 그것에 굴복하여 살아왔느니. 허나 더는 굴복하지 않을 것이야."

박두언은 시선을 돌려 만개한 석류꽃을 둘러보았다.

"어차피 사라져야 할 꽃이라면 필요 없는 것은 미리 솎아내는 것이 좋겠지."

혼잣말을 중얼거리며 박두언은 다시 가위를 들었다.

탁.

그의 손에 또 한 송이의 석류꽃이 떨어졌다.

흥미롭군

　교교한 달빛이 만개한 꽃잎 위로 내려앉았다.

　졸린 눈으로 풍경을 둘러보던 잠방이 차림의 사내는 길게 기지
개를 켰다.

　"그나저나 이차 관문도 통과했다던데."

　해루는 김이 모락모락 피어오르는 개떡을 최최측근의 앞에 내려
놓고는 그 옆에 자리를 잡고 앉았다.

　"소 뒷걸음질에 쥐 잡은 격이지요."

　"그래도 대단하구나. 들어보니 혼자 해답을 찾았다던데?"

　최최측근은 후후, 뜨거운 개떡을 입김으로 식혔다.

　"어쩌다 보니 그리되었습니다."

　최최측근과 나란히 앉아 개떡을 식히며 해루가 대답했다.

　"이러다 정말 세자빈이라도 되는 거 아니냐?"

"말도 안 되는 소리 마십시오. 아시지 않습니까? 저는 세자빈이 될 수 없는 몸입니다. 왜냐하면……."

해루가 주위를 둘러보며 귓속말로 소곤거렸다.

"저는 세자 저하의 특별한 임무를 수행 중이니까요."

"그건 알지만……."

무언가 아쉽다는 듯 최최측근이 입맛을 다셨다. 그런 그를 힐긋, 곁눈질로 바라보던 해루가 은근한 목소리로 말문을 열었다.

"그런데 말입니다. 아까 말씀드렸던 그 사내, 그 사내의 마음이 어떤 겁니까?"

"사내의 마음?"

"말씀드리지 않았습니까? 어떤 사내가 갑자기 절 바라보는 눈빛이 달라졌다고요. 행동과 말투도 어쩐지 예전과 다르고요."

"어떻게 달라졌는데?"

"뭐랄까요. 좀 친절해진 것 같습니다."

"친절해져?"

"네. 친절해졌어요. 왜 그런 걸까요?"

"대답해 주기 전에 먼저 묻자. 그 사내가 누구냐?"

"그야 당연히 세……. 뭐, 그런 분이 있습니다."

저도 모르게 향을 입에 올리던 해루는 서둘러 둘러댔다. 개떡을 우물거리던 최최측근의 입가에 피식 웃음이 피어올랐다.

"무슨 일인지 모르겠다만, 그 사내가 너에게 마음이 있어 그러는 게 아닐까?"

"에이, 그럴 리가 없습니다. 여인에게 마음을 주고 말고 할 분이 아닙니다."

단정 짓는 해루를 보며 최최측근은 고개를 갸웃거렸다.

"어찌 그리 확신하느냐?"

"그 사내가 어떤 사내인 줄 아십니까?"

"어떤 사내인데?"

"차갑기가 얼음장 같고 남 이용하는 덴 도가 튼 사내지요. 그뿐이면 말을 안 합니다. 공갈과 협박을 밥 먹듯 합니다."

"그리 나쁜 짓을 서슴지 않는 사내더냐?"

"물론 온화할 때도 있지요. 그러나 그것 역시 사람들을 부리기 위한 연기일 뿐입니다."

"정말 마음이 있어서 그런 건 아니고?"

"한 사람에게만 그러면 마음이 있어서 그런다고 생각하겠지요. 하지만 아닙니다. 그런 온화한 연기를 저한테만 하는 것이 아니라 곁에 있는 사람에겐 다 하고 있습니다. 그러니 진실로 마음이 있어서 그리는 게 아닌 것이 틀림없습니다."

"네 말을 들어보니, 생각보다 지독한가 보구나. 어쩌다 그리되었을꼬."

"듣자 하니 집안 내력이랍니다."

"집안 내력?"

"네. 부전자전(父傳子傳), 모두 아버지한테 배운 재주라고 합니다."

"그, 그래? 그런 악소문⋯⋯. 아니, 헛소리를 누가 하더냐?"

"황 할아버지라고⋯⋯. 일전에 말씀드렸던 분 있질 않습니까. 예전에 동구비보에 살 때 친분이 있었던 대단한 할아버지 말입니다."

"황가였군."

최최측근의 입에서 으득 이 가는 소리가 들렸다.

"왜 그러십니까?"

해루가 해맑은 표정으로 물었다.

"아무것도 아니다. 그보다 이상하지 않으냐? 그리 지독한 사내가 어찌 네게만 그리 배려심이 많은 것이냐?"

"조금 전 제 말씀 못 들으셨습니까? 제게만 하는 게 아니고 주위 사람 모두를 그리 배려한다니까요."

"그래? 그럼 사내와 여인, 가리지 않고 모두 그리 배려한다더냐?"

"아마도요. 일단 저에게도 배려하시니까요."

"너 빼고 다른 여자에게도 그런다더냐?"

"다른 여인요?"

"그래. 네게 그리 배려심이 깊으니 다른 여인을 배려하는 마음도 깊겠구나."

"당연히 그렇······. 어? 그러고 보니 다른 여인에게 그리 배려심을 베풀었단 얘긴 못 들어본 듯도 합니다."

"그것 봐라. 내 말이 맞지? 분명 그 사내, 너에게 관심이 있는 게야."

"말도 안 됩니다."

고개를 젓고 있지만, 해루의 얼굴은 웃고 있었다.

최최측근 역시 미소를 지었다.

"하하하, 왜 웃으십니까?"

"하하하, 그러는 너는 왜 웃는 것이냐?"

"제가 웃고 있습니까? 하하하."

"그리 웃다가 입 찢어지겠구나, 하하하."

최측근과 최최측근의 웃음소리가 신루 화원을 가득 채웠다. 그렇게 한바탕 웃음꽃이 피어났다 사그라졌다.

해루는 어느새 비어버린 접시를 들고 자리에서 일어섰다.

"벌써 가려고?"

"네. 선양정에서 간택인들을 위한 작은 연회가 열린다 해서요."

할 일이 있다 하니 더는 잡지 못하겠고. 최최측근의 얼굴에 아쉬움이 가득했다. 마른 입맛만 다시던 그가 몸을 일으켰다.

"알았느니. 대신 다음엔 시간을 좀 더 내줘야 할 것이야. 네게 소개해 주고 싶은 사람도 있으니 말이다."

"소개해 주고 싶은 사람요?"

"그래."

"그럼 다음엔 개떡을 좀 더 많이 준비해야겠네요."

"그래 주면 고맙지."

"제가 더 고맙습니다. 덕분에 갑갑한 것이 조금은 풀렸습니다."

"앞으로도 사내의 마음에 대해 궁금한 것이 있으면 언제든, 지체 말고 내게 물어보아라."

"제가 사내의 마음에 대해 궁금할 것이 무엇이 있겠습니까. 어쨌든 말씀만이라도 감사합니다."

꾸벅, 고개 숙인 해루가 화원 밖으로 걸음을 옮겼다. 멀어지는 해루를 물끄러미 지켜보던 최최측근이 자리에서 일어섰다.

"정동아."

그가 허공을 향해 목소리를 높였다. 이내 화원의 기화이초 사이에서 통통한 체구의 환관이 모습을 드러냈다.

"네, 전하."

"저 아이에 대해 알아보라 한 것은 어찌 되었느냐?"

왕의 하문(下問)에 정동이 해루가 사라진 곳을 보았다.

"아직 아무것도 찾지 못하였사옵니다."

"찾지 못하였다?"

"네. 마치 누군가 일부러 흔적을 지우기라도 한 듯 아무런 자취도 발견할 수 없사옵니다."

"그래?"

왕의 눈빛이 깊어졌다.

"황가는 어디까지 왔다더냐?"

"지난밤에 수원에 도착하였다는 전갈을 받았사옵니다. 곧 도성 땅을 밟을 것 같사옵니다."

"집으로 가지 말고 곧장 내게 오라 하여라."

"……."

"황가 그놈이라면 알고 있을지도 모른다. 저 아이에 대해. 그리고 세자가 무엇을 보고 저 아이를 이곳까지 데려왔는지. 또한, 저 아이를 생각하는 세자의 마음을 황가 놈은 알고 있을지도 모른다. 그리고……."

왕은 허공을 불끈 쥐었다.

감히 뒤에서 내 흉을 그리 보았겠다?

최최측근의 입가에 위험한 미소가 내걸렸다.

같은 시각, 도성에서 그리 멀지 않은 숲 속.

오솔길 옆의 작은 바위에 앉아 쉬고 있던 황 노인은 갑작스러운 오한에 몸을 부르르 떨었다.

"대감마님, 어찌 그러십니까요? 어디 편찮으십니까요?"

오랜 귀양살이를 끝내고 도성으로 돌아가는 상전의 모습에 바우가 걱정스러운 표정을 지었다.

"갑자기 한기가 느껴지는구나."

황 노인은 불안한 눈길로 궁이 있는 곳을 바라보았다.

오색 찬연한 불을 밝힌 등롱이 선양정 주위를 둥글게 휘감았다. 바람에 나부끼는 모양이 꼭 봄 들판에 핀 각양각색의 꽃 같았다.

너른 정자에 풍성한 연회 자리가 마련되었다. 닷새 동안 굶주린 간택인들을 위한 연회였다.

"아가씨께선 어찌 이리 안 오시지?"

덤이가 선양정 입구를 바라보며 발을 동동 굴렀다.

연회가 시작된 지 오래인지라, 이미 다른 간택인들은 기름진 음식을 즐기며 오래간만에 여유를 만끽하고 있었다. 유독 해루만 어디론가 사라져서 돌아오지 않았다.

"음식을 마다할 분이 아니신데……."

초조한 덤이를 본 현성이 입가를 비틀었다.

"너구리 같은 네 주인을 기다리는 거라면, 걱정할 필요 없다."

"아가씨께서 어디 계신지 알고 계세요?"

"알다마다."

"어디에 계세요? 왜 이리 안 오신대요?"

"외간 사내와 있느라 늦는 것이니, 너무 깊이 알려 하지 마라."

"네?"

덤이의 눈이 동그래졌다. 현성이 입술 한쪽을 비틀며 비웃음을 흘렸다.

"얌전한 고양이 부뚜막에 먼저 올라간다더니."

"말씀이 좀 과하십니다요."

계속되는 해루에 대한 힐난에 덤이가 기어들어가는 목소리로
항의했다.

"뭐야?"

"대체 우리 아가씨가 무슨 일을 했다고, 그리 심하게 말씀하시는
거예요?"

현성의 눈초리가 위로 올라갔다.

"상전의 행실이 그 모양이니 아랫것도 경거망동이구나."

"그러니까 우리 아가씨 행실이 대체 어떻기에 그리 심하게 말씀
하시는 겁니까?"

"내 차마 입에 올리기 부끄러운 일이라 말하기도 싫구나."

"그게 무슨 말씀이래요? 부끄러운 일이라니요? 무슨 일이 어찌
된 것인지 모르겠지만, 우리 대감마님 아시면 섭섭하실 것입니다."

덤이가 눈을 동그랗게 뜬 채 은근한 겁박을 했다.

우리 아가씨가 대체 무얼 어찌하였다고.

생사고락을 함께 나눈 사이라, 해루를 대하는 덤이의 태도는 처
음 궁을 들어왔을 때와는 사뭇 달랐다.

자신을 위해 세자빈 간택마저도 기꺼이 포기하는 상전. 그런 상
전을 위해서라면 못 할 것이 없는 덤이였다. 그러니 이런 대거리쯤
이야 일도 아니었다.

그때 단소가 끼어들었다.

"제대로 알지도 못하는 것이 어디 함부로 끼어드느냐?"

"그러니까 말씀해 주시어요. 대체 무슨 일이어요?"

"그리 알고 싶다니 말해 주마. 네 아가씨, 외간 사내와 함께 있었다."

"네?"

말도 안 되는 이야기에 덤이가 손사래를 쳤다.

"외간 사내라뇨? 그럴 리 없어요."

"내 두 눈으로 똑똑히 보았다. 어디 나만 본 줄 아느냐? 여기 있는 간택인들 모두 보았어."

"그럴 리가……."

당황하던 덤이가 무슨 생각이 난 듯 양 손바닥을 마주쳤다.

"길이라도 물어보셨겠지요. 아니면, 길을 알려주었거나."

"흥. 본인은 아무 말도 못 하는데 아랫것이 알아서 변명을 해주는구나."

"길을 알려주었을지, 다른 헛짓을 했을지 누가 알겠어?"

현성과 단소가 험담을 주고받았다.

두 번째 관문을 시작할 때까지만 해도 개와 잔나비처럼 앙숙이던 두 사람은 그새 마음이 맞아 함께 해루를 헐뜯고 있었다. 그 모양새를 지켜보던 덤이는 저만 들리도록 작게 투덜거렸다.

"이제 보니 저 양반들이 우리 아가씨를 강샘하고 있네."

이번 이차 관문에서 유일하게 정답을 맞힌 사람, 다름 아닌 해루였다. 덕분에 세자빈 간택에서 유리한 위치를 차지하게 되었다.

현성에게 날을 세우던 단소가 해루에게 날 선 눈빛을 하는 이유, 바로 그 때문이었다. 이젠 현성이 아니라 해루를 경계하게 된 것이다.

"정 믿지 못하겠으면, 네 상전이 돌아오면 직접 물어보면 될 것 아니겠느냐?"

현성의 자신만만한 말에 덤이도 고개를 갸웃했다.

"정말 무슨 일이라도 있었던 거야?"

그럴 리 없는데.

그러나 워낙에 현성과 단소의 태도가 한결같으니 조금 걱정이 되었다.

"그나저나……."

험담과는 별개로 허기진 배를 기름진 음식으로 채우던 단소가 입가를 닦으며 말문을 열었다.

"해루 그 아이, 보기보다 능력이 좋은 모양이야."

"그깟 게 무슨 능력이 있단 말이냐?"

현성이 코웃음을 쳤다.

"그 사내 말이야. 참말 잘나지 않았어? 내 한양에서 소문난 잘난 사내들일랑 모두 보았지만, 해루 그 아이와 있던 사내만큼 잘난 사내는 보질 못했어."

"그래?"

"혹여 그 사내가 해루의 뒷배가 아닐까?"

"뒷배?"

"다들 이상하다 생각되지 않아? 그런 근본 없는 아이가 세자빈 간택에서 재간택까지 되다니."

"조부가 한성부윤을 지낸 집안의 여식입니다. 그런 사람에게 근본이 없다 할 수는 없겠지요."

묵묵히 있던 윤설이 입을 열었다. 소은도 고개를 끄덕이며 맞장구쳤다.

"해루가 조금 엉뚱한 면은 있지만, 선하고 착실한 아이입니다."

두 여인의 차분한 말에 현성이 눈살을 찌푸렸다.

"그래서? 그 아이가 외간 사내와 만나는 것이 괜찮다는 말인가? 그게 바르게 교육받은 여인의 모습이라 생각해? 정녕, 세자빈 간택에 참여한 여인이 보여야 할 행동이라 생각하느냔 말이다."

윤설은 무시하듯 입을 닫았다. 소은만이 고개를 흔들며 말했다.

"모르지요. 정말로 길을 알려주려 한 것인지도."

"벗이라 챙겨준다는 건가? 흥, 속도 좋구나. 그 벗이 세자빈이 되어도 그리 웃을 수 있을지 모르겠군."

현성의 비아냥거림이 도를 넘으려 하자 단소가 슬며시 끼어들었다.

"해루 그 아이의 행실이 바른지 그른지는 굳이 우리가 신경 쓰지 않아도 밝혀질 거야."

"사실이 밝혀졌을 때, 그 너구리 같은 아이가 어떤 변명을 할지 기대되는군."

현성이 자리에 앉았다. 단소가 엉뚱한 곳으로 비껴간 말꼬리를 다시 가져왔다.

"아무튼, 그 사내가 누군지는 몰라도 해루와 무관한 사이 같아 보이지 않아. 게다가 궁을 그리 다닐 정도면 보통 신분은 아닌 듯하였고."

"그래?"

"어쩌면 세자 저하와 친분이 있는 사내인지도 모르지. 그러고 보니 세자 저하께서도 세상에서 둘째가라면 서러울 정도로 아름다운 분이라고 들었는데, 해루가 만났던 그 사내와 비교하면 어떨지 참말로 궁금하네."

"비교할 것을 비교해라. 어찌 그런 사내를 감히 세자 저하와……"

냉소를 흘리던 현성의 표정이 돌연 딱딱하게 굳어버렸다.

"왜 그래?"

"이럴 수가!"

현성이 돌연 자리에서 벌떡 일어났다.

"아, 놀라라. 왜 그러는 거야?"

갑작스러운 현성의 태도에 단소가 깜짝 놀라며 물었다. 그런 단소의 모습은 아랑곳하지 않은 채 현성이 혼이라도 나간 사람처럼 중얼거렸다.

"몰랐어. 용포가 아니라서. 전혀 짐작도 하지 못했어."

"대체 뭘 몰랐다는 거야?"

단소의 물음에 현성이 버럭 고함을 질렀다.

"세자 저하!"

"갑자기 세자 저하는 왜 찾는 것이야?"

인내심이 한계에 다다른 단소가 미간을 찡그렸다.

대체 무슨 소릴 하는 거야?

현성의 대답이 이어졌다.

"세자 저하셨어."

"무슨 말이야?"

"해루와 함께 있던 사내. 세자 저하가 틀림없어."

순간, 음식을 먹던 간택인들의 행동이 일시에 멈췄다.

"말도 안 돼! 그럼…… 해루가 세자 저하와 친분이 있단 거야?"

믿기지 않는다는 듯 단소가 중얼거렸다. 현성의 고개가 맥없이 위아래로 움직였다.

바로 그때.

"제가 좀 늦었습니다."

천진한 웃음과 함께 해루가 선양정으로 들어섰다. 모두의 시선이 그녀에게로 집중되었다.

갑작스러운 상황에 당황한 해루가 어색한 표정을 지었다.

"다들…… 왜 그런 눈으로 보십니까?"

"버릇이 되어버린 모양이군."

사위가 어두워졌다. 습관처럼 창가에 기대섰던 위창은 작은 목소리로 중얼거렸다.

"오늘도 안 오는가 보군."

밖을 더듬던 그의 눈에 실망하는 기색이 역력했다.

그때였다.

회랑을 걷는 가벼운 발소리가 들려왔다.

혹시나 하는 기대감이 위창의 얼굴에 떠올랐다. 문밖에 작은 그림자가 어룽거렸다.

곧이어 들려오는 한마디.

"태군."

위창의 얼굴에서 표정이 빠져나갔다.

"무엇이냐?"

시들해진 그는 보료에 비스듬히 기대앉았다.

"만월궁의 주인께서 뵙길 청하십니다."

"그래? 뫼시어라."

흐트러진 모습 그대로 위창은 턱을 괴었다. 이윽고 미닫이문이 양옆으로 열리고 박두언이 모습을 드러냈다. 위창은 느른하게 늘어진 채로 그를 맞이했다.

"오시었소?"

가벼운 손짓으로 자리를 권한 위창을 향해 박두언이 머리를 조아렸다.

"태군을 뵙사옵니다."

"번거로운 격식은 그만 되었소."

오만한 시선 한 귀퉁이에 서린 권태로움.

위창은 느른한 얼굴로 접선을 펼쳤다.

"나를 만나고자 한 연유가 무엇이오?"

"이 나라를 어찌 생각하시옵니까?"

박두언은 곧장 본론부터 꺼냈다.

"이 나라?"

"이 나라는 잘못되었습니다. 뿌리가 기울어지고 상하다 보니, 기둥과 줄기마저 삐뚤고 잘못되어 버렸습니다."

"근본부터 잘못된 나라란 말인가? 그래서 하고자 하는 말이 무엇이오?"

"이 나라를 본래 있어야 할 자리로 돌려놓고 싶습니다. 하여, 태군의 도움이 필요합니다."

"본래 있어야 할 자리라……."

나직하게 박두언의 말을 곱씹어보던 위창이 눈을 가늘게 여몄다.

"흥미롭군."

위창은 내내 비스듬히 늘어졌던 몸을 바로 했다.

그의 눈동자에 푸른빛이 번뜩였다. 마치 먹잇감을 눈앞에 둔 맹수처럼 그는 눈을 빛냈다.

"근래 듣던 중 가장 재미있는 이야기군. 계속해 보시오."

어찌 그 사람과 함께 있는 것이냐?

처마로 떨어진 아침 햇살이 마당을 뒹굴고 있었다.

간밤에 풍성한 연회를 마치고 달콤한 휴식을 취한 간택인들은 날이 밝기 무섭게 다시 선양정으로 모여들었다. 재간택의 마지막 과제를 치르기 위함이었다.

이차 관문이 예상보다 힘들고 난해했던 만큼 삼차 관문 역시 어렵고 힘든 과제이리라.

간택인들은 나름 마음의 준비를 하였다. 그러나 정작 최고 상궁으로부터 과제를 듣게 되었을 땐, 하나같이 어리둥절한 표정을 금치 못했다.

"소중한…… 것이라고요?"

해루가 놀란 목소리로 물었다.

"그렇습니다. 각자 가장 소중히 생각되는 것들을 가져오면 되는 것입니다."

최고 상궁의 말에 선양정 안에 작은 술렁거림이 일었다.

"가장 소중한 것이라면 사람을 뜻하는 것입니까, 물건을 말하는 것입니까?"

윤설이 고아한 목소리로 물었다.

"소중하게 생각하는 것이면 어느 것이든 상관없습니다."

단소가 끼어들었다.

"가져오는 물건의 수는 상관없는 겝니까?"

최고 상궁은 고개를 끄덕거렸다.

"소중한 것이라면 그것이 물건이든 사람이든 그 수에 제한을 두지 않는다고 하셨습니다."

잠시 침묵이 흘렀다.

이차 관문의 어려움에 비하면, 삼차 관문은 이상할 정도로 쉽게 느껴졌다. 별다른 제한도 없었다. 지나치게 쉽기에 오히려 어딘가에 함정이 있는 것은 아닌가 하는 의심마저 생겼다.

조용히 듣고 있던 소은이 차분히 입을 열었다.

"이번 관문은 무엇에 중점을 두는 것인지 말해 줄 수 있습니까?"

"송구하오나 그것은 말씀드릴 수가 없습니다."

잔뜩 기대하고 있던 간택인들의 얼굴에 아쉬움이 스치고 지나갔다. 어수선하던 공기는 금세 가라앉았다.

간택인들을 둘러보던 최고 상궁이 천천히 몸을 일으켰다.

"기한은 모레 미시초(未時初)까지입니다. 그때까지 소중한 것들을 가지고 이곳으로 다시 모이시면 될 것이옵니다."

할 말을 끝낸 최고 상궁이 신형을 돌렸다.

"만약……."

해루가 최고 상궁의 발길을 다시 붙잡았다.

"만약 소중한 것이 없으면 어찌해야 합니까?"

"무슨 말씀이십니까?"

"소중한 것이 없는 사람은 어찌해야 하느냐고 물었습니다."

"그럴 리가요. 세상에 그런 사람은 없습니다. 사람이라면 누구에게나 삶을 지탱할 무언가가 있기 마련이지요. 그러니 찾아보십시오. 분명 있을 겁니다."

깊은 눈빛으로 해루와 시선을 맞춘 최고 상궁은 잠시 멈췄던 걸음을 옮겼다. 상궁들이 사라지자 간택인들 사이에 술렁임이 들불처럼 다시 일었다.

"분명 숨겨진 뜻이 있을 겁니다."

윤설은 눈을 감고 삼차 관문에 숨겨진 진의를 찾기 위해 애썼다. 그 모습을 곁눈질하던 단소가 신경질 섞인 의견을 내놓았다.

"이차 관문과 마찬가지로 속마음을 살피기 위해서인지도 모릅니다. 세자빈 간택입니다. 어느 것 하나도 허투루 생각할 수 없어요."

"어쩌면 정말 단순하게 취향을 알고자 하는 것인지도 모르지요."

소은은 순수하게 받아들였다. 그리고 현성은 고민하는 대신 해루에게로 다가왔다.

"무에 들은 것이 있느냐?"

"네?"

"세자 저하와 친분이 있으니, 이번 관문에 대해 들은 것이 있느냐 물었다."

속내를 떠보는 듯한 현성의 물음에 해루는 황급히 고개를 저었다.

"잘못 보신 거라니까요. 그때 보았던 사내는 절대 세자 저하가 아닙니다."

"흥, 그 말을 어찌 믿을까. 세상이 넓다 하나 세자 저하와 같은 얼굴이 어디 흔하겠느냐? 더구나 넌 이차 관문에서 유일하게 해답을 찾았지. 그것이 진실로 네 머리에서 나왔다고 말하는 건 아니겠지?"

"그 말씀은 세자 저하께서 답이라도 귀띔해 주셨다는 겁니까?"

"그럼, 아니더냐?"

싸늘한 눈길로 해루를 노려보던 현성이 찬바람을 일으키며 선양정을 나가버렸다.

"저 아가씨가 정말……."

일관성 있게 사람 무시하시네.

해루는 현성이 나간 문을 바라보며 입맛을 다셨다.

그나저나 내게 가장 소중한 것을 가져오라고?

반듯했던 해루의 미간이 찌푸려졌다. 남들에겐 가장 쉬운 문제가 해루에게는 그 어떤 문제보다도 어렵게 느껴졌다.

"너에게 소중한 것이 무어냐고?"

해루의 물음에 김담은 들고 있던 붓을 내려놓았다. 빤히 해루를 바라보는 눈길에 어리둥절한 느낌이 가득했다.

"재간택의 마지막 과제입니다. 자신에게 가장 소중한 것을 가져오라는……."

"아! 재간택의 과제로구나. 그런데 너에게 소중한 것을 왜 내게 묻느냐?"

"아무리 생각해도 문제가 단순한 의도에서 나온 것 같지 않아 그렇습니다."

"과연 그렇겠구나."

"무엇을 원하는 것일까요?"

"글쎄다. 문제의 저의를 지금 당장 파악하긴 힘들겠고. 단순하게 정말로 소중한 것을 가져오라는 것이라면, 나라면…… 아마도 가족일 것 같구나."

"가족이라고요?"

"사람에게 소중한 것은 나이를 먹을수록 많아지는 법이다. 삶을 살아온 시간만큼 애착한 것도 많아질 테니 말이다. 하지만 그 무엇도 일평생을 함께한 가족에 비할 수는 없는 법. 나라면 가족을 첫손에 꼽을 것 같구나. 그 밖에도 소중한 것을 꼽자면 지금 만들고 있는 천문 지도도 소중한 것이겠고."

"그렇습니까?"

김담의 대답에 해루의 표정이 시무룩해졌다.

가족.

김담을 비롯한 다른 이에겐 정답이 될 수 있을지 몰라도 해루에게는 해당 사항 없음이었다. 그녀에겐 가족이라 칭할 그 누구도, 기억을 떠올릴 사람도 존재하지 않았다.

어린 시절의 기억일랑은 새카만 어둠이었다. 어미의 얼굴도, 아비가 뉜 줄도 모르는 그녀에게 가족이 소중한 무언가가 될 수는 없었다.

"무슨 이야길 그리 심각하게 나누고 있는 거냐?"

해루의 머리 위로 심운기가 긴 그림자를 드리웠다.

"또 이상한 고민을 하는 모양이구나."

"재간택 시험에서 이번에도 해괴한 질문이 나왔습니다."

"이미 들었다. 소중히 여기는 것을 개수에 상관없이 가져오라 했다면서?"

심운기는 해루의 옆에 자리를 잡고 앉았다.

"무얼 가져가야 할까요?"

"복잡하게 생각할 이유가 있겠느냐? 네가 가장 좋아하는 것이 네게 가장 소중한 것일 터이니, 그걸 가져가면 되겠지."

"제가 가장 좋아하는 것요?"

"그렇지."

해루의 눈에 반짝하고 이채가 떠올랐다.

가장 좋아하는 것.

과연 무엇이 있을까?

최근에 가장 좋아한 것은…… 동구비보에 있을 때 애지중지하던 항아리였다.

나무 아래에 몰래 숨겨두었던 항아리. 쌈짓돈이 생길 때마다 항아리에 넣어두며 얼마나 기뻐했던가. 나중에 정 판수 아저씨가 훔쳐 간 것을 알고 적잖이 실망하였더랬지. 그렇다면 항아리일까?

"아니야."

해루는 고개를 저었다. 항아리를 소중히 여긴 것은 아니었다. 만약 그랬다면 포졸들에게 쫓길 때 항아리부터 챙겼겠지. 그녀가 소중히 여긴 것은 항아리가 아니라 항아리에 담긴 돈이리라.

그럼, 돈을 가져가야 할까? 이 또한 정답이 아닌 듯했다.

김담과 심운기에게서 해답을 찾지 못한 해루는 신루의 다른 학자를 찾아갔다.

"네가 가장 소중하게 여기는 것이 무어냐고?"

해루의 질문에 양여섭이 가뜩이나 작은 눈을 더욱 가늘게 여몄다.

"네. 알려주십시오."

"……."

양여섭은 대답 대신 경계하는 빛이 역력한 얼굴로 슬금슬금 걸음을 옮겼다. 잠시 후, 화원의 중문 앞을 가로막으며 그가 소리쳤다.

"안 된다!"

"네?"

양여섭의 돌연한 말과 행동에 해루는 고개를 갸웃했다.

저 양반이 왜 갑자기 엉뚱한 행동을 하실까?

"네가 이번에 새로 꽃을 피운 화초들을 노리고 온 것 같은데, 아무리 재간택이 중요하다 해도 저 꽃들은 안 된다. 십 년에 한 번 피는 귀한 것도 있단 말이다. 그 귀한 것을 또 한입에 꿀꺽하려고?"

"안 먹습니다. 설마, 제가 재간택에 꽃을 가져가겠습니까?"

사람을 어찌 보시고. 해루가 어이없다는 듯 웃음을 터트렸다.

"흥! 차라리 똥개가 똥을 끊는다고 해라. 네가 저 화초를 안 먹는다고? 지나가는 지렁이가 허릴 잡고 웃겠구나. 그리 순진한 얼굴로 말한다고 내가 그 말을 곧이곧대로 믿을 것 같으냐?"

"정말이라니까요!"

"어림없다. 이렇게 나를 방심하게 하고선 무슨 수를 꾸밀지 눈에 선하다."

양여섭의 강경한 모습에 해루는 반쯤 쫓겨나듯 화원을 나서고 말았다.

"내가 먹었으면 또 얼마나 먹었다고 저러신담."

필사적으로 화원 입구를 막는 양여섭을 향해 해루는 믿지 않게 눈을 흘겼다. 그러나 이내 시선을 제 발끝으로 돌리며 길게 한숨을 내쉬었다.

자신에게 소중한 것이 무엇인지 찾을 수 없었다. 고민 끝에 신루를 찾아와 학자들에게 물었지만, 끝내 별다른 수확은 없었다.

"어디서 찾는담?"

시간이 쉼 없이 흘러가고 있건만, 아직 무엇이 소중한 건지조차 알아내지 못했다.

그때, 양여섭의 목소리가 들려왔다.

"그런데 너, 세작을 찾는 일은 잘되어가고 있는 거냐?"

"네?"

"설마 아직도 작은 실마리조차 찾지 못한 건 아니겠지? 어이쿠, 이 녀석이 엉뚱한 짓을 하느라 세자빈 간택에 참여한 이유마저 망각한 모양이군."

양여섭은 한심하다는 듯 혀를 끌끌 찼다. 멍하니 그를 바라보던 해루의 머릿속에 반짝하고 빛이 떠올랐다.

"맞아! 그거였어!"

"깜짝이야. 왜 갑자기 소리를 지르고 그래?"

"제가 뭘 해야 할지 양 학사님 덕분에 깨달을 수 있었습니다."

양여섭을 향해 고개를 꾸벅 숙인 해루는 한층 밝아진 표정으로 걸음을 옮겼다.

"저 낮도깨비 같은 녀석이 또 무슨 짓을 하려고 저러나."

양여섭이 불안한 표정을 지었다. 그러다 화원을 돌아보며 고개를 좌우로 흔들었다.

"아무렴 어때. 화원의 꽃만 건들지 않으면 그만이지."

해루는 수강궁에 있는 자신의 거처로 되돌아왔다.

수강궁은 아침과 달리 한산했다. 얌전히 처소를 지키고 있을 줄 알았던 간택인들의 모습이 보이지 않았다.

"덤이야, 여기 왜 이렇게 조용해? 다른 간택인들은 다 어디에 간 거야?"

해루의 물음에 덤이가 기다렸다는 듯 대답했다.

"다들 삼차 관문을 준비하러 궁 밖으로 나갔지요. 아마 지금쯤 저잣거리를 돌아다니며 필요한 물건을 사들이고 있을 거예요."

"저잣거리? 거긴 왜?"

"그걸 제가 어찌 알겠어요? 다만, 자기들끼리 소곤거리는 걸 들었지요. 그보다 아가씨. 아가씨도 그만 돌아다니시고 무얼 준비할지 고민하셔야 하는 거 아녜요?"

"그거라면 걱정할 필요 없어."

해루의 호언장담에, 덤이의 눈동자에 기대감이 안개처럼 피어올랐다.

"벌써 해결하신 거여요? 역시 아가씨라니까요."

두 번째 관문에서 유일하게 해답을 찾아낸 해루였다. 이번 역시 허둥대는 다른 간택인들과 달리 완벽한 해답을 가지고 계신 것이 틀림없었다. 해루를 바라보는 덤이의 시선에 경이로움이 가득했다.

그 부담스러운 눈빛을 회피하며 해루는 고개를 저었다.

"아쉽게도 이번 관문의 해답은 나도 모르겠구나."

"네? 그럼, 왜 걱정할 필요 없다 하신 거여요?"

금세 시무룩해진 덤이를 향해 해루가 밝은 목소리로 대답했다.

"삼차 관문의 해답은 모르지만, 뭘 해야 할지는 알았거든."

지금 중요한 것은 재간택의 관문을 통과해 삼간택에 낙점되는 것이 아니었다.

해루가 세자빈 간택에 참여한 진짜 이유.

세자빈 간택에 숨어 있을지도 모를 세작을 찾는 일이었다. 그동안 틈틈이 간택인들을 살펴보았지만, 아직까지 별다른 성과를 내지 못했다.

삼차 관문이 끝나고, 삼간택에선 최종적으로 세 사람만 남게 될 터. 삼간택의 마지막 면담이 끝나면 곧바로 마지막 한 사람이 남을 것이고, 최후에 남는 그 한 사람은 세자빈이 되는 것이다. 다시 말하자면, 이번 삼차 관문이 간택인들을 관찰할 수 있는 사실상 마지막 기회였다.

해루는 삼차 관문의 해답을 찾지 못했다. 남에겐 가장 쉬운 질문이 해루에겐 세상에서 가장 어려운 물음이었다.

과거에 대한 기억도, 가족도 없었다. 그리고 지금껏 살아오면서 무언가를 애착할 만한 여유도 없었다. 모두가 당연히 가지고 있는 그 무언가가 해루에게는 존재하지 않았다. 하여, 양여섭의 말을 들었을 때 오히려 묘한 안도감마저 느껴졌다. 없는 것을 찾는 허망한 고민보다 해야 할 무언가가 있다는 사실이 고마울 지경이었다.

"다녀올게."

"잠깐만요, 아가씨. 저도 곧 나갈 채비를 하겠어요."

"괜찮아. 이번엔 나 혼자 하고 싶어."

따라오겠다는 덤이를 간신히 말리고 해루는 궁을 나갔다.

"저잣거리라 했지?"

해루는 애써 밝은 표정을 지으며 경쾌하게 걸음을 걸었다.

얼마 지나지 않아 해루는 와자한 저잣거리에 발을 디딜 수 있었다. 여기서 간택인들을 어찌 찾을까? 그야말로 한양 땅에서 김 서방 찾기……는 무슨!

해루의 눈동자에 반짝하고 이채가 서렸다.

저잣거리 한복판. 한 여인이 사람들로 북적거리는 저잣거리가 마음에 들지 않는다며 애먼 하인들을 다그치고 있었다. 현성이었다.

그녀는 무려 열 명의 하인들을 대동한 채 눈에 띄는 물건은 모조리 사들이고 있었다.

때아닌 재신(財神)의 강림이라. 상인들은 너 나 할 것 없이 목소리를 높이며 자신의 상품이 얼마나 귀하고 뛰어난지 홍보하느라 여념이 없었다. 그로 인해 저잣거리는 여느 때보다 훨씬 더 붐볐다.

"어째 저 아가씨는 한 번도 예상에서 어긋난 적이 없네. 저렇게 초지일관하기도 어려운데 말이야."

현성의 뒤를 따르던 해루가 고개를 설레설레 저었다. 턱을 한껏 추켜세운 채, 거만하게 걸음을 옮기는 현성의 모습은 선양정에서와 한 치도 다름이 없었다. 지금까지 숱한 사람을 보아왔지만, 현성처럼 변함이 없는 사람은 처음이었다.

"큰일이네. 저런 모습도 자꾸 보다 보니 정이 들 것 같아."

해루는 현성이 그리 밉지 않았다.

정 판수와 함께 조선 팔도를 떠돌며 많은 사람을 만났다. 그중엔 입에 담기 어려울 정도로 질 나쁜 자들도 숱하게 보았다. 그에 비하면 현성은 순진했다. 적어도 겉 다르고 속 다른 이중성을 보이진 않았다.

"그나저나 저 아가씨는 달리 수상한 기척은 보이지 않는데?"

한 시진 가량 뒤를 좇아보았지만, 현성의 행동에서는 이상한 점을 찾아볼 수 없었다. 상인에게서 물건을 살 때도 그저 턱짓 한 번 해 보일 뿐이다. 그러면 그림자처럼 곁을 따르는 유모가 알아서 물건을 사들였다. 한두 상품만 사는 게 아니라, 아예 파는 물품을 모조리 구매했다. 사정이 그렇다 보니 누군가와 은밀히 접선한다든가, 특별히 비밀스러운 말을 주고받는 일 따위는 없었다.

"아무래도 저 아가씨는 아닌 것 같군."

자신이 세작이라면 절대 현성처럼 눈에 띄게 행동하지 않을 것이다. 만약, 그런 예상을 깨고 현성이 세작이라면 그녀는 세상에서 가장 뛰어난 세작이리라. 그도 아니면 사람의 심리를 귀신처럼 꿰뚫고 있는 사람이거나.

해루는 현성의 뒤를 따르는 일을 그만두었다. 대신 다른 간택인의 뒤를 좇았다.

현성 다음으로 해루가 뒤를 좇은 간택인은 단소였다. 그녀를 찾는 일 또한 어렵지 않았다. 사실, 현성의 뒤를 좇는 와중에 단소의 모습은 진즉 발견한 터였다. 단소 역시 현성처럼 여섯 명의 하인을 대동하고 저잣거리를 활보하고 있었다.

저잣거리 한복판에서 마주친 현성과 단소.

탐색하듯 상대를 훑어보던 현성이 입가에 피식 비웃음을 지었다. 그러고는 보란 듯 크고 거만한 걸음으로 단소의 곁을 지나쳤다. 그런 현성과 달리 단소는 무언가 분한 듯한 표정으로 입술을 깨물었다.

왜 저러는 걸까? 둘 사이엔 아무런 대화도 없었는데…….

해루의 의문은 곧 풀렸다. 하인들을 표독스레 다그치는 단소의 목소리가 해루의 귓전을 파고들었다.

"장 서방! 당장 집으로 가서 하인을 몇 명 더 데려와. 아니, 아예 열 명쯤 더 데려와. 돈도 좀 넉넉하게 챙겨 오고."

"아씨, 지금도 상당히 많은 돈을 쓰고 계십니다요."

"뭐라? 자네는 지금 내가 저 오만방자한 것에게 무시당하는 것을 보고도 그런 말을 해!"

"하지만……."

"이번 일이 어디 단순한 시험인 줄 알아? 세자빈이 되기만 하면 이깟 재물은 아무것도 아니야. 그러니 아버님께 잘 말씀드려. 아이, 신경질 나. 이럴 줄 알았으면 애초에 하인을 더 데려오는 것인데. 저런 것에게 눌리다니, 짜증 나, 짜증 나!"

몰래 지켜보던 해루는 혀를 내두르고 말았다.

단소가 화가 난 이유, 다름 아닌 현성보다 적은 하인의 숫자 때문이었다. 덤이조차 부담스러운 해루에겐 두 여인의 자존심 대결이 이해되지 않았다. 그 이후, 해루는 단소의 뒤를 한 시진 가량 쫓았다.

단소는 현성보다는 상품을 잘 살피는 편이었지만, 그렇다고 특별히 수상한 행동을 하지는 않았다. 결국, 해루는 단소를 쫓는 것도 포기하고 말았다.

"큰일이야. 이러다 이번에도 아무런 성과가 없으면 어쩌지?"

생각해 보면 작정하고 세자빈 간택에 참여한 세작이 눈에 띄는 행동을 할 리 만무했다. 지금의 노력이 헛된 것일 수도 있으리라. 그렇다고 해도 어쩔 수가 없었다. 쓸데없는 노력이 될지 모르지만, 해루는 포기하지 않았다.

"발버둥 치는 사람에게 바꿀 수 없는 미래란 존재하지 않는다."

해루는 언젠가 향이 해주었던 이야기를 주문처럼 되뇌었다. 힘들 때마다 이 말을 되새기면 힘이 솟곤 했다.

"열심히 하자. 죽을 만큼 발버둥 치는 거야. 그러면 반드시 좋은 일이 생길 거야."

해루는 허물어지는 의지를 다잡듯 주먹을 불끈 쥐었다.

찾기 쉬웠던 현성과 단소와 달리 다른 간택인들의 모습은 좀처럼 찾을 수 없었다. 모든 간택인들이 저잣거리에 있으리라는 생각 자체가 잘못된 것인지도 모른다.

허영과 자만으로 똘똘 뭉쳐진 현성과 단소와 다르게 나머지 간택인들은 다른 생각을 하지 않을까? 어쩌면 집 안의 오래된 창고에서 과거의 추억을 뒤지고 있을지도 모르리라. 시간이 흐를수록 해루는 지쳐갔다.

그러나 지성이면 감천이라고. 발이 아프다 못해 물집까지 잡히려 할 때, 해루는 또 한 명의 간택인을 만날 수 있었다.

허름한 세책방에서 책을 뒤적거리고 있는 현숙한 여인. 대제학의 여식, 윤설이었다.

해루는 세책방 구석에 숨어 윤설을 관찰하기 시작했다. 윤설 또한 달리 수상한 행동을 하지 않았다. 그저 말없이 책을 고르고 몇 장 읽는 것을 반복할 뿐이었다. 아무래도 윤설은 가장 소중히 여기는 것으로 책을 생각하는 듯했다.

"이번에도 아닌 모양이네."

또 한 번의 헛수고에 해루가 한숨을 내쉬었다.

그때였다.

"무얼 하는 게냐?"

누군가 그녀의 귓가에 작게 소곤거렸다.

"까, 깜짝이야."

느닷없는 목소리에 놀란 해루가 뒤를 돌아보았다. 서글서글한 눈매의 잘생긴 사내가 허리를 접은 채 그녀를 향해 웃고 있었다.

"태, 태군."

"쉿."

위창이 검지를 입술 위에 세웠다.

"그런 호칭은 아무 곳에서나 함부로 떠드는 게 아니다."

속달거리는 위창을 따라 해루도 서둘러 목소리를 낮췄다.

"이곳엔 어인 일이십니까?"

이 사람은 어찌 알고 이곳을 찾아왔을까? 양여섭은 자신을 보고 낮도깨비라 했지만, 정말 낮도깨비 같은 사람은 바로 위창이었다.

"질문은 내가 먼저 했다. 너, 예서 뭐 하는 거냐?"

"구, 구경하고 있습니다."

"그래? 그럼, 이리 숨어 있지 않고 당당하게 나가도 되겠구나."

위창이 몸을 벌떡 일으켰다. 깜짝 놀란 해루가 다급하게 그의 팔을 잡아당겼다.

"그, 그러지 마십시오."

해루의 곁에 도로 주저앉은 위창이 짓궂게 웃으며 물었다.

"왜? 구경하고 있었다면서?"

속내를 들여다보는 듯한 물음에 해루는 이실직고했다.

"시, 실은 몰래 훔쳐보고 있었습니다."

"훔쳐봐? 뭘 훔쳐보고 있었다는 것이야?"

위창의 이어지는 물음에 해루는 눈동자를 굴렸다.

세작이 뉜지 알아보고 있노라 사실대로 말할 수는 없었다. 잠시 궁리하던 해루는 제법 그럴듯한 변명을 늘어놓았다.

"다른 간택인들이 무얼 고르는지 훔쳐보고 있었습니다."

"무어냐? 결국, 다른 간택인들의 해답을 훔쳐보고 있었단 말이더냐? 네게 그런 영악함이 있었단 말이냐?"

위창이 해루를 지그시 바라보았다.

"모르셔서 그렇지, 저 무척 영악한 사람입니다."

해루의 말에 위창의 미소가 짙어졌다.

"그래, 그것도 썩 나쁘지는 않구나. 헌데 말이다. 정말 계속 이리 숨어 있어도 되겠느냐?"

"무슨 말씀이십니까?"

위창이 앞을 턱짓했다.

"저쪽의 상황이 무척 재미있게 흘러가는 것 같아서 말이다."

"네?"

해루는 위창의 시선을 따라 고개를 돌렸다. 잠시 한눈을 파는 사이, 윤설이 옆 점포로 자리를 옮겨 누군가와 대화를 나누고 있었다. 그런데…… 그녀가 이야기를 나누는 사람이 무척이나 눈에 익었다.

물기를 머금은 듯한 초록의 도포와 너른 흑립을 쓰고 있는 사내. 멀리서 보아도 한눈에 들어오는 선연한 웃음.

"앗!"

저도 모르게 작게 탄성을 지르며 해루는 자리에서 벌떡 일어섰다. 그녀가 일으킨 작은 소란에 윤설과 사내가 고개를 돌렸다. 이내 사내의 얼굴에 해루과 똑같은 놀람이 들어찼다.

"해루가 아니더냐? 너 여기서 뭘 하고 있는 것이냐?"

"그러는 세……."

세자 저하라 부르려던 해루는 급히 말을 바꿨다.

"공갈 선비님이야말로 이곳에 무슨 일이십니까?"

그리고 윤설 아가씨와는 어떻게 아는 사이십니까?

"잠시 어딜 다녀오던 중이다. 헌데……."

향의 시선이 조금 옆으로 이동했다. 해루의 곁에 바짝 붙어 선
채 자신만만한 미소를 짓는 위창의 모습이 보였다. 향의 한쪽 눈썹
이 위로 올라갔다.

"어찌 그 사람과 함께 있는 것이냐?"

향의 목소리에 어쩐 일인지 가시가 돋쳐 있었다.

잊었느냐? 너는 내 것이라는 것을

시리도록 푸른 하늘 한 귀퉁이에 뭉게구름이 뭉클 피어올랐다.

빗방울을 머금은 구름은 제법 따가워진 여름 햇살 뒤란으로 제 몸뚱이를 감추었다. 그러나 한순간, 방심하는 사이 먹장구름이 되어 세상에 빗방울을 흩뿌리리라. 저 구름이 먹장구름이 될 때까지 얼마만큼의 시간이 걸리려나? 가늠하는 해루의 귓가로 향의 목소리가 들려왔다.

"물음엔 답을 않고 어딜 보는 거냐?"

해루가 고개를 돌렸다.

흑백이 분명한 향의 눈동자가 그녀의 망막에 맺혔다. 동시에 코끝으로 청아한 여름 숲의 향기가 파고든다. 한없이 맑고, 시원한 계곡의 잔향이 해루의 앞으로 바싹 다가왔다. 이분과의 만남은 언제나 반가웠다. 그러나 오늘만은 예외였다.

어찌하여 공갈 저하께서 이곳에 계시는 것일까?

왜 여기 있느냐 물으셨습니까? 저도 묻고 싶은 물음입니다.

해루는 향의 어깨 너머에 있는 여인에게로 눈길을 옮겼다.

윤설. 대제학의 여식이며, 재간택을 함께하는 아가씨. 해루는 현성과 단소에 이어 윤설을 관찰하는 중이었다. 설마, 향이 그녀와 함께 있을 줄은 상상도 하지 못했다.

"전……."

해루가 막 입을 열어 대답하려 할 때였다. 그녀의 어깨 위로 위창이 불쑥 고개를 내밀었다.

"참 오랜만에 뵙습니다."

마치 재미난 것을 본 사람처럼 마냥 즐거워 보였다. 제 볼을 스치듯 도발적으로 향을 향해 얼굴을 내미는 위창을 보며 해루는 낮게 한숨을 쉬었다.

향을 보는 순간, 까맣게 잊고 있었다. 위창과 함께였다는 사실을.

여기저기서 불쑥불쑥 튀어나오는 낮도깨비 같은 사람.

앞에는 향이, 그리고 등 뒤에는 위창이 서 있는 달갑지 않은 상황인지라, 해루의 얼굴에 어색한 표정이 떠올랐다. 그때 그녀의 눈에, 향의 뒤편에 다소곳이 서 있는 윤설의 모습이 들어왔다.

"윤설 아가씨."

해루는 향과 위창이라는 사면초가의 상황에서 탈출하는 방도로 윤설을 택했다. 그녀는 윤설에게 성큼 한 걸음 다가섰다.

"이곳에서 뵙는군요."

반색하는 해루에게 윤설이 미소를 보였다.

"혹여 제가 잘못 보았나 했지요."

"이번 시험에 가져갈 좋은 물건이 있을까 살피던 중이었습니다."

"어머나, 그랬군요. 마침 나도 같은 이유로 시전에 나온 참이었답니다."

해루는 윤설이 들고 있는 서책으로 시선을 내렸다.

"아가씨께선 책을 준비하시는 모양입니다."

"네. 소심한 저에게 책과 문방사우는 둘도 없는 벗이자 스승이었답니다. 하여, 어린 시절에 글쓰기 연습하던 물건을 찾아보는 중이었습니다."

윤설은 해루의 빈손을 살피며 말을 이었다.

"헌데…… 무엇을 준비하셨는지 여쭈어도 될까요?"

"아직 찾는 중입니다."

"무엇을 준비할지 결정도 못 했단 말이냐?"

곁에서 묵묵히 듣고 있던 향이 두 사람의 대화에 끼어들었다.

윤설이 향을 돌아보았다.

"그러고 보니 두 분, 초면이 아니시지요?"

궁에서 해루와 향이 함께 있는 것을 간택인들에게 들킨 적이 있다.

어두운 밤이었고, 스쳐 지나가는 시선이라 기억하지 못할 줄 알았는데. 그러나 윤설은 정확히 기억하고 있는 듯했다. 하긴, 저리 아름다운 사내를 기억하지 못하면 그것이 되레 이상한 일이리라.

"그때 말씀드렸듯 저 선비님께서 제게 길을 물어보는……."

해루가 간택인들에서 둘러댔던 변명을 반복하려는 찰나.

"평소 아는 사이요."

향의 느닷없는 한마디에 윤설과 해루의 눈이 동시에 휘둥그레졌다.

"네?"

해루의 눈이 커졌다.

'그걸 말씀하시면 어떻게 합니까?'

도둑질도 손발이 맞아야 한다고. 이렇게 협조를 안 해주시면 어떻게 합니까?

그렇지 않아도 간택인들 사이에 말이 많건만. 불행 중 다행이라면 이 자리에 있는 사람이 단소가 아니라 윤설이라는 점이다.

그간 겪은 윤설의 성정으로 보아 단소처럼 말을 부풀려 소문내지는 않으리라. 그래도 무어라 변명은 해야 할 터. 무슨 말을 해야 할까?

해루의 고민이 깊어졌다. 그 속내를 읽기라도 한 듯 향의 목소리가 들려왔다.

"워낙 길눈이 밝은 사람이라 내가 종종 길 안내를 부탁하곤 하지요."

그 어떤 감정도 담기지 않은 담담한 말투. 말 그대로 향에게 해루는 길을 가르쳐주는 사람, 그 이상도 그 이하도 아닌 듯 느껴졌다.

따지고 본다면 크게 틀린 말이 아닌지라, 해루는 고개를 끄덕거렸다. 그런데…… 왜 이렇게 가슴 한구석이 시큰거리는 것인지. 코끝으로 알싸한 열기가 올라왔다. 해루는 손등으로 콧잔등을 문질렀다.

윤설이 이해된다는 듯 부드러운 미소를 지었다.

"그렇군요. 그래서 제게 길을 물으셨군요."

"길을 물으셨습니까?"

윤설의 말에 해루가 눈을 반짝거렸다.

두 사람이 같이 있었던 이유, 길을 묻기 위함이었습니까?

속내가 빤히 드러나는 눈빛.

그녀의 물음에 향이 역시나 감정 없는 음성으로 대답했다.

"그렇다."

어쩐 일인지 보이지 않는 벽이 해루와 향 사이에 존재하는 듯했다. 딱딱하게 굳은 표정과 건조한 말투.

내게 화가 나신 것일까? 오늘따라 왜 저러실까?

해루는 괜스레 섭섭한 마음을 안으로 삭였다. 그때, 그녀의 머리 위로 긴 그림자가 불쑥 드리워졌다.

"길을 잃을 때마다 꽃처럼 아름다운 여인과 함께 계시니, 참으로 음흉한 길눈인 듯합니다."

위창의 의미심장한 말이 향을 향해 날아들었다.

"무슨 의미로 하는 말입니까?"

"혹시, 선비님께서 길을 물어보시는 게 아니라 딴 속셈이 있어서 부러 길을 잃었다 변명하시는 건 아닐까 하는 생각에서 한 말입니다."

"설마 일부러 그러는 사람이 있겠습니까?"

"모르지요. 세상은 넓고 흑심 품은 사내 또한 강가의 모래알처럼 흔하니."

"무척 흥미로운 생각이군요."

향과 위창, 두 사람 모두 웃고 있었다.

그럼에도 서늘하게 느껴지는 한기. 이상하게도 말 속에 사나운 가시가 느껴진다.

해루는 어리둥절한 표정으로 두 사람을 번갈아 보았다.

설마, 두 분 싸우시는 건 아니죠? 걱정스러운 눈으로 둘을 바라보고 있자니 윤설이 해루에게 바싹 다가왔다.

"그런데…… 저분은 누구셔요?"

윤설은 해루의 바로 곁에서 팔짱을 끼고 있는 위창을 힐긋, 곁눈 질했다.

"아, 오해하지 마십시오. 그러니까 저분은……."

명나라에서 온 태군이라고 했다간 또 무슨 말을 듣게 될지 알 수 없었다. 잠깐 눈동자를 굴리는 해루의 머릿속으로 반짝하고 빛 이 떠올랐다.

"저 사람은…… 제 호위 무사입니다."

"호위 무사요?"

"네."

해루는 배시시 웃으며 위창을 힐끔거렸다.

위세 높은 태군에서 졸지에 호위 무사가 되었으니, 역정이라도 내면 어쩌려나?

아니나 다를까. 위창의 따가운 시선이 화살처럼 해루에게 꽂혔다.

'호위 무사? 감히 나를 호위 무사 따위로 만들었겠다?'

'이번 한 번만 그렇게 해주십시오.'

두 사람 사이에 소리 없는 대화가 오갔다.

윤설이 이해가 된다는 듯 고개를 끄덕였다.

"험한 세상이니까요. 조심해서 나쁠 것은 없지요."

생긋 미소를 지으며 그녀는 말을 이었다.

"그럼 전 이만 가봐야겠어요. 좋은 책을 구했으니, 이번에는 붓 을 좀 봐야 할 것 같습니다."

해루에게 작별을 고한 윤설이 향을 돌아보았다.

"아까 붓 파는 곳을 찾는다 하지 않으셨습니까?"

"그렇소."

"마침 제가 그곳으로 가니 함께 가시는 것은 어떻겠습니까?"

"부탁하겠소."

향이 윤설을 따라 걸음을 옮겼다. 그러다 문득 해루의 앞에 걸음을 멈추었다.

"호위 무사……. 호위 무사라."

못마땅한 기색이 역력한 목소리. 혼잣말인 듯 낮게 중얼거리던 향은 그대로 해루를 지나쳐 갔다.

위창의 눈에 흥미로운 기색이 떠올랐다.

"뜻밖에 뒤끝이 있으신 분이군. 그나저나 이제 어찌할 것이냐?"

가만히 향과 윤설의 뒷모습을 지켜보던 해루가 입을 열었다.

"일을 마저 해야겠습니다."

"뭐?"

"아니, 저도 갑자기 사야 할 것이 생각났다는 말입니다."

"설마…… 저 두 사람을 뒤쫓아 가겠다는 말은 아니지?"

위창의 말이 채 끝나기도 전에 해루가 걸음을 옮겼다. 살금살금 까치발을 든 작은 발은 어느새 향과 윤설의 뒤를 쫓고 있었다.

"좀 떨어지십시오."

해루는 길모퉁이에서 향과 윤설을 훔쳐보는 중이었다.

몰래 뒤를 밟는 은밀한 일인지라, 집중하지 않으면 들킬 수도 있었다. 그러나 바로 곁에서 느껴지는 위창의 숨결. 그림자처럼 등 뒤에 바싹 붙어 있는 그로 인해 좀처럼 정신을 집중할 수 없었다.

그런 그녀의 사정을 아는지 모르는지, 위창은 태평한 얼굴로 응수했다.

"호위하는 이를 바로 곁에서 보호하는 것이 호위 무사의 당연한 의무가 아니겠느냐. 미안하지만 한 걸음도 물러설 수 없다."

"아까도 말씀드렸다시피 호위 무사라고 한 건 적당한 변명이 없어 한 말이라니까요."

"그런 건 중요하지 않아. 중요한 건 네가 나를 호위 무사라고 한 것이고, 나는 부정하지 않았다는 것이지."

"그럼, 어찌하시겠다는 겁니까?"

"무릇 자신의 행동을 책임지는 것이 진정한 사내라고 할 수 있지. 내 오늘 하루만큼은 너의 호위 무사 노릇을 제대로 할 생각이다."

"참으로 집요하신 분입니다."

"남들은 근성이 좋다고 하더구나."

이 양반, 보기보다 융통성 없으시네.

해루는 손으로 이마를 짚으며 고개를 설레설레 저었다.

"저 같은 사람에게 호위 무사가 가당키나 하겠습니까?"

"가당하지 않다고 하더라도 필요하기는 하지. 그보다 이러고 있을 때가 아닌 듯한데."

"네?"

위창이 해루의 등 뒤로 눈짓을 보냈다.

"저 두 사람, 저 안으로 들어가는데."

"아차!"

깜빡 잊고 있었다.

해루는 서둘러 시선을 돌렸다. 윤설과 향이 붓 가게 안으로 들어가는 것이 보였다.

"새로 생긴 곳인가? 이곳에 이리 큰 붓 가게가 있는 줄은 몰랐군."

"태군 때문에 하마터면 놓칠 뻔하지 않았습니까?"

"네 부주의함을 탓해라."

"정말…… 말이나 못 하면 밉지나 않을 것을요."

해루는 위창을 향해 불퉁한 시선을 날렸다. 즐기듯 그 눈빛을 마주하던 위창이 돌연 고개를 숙이고 속삭였다.

"그런데 괜찮으려나?"

"무어가 말입니까?"

"저 두 사람 말이다. 젊은 남녀가 저리 으슥한 곳으로 들어갔단 말이다. 다음 수순은……."

"……!"

돌아보는 해루의 눈동자가 가늘게 떨렸다.

젊은 남녀.

으슥한 곳.

몇 가지 단어가 그녀의 뇌리를 빙글빙글 맴돌았다. 잠시 망설이던 해루는 기어이 몸을 벌떡 일으켰다.

"왜? 신경 쓰이느냐?"

속내를 들여다보는 듯한 눈빛.

해루는 애써 태연한 얼굴로 손사래를 쳤다.

"무슨 말씀입니까? 붓 구경하러 가는 겁니다, 붓 구경."

붓 가게 입구에는 크고 작은 붓통이 길게 진열되어 있었다. 그 뒤쪽으로 제법 너른 공간이 보였다. 한쪽 벽은 먹과 벼루가 전시되어 있고 맞은편에는 질 좋은 종이가 켜켜이 쌓인 책장이 보였다. 그리고 가운데 공간은 빨랫줄에 걸린 빨래처럼 수백 자루의 붓이 천장에 매인 줄에 매달려 있었다.

어린아이 몸통만 한 붓부터 어린아이의 새끼손가락만큼 가는 붓까지. 장봉, 중봉, 초필이라는 붓의 구분이 무색하리만큼 크기와 모양이 다양한 붓들. 세상의 붓이란 붓은 모두 모여 있는 듯했다.

은은한 묵향이 붓 사이를 유영했다. 바람이 불 때마다 길게 늘어진 발처럼 붓들이 찰랑거렸다. 가늘고 긴 붓털이 가볍게 허공을 쓸었다. 깃털처럼 나부끼는 붓의 끝자락에서 금방이라도 글자로 만들어진 선율이 흘러나올 것만 같았다.

그곳은 현실에 존재하되 존재하지 않는 듯한 몽혼한 세계였다. 책장에 쌓인 먼지만큼의 아련한 세월을 머금은 공간 안으로 해루는 발을 디뎠다.

"어디 계시는 거야?"

낮게 중얼거리며 그녀는 주위를 두리번거렸다. 곧 해루의 시야에 윤설의 모습이 들어왔다.

해루는 잠시 걸음을 멈추고 빛이 그려낸 그림자 속에 숨어 윤설을 관찰하였다. 붓대와 붓촉을 유심히 살피고, 먹까지 먹여보는 윤설의 꼼꼼한 모습은 천상 여인이었다.

길고 가느다란 하얀 손가락이 마치 가야금의 현을 짚듯 붓대를 매만졌다. 작은 세필 붓을 들어 한쪽에 마련되어 있는 종이에 글씨를 쓰는 윤설의 모습은 마치 미려한 풍경을 보는 듯 아스라했다.

고아한 아름다움.

윤설의 눈빛 하나, 손끝 하나에 아득한 기품이 서려 있었다.

해루는 문득 고개를 내려 자신의 모습을 살폈다.

자신이 절대 가질 수 없는 것. 하여, 부러워할 수밖에 없는 것을 윤설이 갖고 있었다.

여인이란 저런 것이구나.

절로 감탄이 일었다. 저리 고아한 여인이 세작일 리 없겠지. 애초에 대제학의 여식이 무엇이 부족하여 세작 노릇을 할까.

그런 사정은 다른 간택인들 모두에게 해당되었다.

어쩌면 처음부터 잘못 생각하였는지 모른다. 세작은 간택인이 아니라 다른 사람 중에 있을지도 몰라.

머릿속이 다시 복잡해졌다. 그러나…….

지금 당장 생각하고 결론을 내리기엔 너무 복잡한 문제였다.

해루는 길게 들숨을 들이마셨다. 그러고는 천천히 조심스레 어둠을 밟으며 제 몸을 숨겼다. 이리 지켜보는 것을 윤설이 알아서 좋을 것은 없겠지.

그나저나, 공갈 저하께서는 어디에 계시는 거야?

주위를 두리번거리던 해루는 안쪽 깊숙한 곳, 휘장처럼 길게 늘어져 있는 붓을 양옆으로 벌렸다.

제법 깊어진 여름 햇살도 미처 닿지 못한 습윤한 공간.

그 안으로 고개를 들이미는 순간, 검고 선연한 눈동자와 시선이 마주쳤다.

놀란 해루의 입에 절로 벌어졌다.

그러나 채 마른 비명을 입 밖으로 내기 전.

해루는 붓으로 만들어진 어두운 공간 속으로 빨려들듯 끌려 들어갔다.

아득한 침묵이 내려앉았다. 좁은 공간 속엔 향긋한 체취가 가득했다. 해루는 여전히 놀라 커다래진 눈으로 상대를 마주 보았다.

"공갈 저하, 예서 뭐 하십니까?"

향은 행여 밖에서 보일세라 해루를 더욱 가까이 끌어당겼다. 밀착하듯 마주 앉은 향이 입을 열었다.

"그러는 넌 뭐 하는 것이냐?"

"목소리를 낮추십시오. 누가 듣습니다."

옴쳐 드는 듯 작은 소리로 해루가 말했다. 말리는 해루의 손짓에도 향은 음성을 낮추지 않았다.

"뭐 하는 것이냐 물었다."

"일…… 하는 중이었습니다."

"일?"

향의 눈에 의문이 피어올랐다.

"간택인들 중에 숨어 있는 세작을 찾아내라 하시질 않으셨습니까."

"하여, 저 아가씨의 뒤를 쫓고 있단 말이냐?"

"네. 윤설 아가씨만이 아닙니다. 좌의정 댁의 현성 아가씨도 살펴보고 단소 아가씨도 진즉 관찰을 끝냈습니다. 그리고 우연히 윤설 아가씨를 발견하여……."

"허면, 태군은 어찌 된 것이냐?"

"그분은……."

해루는 한숨을 푹 쉬었다.

"우연히 만났습니다."

"우연이라……."

향이 해루의 눈을 가만 들여다보았다.

"믿으십시오. 정말 우연입니다. 그리고 지금 중요한 건 그게 아니지 않습니까?"

"그럼 뭐가 중요하단 말이냐?"

화제를 돌리는 해루에게 향이 눈빛을 세웠다. 그 서늘한 시선을 마주 하자 괜스레 죄지은 기분이 들었다.

저도 모르게 어깨를 움츠리던 해루는 갑자기 억울한 듯 볼멘소리를 냈다.

"그러는 세자 저하께서는 왜 여기 계십니까?"

진즉 물어보고 싶었다. 어찌하여 윤설 아가씨와 함께 있는지, 궁금하였다.

정말 길을 묻는 중이었습니까? 그것이 왜 하필이면 윤설 아가씨입니까?

"나도 관찰 중이었다."

"네?"

"설마 네게만 맡겨두고 내가 손 놓고 기다릴 줄 알았더냐?"

"그럼 세자 저하께서도 간택인들을 살펴보고 계셨단 말입니까?"

"아무렴. 다른 간택인들도 관찰하는 중이니라."

"그러셨군요."

"그래서 길 찾는 것을 빌미로 관찰하는 중이었다."

"소득은 있으셨습니까?"

"글쎄."

"어쩌면 간택인들 중에 세작이 없을지도 모르겠습니다. 아무리 봐도 수상한 행동을 하는 사람은 없었습니다."

"그건 모를 일이지. 그보다 넌…… 삼관문의 해답은 마련해 둔 것이냐?"

향의 물음에 해루는 고개를 저었다.

"그걸 제가 왜 고민합니까? 아시지 않습니까? 저는 저하의 특별한 명으로 세자빈 간택에 참여한 것이 아닙니까."

"뭐?"

향의 미간이 희미하게 찡그려졌다. 어쩐 일인지 그의 눈동자에 뜨거운 기운이 치밀어 오른 듯도 보였다.

화가 나셨나? 향의 돌연한 행동에 해루가 고개를 갸웃거릴 때였다.

두 사람만의 공간에 하얀 얼굴 하나가 들어왔다.

"여기 있었군."

붓 사이를 비집고 들어온 사내, 위창이었다.

해루와 함께 있는 향을 본 그의 눈동자에 이채가 서렸다. 그러나 이내 속내를 숨기고 해루에게 손을 내밀었다.

"잠깐 한눈판 사이에 이런 곳에 숨어 있었군. 오늘 하루는 내가 곁에 딱 붙어 호위할 거라 말하지 않았더냐. 이리 오너라."

말과 함께 위창은 해루의 팔을 잡아당겼다.

그 순간, 끌려가는 해루의 손목을 향이 낚아챘다.

절대로 이대로 내줄 수 없다는 의지가 담긴 악력.

"어쩌다 그런 사이가 된 줄은 모르지만, 이 아인 내 사람입니다. 신변의 안전은 내가 알아서 할 터이니, 굳이 태군께서 수고할 필요는 없습니다."

"그럴 수는 없지요. 제가 워낙에 똑 부러지는 성격인지라, 제대로 일을 하지 않으면 밤에 잠을 잘 수가 없습니다. 기왕지사 저 아이의 호위 무사 노릇을 하기로 하였으니 제대로 해야겠습니다."

말끝을 길게 늘이며 위창은 은근슬쩍 해루를 잡아당기는 손에 힘을 주었다.

"천하의 태군에게 그런 번거로운 일을 맡길 수야 없지요."

"평소에는 무관심하던 분께서 오늘은 다르십니다."

"태군이야말로 겉으로는 여색을 즐기는 듯하였으나 실은 그 어떤 여인에게도 관심이 없질 않았습니까."

향은 해루의 손목을 힘껏 잡아당겼다. 위창에게 끌려가던 그녀는 그대로 맥없이 향의 품에 풀썩 안기고 말았다.

"왜 이러십니까?"

향의 품에 안긴 해루는 본능적으로 몸을 일으켰다. 아니, 일으키려고 했다. 그러나 향의 팔에 갇힌 채 빠져나올 수 없었다.

"저하……. 공갈 저하……."

풀어주십시오. 놓아주세요.

해루가 눈을 들어 향을 올려다보았다.

슥, 시선을 내린 향이 입을 열었다. 그녀만 듣도록 작은 목소리로 그가 속삭인다.

"가만있어라. 잊었느냐? 너는 내 것이라는 것을."

그의 말이 무슨 의미인지 너무도 잘 알고 있었다. 그럼에도…….

심장 한구석이 자꾸만 간질거렸다. 수줍게 달아오른 볼을 숨기려 해루는 고개를 숙였다.

두근.

귓가에 바투 치는 심장 소리가 자신의 것인지, 그의 것인지 구분되지 않았다.

좋습니다

"잊지 마라, 네가 나의 것이라는 사실을."

가슴 명징한 한마디가 해루의 귀에 박혔다.

나의 것, 나의 사람.

향의 입에서 나온 그 말의 저의가 무엇인지 알고 있었다. 저분에겐 신루의 학자들도 나의 사람이고, 이 나라의 백성도 나의 사람이리라.

그럼에도 자꾸만 마음이 흔들렸다. 저 청수한 여름 숲의 향기에 정신이 아득해졌다.

해루의 입가에 쓸쓸한 웃음이 피어올랐다. 그녀는 향의 것일지 몰라도 그는…… 절대 자신의 것이 될 수 없는 사람이었다. 그녀는 그의 사람이지…… 그의 여인이 아니었다.

아쉬운 마음을 접으며 해루는 고개를 들었다.

"알고 있습니다. 제가 세자 저하의 소속이라는 것을요. 그러니 그만 놔주십시오."

해루는 향의 품을 떨치고 일어섰다. 못마땅하다는 듯 향의 눈썹 한쪽이 버릇처럼 위로 올라갔다.

"여기 있어라."

"아닙니다."

해루가 고개를 저었다. 기다렸다는 듯 위창이 움켜쥐고 있던 그녀의 손목을 와락 잡아당겼다.

"오늘은 내가 지켜주겠다 하였으니 말만 해라. 뉘라도 너를 억압하는 이가 있다면 내가 가만두지 않으마."

해루에게 하는 말이지만, 그것은 분명 향을 향한 도발이었다.

질세라 향이 입술을 거칠게 악물었다.

"해루야, 네가 있어야 할 자리는 여기다."

"네가 원한다면 넌 어디든 갈 수 있다."

이리저리 흔들리는 추처럼 해루는 향과 위창의 품을 오갔다. 그렇게 이 품과 저 품 사이를 넘나들던 해루는 급기야 양손을 획 뿌리쳤다.

이 양반들이! 싸우려면 제대로 싸우시든가. 사람을 사이에 두고 뭐 하는 겁니까?

궁에서 듣자 하니 두 사람 사이에 은근한 힘겨루기가 종종 있었다고 하였다. 한 분은 조선의 왕세자이고 다른 한 사람은 명국을 대변하는 사람인지라, 서로 자국의 이익을 위해 벌이는 은근한 신경전은 당연한 일이라고 하였다.

"싸움하시려거든 그냥 본격적으로 싸우십시오. 왜 사람을 사이에 두고 이러십니까? 물론, 신분과 체면이 있으니, 뒷골목의 파락호

들처럼 치고받고 싸울 수 없다는 것은 잘 알고 있습니다. 그렇다고 이러시면 안 되잖습니까?"

해루는 치켜뜬 눈으로 향과 위창을 번갈아 보며 따졌다. 그 바람에 해루를 사이에 둔 두 사람의 힘겨루기가 중단되었다. 그러나 여전히 서로를 보는 뜨거운 눈빛은 사그라지지 않았다.

날 선 눈빛을 하는 향과 위창을 보며 해루가 깊은 한숨을 내쉴 때였다.

"해루 아가씨?"

조용한 소란이 윤설의 이목을 끈 모양이다. 붓에 신경을 집중하던 그녀가 해루에게 알은체를 해왔다.

"네, 윤설 아가씨."

"여기서 또 만나네요."

"아가씨가 가신 후에 저도 갑자기 붓 구경이 하고 싶지 뭡니까."

그렇지 않아도 이 자리를 벗어날 무언가를 찾던 해루는 날다람쥐처럼 향과 위창 사이에서 빠져나왔다.

"가지 말라 하였다."

"기다려."

두 사내의 얼굴에 동시에 같은 표정이 떠올랐다. 손에 들고 있던 귀한 것을 한순간에 빼앗긴 아이 같은 모습. 아랑곳하지 않은 채 해루는 윤설이 고른 붓과 먹에 관심을 보였다.

"마음에 드는 건 고르셨습니까?"

"네. 이것저것 마음에 드는 것이 많네요."

"다행입니다. 이건 뭡니까?"

"아, 그건 명나라의 산창이라는 곳에서 만들어진 먹이랍니다. 향이 아주 좋아요. 어릴 적 아버님이 쓰시던 먹과 향이 비슷하여서요."

"그렇습니까?"

"어릴 적에 아버님께서 곧잘 사랑채로 저를 부르셨지요. 그러고는 제게 먹을 갈게 하시고 난을 치곤 하셨는데……."

문득 먼 허공을 응시하는 윤설의 눈동자에 노을빛 그리움이 가득했다.

"행복하셨나 봅니다."

"아버님에게서 풍기는 짙은 묵향이 아직도 선명하게 기억나네요. 난을 치실 때의 그분은 그 어느 때보다 멋지셨답니다."

"……."

"그럴 때면 저는 숨조차 멈춘 채 그 모습을 지켜보곤 하였지요."

윤설은 먹을 코끝에 대고 숨을 들이마셨다.

"이 향을 맡고 있으니 마치 그 시절로 되돌아간 듯합니다."

추억을 되짚는 윤설의 얼굴에 아쉬운 기색이 역력했다.

"지금은 난을 안 치시나 봅니다."

"아, 요즘은 바쁘셔서……."

"그렇군요."

해루는 잠시간 부러운 눈길로 윤설을 응시했다.

추억이 있는 사람은 저리 아름답구나.

아무것도 존재하지 않는 유년의 기억.

가슴속의 빈자리가 베인 듯 아려왔다. 쓸쓸한 바람을 떨쳐내기 위해 해루는 서둘러 화제를 전환했다.

"그럼 이건요? 이건 또 무슨 추억이 있는 붓입니까?"

그녀는 윤설이 들고 있는 붓을 가리켰다. 잠시 생각에 빠졌던 윤설이 입을 가린 채 작게 웃음을 터트렸다.

"그건……."

두 여인 사이의 이야기가 길어졌다.

그사이 신경전을 끝낸 위창이 해루의 곁에 섰다. 해루가 반사적으로 따지는 눈빛을 보냈다.

'또 왜 여기에 서시는 겁니까?'

위창이 그런 해루를 향해 스스로를 가리켜 보였다.

"나, 호위 무사."

그러니 여기 있는 것은 당연하다는 듯한 눈빛. 뻔뻔한 그 모습이 황당하다 못해 웃음이 새어 나올 지경이었다.

하여간 정말 못 말린다니까.

뒤통수로 찌르는 듯한 시선이 느껴졌다. 굳이 뒤돌아보지 않아도 누구의 것인지 알 수 있음이라. 해루는 어색한 웃음을 머금은 채 윤설의 이야기에 귀를 기울였다.

아, 돌아가고 싶다.

"괜찮으시겠습니까?"

해루는 윤설이 안고 있는 보퉁이를 보며 걱정스럽게 물었다.

"댁까지 들어다 드리겠습니다."

"아니어요. 여기서 금방인걸요."

"그래도……."

"모처럼 혼자 걷고 싶어 그럽니다."

윤설이 눈가를 여미며 웃음을 보였다. 겉보기와는 달리 당찬 여인이었다. 어쩔 수 없다는 듯 해루는 한 걸음 물러섰다.

"그럼 나중에 궁에서 뵈어요."

해루에게 인사를 건넨 윤설은 향에게 눈인사를 보냈다. 이윽고 돌아서 집으로 향하는 그녀를 해루가 말없이 지켜보았다. 추억을 한 아름 안고 걸어가는 여인의 뒷모습이란, 눈이 시릴 만큼 아련했다.

"어찌 그리 보느냐?"

위창의 물음에 해루가 대답했다.

"부러워서요."

"부러워?"

"네. 부럽습니다. 강샘이 일 만큼 부럽습니다."

"무엇이 그리 부러우냐? 아비가 대제학이라는 것이 부러운 것이냐? 아니면 고운 미색이 부러운 건가?"

"아비가 있음이 부럽습니다. 저리 곱게 자랄 수 있도록 누군가 곁을 지켜준 사람이 있음이 부럽습니다. 그러나 무엇보다 부러운 것은…… 저리 양팔로 다 안을 수 없을 만큼 많은 추억이 있다는 것이 부럽습니다."

해루의 말에 위창의 표정이 딱딱하게 굳었다.

그녀의 이야기가 남의 일처럼 들리지 않았다. 그 역시 외롭고 스산한 풍경을 가슴에 품고 살아왔더랬다.

"죄송합니다. 제가 그만 쓸데없는 말을 했습니다."

"아니다."

고개를 흔든 위창은 허리를 굽혀 해루와 시선을 맞췄다.

"아비를 만들어줄 재주는 없다. 이미 이리 자라버렸으니 자라는 것을 지켜보아줄 수도 없고. 허나, 다른 것은 보아줄 수 있다."

해루가 눈을 깜빡이며 물었다.

"무엇을 보아줄 수 있으신 겁니까?"

"네가 늙어가는 것을 보아주마."

"네?"

해루의 눈이 커졌다.

"별 이상한 취미가 있으십니다. 사람이 늙어가는 모습을 지켜봐
주시겠다니…….".

위창의 말이 이어졌다.

"사람의 일평생 중 태어나 자라는 기간이 과연 얼마나 될까? 그
보다는 장성하여 늙고 땅에 묻힐 때까지의 시간이 훨씬 더 길 것
이다."

"아마도 그렇겠지요."

"그 긴 시간, 널 지켜봐주마. 네가 태어나고 자란 시간 동안의 추
억은 함께할 수 없었지만, 앞으로 남은 시간만큼의 추억은 함께해
줄 수 있다. 원한다면 양팔은커녕 온몸을 다 써도 안을 수 없을 만
큼 많은 추억도 만들어주지."

"……."

"어떠냐? 저 뒤에 장승처럼 서 있는 양반은 떨쳐내고 나와 함께
가질 않겠느냐?"

위창의 말에 해루는 물끄러미 그를 응시했다.

"저…… 아무것도 없습니다."

"뭐?"

"그렇게 유혹하신다고 해서 드릴 수 있는 게 없습니다. 그렇다고
무얼 내줄 수 있는 부모님도 아니 계시니, 쓸데없는 수고일랑은 하
지 마십시오."

"무슨 소릴 하는 것이냐?"

"이것도 주마, 저것도 주마…… 하고 절 유혹하는 거잖습니까?
비록 곁을 지켜주는 사람은 없지만, 쓸데없이 친절한 사람은 경계

하라고 일러준 사람은 있었습니다."

"누가 그런 쓸데없는 소릴 한 것이냐?"

위창의 물음에 답이라도 하듯 등 뒤에서 명쾌한 목소리가 들려
왔다.

"해루야, 그만 돌아가자."

노을을 등진 채 서 있던 향이 해루를 향해 손을 내밀었다. 그의
얼굴에 득의양양한 미소가 걸렸다.

"네."

순한 어린 짐승처럼 해루가 한달음에 향을 향해 달려갔다. 그러
다 문득 걸음을 세우고 위창을 돌아보았다.

"오늘 일은 정말 고맙습니다. 그리고 늙어가는 동안 추억을 함께
하겠다는 말씀, 소중히 가슴에 품겠습니다. 저도 태군을 좋은 벗
으로 기억하고 싶습니다."

이내 봄날의 아지랑이처럼 향의 뒷자락으로 사라지는 그녀를 보
며 위창은 흐린 미소를 지었다.

"이래서야 오늘 하루 공들인 보람이 없군. 그래도……."

전혀 소득이 없었던 것은 아니었다.

벗이라. 처음 시작은 그리하는 것도 나쁘지 않겠지. 너의 곁에 있
을 수 있고, 널 알기 위해선 말이다.

그래도 마지막 미련이 남아 위창은 목청을 돋웠다.

"언제든 말만 해라."

"네?"

"호위가 필요하면 언제든 말만 해. 너라면 아무것도 받지 않으마."

향이 해루를 대신하여 대답했다.

"그럴 필요 없……."

그러나 그의 대답이 채 끝나기 전에 등 뒤에 서 있던 해루가 고개를 내밀었다.

"알겠습니다."

"……!"

향의 얼굴이 굳어졌다.

반대로 위창의 얼굴엔 둥근 호선이 그려졌다.

촥! 접선을 펼쳐 팔랑팔랑 부채질하는 위창의 입가에 또렷한 승자의 미소가 맺혔다.

"화나셨습니까?"

"……."

"정말 화나신 겁니까?"

"……."

"저하."

"……."

"저하!"

궁으로 향하는 내내 향은 침묵하고 있었다. 그러나 전신에서 뿜어나는 성난 기운이 무언가 단단히 화가 났음을 말해 주었다.

대체 왜? 내가 또 무얼 실수하였나?

아무리 생각해도 잘못한 것이 무엇인지 생각나지 않았다. 그러나 분명 왕세자께서는 화가 나셨고, 그 이유가 자신이라는 것은 알 수 있었다.

무엇일까? 지금 이 순간만큼은 무겁게 닫힌 향의 입술이 세상 그 무엇보다도 무섭고 답답하게 느껴졌다. 되뇌던 해루는 쿵, 앞서 걷는 향의 등에 머리를 박고 말았다. 그가 갑자기 걸음을 멈춘 까닭이었다.

"왜요?"

고개를 드니 차가운 그의 검은 눈동자가 보였다.

"어디까지 쫓아올 셈이냐?"

"네?"

정신을 차리니 신루에 있는 향의 처소 앞이었다.

언제 여기까지 왔지? 온통 향에게 정신이 팔린 나머지 궁에 들어온 사실을 까맣게 모르고 있었다.

"돌아가라."

"하지만……."

"그만 쉬고 싶구나."

"이런 마음으로 돌아갈 수는 없습니다."

"왜?"

"저 때문에 화가 나질 않으셨습니까? 무엇 때문에 화가 났는지 알아야 다음엔 같은 실수를 반복하지 않을 것이 아닙니까."

"그럼……."

저도 모르게 입을 열던 향은 그대로 다시 침묵했다.

무엇 때문이었지? 왜 이리 화가 난 것일까. 표정조차 잃어버리고, 말조차 하지 않을 만큼 화가 난 것은 분명한데……. 그것도 다른 사람도 아닌 해루에게 화가 난 것인데…….

정작, 그 이유를 알 수 없었다.

어처구니없군. 화가 났음에도 그 이유를 알 수 없다니.

스스로도 이해할 수 없는 번잡한 마음에 향은 미간에 깊은 고랑만을 만들었다.

모르겠다. 이해할 수 없었다. 남의 마음을 희롱하듯 짚어볼 능력이 있음에도 정작 제 가슴속에 꿈틀거리는 이질적인 느낌만은 이해할 수 없었다.

"하아."

깊은 한숨을 내쉰 향은 한결 차분해진 시선으로 해루를 보았다.

해루는 비 맞은 강아지 같은 눈빛으로 그를 올려다보았다. 크고 순진한 눈망울 속에 안절부절 어쩔 줄 몰라 하는 불안이 서려 있었다.

그 눈빛을 본 순간, 향은 가벼운 현기증을 느꼈다. 욱신 하고 가슴 한쪽이 저렸다. 아무래도 내 몸 어디가 잘못된 모양이다. 그리고 그 원인은 다른 무엇도 아닌 해루였다.

"해루야."

"네, 저하."

가벼운 부름에 해루가 눈을 크게 뜨고 반갑게 대답했다.

그저 불러주는 것만으로도 눈동자에 서린 먹구름이 말끔히 가셔버렸다. 긴장으로 잔뜩 굳어 있던 얼굴이 파스스 풀어지는 것이 보였다. 이어 알큰한 기운이 눈가에 맺히는 것도. 속내를 들키지 않으려는 듯 손등으로 쓱쓱 눈두덩을 문지르는 모습에 가슴이 다시 욱신거렸다.

그 모습을 물끄러미 바라보던 향이 부드럽게 그녀의 머리를 쓸어내렸다.

저의가 있어 그리한 것이 아니었다. 해루를 보고 있자면 저도 모르게 머리를 쓰다듬어주고 싶고, 위로해 주고 싶고, 품에 안고 등을 보듬어주고 싶어졌다.

그런데 어찌하여 이런 마음이 드는 것일까?

자신의 마음을 알고 싶었다. 그 마음이 향하는 곳이 어디인지 어떻게든 알아내야 했다. 결심을 굳힌 향은 해루의 검은 눈동자를 응시했다.

"잠시 머물다 가겠느냐?"

"네?"

원인은 해루였다. 모르는 것이 있다면 연구하고 파헤치는 것이 당연했다. 지금껏 그는 숱한 불가능과 그리 싸워왔고, 무수한 호기심을 그렇게 정면으로 파헤쳐왔다.

그래, 어쩌면 이 감정 역시 지금껏 경험한 수많은 호기심 중 하나일 뿐이리라.

향은 해루의 손을 잡고 그만의 은밀한 처소 안으로 들어갔다.

누구의 발길도 허락하지 않은 은밀한 금지(禁地).

무람없이 침범한 해루 외에는 외인의 발길을 타지 않은 그곳에서 향은 해루와 마주 앉았다.

갑작스러운 향의 태도에 해루는 혼란스러운 듯 커다란 눈동자를 좌우로 굴렸다.

이 녀석을 어찌한다? 어떻게 살피고 관찰해야 궁금한 것을 알 수 있을까?

문득, 향은 지금까지 이런 경험이 전무하다는 사실을 깨달았다.

미지의 영역.

단 한 번도 걷지 못한 미답의 평원.

절로 미소가 떠올랐다. 저도 모르게 가슴이 뛰고 흥분이 되었다.

"저…… 세자 저하."

"쉿."

"왜……?"

해루가 고개를 갸웃거리자니 향이 손가락으로 문밖을 가리켰다. 무혁의 그림자가 문풍지 위에 그려졌다.

"저하, 무혁이옵니다. 환궁하시었다는 전갈을 받았사옵니다."

무혁의 낮은 목소리가 들려왔다.

"저하, 주무시옵니까?"

"……쉬고 싶구나."

"주무시옵소서. 소신, 이 앞을 지키고 있을 것이옵니다. 하오니 걱정하지 마시고 편히 쉬시옵소서."

얼마 전, 칼을 맞은 향에 대한 죄책감 때문일까? 향을 지키는 무혁의 경계는 예전보다 엄중해졌다. 한시도 눈을 떼지 않겠다는 단단한 결의가 목소리에 실려 있었다.

낮게 한숨을 쉬며 향은 해루를 보았다. 이래서야 마음 놓고 해루에 대한 연구도 못 할 게 아닌가.

고민하던 향은 문득 떠오른 생각에 조심스레 몸을 일으켰다. 되돌아온 그의 손에는 두 자루의 붓이 들려 있었다.

붓 한 자루를 해루에게 건넨 그는 나머지 붓을 들었다. 이윽고 먹을 묻히지 않은 빈 붓이 해루의 손등을 물고기처럼 유영했다.

'좀 전엔 미안했구나.'

여린 새의 깃털로 간질이는 듯한 느낌. 한없이 부드럽고 녹아들듯 따스하여 해루는 저도 모르게 어깨가 움찔거렸다. 또한, 웃음이 터져 나왔다.

"큭!"

신음 같은 웃음 한 자락에 저 멀리 그려져 있던 무혁의 그림자가 당장에 문 앞으로 다가왔다.

"저하, 괜찮으시옵니까?"

"괜찮다."

해루에게 시선을 고정한 채 향이 대답했다.

다시 무혁의 그림자가 멀어졌다.

이번엔 해루가 향의 손등에 글씨를 새기듯 써 내려갔다.

'무엇이…… 미안하단 말씀이십니까?'

'네게 화를 내지 않았더냐? 진심이 아니었다. 그저…… 내 마음이 복잡하여 그런 것이다.'

'마음이요? 마음이 어찌 복잡하신 겁니까? 무엇이 저하의 마음을 복잡하게 하는 겁니까?'

구미초(狗尾草, 강아지풀)처럼 손등을 스치는 보드라운 유혹.

몸이 움츠러들듯 은밀하고 간지러운 속삭임.

향은 붓을 들어 이번엔 해루의 동그란 이마에 글을 썼다.

'나는[我]……'

해루는 제 이마에 느껴지는 생경한 감촉에 또다시 소리 없는 웃음을 터트렸다.

그 하얀 웃음 앞에 향은 잠시 멍해졌다.

나는…… 무슨 글을 쓰려 한 것일까? 아니, 무슨 글을 쓰고 싶은 걸까?

머뭇거리는 그를 해루의 검은 눈동자가 응시했다.

한참 말간 시선으로 그를 마주 보던 그녀가 재빨리 무언가를 쓰기 시작했다.

'좋습니다.'

간질간질.

'무어가?'

움찔움찔.

'저는…… 저하가 좋습니다.'

무람없는 고백이 향을 향했다.

순간, 톡.

물방울 터지듯 따뜻한 기운이 향의 전신을 뒤덮었다. 눈부시게
환한 빛살이 그의 심장 한가운데를 관통했다.

어젯밤에······

신루 화원의 한구석.

개떡을 찌는 해루의 얼굴에 문득문득 웃음이 떠올랐다. 기계적으로 움직이는 손과 달리 머릿속은 온통 딴생각뿐이었다.

"무에 좋은 일이라도 있느냐? 뭐가 그리 좋아 웃는 것이냐?"

멀지 않은 곳에서 귀에 익은 목소리가 들려왔다.

"아! 최최측근 아저씨."

해루가 반색하며 자리에서 벌떡 일어섰다.

"뭐냐? 뭔데 그리 웃음꽃이 활짝 핀 게야?"

"그럴 일이 있습니다."

"그럴 일?"

"네."

물끄러미 해루를 보던 최최측근의 눈매가 가늘어졌다.

"표정을 보아하니 무에 좋은 일이 있었던 모양이구나. 뭐냐? 궁금하구나. 말해 봐라. 우리 사이에 숨길 것이 무어가 있겠느냐?"

"그게……."

"그래. 그게……."

최최측근이 귀를 해루에게 가까이 가져가며 관심을 보였다.

"아, 아닙니다."

"잔뜩 궁금하게 해놓고 그러기냐?"

최최측근이 짐짓 앵돌아진 표정을 지었다. 힐긋, 곁눈질하던 해루가 한참을 머뭇거리다 입을 열었다.

"그게 말입니다. 어젯밤에……."

"오호라, 어젯밤에……."

꿀꺽 마른침을 삼키는 최최측근의 귓가에 해루가 낮게 속삭였다.

"푹 잤더니 몸이 가뿐해서 기분이 무척 좋습니다."

말을 하는 해루의 뇌리에 간밤의 일이 선명하게 떠올랐다.

갑자기 신열이 오른 듯 얼굴이 홍시처럼 붉어졌다. 붉어진 낯빛을 숨기려 해루는 서둘러 화제를 돌렸다.

"그보다도 마침 기다리던 참이었습니다. 개떡이 알맞게 잘 익었거든요."

"녀석도."

잔뜩 기대하던 최최측근이 김빠진 표정을 지었다. 그러나 이내 표정을 털어버리고는 어딘가를 향해 손짓했다.

"그만 나오시게."

"누가 오십니까?"

"전에 말하지 않았느냐? 네게 소개해 주고 싶은 이가 있다고 말이다."

"함께 오셨습니까?"

해루는 최최측근의 손끝을 따라 상체를 옆으로 기울였다.

이윽고 화원 저 끝에서 한 노인이 불편한 헛기침을 하며 다가왔다. 눈가를 여민 채 바라보던 해루의 입에서 놀란 한마디가 튀어나왔다.

"아!"

동시에 최최측근이 데려온 노인도 눈이 황소만큼 커졌다.

"넌⋯⋯."

"할아버지!"

해루가 반가운 환성을 지르며 냉큼 노인에게 달려갔다.

"할아버지, 이곳엔 어쩐 일이세요?"

동구비보에 있어야 할 황 노인이 궁엔 어쩐 일일까? 궁금증이 일었지만, 그보다 큰 것은 반가운 마음이었다. 그래도 한때는 동병상련의 고통으로 한마음, 한뜻이 되었던 분이 아니던가.

반갑게 손을 맞잡는 해루에게 황 노인이 물었다.

"너야말로 이곳엔 무슨 일이냐?"

"제가 먼저 여쭈었습니다."

"찬물도 위아래가 있는 법이다."

어서 묻는 말에 대답하라는 엄한 눈빛.

황 노인의 성정을 아는지라 해루는 서둘러 설명을 덧붙였다.

"아시지 않습니까? 여기 기웃, 저기 기웃하는 제 떠돌이 팔자. 어쩌다 보니 여기까지 흘러들어 오게 되었습니다. 그런데 할아버지께선 이곳에 무슨 일로⋯⋯."

"나야 원래 이곳에서 밥 빌어먹던 처지니, 어디 가고 싶어도 갈 수도 없는 운명이다."

황 노인은 분하고 억울한 표정으로 최최측근을 흘낏 훔쳐보았다.

눈치 빠른 최최측근은 먼 곳으로 시선을 돌린 채, 날씨가 기가 막히게 좋다는 둥 엉뚱한 소리만 하고 있었다.

"그럼 그 소문이 사실이었군요. 할아버지께서 조정에서 꽤 잘나가는 분이신데 뇌물을 먹고……."

"어험험. 아직도 그런 헛소문이 도는구나. 그나저나 넌 어쩌다 전……."

황 노인이 최최측근을 호칭하려 하자, 최최측근이 급히 말을 가로막았다.

"최최측근!"

"네?"

"이곳에서만큼은 날 그리 불러야 하네. 달리 부르면 절대 아니 되네."

뜬금없는 말에 황 노인은 무딘 황소처럼 두 눈을 끔뻑거렸다.

"그게 무슨 말씀이시온지요?"

"그냥 그리 부르면 되지, 무에 그리 말이 많은가?"

황 노인을 바라보는 최최측근의 눈빛이 의미심장했다.

행여 허튼소리 하였다간 제대로 들들 볶아줄 것이야.

겁박이 가득 실린 눈초리에 황 노인은 마른침을 꿀꺽 삼켰다.

"……그런데 최최측근이 무슨 뜻인지요?"

"어험, 내 그대에게만 특별히 알려주겠네. 알다시피 내가 세자 저하와 각별한 사이가 아닌가? 말하자면 측근 중에서도 측근. 이 아가씨 또한 세자 저하와 각별하여 최측근이라 불리고 있으니, 세자와 더 친밀한 난 당연히 최최측근으로 불려야 하지 않겠는가?"

황 노인의 얼굴에 황당하다는 표정이 떠올랐다.

"그게 무슨 귀신 씻나락 까먹는⋯⋯."

"허허허, 어디서 그런 막말을. 헛소리하다 혀가 콱 뽑혀 죽었다는 사람의 이야기도 못 들었는가? 허허허. 자고로 말이란 항상 조심하고 또 겸손해야 하는 법이라네."

우스갯소리처럼 말하고 있지만, 그 속에 담긴 저의는 실로 무시무시한 것이라.

평소 같으면 최최측근의 겁박에 황 노인은 진작 꼬리를 말았을 것이다. 그러나 오늘은 사정이 달랐다. 워낙 해괴한 이야기를 들었기 때문이다.

"전 도무지 이해가⋯⋯."

"어허!"

끝내 고집을 부리는 황 노인을 향해 최최측근이 눈을 부라렸다. 그러고는 해루가 보지 못하도록 입 모양을 만들었다.

'어명.'

눈치 빠른 황 노인은 즉시 고개를 조아렸다.

"알겠습니다, 최최측근⋯⋯."

황 노인은 혼자만 들을 수 있는 작은 목소리로 '전하'라고 중얼거렸다.

"그냥 최최측근이라 하게나."

"그리하겠습니다, 최최측근⋯⋯."

그러나 습관처럼 무서운 것은 없었다. 이번에도 황 노인은 작게, 아주 작게 '전하'라는 말을 붙이고야 말았다.

"쯧."

최최측근은 가볍게 혀를 찼다.

"어쨌든 둘이 아는 사이라니 귀찮게 소개하는 수고는 덜 수 있겠군."

"네. 전에 동구비보에서……."

최최측근이 손을 들어 해루의 말을 막았다.

"켜켜이 쌓이는 인연에 흘러간 과거사는 그리 중요하지 않구나. 그러니, 굳이 알려주려 노력하지 않아도 된다."

"그렇습니까? 하긴 그렇군요."

두 사람의 관계를 모르는 해루는 황 노인과의 만남이 즐거운 듯 마냥 해맑게 웃었다.

"뭐 하느냐? 개떡은 아직 멀었느냐?"

최최측근의 채근에 해루는 아차 했다.

"제가 깜빡하였습니다."

날다람쥐처럼 화원 저편으로 사라지는 해루를 물끄러미 바라보던 최최측근은 고개를 돌렸다.

"언제까지 그렇게 서 있을 것인가? 그만 여기 와 앉으시게."

톡톡, 제 옆자리를 가리키는 최최측근의 부름에 황 노인은 황급히 고개를 저었다.

"어찌 제가 감……."

"어허, 쓸데없는 소리 그만하고 앉기나 하라니까. 최측근! 개떡은 아직 멀었냐?"

"지금 나갑니다."

대답이 끝나기 무섭게 해루가 김이 모락모락 피어오르는 개떡을 소반에 담아 나타났다.

"오늘도 참으로 맛나 보이는구나."

최최측근이 개떡을 호호 불며 한 입, 입에 물었다.

그 모습에 황 노인은 만감이 교차하는 표정을 짓고 말았다.

진수성찬도 싫다, 오늘은 고기가 어찌 없느냐 하며 괜한 타박을 일삼던 분께서 고작 개떡에 저리 행복한 표정이라니. 내가 꿈을 꾸는가?

황 노인은 믿기지 않은 상황에 주름진 볼을 잡아당겼다.

"아아앗!"

아픈 것을 보니 꿈은 아니구나. 그렇다면······.

황 노인은 곁에 있는 최최측근과 해루를 번갈아 보았다.

한 치 앞을 예측할 수 없는 것이 앞날이라 하였지만. 참으로 모를 일이었다, 참으로.

"황 할아버지, 뭐 하십니까? 하나 드셔보십시오."

"······그래."

해루의 권유에 황 노인은 마지못해 개떡을 먹었다. 예상대로 그리 맛있지 않았다. 겉은 딱딱하고 속은 설익어 씹히는 감촉이 썩 좋지 못했다. 못마땅한 기색이 역력한 황 노인에게 최최측근이 말했다.

"음식은 말이야, 천천히 음미하면서 먹는 것이라네. 만든 사람의 정성을 생각하면서. 느긋하게 씹다 보면 세상에 맛없는 음식 따위는 없다네. 달고, 쓰고, 맵고······. 음식이란 것이 어찌 보면 우리네 인생을 닮지 않았는가?"

"······그렇군요."

황 노인은 다시 개떡을 입에 물었다. 여전히 산해진미를 마다하고 먹을 만한 맛은 아니다. 그러나 그 평범한 맛 또한 인생의 한 부분이라 생각하니 그럭저럭 목구멍으로 삼킬 만했다. 그렇게 먹기 싫은 떡을 한 입 두 입 먹다 보니 어느새 손이 비었다.

"잘 드시네요. 더 드세요."

해루가 냉큼 개떡을 새로 건넸다.

황 노인의 미간이 절로 일그러졌다. 그러나 싫은 내색을 하기도 전에 곁에 앉은 최최측근의 목소리가 들려왔다.

"역시 맛있지 않은가? 최측근의 개떡은 최고라니까. 사양치 말고 더 들게나."

순간, 황 노인의 뇌리로 큰 깨달음이 스치고 지나갔다.

이 맛없는 개떡을 조금이라도 덜 먹기 위해 날 데려온 거로구나. '사적이고 은밀한 개인사를 특별히 그대에게만 조금 허락하겠네.'라는 말을 들을 때부터 눈치챘어야 했던 것을. 매번 당하면서도 속는 이유를 스스로 생각해도 이해할 수 없었다.

"참고로 이 개떡은 겉은 평범해 보이지만, 사실 다른 어느 곳에서도 맛볼 수 없는 특이한 성찬이라네."

"무엇이 그리 특별합니까?"

별다를 것이 없어 보이는 개떡을 살피며 황 노인이 물었다.

"개떡 위에 올려진 꽃 보이는가? 그 꽃이 실은 이곳 온실에서 희귀하게 나는 꽃이라네. 개중엔 십 년에 한 번 꽃 피는 것도 있다지?"

"온실이라면 그 서역에서 온 희귀한 기화이초의……."

"그렇다네. 방금 그대가 먹은 개떡에 바로 그 귀한 꽃이 들어 있다지."

최최측근이 히죽 웃음을 보였다.

그 웃음이 말하고 있었다. 이제부터 우리는 공범.

황 노인의 등줄기로 식은땀이 흘렀다. 단순히 개떡을 나눠 먹을 생각만이 아니라 확실한 입막음까지 준비해 놓았던 것이다. 황 노인은 거미줄에 걸린 나방처럼 황망한 표정을 지었다.

이럴 줄 알았으면 동구비보에 영영 뿌리를 내리는 것인데. 다시 죄를 지어 유배를 청해야 하나? 그렇다면 무슨 죄를 지어야 할까?

황 노인의 고민이 깊어졌다.

"거, 맛있게 잘 먹었다."

어느새 제 몫의 개떡을 모두 해치운 최최측근이 손을 털며 해루를 보았다.

"그보다 마지막 관문의 해답은 준비한 게냐?"

"아, 그거 말입니까?"

되묻는 해루의 표정이 밝았다.

"얼굴을 보니 무언가 준비한 모양이구나."

"아직 준비는 하지 못했습니다."

"헌데 어찌 그리 표정이 밝아?"

"준비는 못 했지만, 뭘 해야 할지는 어렴풋이 알았거든요."

"오호, 그리 말하니 궁금하구나. 그래, 최측근에게 소중한 것은 무엇인고?"

"소중한 것은 모르지만, 잃고 싶지 않은 것은 있습니다."

"잃고 싶지 않은 것?"

"네."

고개를 끄덕이던 해루가 문득 황 노인을 돌아보았다.

"황 할아버지, 할아버지께 소중한 건 무엇입니까?"

갑작스러운 물음에 황 노인이 머리를 갸우뚱했다.

"글쎄다. 아무래도 내게 가장 소중한 것이라면 가족이겠지."

듣고 있던 최최측근이 심드렁한 얼굴로 중얼거렸다.

"생긴 대로 평범한 대답이군."

이에 질세라 황 노인이 대답했다.

"무릇 평범하고 흔한 것이 가장 질리지 않고 오래가는 거라고 생각합니다."

"뭐, 일단은 그렇다 치고. 어째서 가족이 가장 소중한가?"

"그게……"

소중한 것을 소중한 것으로 생각하는데 특별한 이유가 있을까?

그때, 황 노인을 대신하여 해루가 대답했다.

"아무래도 가장 잃기 싫은 것이기 때문이겠지요."

"가장 잃기 싫어서라."

"네. 황 할아버지께 가족이란 잃으면 가장 슬픈 존재가 아닐까요? 아니, 황 할아버지뿐만 아니라 최최측근 아저씨에게도 가족은 잃고 싶지 않은 존재일 겁니다."

"그렇지. 단장(斷腸)을 끊는 아픔이라. 그것이 어떤 것인지 내 알고 있음이야."

문득 아픈 기억이라도 떠오른 듯, 최최측근은 느릿하게 고개를 끄덕였다.

"그래서 잃고 싶지 않은 것이 가장 소중한 것이다, 이 말이렷다?"

"네, 그렇습니다."

"허면 네게도 가장 소중한 것은 가족이겠구나?"

"……아쉽게도 그렇지 않습니다."

"저런. 사연이 있는 모양이구나."

최최측근의 말에, 해루의 얼굴에 쓸쓸한 미소가 피어올랐다.

그러나 이내 표정을 털어버린 해루는 밝은 얼굴로 목소리를 높였다.

"그래도 잃고 싶지 않은 것이 생겼습니다."

세자 저하의 마음. 신루 학자님들의 마음. 그리고 최최측근 아저씨의 포근한 웃음을…… 잃고 싶지 않습니다.

"소중한 것을 찾았으니, 그럼 그것을 가져가기만 하면 되겠구나."

"그것이 그리 쉽지 않습니다."

"왜?"

"제게 소중한 것은 저를 아는 사람들의 마음입니다. 그런데 그것을 어찌 가져갈 수 있겠습니까?"

"마음, 마음이라……."

수긍이 간다는 듯 최최측근이 고개를 끄덕거렸다.

그 와중에 황 노인이 바닥에 무언가를 끄적거리고 있었다.

"뭐 하는가?"

"아, 아무것도 아닙니다."

"아무것도 아니긴? 돌아가고 싶다고 쓰여 있구먼, 뭘."

"아닙니다."

황 노인은 발을 뻗어 쓱쓱 바닥에 쓰인 글씨를 지웠다.

"흥, 마음이 고스란히 담긴 글이군. 나와 함께 있는 것이 싫다, 이 말이 틀림없군."

최최측근의 한마디에 황 노인은 손사래를 쳤다.

"오해십니다. 절대, 절대 그런 뜻이 아닙니다, 전……. 아니, 최최측근."

"오해는 무슨! 왜? 마음을 들켜 당황하는 것이 아닌가?"

"그런 것이 아니라……."

그때였다.

물끄러미 두 사람을 바라보던 해루가 갑자기 벌떡 자리에서 일어섰다.

"그겁니다."

"뭐?"

"마음을 담는 방법. 바로 이겁니다."

해루는 황 노인이 지우다 만 글씨를 뚫어지게 쳐다보았다.

"무슨 소리냐?"

최최측근의 물음에 대답하는 대신 해루는 부리나케 어딘가로 사라졌다. 잠시 후, 다시 돌아온 그녀의 손에는 아무것도 적히지 않은 빈 서책과 휴대용 세필붓이 들려 있었다.

"그게 무어냐?"

"이곳에 두 분의 마음을 담아주십시오."

"마음?"

"네. 지금 저와 함께하는 이 순간의 마음을, 저를 생각하는 마음을 담아 한 줄 써주시면 됩니다."

물끄러미 바라보던 최최측근의 얼굴에 미소가 걸렸다.

두 사람의 글귀를 받아 든 해루는 부산한 몸짓으로 자리를 떠났다.

번연한 온기가 사라지고 얼마 후. 자리에서 벌떡 일어난 황 노인이 최최측근에게 허리를 굽힌 채 물었다.

"전하, 대체 무슨 일인지 여쭈어도 되겠사옵니까?"

"무얼 말인가?"

"저 아이는 무엇이고, 또 최최측근은 무엇이며, 저 아이가 통과해야 할 삼차 관문은 또 무엇이옵니까?"

"저 아이는 그대가 알고 있듯 해루라는 아이고, 최최측근은 저 아이와 나만의 은밀한 호칭이며, 그리고 저 아이가 통과해야 할 삼차 관문은 세자빈 간택의 관문이라네."

"아, 그렇군⋯⋯. 네?"

무심하게 중얼거리던 황 노인의 눈이 휘둥그레졌다.

"지, 지금 뭐라 하시었사옵니까? 세자빈 간택이라 하셨사옵니까?"

"그렇다네."

"전하, 이것은 말도 안 되는 일이옵니다. 어찌 저 아이가 세자빈 간택에 나갈 수가 있단 말이옵니까? 저 아이는 그 자리에 걸맞지 않사옵니다."

"걸맞지 않다라⋯⋯. 그 기준을 누가 세운단 말인가?"

"부모 형제가 누군지도 모른 채 세상을 떠돌던 아이옵니다. 심지어 어린 시절의 기억도 없다 하였습니다. 그런 아이가 귀하디귀한 자리에 어울린다 생각하시옵니까?"

"허나, 그대도 보았지 않았는가. 근본이 착한 아이라네. 무엇보다 밝은 심성이 마음에 드는군."

"다른 자리도 아닌 세자빈을 선택하는 자리이옵니다. 뛰어나기가 견줄 데 없는 세자 저하의 곁자리에 어울리는 여인을 택하는 자리가 아니옵니까. 설사 전하께서 허락하신다 하여도 세자 저하가 거부할 것입니다. 하오니 부디⋯⋯."

"바로 그 세자가 선택한 여인이라면 어쩔 것인가?"

"네?"

황 노인의 눈이 커졌다. 주름진 얼굴 가득 믿기 어렵다는 표정이 떠올랐다.

다른 사람도 아닌 세자께서? 여자를 돌같이 본다는 그 세자 저하께서 여인을 선택했단 말인가?

"해루, 저 아이 말이야. 세자가 궁으로 데려와 직접 교육하여 세자빈 간택에 넣었네. 그뿐인 줄 아는가? 세자빈 간택에 통과할 수 있도록 물심양면으로 도움을 주고 있다더군. 비록, 세작을 잡는다는 엉뚱한 이유가 있다고는 하나, 마음이 없다면 저렇게 세자빈 간택에 넣었을 리가 없겠지."

"그 말씀은 설마……."

"난 세자의 눈을 믿네."

최최측근은 해루가 사라진 곳을 응시했다.

"저 아이의 근본이며, 부모 형제 없이 세상 홀로 살아온 것이 무슨 문제가 있겠는가. 내가 본 저 아이는 지금까지 만난 그 어떤 여인들보다 투명하고 맑았네. 아마도 내가 본 것을 세자 또한 본 것일 테지. 세자가 저 아이를 바라보고 있네. 멍석을 깔아줘도 거부하던 그 녀석이 말이야. 그것이면 족하지 않겠는가?"

그의 입가에 미소가 피어올랐다. 그것은 한 나라의 왕이 아닌, 그저 내 자식의 안녕과 행복을 염원하는 세상의 모든 아비가 짓는 그런 미소였다.

"그나저나 얼떨결에 내 친필을 주고 말았군. 그 사람이 알아보면 어쩐다? 아니야. 설마, 내 글을 알아보겠어? 허허허."

힐긋, 그 모습을 보던 황 노인이 혼잣말인 듯 작은 목소리로 중얼거렸다.

"아마 알아보실지도 모를 것이옵니다. 그만한 악필도 흔히 보기 어려운 것이라……."

"뭐라 하였는가?"

"아니옵니다. 절대 알아보지 못할 것이라 하였사옵니다."

"그렇겠지? 허허허."

멀리서 오시말(午時末, 오후 1시)을 알리는 북소리가 들렸다. 선양정을 향해 걷는 해루의 걸음이 빨라졌다. 그녀의 품속에는 최최측근은 물론 황 할아버지와 신루의 학자들이 쓴 글귀가 적힌 서책이 있었다. 고작 글귀가 적힌 서책임에도 불구하고, 세상 그 어떤 창으로도 뚫을 수 없을 것 같은 방패를 가슴에 두르고 있는 듯 든든했다. 무언가 가슴 뿌듯한 마음에 절로 입가에 미소가 그려졌다.

성정각을 지나던 길이었다.

"무어가 그리 좋으냐?"

담벼락에 기대어 서 있던 사내, 위창이 말을 걸어왔다.

"태군!"

해루의 얼굴에 반색하는 기색이 떠올랐다.

"마침 잘 만났습니다."

"네가 날 보고 반가워할 때도 다 있구나."

해루는 품에 있던 서책을 꺼내 위창 앞에 내밀었다.

"한마디 써주십시오."

"이게 무어냐?"

"마음을 담고 있습니다."

"마음?"

"네. 재간택 삼차 관문에서 가장 소중히 여기는 것을 가져오라 하였습니다. 고민 끝에 제가 소중히 여기는 분들의 마음을 담아가기로 했습니다."

위창은 해루가 내민 서책으로 시선을 돌리며 물었다.

"내게 써달라는 말은 나 또한 네게 소중한 사람이라는 의미겠구나."

"물론입니다."

위창의 입가에 미소가 그려졌다. 그러다 곧 다른 생각이 떠오른
듯 다시 질문을 던졌다.

"이 서책 말이다. 내게 처음 가져온 것이냐?"

"그건……. 아!"

해루가 미처 대답하기도 전에 위창이 빼앗듯 서책을 가져갔다.
휘리릭, 서책을 넘기는 그의 표정이 점점 더 심각하게 변했다.

"왜 그러십니까?"

"나보다 먼저 서책에 글을 쓴 사람이 많구나."

"최최측근 아저씨와……."

"최최측근?"

"그런 분이 계십니다. 하여간 최최측근 아저씨와 황 할아버지,
그리고 신루 학자분들이십니다. 그분들께서 도와주지 않으셨다면
여기까지 절대 올 수 없었을 겁니다."

"그렇단 말이지?"

무언가 못마땅한 표정을 짓던 위창이 돌연 서책을 제 품속에 갈
무리했다.

"뭐 하시는 겁니까?"

"그만둬라."

"네?"

"세자빈 간택, 이쯤에서 그만둬. 어차피 넌 세자빈이 될 수도, 되
어서도 안 될 사람이다."

"세자빈이 되려 이러는 것이 아닙니다. 그보다 태군이야말로 이
상하십니다. 전에는 절 도와주시더니, 이제 와서 갑자기 왜 이러시

는 겁니까?"

"그건······."

그땐 단지 내가 얼마나 대단한 사람인지 알려주고 싶었다.

어차피 해루는 세자빈이 될 수 없다고 생각했다. 그러니 적당히 손을 써주는 것쯤은 크게 상관없으리라 자만하였다. 하지만 상황이 변했다. 무엇보다 해루를 바라보는 자신의 마음이 그때와 달라졌다. 그때는 그저 해루를 이용할 생각뿐이었다. 세자의 주위를 살피고, 세자를 흔들어놓을 계기쯤으로 해루를 생각했다. 그러나 지금은······.

해루를 보는 위창의 눈빛이 깊어졌다.

"하여간 그만둬."

"싫습니다."

"정히 못하겠다면 내가 그만두게 하지."

위창은 돌연 서책을 꺼내 찢어버리려 하였다.

"나라면 그런 짓 안 할 겁니다."

얼음처럼 시린 음성이 위창의 귀를 파고들었다. 어느샌가 해루의 등 뒤로 바싹 다가온 향이 전에 없이 냉철한 시선으로 그를 노려보았다.

"이런, 자주 뵙게 되는군요, 세자 저하."

"그렇군요. 태군의 말처럼 자주 보는군요. 그것도 못마땅할 정도로 자주."

감히 범접할 수 없는 무거운 위엄이 위창을 향해 칼날처럼 짓쳐들어왔다. 나른하던 공기가 갑자기 무섭게 부풀어 올랐다. 두 사내 사이에 팽팽한 긴장이 흘렀다.

그 가운데 서 있는 해루는 작금의 상황과는 전혀 상관없는 이유로 심장이 오그라들었다.

향을 보는 순간, 그녀는 뜨거운 불덩이가 가슴 가운데를 관통하는 듯 아찔한 충격에 휩싸였다. 그러나 그것은 위창이 느끼는 묘한 압박과는 전혀 다른 것이었다.

조금의 두려움과 동시에 느껴지는 아득한 설렘.

이 기묘한 기분의 근원은 어젯밤이었다.

어젯밤…….

달빛마저 구름 뒤에 숨어버린 지난밤의 일이 떠올랐다.

'저는…… 저하가 좋습니다.'

티끌 한 점 섞이지 않은 무람한 고백이 향을 향해 곧장 날아왔다. 문득 그의 얼굴에 균열이 일었다.

'그 말이 어떤 뜻인지 아느냐?'

'……'

'그런 이야기를 들었을 때 사내가 어떤 마음이 되는지 알기나 하는 것이냐?'

'어떤 마음이 되는 것입니까?'

순진한 눈망울이 향을 올려다보았다.

조금의 동요도 보이지 않는 검은 눈동자를 보는 순간, 갑자기 짓궂은 마음이 들었다. 애써 억눌러도 자꾸만 고개를 치켜드는 사내의 감정이 향의 가슴을 엉클어트렸다.

그녀는……. 이 기묘한 여인은 자꾸만 그를 부추겼다.

해루와 함께 있노라면 그는 어느새 왕세자도 무엇도 아닌 평범한 사내가 되고는 했다. 짓궂고도 어리석은 사내가 되어 한 여인을 갈망하고 있었다. 어째서 이런 기분이 되는지 알 수 없었다.

벌써 이번이 두 번째.

어찌하여 이런 무모한 감정이 되는지 알기 위해 해루를 이곳에 데려왔다. 그러니 가슴이 이끄는 대로, 혹은 본능이 가리키는 대로 따라가서는 아니 되리라. 그럼에도…….

이 마음을 어찌할까?

어리석은 사내는 갈망하고 있었다. 조갈 난 사람처럼 오직 한 사람, 해루를 원했다.

그의 계획에 없는 감정.

지금까지 다른 여인에게는 가져본 적 없는 충동이 그의 본능을 채찍질했다. 달빛을 향해 내달리는 날짐승처럼 향은 해루에게서 눈을 떼지 못했다. 어둠 속에서도 그녀의 하얀 얼굴만은 또렷하게 보였다.

향은 천천히, 그리고 조심스럽게 해루의 볼을 어루만졌다.

그 부드러운 감촉이 주는 저릿한 기분. 볼을 쓸어내리는 손길이 달라졌다.

'저하…….'

아득한 향의 느낌은 그대로 해루에게 전달되었다.

손끝이 살갗에 닿을 때마다 그녀는 아찔한 기분에 목을 움츠려야 했다. 들숨과 날숨이 뜨거워졌다.

왜? 무슨 일이 일어나는지 채 알아차리기 전에 향의 얼굴이 불쑥 다가왔다. 그리고 그것은 그대로 해루의 얼굴 위로 겹쳐졌다.

코와 코가 입술과 입술이 한데로 포개졌다.

여리게 와 닿은 그의 입술이 해루의 붉은 입술에 나비처럼 내려앉았다. 해루의 두 눈이 동그래졌다.

'……!'

한순간, 머릿속이 하얗게 바래졌다. 명멸하는 별빛이 긴 잔상을 그리며 온몸을 집어삼킨 듯했다.

이건…… 또 안개 너머로 보이는 미래려나? 그래, 그런 것이리라. 그렇지 않고서야 이런 일이 생길 리 없지. 언젠가 한 번 보았던 미래. 그리고 언제가 일어날 미래.

해루는 두 눈을 꼭 감았다.

입술 끝에 느껴지는 아릿한 감촉은 생시처럼 또렷했다. 손끝 발끝을 타고 올라오는 짜릿한 전율에 그녀는 두 주먹을 왈칵 말아쥐었다.

너무도 생생한 감각.

수줍음과 함께 두려움이 일었다. 두려움과 함께 가슴 뻐근한 아득함이 밀려들었다. 사지가 내 것인 듯 내 것이 아니었다. 기력을 잃어버린 육신은 맥없이 바람살에 나부꼈다.

칼날처럼 날카롭고 꽃잎처럼 부드러우며 햇살처럼 아득한 입맞춤.

그런데 잠깐! 왜 이리 생생해?

해루는 천천히 손을 들어 올려 제 얼굴에 닿아 있는 향의 얼굴을 매만졌다. 이번에도 어김없이 생생한 살갗의 감촉이 느껴졌다. 그렇다면……!

내내 맥없이 늘어져 있던 해루는 두 눈을 번쩍 떴다.

꿈이 아니다. 안개 저편에서 종종 보았던 피안의 세계는 더더욱 아니었다.

심장이 미친 듯 질주했다.

놀란 해루는 반사적으로 향을 밀쳐냈다.

한순간 뒤로 떠밀린 향은 등 뒤의 벽에 머리를 부딪혔다.

쿵.

작은 파공음이 허공을 뒤흔들었다. 이내 무혁의 목소리가 문 뒤에 따라붙었다.

"저하, 괜찮으시옵니까?"

"그래. 아무 일 없다."

"하오나……."

"물러가 있거라."

"저하."

"편히 쉬고 싶구나. 네가 그리 밖을 지키고 있으니 숨소리 하나 크게 낼 수가 없다. 그러니 물러가라."

단호한 음성이 무혁에게 날아갔다. 잠시 머뭇거리던 무혁의 그림자가 고개를 숙였다.

"명을 받자옵니다."

물러가는 무혁의 그림자를 보며 향은 낮게 한숨을 내쉬었다. 이윽고 고개를 돌린 그의 눈에, 보료 위에 얼굴을 묻고 있는 해루의 모습이 보였다.

"뭐 하느냐?"

물었지만 대답은 들려오지 않았다.

놀란 것이려나? 그것이 아니면 갑작스러운 입맞춤에 마음이 상한 것인가?

스스로도 이해할 수 없는 충동이었으니, 저 아이의 마음인들 오죽할까. 어찌 저 마음 풀어줘야 하나, 걱정하며 향은 해루에게 바싹 다가갔다.

"해루야."

"……."

"해루야, 괜찮으냐?"

역시나 무반응. 설마, 무슨 일이 생긴 건 아니겠지?

향은 해루의 얼굴 가까이로 귀를 바싹 갖다 댔다.

그때 웅얼거리는 목소리가 들려왔다.

"부끄러워 정신을 잃은 척하는 중입니다. 실제일 줄은 몰랐습니다. 그런데……. 그런데……."

수줍음이 가득 묻어 있는 그 모습에 향은 와락 팔을 뻗어 그녀를 끌어안았다. 화들짝 놀란 해루가 버둥거렸지만 어림없었다. 향의 입에서 소리 없는 웃음이 터져 나왔다.

행복.

그래……. 이건 어쩌면 행복일지도 모른다.

누이를 잃은 이후로 한 번도 온전히 가져보지 못했던 행복이란 감정이 밀물처럼 밀려들었다. 짓궂은 개구쟁이처럼 향은 버둥거리는 해루를 한껏 안고는 놓아주지 않았다.

미치겠다.

어쩌자고 이런 기분이 드는 것인지 정말 알 수 없었다. 해루를 알면 이 생경한 느낌의 정체를 알 수 있으리라 생각했건만.

그러나 아니었다. 그녀를 알면 알수록 마음은 더욱 미묘해졌다.

마치 덫에 걸린 어린 짐승처럼…….

빠질 것을 뻔히 알면서도 수렁에 발을 디딘 어리석은 미물처럼…….

향은 그렇게 저도 모르게 해루에게 중독되어 가고 있었다.

최측근의 마음

　길게 햇살이 내려앉은 선양정으로 간택인들이 하나둘 모여들었다.

　이틀간 저마다 소중한 것을 찾고 모은 그들의 표정은 사뭇 비장하기까지 했다.

　제일 먼저 붉게 옻칠한 서책 상자를 들고 윤설이 안으로 들었다. 뒤를 이어 시전의 패물이란 패물은 죄다 모은 듯한 단소가 부리는 아랫것들과 함께 선양정 안으로 발을 들였다. 단소가 모아 온 패물에 비하면 윤설의 서책 상자는 초라하게 느껴졌다. 그러나 서책에 담긴 의미와 서책의 내용은 실로 장하였으니. 그 숨은 속내를 알지 못한 단소의 얼굴엔 득의양양한 미소가 떠올랐다. 하지만 단소의 우쭐함은 잠시에 불과했다.

　사방 문을 걷어 올린 선양정 안으로 한 무리의 노비들이 들어섰다. 수십 개가 넘는 패물함을 앞세우며 현성이 모습을 드러냈다. 단소의 표정이 단박에 일그러졌다. 표면적으로 보이는 양과 귀함의 정도는 단연 현성이 압도적이었다. 표정이 일그러지는 단소를 보며 현성이 미소를 깔았다. 이어 현성은 당연하다는 듯 가장 상석에 앉았다. 그 뒤로 선양정으로 들어선 소은이 주위를 두리번거렸다.

"해루는 아직 안 온 것이야?"

자리에 앉으며 소은이 단소에게 물었다. 단소가 어깨를 으쓱했다.

"그걸 내가 어찌 알겠어요? 올 때가 되면 오겠지요. 그나저나 무얼 가져온 게요?"

"난…… 이거."

소은이 품에 소중하게 안고 있던 것을 내려놓았다. 비단 보자기를 풀자 작은 상자가 나왔다. 그 상자 안엔 낡은 헝겊 인형이 자리하고 있었다. 단소의 입가에 노골적인 비웃음이 흘러나왔다.

"지금 이걸 가져왔단 말이에요?"

"응."

"그런 낡아빠진 것이 무에 소중하다고."

"낡긴 했지만 내겐 그 무엇보다 소중한 것이거든."

"언니 집안에서는 이걸 가져가도록 그냥 두었단 말이에요?"

"응. 무어 잘못되었어?"

소은의 물음에 단소가 한심하다는 듯 고개를 설레설레 저을 때였다.

"모두 모이셨습니까?"

한 무리의 상궁들과 함께 최고 상궁이 선양정 안으로 들어섰다. 그녀는 언제나처럼 메마른 시선으로 주위를 둘러보았다.

어느덧 미시를 일각(15분) 정도 남겨둔 시각. 모여 있는 간택인들의 시선이 해루의 빈자리로 향했다.

"아직 당도하지 않은 분이 계시군요."

최고 상궁의 말에 소은이 걱정스러운 표정으로 물었다.

"행여, 늦기라도 하면 어찌 되는 겁니까?"

"삼차 관문의 기한은 분명 오늘 미시까지라 하였습니다. 미시가 되면 수강궁의 문은 닫힐 것이고, 이후로는 그 누구도 들어올 수가 없을 것입니다."

대답하는 최고 상궁의 목소리는 냉정하고도 엄숙하였다.

"무엇입니까? 내 사람에게 무에 볼일이 있습니까?"

향의 물음이 위창을 향했다.

특히나 '내 사람'이라는 말에 힘을 주는 향을 위창은 불만 어린 시선으로 응시했다.

"내 사람이라……."

낮게 중얼거리는 그의 입가에 쓸쓸한 미소가 걸렸다.

이럴 줄 알았으면 돕지 않을 것을 그랬다. 해루가 세자빈 간택에 나가는 것을 말릴 것을. 아니, 재간택에 올라가도록 추천하지 말 것을.

어쭙잖은 치기.

원한다면 언제든 손에 넣을 수 있으리라 생각하였다.

처음 해루를 보았을 때 그의 감정은 하나였다. 이용할 가치가 있는 여인. 그러기에 편히 부릴 수 있는 수족을 대하는 마음으로 해루를 대하였다. 능치듯, 희롱하듯, 때로는 진심인 듯 그녀에게 다가갔다. 그런 것이 어느 순간 돌변하였다. 해루를 생각하는 마음이 바뀌고 그녀를 보는 시선도 달라졌다.

한 방울씩 떨어진 물방울에 어느새 온몸이 젖듯. 언제부터인가 해루를 기다리는 자신을 발견하였다. 왜 그런지 알 수 없으나 해루를 보면 반갑고 자꾸만 기뻐하고 말았다.

이럴 줄 알았으면 진작 내 것으로 하는 것인데. 이럴 줄 알았으면 누구에게도 내주는 것이 아닌데. 뼛속 깊숙이 후회가 스며들었다.

위창은 보란 듯 해루의 앞을 막아서는 향의 시선을 지지 않고 마주했다.

"잘못된 길을 가는 벗을 바른길로 인도하는 중입니다."

위창의 목소리는 정중하였으나, 향을 바라보는 그의 눈길은 서늘한 기운마저 맴돌고 있었다.

"잘못된 길이라 하였습니까?"

"제 어리석은 벗이 가지 말아야 할 길을 가고 있습니다."

"그래서 그것을 없애려 하는 겁니까?"

향은 위창의 손에 들린 해루의 서책에 시선을 던졌다.

"하등 쓸모없는 물건이니, 당연히 없애야지요."

"말도 안 되는 소리 마십시오!"

두 사람 사이로 해루가 끼어들었다. 그녀는 대찬 시선으로 위창을 쏘아보았다.

"제 것입니다. 돌려주십시오."

"이리 공을 들인다고 해서 네게 돌아갈 자리가 아니다."

"자리가 탐이 나서 이리 노력하는 것이 아닙니다."

"그럼?"

"잃고 싶지 않은 것들을 지키기 위함입니다."

"뭐?"

"제게 가장 소중한 사람들을 지키기 위함이라 하였습니다. 그러니 돌려주십시오."

해루의 목소리가 전에 없이 단호했다. 매양 천진할 줄만 알았던 눈 속에 당찬 결의마저 깃들어 있었다.

"그래도 돌려주지 않는다고 하면 어찌할 테냐?"

"돌려주셔야 합니다."

"아니 돌려준다고 하면 어찌할 것이냐 물었다."

"다시는 얼굴 보지 않을 겁니다."

겁박 같지 않은 겁박. 평소 같았으면 코웃음을 치며 넘겼을 위협이었건만.

위창의 표정이 흔들렸다.

차가운 시선으로 바라보는 왕세자의 눈빛도 능히 버텨냈거늘. 조막만 한 주먹을 말아 쥐고, 당장에라도 울음을 터트릴 것 같은 표정으로 노려보는 해루의 눈빛에 저도 모르게 가슴 한쪽이 쿡쿡 쑤셔왔다.

"후회……하게 될지도 모른다."

"지금 해야 할 일을 제대로 하지 못한다면 평생을 후회할 겁니다."

"해루야."

"돌려주십시오!"

조금도 빈틈이 보이지 않는 단단한 모습.

저도 모르게 손의 힘이 풀렸다.

어리석다. 이깟 여인이 뭐라고 이리 신경 쓰이는 것일까.

자조적인 웃음을 흘리며 위창은 들고 있던 서책을 해루에게 내밀었다.

그것을 받아 들고 꾸벅 고개를 숙인 해루가 부리나케 돌아섰다. 따라 걸음을 옮기던 향이 문득 위창을 돌아보았다.

"더는 내 궁에서, 내 사람의 곁에 있는 태군을 보지 않았으면 합니다."

경고가 담긴 한마디.

"내 사람이라 하셨습니까?"

"그렇습니다."

"세자 저하께는 내 사람이 많지 않습니까? 그러니 저 아이 하나 정도는 제게 양보해도 괜찮을 듯싶습니다만."

향이 평소와 달리 표정 없는 얼굴로 대답했다.

"태군께서 어찌하여 해루에게 관심을 가지는지 모르나 저 아이는 내게 각별합니다. 그러니 욕심내지 마십시오."

담담한 시선으로 위창을 바라보던 향은 해루와 함께 성정각 담벼락 끝으로 사라졌다.

위창은 두 사람의 모습이 더는 보이지 않을 때까지 그 자리에서 꼼짝하지 않았다.

향은 손에 들고 있는 작은 휴대용 해시계를 확인했다. 현주일구라 불리는 저것으로 시간을 확인하는 것을 몇 번 본 터라 턱 끝까지 숨이 달라붙은 해루가 물었다.

"시간이 얼마나 되었습니까?"

"미시까지 일각도 채 남지 않았구나."

"일각이라면……. 아무리 열심히 달린다고 하여도 수강궁까지

가기엔 부족한 시간입니다."

멀리 있는 수강궁의 처마를 바라보며 해루는 울상을 지었다.

향이 그녀의 손목을 잡았다.

"아주 방법이 없는 것은 아니지."

"무에 방법이 있습니까?"

"특별한 궁인들만 아는 지름길이 있다."

"지름길요?"

"그래. 아주아주 특별한 궁인들만 아는 길이지."

예를 들면 왕위를 계승할 왕세자들만 아는 비밀의 통로.

뒷말을 속으로 삭인 채 향은 걸음을 옮겼다.

"어디로 가시는 겁니까? 수강궁으로 가는 길은 저쪽인데 어찌 이쪽으로 가시는 겁니까?"

"나만 믿어라."

"다른 것은 다 믿어도 길 찾는 것만큼은 못 믿겠습니다. 또 길을 잃고 헤매기라도 하시면 어찌합니까?"

걱정하는 해루를 돌아보며 향이 대답했다.

"네가 있는데 무에 걱정이겠느냐?"

"네?"

"한 번 알려주기만 하면 어떤 길이든 찾아가는 네가 있으니. 내가 길을 잃으면 네가 알려다오."

"그리 말씀하시니 저도 한 말씀만 드리겠습니다. 지금 가시는 그 길은 잘못된 길입⋯⋯."

말이 채 끝나기도 전에 해루를 뒤 꽁지에 매단 채 향은 달리기 시작했다.

대체 어딜 가시려고 이러는 걸까?

"기분이 이상하네. 내가 저분의 뒤를 따르게 되다니."

공갈 저하로 말하자면 천하제일의 길치였다. 평소 같으면 저분께서 안내하겠다 하면 펄쩍 뛰며 반대했을 것이다. 그런데 오늘은 어찌 된 이유에선지 저항하고 싶은 마음이 들지 않았다. 향의 뒤통수를 응시하던 해루는 불안함을 훌훌 털어냈다.

어차피 늦은 길. 지금 할 수 있는 일은 향을 믿고 따르는 것뿐이다 설사, 그로 인해 늦어진다 할지라도 상관없다.

세작을 찾아내는 다른 방도가 있을 거야. 공갈 저하와 함께라면, 그것이 무엇이 되었건 반드시 목적을 이룰 수 있을 것 같다는 이유 없는 확신이 들었다.

번잡한 마음을 갈무리한 채 해루는 향과 함께 달리기 시작했다.

그렇게 얼마나 달렸을까?

"어떠냐?"

수강궁의 붉은 대문을 앞에 두고 향이 물었다.

"신기합니다. 대체 그 길은 무엇입니까?"

"특별한 사람들만 아는 길이라 하지 않았더냐."

"어쨌거나 덕분에 늦지 않았습니다."

거칠게 들숨을 내쉬던 해루는 수강궁 안으로 한 발 내디뎠다.

"잠깐!"

대문 안으로 들어서는 그녀를 향이 붙잡았다.

"왜 그러십니까?"

"잠깐 기다려라."

향은 의아한 얼굴로 묻는 해루에게서 서책을 낚아챘다. 그리고 서둘러 무언가를 적어 넣었다.

잠시 후.

그는 서책을 다시 해루에게 돌려주었다.

"그럼 이만 들어가보아라."

"……네."

대체 서책에 무어라 쓰신 걸까? 궁금하였지만, 들여다볼 시간이 없었다. 해루는 서둘러 솟을대문 안으로 들어섰다. 멀리서 미시(未時)를 알리는 북소리가 들려왔다.

❀

"그만 문을 닫아야 하지 않소?"

무료한 얼굴로 자리를 지키고 있던 현성이 턱을 치켜들며 말했다.

"잠시만, 잠시만 기다려주세요."

소은의 부탁에도 최고 상궁은 고개를 저었다.

"궁은 그 어떤 곳보다 엄격한 규율로 다스려지는 곳입니다. 그런 곳의 여주인을 가리는 자리입니다. 그러니 더더욱 엄격해야 함은 당연한 일일 것입니다."

최고 상궁의 눈짓을 받은 상궁들이 선양정으로 들어오는 중문을 닫았다.

바로 그때였다.

"잠시만요! 잠시만 기다려주십시오!"

한 뼘 남짓 열린 중문 안으로 해루가 한쪽 발을 들이밀었다.

"제가 늦었습니까?"

서둘러 선양정의 돌계단으로 올라서며 해루가 물었다. 잠시 현성을 돌아보던 최고 상궁은 고개를 저었다.

"아닙니다. 아직 늦지 않았습니다."

"어서, 해루야. 어서."

소은이 제 옆자리를 손짓했다.

해루는 종종걸음으로 소은의 옆에 자리를 틀었다. 급히 달려온 탓에 들숨과 날숨이 거칠었다. 쉴 없이 가슴을 들썩이고 있노라니 탁탁, 박 치는 소리가 들려왔다.

이윽고 중전을 비롯한 내명부 어른들의 긴 행렬이 선양정 안으로 이어졌다. 자리에 앉기 무섭게 중전은 주위를 둘러보았다.

"이것들은 다 무어냐?"

선양정 한쪽 벽면을 가득 채우고 있는 궤짝을 보며 중전이 하문했다. 현성이 조용히 머리를 조아렸다.

"소녀가 준비한 소중한 것이옵니다."

"그래? 대체 저것들이 무엇인데 저리 쌓여 있는 것이냐?"

"네. 서역에서 들여온 귀하디귀한 패물들이옵니다."

"서역의 패물?"

"구하기 어렵다는 것들이라 들었사옵니다. 얼마 전, 중전마마께서 찾으시던 홍옥도 어렵사리 구했사옵니다."

답을 하는 현성의 목소리에 은근한 자부심이 깃들어 있었다. 그러나 어쩐 일인지 중전의 이마엔 불편한 주름이 만들어졌다.

"내가 내린 과제는 자신에게 소중한 것을 가져오라는 것이었다. 헌데 너는 어찌하여 저런 것을 가져왔느냐?"

"네? 저는 다만…… 중전마마께서 구하고 싶어 하신 것이라 하여……."

"내가 구한다 하여, 네게 소중한 것이 된단 말이더냐?"

중전의 질책에 현성의 낯빛이 하얗게 바랬다. 의기양양하던 기색은 온데간데없었다.

낯빛이 돌변하기는 곁에서 지켜보던 단소 역시 마찬가지였다. 현성을 보며 낮게 혀를 차던 중전은 이번에는 단소를 돌아보며 물었다.

"너는 무얼 가져왔느냐?"

"소, 소녀는……."

"어찌 말을 못 하는 것이냐?"

"소, 소녀도 귀한 패물들을……."

"그렇구나."

낮게 한숨을 쉬며 중전은 가볍게 고개를 저었다. 열어볼 필요도 없다는 듯 패물함을 가져오는 상궁에게 손을 들어 보였다. 잠시 후, 그녀의 시선은 윤설에게로 향했다.

"너는 무얼 가져왔느냐?"

윤설의 자분자분한 대답이 이어졌다.

"소녀는 책을 가져왔나이다."

"책?"

"이건 처음으로 소녀가 읽은 책이옵니다."

"『동몽선습(童蒙先習)』이로구나."

"이 책 덕에 독선생에게 제대로 글을 배울 수가 있었습니다."

"오호, 그래? 어찌 된 사연인지 궁금하구나. 들려주겠느냐?"

"소녀, 어릴 적에 어깨너머로 천자문을 깨치고 홀로 『동몽선습』을 읽었사옵니다. 그 모습을 우연히 아버지께서 보시었고, 기특하게 생각하시어 기꺼이 독선생을 불러주시었습니다. 그때의 기억이 너무도 선명하고 또렷하여, 소중한 것을 가져오란 말을 들었을 때 자연스럽게 이 책을 떠올리게 되었습니다."

"그런 일이 있었구나."

중전의 얼굴에 자애로운 미소가 피어올랐다. 윤설의 『동몽선습』
은 무척이나 낡고 해진 모습이었다. 굳이 말로 하지 않아도 소중히
여겼다는 것을 충분히 짐작할 수 있었다.

중전의 눈길이 소은에게로 이어졌다.

"너는 무얼 가져왔느냐?"

"소녀는 어린 시절 가지고 놀던 헝겊 인형들을 갖고 왔사옵니다."

"헝겊 인형들을?"

"네. 소녀의 어미가 어린 저를 위해 한 땀 한 땀 소중하게 만드신
것이옵니다."

"그것을 아직 간직하고 있었더냐?"

"지금껏 내내 소녀의 꿈자리를 지켜준 벗이옵니다."

"작은 것도 하찮게 여기지 않는 네 마음이 갸륵하구나."

흡족한 표정을 짓던 중전이 해루에게 시선을 던졌다.

"너는 어찌 아무것도 안 보이는구나?"

기함할 정도로 많은 패물을 가져온 현성과 단소, 그리고 작은
책 상자를 가져온 윤설과 어린 시절 가지고 놀던 인형을 챙겨 온
소은과 달리 해루에게는 아무런 짐 보따리도 보이지 않았다.

"마지막 관문, 포기한 것이냐?"

"아닙니다."

"허면, 어찌 빈손인 게야?"

조금은 기대하고 있던 터라, 해루를 바라보는 중전의 눈빛에 실
망한 기색이 떠올랐다.

해루는 중전에게 품고 있던 서책을 내밀었다.

"이건 무엇이냐? 너도 책을 가져온 것이냐?"

빈손으로 온 것은 아니니, 기특하다 생각하면서도 고작 서책 한

권을 내미는 해루를 중전은 기이한 눈길로 바라보았다.

"제가 가져온 것은 사람의 마음입니다."

"사람의 마음?"

"네. 제겐 귀한 것을 살 수 있는 돈도, 지난날을 되새길 추억도 없사옵니다. 그러나 결코 잃어버릴 수 없는 사람들이 있습니다. 저를 믿어주는 사람들, 지지해 주는 사람들. 그 사람들의 마음을 이 서책에 담았습니다."

중전은 천천히 서책을 넘겼다.

배운 대로만 해라.

꽃은 이제 벌에게 양보하거라.

아직 멀었느니.

서책에는 힘을 주는 말과 지청구가 뒤섞여 있었다. 그러나 하나같이 따뜻한 저의가 숨어 있는 말들인지라, 서책을 읽는 중전의 얼굴에 미소가 먹물처럼 번져갔다. 그러다 중전의 시선이 서책의 맨 마지막 장에 멈추었다.

"이건 누구의 마음이더냐?"

해루는 중전이 손끝으로 짚은 글씨를 넘겨보았다.

마치 자를 대고 그린 듯 반듯하게 쓰인 정갈한 문장. 눈에 익은 서체였다. 또한, 세자빈 간택에서 절대로 볼 수 없을 거로 생각한 이의 글이기도 하였다.

해루의 입가에 말간 웃음이 피어났다.

수강궁 솟을대문 앞에서 쓴 향의 마음.

변치 마라[不變].

커다란 눈동자로 중전을 올려다보며 해루가 대답했다.
"그것은 제 최측근의 마음이옵니다."

변치 않을 것이다

태양이 산 너머로 붉은 얼굴을 감추었다.

검푸른 저녁 기운이 사위를 감쌀 무렵, 간택인들을 태운 가마가 궁을 나왔다. 분벽사창인 듯 사방을 하얗게 꾸민 가마의 창문을 열고 해루는 저물어가는 밖을 응시했다.

궁이 멀어지고 있었다. 어젯밤의 일은 여전히 꿈의 한 자락인 듯 몽혼하게 느껴졌다. 오늘 수강궁까지 손을 맞잡고 함께 뛰었던 일도 모두 제 머릿속의 환상인 듯했다. 해루는 품에 안은 서책을 펼쳐 향의 반듯한 글씨를 손끝으로 어루만졌다.

변치 마라.

꿈이 아니었다. 환상은 더더욱 아니었다.

제 손목에 남아 있는 아련한 여름 숲의 향기. 그리고 입술에 잔흔처럼 남아 있는 그와의 입맞춤. 마음 같아서는 이대로 향이 있는 궁에 남아 있고 싶었다. 하지만 어쩐 일인지 중궁전의 지밀상궁이 해루의 가마 곁을 따르고 있었던 터라, 형식적이나마 권 대감의 집까지 가야 했다.

흔들리는 가마 안에서 얼마나 시간을 보냈을까?

"아가씨, 아가씨."

덤이의 목소리에 해루는 긴 상념에서 깨어났다.

"도착한 것이야?"

가마 밖으로 고개를 내밀자 최씨의 인자한 얼굴이 들어왔다.

"고생했구나."

최씨는 가마에서 내리는 해루에게 손을 내밀었다.

따뜻한 온기.

"많이 기다리셨습니까?"

초간택에서 돌아왔을 때도 이렇게 해루를 기다렸던 최씨였다. 행여 이번에도 많이 기다렸을까, 해루의 눈에 걱정이 서렸다.

그 마음을 알아차린 최씨가 가만 고개를 저었다.

"오늘은 많이 기다리지 않았단다. 궁에서 미리 전갈을 보내왔거든."

"궁에서요?"

"그래."

최씨는 중궁전 지밀상궁에게 눈인사를 보냈다.

"하오면 저는 이만 물러가겠습니다."

내내 엄숙한 표정으로 해루의 가마 곁을 따르던 상궁은 최씨에게 깊이 허리를 숙여 보이고는 일행들과 함께 물러갔다.

초간택에서는 볼 수 없었던 배려였던지라, 해루는 고개를 갸웃거렸다. 그러나 이상한 일은 이뿐만이 아니었다.

"그런데 마님, 저 사람들은 다 뭐예요?"

덤이가 집 앞에 길게 늘어진 줄을 둘러보았다.

"대감마님을 찾아온 손님이느니."

"손님요?"

덤이의 눈이 휘둥그레졌다.

"집안에 무슨 일이라도 있는 겁니까? 어찌 손님이 저리 많습니까?"

덩달아 눈을 동그랗게 뜨며 해루가 물었다.

"이게 다 네 덕분이 아니더냐."

"저요?"

"그래. 네가 재간택에 참여했다는 소문을 듣고 저리 몰려드는구나. 아마도 세자빈이 되기 전에 미리 줄을 대려는 속셈이겠지."

"하지만……."

해루의 말끝이 길게 늘어졌다.

진심으로 세자빈 간택에 참여한 것이 아닌걸요. 죄책감이 무겁게 가슴을 짓눌렀다.

최씨는 부드러운 웃음으로 해루를 안심시켰다.

"안다. 그러니 그런 얼굴 하지 말거라."

"송구합니다."

"덕분에 모처럼 집안이 북적이니 나는 참으로 좋구나."

"……그리 말씀하시니 감사합니다."

해루는 꾸벅 고개를 숙였다.

"그럼 저는 이만 돌아가보겠습니다."

더는 지켜보는 눈도 없던 터라 해루는 서둘러 궁으로 발길을 돌렸다.

"해루야."

부르는 낮은 음성에 해루는 최씨를 돌아보았다.

"네."

"오늘 밤은 예서 자고 가지 않으련?"

"무슨 말씀이십니까?"

"예서 자고 가지 않겠느냐? 너 먹이려 맛난 것들도 잔뜩 해놨단다."

어머니가 계신다면 이런 표정으로, 이런 눈빛으로 나를 바라보시려나? 따스한 기운이 스멀스멀 가슴속을 파고들었다. 정이 담뿍 담긴 그 눈길을 매몰차게 외면할 수 없었다.

해루는 멀리 궁궐이 있는 곳으로 시선을 돌렸다.

공갈 저하, 저 여기서 하룻밤만 자고 가겠습니다. 마음을 굳힌 그녀는 최씨를 향해 가볍게 고갯짓을 했다.

"그렇지 않아도 배가 고팠습니다."

"그래그래."

최씨의 얼굴에 웃음꽃이 만개했다. 두 사람은 친 모녀처럼 손을 잡고 안으로 들어섰다.

"대감, 대감! 해루 왔습니다."

해루와 함께 사랑채에 발길 한 최씨는 들뜬 소녀처럼 목소리를 높였다.

"어허, 손님이 와 계시거늘 어찌 이리 소란이시오?"

열린 문 안으로 권 대감의 못마땅한 얼굴과 챙이 작은 갓을 쓴 사내의 뒷모습이 보였다. 아차, 하는 표정이 최씨의 얼굴을 스치고 지나갔다.

"이런, 저도 모르게……."

그래도 좋은 속내를 영 숨길 수가 없던 터라, 최씨는 해루를 권 대감의 앞으로 밀었다.

"해루가 왔습니다."

"알고 있소."

권 대감이 시큰둥하게 대답했다. 그는 무심한 시선으로 해루를 보는 둥 마는 둥 하며 서둘러 고개를 돌려버렸다.

혹시나 하였더니 역시나였다. 저분은 처음부터 나를 못마땅하게 여기시더니 여전하시구나. 해루의 입가에 씁쓸한 미소가 피어올랐다.

바로 그때.

"어찌 낯빛이 그 모양이냐? 쯧쯧. 부인, 무얼 하고 있소? 고생한 아이를 언제까지 여기 세워둘 작정이오?"

권 대감의 진짜 속내가 담긴 한마디가 허공을 울렸다. 최씨가 눈매를 초승달 모양으로 휘며 해루를 바라보았다.

"그렇지 않아도 대감께 인사만 드리고 챙겨 먹일 생각이었습니다."

"인사는 이쯤 하면 되었다."

해루에게 물러가라 손짓하던 권 대감이 문득 그녀를 다시 불렀다.

"그래도 예까지 발길을 하였으니."

권 대감이 맞은편에 앉은 사내에게 눈짓을 보냈다. 이내 사내가 고개를 돌렸다.

"인사드려라. 요즘 여러모로 내가 도움받는 분이시다."

권 대감의 소개가 끝나자 사내가 가볍게 고개를 숙였다.

얼결에 인사를 올린 해루와 사내의 눈길이 허공에서 만났다.

사대부가 쓰는 너른 흑립이 아니라 폭이 좁은 갓을 쓴 것으로 보아 중인의 신분. 그러나 기이하게도 사내에게서는 문사(文士)에게서나 풍길 듯한 짙은 묵향이 울렸다.

유난히 차분한 인상. 검은빛이 스며 나올 듯한 깊은 눈매.

순간, 해루는 잠시 멍해졌다. 저 사내의 눈빛, 이상하게도 낯설지 않았다.

고개를 갸웃거리는 해루의 팔을 최씨가 잡아당겼다.

"그럼 말씀 나누십시오, 대감."

최씨와 함께 방을 나오면서도 해루는 여러 번 고개를 돌려 사내를 돌아보았다.

"저분은 뉘십니까?"

마당으로 내려서기 무섭게 해루가 물었다.

최씨가 낮은 목소리로 대답했다.

"조선에서 가장 큰 상단을 운영하는 분이시란다."

"그렇군요."

"어찌 그러느냐?"

"어쩐 일인지…… 낯이 익은 듯하여서요."

"낯이 익어? 어디서 보았느냐?"

최씨의 물음에 해루는 겸연쩍은 미소를 지었다.

"그게 생각이 나지 않습니다."

어디서 보았는데? 어디서 보았더라?

해루와 최씨가 방을 나간 후. 권 대감은 턱수염을 쓰다듬으며 너털웃음을 흘렸다.

"허허, 해루 저 아이가 어찌 저러는지. 실례가 안 되었는지 모르겠소."

"별말씀을. 그보다…… 따님께서 참으로 곱습니다."

권 대감을 바라보는 민안선의 입가에 쓸쓸한 미소가 떠올랐다.

"밤이 깊었사옵니다."

신루에서 서책을 들여다보는 향의 등 뒤로 김 상궁이 다가왔다.

"알고 있네."

"그만 침수 듭시옵소서."

"……."

향은 말 대신 밖의 기척을 살폈다. 재간택이 끝나고 간택인 모두가 사가로 돌아갔다는 이야기를 들었다. 형식적으로나마 사가로 돌아간 해루가 궁으로 돌아왔어도 한참 전에 왔어야 할 시각.

궁으로 왔다면 여기로 왔을 것인데, 어쩐 일인지 그림자조차 보이지 않았다. 조용히 왕세자를 곁눈질하던 김 상궁이 고했다.

"해루는 사가에서 하룻밤 보내고 올 거란 전갈이옵니다."

"……그렇군."

관심 없다는 듯 시큰둥하게 대답하지만 어쩐 일인지 서운한 마음이 깃드는 것은 어쩔 수 없었다.

"저하, 잘 젓수고 푹 쉬셔야 상처가 덧나지 않을 거라 하였사옵니다."

김 상궁의 목소리에 걱정이 섞여 있었다.

"아직 할 일이 남았느니."

"저하."

"곧 끝낼 것이니 더는 재촉지 마시게."

단호한 한마디에 김 상궁의 입에서 깊은 한숨이 새어 나왔다. 더 채근한다고 하여 쉬이 자리를 떨치고 일어설 분이 아니었다. 늙은 상궁은 뒷걸음질로 방을 나섰다.

향은 다시 서책으로 시선을 돌렸다. 그러나 서책의 글씨가 눈에 들어오지 않았다.

—좋아합니다.

귓가에 남아 있는 해루의 목소리.

향의 얼굴에 미소가 피어올랐다.

지난밤, 달콤한 입맞춤을 부른 마법 같은 고백.

어쩌면 유난히 고운 달빛이 그의 이성을 흐리게 만든 것인지도 모른다. 그것이 아니라면…… 유난히 누이를 닮은 해루에게서 오랜 그리움을 느꼈는지도. 이유가 무엇이건 해루는 그를 무너트렸다. 그 어떤 것에도 흔들리지 않던 철옹성이 여린 여인 앞에서 무릎을 꿇고 말았다.

뜻하지 않은 패배.

그럼에도 기분이 좋았다.

—좋아합니다.

그 진솔한 고백은 참이었다. 거짓이 아니었다. 티끌만 한 속셈도 숨어 있지 않았다.

향의 가슴에 벅찬 신뢰가 뿌리내렸다.

하지만……. 내내 반듯하던 향의 미간이 일그러졌다.

그는 서책의 마지막 장에 끼워두었던 서찰을 꺼냈다.

인신매매를 일삼던 불온한 자의 품에서 나온 해루의 초상화.

어찌하여 그자가 해루의 초상화를 갖고 있단 말인가? 왜? 무엇 때문에? 설마…… 그토록 찾길 원했던 세작이 해루란 말인가?

불길한 예감이 들불처럼 일었다. 불안함을 지우듯 서둘러 고개를 저었다.

아니다, 그럴 리 없다. 날 바라보던 해루의 눈빛. 신루의 학자들을 대하던 그녀의 태도. 해루의 마음은 진실이었다. 그렇다면 어이하여 그들이 해루를 찾고 있는 것일까?

향의 고뇌가 깊어졌다.

혹여?

향은 동구비보에서 들었던 해루에 관한 소문을 떠올렸다.

미래를 예언하는 예지자.

믿기지 않았다. 아니, 믿을 수 없었다. 하지만…… 반신반의. 만약, 해루에게 진짜 미래를 볼 수 있는 예지력이 있다면 그들이 해루의 뒤를 쫓는 이유도 충분히 납득할 수 있다.

사람을 조심하면 재산을 지키고, 지세를 살피면 자손을 지키며, 천리를 내다보면 천하를 얻는다 하지 않았던가. 앞을 볼 수 있게 된다면 장차 큰일을 도모할 수 있으리라.

어린 여인들을 납치하는 악독한 자들과 어떤 관계인 걸까?

자정을 알리는 북소리가 들려왔다. 절정을 향해 치달리는 어둠만큼, 향의 생각도 깊어졌다.

"저하."

문밖에서 들려오는 무혁의 목소리가 향의 상념을 깨웠다.

"왔느냐?"

"네, 저하."

"안으로 들라."

명이 떨어지기 무섭게 무혁이 향의 앞에 모습을 드러냈다.

❀

무혁의 몸에서 옅은 혈향이 묻어났다.

"일은 잘되었느냐?"

야인에게 어린 소녀를 팔아넘기던 일당들을 잡은 무혁은 그들을 조사하던 중이었다.

향의 물음에 무혁은 고개를 끄덕였다.

"몇 가지 중요한 단서를 찾았사옵니다."

"무엇이냐?"

"그들의 뒤를 캐던 중 다른 연결 고리를 찾을 수 있었사옵니다. 조직의 이름과 여인들을 거래하는 다른 장소를 알아냈습니다."

향의 눈매가 가늘어졌다.

"예상대로 규모가 큰 조직이구나. 놈들이 여인들을 넘긴 대가로 받은 것은 무엇이더냐?"

"모두 화약이었사옵니다."

"그 많은 화약을 대체 어디에 쓰려는 것일까? 그보다 조직의 핵심이 어디인지 알아냈느냐?"

"보안이 철저하여 윗선을 알아내기가 쉽지 않습니다."

"성과가 전혀 없었더냐?"

"직접적인 윗선을 밝혀내는 것은 실패하였습니다. 하지만 중요한 단서를 찾을 수 있었습니다."

"무엇이냐?"

"그들의 근거지로 사용되는 포목점과 기루, 그리고 공방이 한 사람과 연결되어 있었사옵니다."

"뭐라?"

"얼핏 봐서는 서로 연결점이 없는 듯 보였으나 그 이면을 살피니 한 사람의 이름이 나왔습니다."

"그게 누구더냐?"

"최경묵 대감이었사옵니다."

"최경묵이라……. 역시 그자였군."

향이 팔짱을 낀 채 낮게 읊조렸다.

"배후는 몰라도 도마뱀의 몸통임은 틀림없사옵니다."

"지금부터 모든 촉각을 그자에게 집중시켜라."

"명 받자옵니다."

"고생했구나."

최경묵의 등장으로 여기저기 흩어진 단서들이 조금씩 조합되고 있었다.

이번에는 놓치지 않는다. 절대, 놓치지 않으리라.

지난 오랜 세월 어둠 속에 숨어 궁을…… 그리고 왕과 그 혈육의 심장을 조용히 옥죄어오던 무리를 세상 밖으로 끄집어낼 날이 머지않았다.

향은 성나게 날뛰는 마음을 애써 다독였다.

그러다 문득 고개를 돌려 석상처럼 서 있는 무혁을 돌아보았다. 보고는 이미 끝났다. 그럼에도 무혁은 여전히 물러나지 않고 있었다.

"무에 더 할 말이 있느냐?"

"조사 과정에서 뜻하지 않은 물건을 손에 넣게 되었습니다."

잠시 멈칫하던 무혁이 둥글게 말린 두루마리 하나를 향에게 건 넸다.

"이것은……."

두루마리 안에는 앳된 소녀의 얼굴이 그려져 있었다.

향의 뇌리로 한 사람이 떠올랐다. 그리고 그것을 확신이라도 시키듯 무혁의 목소리가 따라붙었다.

"해루이옵니다."

"……!"

"그자들의 물품 사이에 있었사옵니다. 어쩌면……."

무혁의 눈에 불신의 기운이 여리게 피어올랐다.

향은 손을 들어 그의 입을 막았다.

"그만해라."

"저하, 해루는 지금 저하의 명으로 세자빈 간택에 임하고 있사옵니다. 만약 그 아이가 세자빈이 된다면……."

"그만."

"저희는 그 아이의 출신도 모르고 그 아이가 지금껏 어디서 어떻게 살아왔는지도 모릅니다. 정(情)이 많이 기울었다는 것은 알고 있사옵니다. 저 역시도…… 그 아이가 제법 신경이 쓰입니다. 하오나, 지금은 그 어느 때보다 냉정해지셔야 하옵니다."

"혁아……."

"저하, 지금껏 어떤 마음으로 살아오셨는지를 잊지 마시옵소서. 실낱같은 가능성도 무시하시면 아니 되옵니다."

"그만하라 하였다."

"저하."

"나는 해루를 믿는다. 그러니 그만하거라. 해루에 대해서는 내가 알아볼 것이다."

더는 그 어떤 말도 용납지 않겠다는 분명한 뜻이 실린 말이었다.

묵묵히 향을 응시하던 무혁은 그대로 입을 다문 채 물러갔다.

저하께서 믿으시니 그 역시 믿을 것이다. 저분께 소중한 사람이면 무혁에게도 소중한 사람이었다.

무혁이 방을 나간 후, 깊은 적막이 향의 어깨로 내려앉았다. 침묵에 잠식당한 듯 말이 없던 향이 나직하게 목소리를 냈다.

"밖에 아무도 없느냐?"

이내 김 상궁이 모습을 드러냈다.

"네, 저하."

"만나야 할 사람이 있느니."

전혀 뜻밖의 이름을 김 상궁에게 전한 향은 버릇처럼 두 글자를 탁자 위에 그렸다.

불변(不變).

그는 변치 않을 것이다.

"저를 말입니까?"

정 판수가 눈을 동그랗게 뜨고 되물었다. 막 잠자리에 들려던 참인 듯 잠방이 차림의 그는 함께 관상감에서 번을 서고 있던 교수들을 돌아보았다. 그러다 이내 왕세자의 명을 전하는 김 상궁에게로 시선을 돌렸다.

"정말 저하께서 저를 찾으신단 말씀입니까?"

"그렇습니다."

"그러니까 저를! 세자 저하께서 다른 누구도 아닌 저를! 부르셨다, 이 말씀이십니까? 기필코! 꼭! 이 늦은 시각에 은밀하게 만나

222

고 싶다 하시는 것입니까?"

주위에 앉아 있던 관상감 교수들의 얼굴에 놀란 표정이 가득했다. 그들의 눈에 서린 경이로움과 부러움을 돌아보며 정 판수는 뿌듯한 얼굴로 턱을 치켜들었다.

그런 그에게 재촉하는 김 상궁의 음성이 날아들었다.

"시간이 없습니다. 서두르세요."

"물론 가야지요. 세자 저하께서 은밀하게, 저를……."

제 가슴을 치며 정 판수가 말을 이었다.

"다른 누구도 아닌 저를 만나겠다고 하시니, 당연히 가야지요. 암, 가고말고요. 알아볼 것이 참 많으신 모양입니다. 그럼요, 사람이 살다 보면 궁금한 것이 많은 법이지요. 특히나 앞날에 대해서 궁금하지 않다면 그것은 사람이 아니지요. 세자 저하께서 총명하시다고는 하나 앞날을 내다보는 능력은 없으니, 제가 가야지요, 하하하."

너스레를 떠는 정 판수를 김 상궁이 사납게 노려보았다.

"지금 당장 가보는 것이 좋을 겝니다."

"그럼요, 그럼요. 그래도 우물에서 숭늉을 찾을 수는 없는 법. 아무리 급하시다고는 하나, 이런 모습으로 감히 어찌 저하를 뵙겠습니까?"

정 판수의 말에 김 상궁은 잠방이 차림의 그를 훑어보았다.

"알았으니, 제발 좀 서두르십시오."

"서둘러 의복을 정제하고 가겠으니 먼저 가서 아뢰어주십시오. 제가! 꼭 이 밤에 세자 저하를 뵈올 것이라고 말입니다."

"그럼 그 말씀 믿고 먼저 가보겠습니다."

정 판수의 수다에 머리가 어질어질해진 김 상궁은 이마를 짚었다. 귓속에 수십 마리의 벌이 윙윙거리는 것만 같았다. 그녀는 도망치듯 관상감을 나갔다.

김 상궁의 당의 자락이 문밖으로 사라지기 무섭게 정 판수는 으스대는 얼굴로 주위를 둘러보았다.

"이거 아쉬우이. 그대들과 밤새도록 이야기를 나누고 싶었건만 세자 저하께서 이토록 급히 찾으신다니. 내 어쩔 수 없이 가야겠구먼."

"무슨 소리이외까. 우리에겐 새털처럼 많은 날이 있질 않소. 이야기는 차차 하면 될 일. 어서 가보시오. 저하께서 찾아 계신다 하질 않소이까."

"그리 이해해 주니 내 마음이 가벼우이. 내 그럼 세자 저하와 긴히 나눠야 할 이야기가 있으니 그만 가보겠네. 하하하."

"그리 수다만 떨지 말고, 어서어서 서두르시게나. 행여 늦었다고 관상감 전체에 경이라도 떨어지면 어찌하려 그러오."

가벼운 입에 비해 영 행동이 굼뜬 정 판수를 대신하여 누군가 그가 입을 관복을 가져왔다. 누군가는 관모를 그리고 누군가는 신을 갖고 왔다. 그렇게 동료 교수들의 시중을 받으며 의복을 정제한 정 판수는 흥얼흥얼 노래하듯 혼잣말을 중얼거리며 관상감을 나섰다.

"우리 세자 저하께서 은밀하게 나를 찾으시니. 가야지, 가야지. 어느 안전이라고 감히 아니 갈까. 가서 무슨 말씀을 올려야 하나? 조심조심 무슨 이야기를 들려드려야 하나?"

어느새 저 멀리 동궁전의 지붕이 보였다. 허리를 쭈욱 펴고 손끝에 침을 묻힌 정 판수는 염소수염을 다듬었다. 관상감 교수들의 앞에서는 애써 태연한 척하였지만, 왕세자를 만나는 자리였다.

사실, 세자의 부르심이 있다는 소리를 듣는 그 순간부터 심장이 무섭게 날뛰고 다리가 후들거렸다. 딱 한 번 뵈었던 그분에게서는 한겨울 북풍한설이 느껴졌다. 사람의 속내를 꿰뚫는 듯한 그 차가운 시선은 또 어떠한가. 생각하는 것만으로 온몸이 얼어버릴 지경이었다. 행여 눈 밖에 날 것은 없는지 마지막으로 매무시를 가다듬은 정 판수는 다시 걸음을 옮겼다.

　그때였다.

　어둠 속에서 나지막한 목소리가 들려왔다.

　"그대가 정 판수인가?"

　"그렇소만은. 뉘신지요? 이런, 이런. 세자 저하께서 그새를 못 참고 사람을……."

　정 판수의 수다스러운 이야기가 채 끝을 맺기도 전, 불쑥 튀어나온 손이 정 판수의 멱살을 잡아 거칠게 담벼락 아래로 집어 던졌다.

　"으읔!"

　반쯤은 엄살 섞인 비명이 고꾸라진 정 판수에게서 흘러나왔다. 잔뜩 몸을 둥글게 말고 있는 그의 머리 위로 검은 그림자가 드리워졌다. 그림자는 정 판수를 잡아 일으켜 멱살을 잡았다.

　"왜, 왜 이러십니까?"

　정 판수는 몸을 바들바들 떨었다.

　"물어볼 것이 있다."

　"무엇이 궁금하여 이러십니까요? 그보다 대체 누구십니까?"

　"나에 대해서는 알 것 없고."

　"……?"

　"해루, 그 아이에 대해 말해 보아라."

"해, 해루 말입니까? 그 아이는 왜……?"

두려움이 가득한 눈길로 정 판수는 그림자를 올려다보았다. 서늘한 맹독을 품은 듯한 눈빛이 정 판수를 찔러왔다. 질겁한 정 판수는 황급히 시선을 아래로 내렸다.

"지금부터 해루에 대해 알고 있는 모든 것을 털어놓거라."

위창은 느른한 미소를 입가에 떠올리며 말을 이었다.

"조금의 거짓이라도 깃들었다간, 질긴 목숨 더는 부지할 수 없을 것이다."

단순한 겁박이 아니었다. 정 판수의 목을 틀어잡은 그의 손아귀에 감히 거역할 수 없는 의지가 깃들었다.

집에 가자

노란 불티가 허공으로 날아올랐다.

일렁이는 불꽃이 무쇠솥을 달구었다.

기름진 향내가 마당에 진동했다.

노릇하게 음식이 익어가는 소리, 마당을 오가는 분주한 걸음들.

왁자한 잔치의 소란이 아침을 시작했다.

여느 때라면 여전히 이부자리 속에서 꼼지락거릴 시간이었건만 어느새 이불을 박차고 나온 나는 마당 한가운데 걸어놓은 무쇠솥 근처를 기웃거렸다.

행여 다칠세라 저리 가라는 행랑어멈의 손짓에도 꿈쩍도 하지 않았다.

등에 내려앉는 돈을볕이 제법 따스했다.

오늘은 내게 무척 특별한 날이었다.

사방이 파릇한 기운으로 들어찬 이날은……. 행복에 겨워 마냥 날개 웃음 지을 수밖에 없는 이 봄날은 팔 년 전, 내가 생을 시작한 날이었다.

그 어떤 불행도 감히 끼어들 수 없는 그런 봄.

장하게 태어났으니 축복받아 마땅한 생일 아침.

나는 해사한 봄날의 한복판에 서 있었다.

어머니가 지어 주신 치마와 저고리를 맵시 있게 차려입고 간밤에 아버지께서 사다 주신 고운 신을 신었다. 자박자박 마당을 가로질러 뒤뜰로 이어지는 작은 돌다리를 건넜다. 겨우내 꽝꽝 얼어 있던 연못물은 어느새 깊은 물웅덩이를 보여주었다. 길게 목을 빼 연못물을 내려다보고 있노라니 붉은 다홍치마에 노란 저고리 입은 나의 모습이 어리비쳤다.

면경처럼 맑은 물 위로 흐릿한 파문이 일었다.

바람이라도 불었을까?

그게 아니라면 연못 아래에 숨어 있던 백리(白鯉)가 빠끔 숨을 쉰 걸까?

홀린 듯 그 모습을 바라보는 나의 눈에 호기심이 어렸다.

잠시 숨을 멈춘 나는 뚫어지게 연못물을 응시했다.

연못에 비친 내 그림자가 그런 나를 향해 미소를 보였다.

둥글게 퍼져가는 파문 위로 흐릿하게 덧칠해지는 잔영들.

운명이 내 귓가에 속삭였다.

쉿!

비밀이야, 비밀.

하지만 아직은 어린 여덟 살.

비밀을 간직하기엔 턱없이 가벼운 나이였다.

"아버지, 어머니."

한달음에 어머니와 아버지에게로 달려갔다.

왁자한 연회의 정중앙.

부모님은 사람들 사이에 앉아 한껏 기쁜 얼굴로 웃고 있었다.

턱 끝에 숨이 차오른 얼굴로 아버지를 보았다. 마침 아버지께서도 날 바라보았다. 언제나처럼 가볍게 너털웃음을 지으신다. 아버지께선 좀처럼 크게 웃거나 크게 슬퍼하는 법이 없었다. 지금처럼 그저 가볍게 웃고 나직하게 한숨지으시는 게 고작이었다.

그런 아버지의 모습이 좋았다. 나를 바라보는 아버지의 눈빛이, 내가 무슨 말을 하는지 궁금해하는 표정이 좋았다. 하여, 장난을 치고 싶은 짓궂은 마음이 들어차기도 했다. 조가비처럼 입을 꾹 다물어 아버지가 궁금해 안달 내는 것을 보고 싶었다.

하지만 장난치는 대신 해야 할 말이 있었다.

내가 본 비밀을……. 운명이 내게 속삭인 비밀을 말해야 했다.

나는 잔뜩 들뜬 얼굴로 부모님에게 그리고 그 자리에 모인 모두가 들을 수 있도록 내 비밀을 늘어놓았다.

짧은 이야기가 끝난 후, 나는 한껏 부풀어 오른 얼굴로 두 분을 바라보았다.

부모님은 뭐라고 하실까? 나처럼 기뻐하실까? 크게 웃으실까? 아니면…….

어머니와 아버지를 향한 내 눈은 그 어느 때보다 반짝거렸다.

헌데 부모님은 기뻐하지도, 웃으시지도 않으셨다.

두 분의 입가에 화석처럼 걸려 있던 미소가 부서지듯 무너졌다.

웃음으로 떠들썩하게 부풀었던 연회의 공기가 싸늘하게 식어버렸다.

대체 무슨 일일까?

찰나의 시간이 흐른 후.

부모님의 미소는 예전처럼 되돌아왔다. 내게서 시선을 거두고, 다시 손님들과 눈을 맞추며 한담을 나누었다. 굳어버린 실내에도 왁자한 잔치 분위기가 되돌아왔다. 좀 전의 서먹했던 기운은 거짓말인 양 모든 것이 원래대로 돌아왔다. 하지만 어쩐 일인지 등줄기를 훑는 아뜩한 예감은 사라지지 않았다.

나는 그 불길한 느낌을 애써 외면했다.

오늘은 내 생일이니까.

그 어느 때보다 행복한 날이니까.

행복해야 할 날이니까…….

하지만…….

불행은 예고 없이 밀려드는 먹구름처럼 느닷없이 덮쳐왔다.

늦은 밤, 들뜬 마음을 가라앉히고 겨우 잠이 들었던 나는 이내 달콤한 휴식에서 깨어나야만 했다.

시리도록 차가운 쇠붙이의 감촉이 목과 턱 어름을 훑고 있었다.

졸린 눈자위 사이로 흐릿하게 보이는 얼굴 하나.

사내는 검은 복면으로 얼굴을 가리고 있었다.

그러나 눈구멍 너머로 보이는 그 눈빛.

사내는 슬픔과 분노, 두려움과 공허가 뒤섞인 눈빛을 하고 있었다.

그 차가운 눈빛을 바라보던 나는 사내의 손끝으로 시선을 옮겼다.

시린 유백색의 쇠붙이.

날카로운 예기를 품은 검이었다.

고려의 공신이었던 할아버지의 유품.

매일 밤 아버지의 손끝에서 과거의 푸른빛을 되찾아가던 그것이

나를, 고작 여덟 살 된 나의 목을 겨누고 있었다.

"왜……?"

왜 그리 무서운 것을 내게 겨누고 있어요?

의문이 넘쳐났다. 하지만 입 밖으로 소리를 낼 수 없었다.

목을 겨누던 날카로운 검은 어느새 허공 위로 치켜 올라갔다.

바람결에 사내의 나지막한 음성이 들려왔다.

"너는 그리되어서는 안 된다. 너는 결코 그런 사람이 되어서는 아니 된다."

대체 무슨 말을 하는 것일까?

짧은 생애가 빠르게 머릿속을 스치고 지나갔다.

가장 행복한 날이었는데.

가장 행복해야 할 날이었는데.

서러움이 방울져 눈 속에 맺혔다.

바람을 가른 서늘한 감촉은 어느새 정수리 위까지 짓쳐들어왔다.

마지막 힘을 짜낸 나는 눈을 질끈 감았다.

보고 싶지 않았다.

나를 죽이려는 서늘한 쇠붙이를.

내 짧은 생애의 마지막 모습을…… 보고 싶지 않았다.

톡!

뺨을 타고 흐른 눈물이 턱 끝으로 떨어졌다.

살고 싶다.

살고 싶었다.

죽고 싶지 않았다.

마른 비명이 가슴속을 둥둥 메아리쳤다.

죽음의 공포에 온몸이 짓눌려 있던 나는 쥐어짜낸 목소리로 한

마디를 내어놓았다.

"살려…… 주세요."

살고 싶었다.

살고 싶어요.

그러니 제발…….

❀

"살려…… 주세요."

잔뜩 갈라진 목소리가 해루의 입속에서 새어 나왔다. 꿈에서 깨어나지 못한 그녀는 허공을 쥐었다. 잡을 무언가를 찾아 쉼 없이 허우적거리는 해루의 손을 최씨가 황급히 맞잡았다.

"해루야, 해루야."

다급한 부름에 따뜻한 온기가 가득했다. 저녁상을 물리고 간단한 다과상이라도 내오겠다며 최씨가 자리를 비운 것이 채 일다경도 되지 않았다. 그사이 해루는 까무룩 잠이 들었던 모양이다.

최씨는 악몽을 꾸는 해루의 어깨를 황급히 흔들었다. 그제야 눈을 뜬 해루는 낯선 시선으로 주위를 두리번거렸다.

"여기가……"

"무슨 꿈을 그리 사납게 꾸는 것이야?"

최씨는 흐트러진 해루의 머리를 귀 뒤로 넘겨주며 물었다.

"제가 잠이 들었나 봅니다."

"곤했던 게지. 그나저나 나쁜 꿈이라도 꾼 것이냐?"

자리끼를 들고 막 문지방을 넘던 덤이가 끼어들었다.

"긴장이 풀려서 그럴 거예요."

"긴장?"

최씨의 물음에 덤이는 고개를 끄덕거렸다.

"마님도 보셨어야 해요. 궁이 어떤 곳인지……. 저는 생각하는 것만으로도 온몸이 으슬으슬 떨리는걸요."

"그 정도인 게야?"

"말로는 못 해요. 뭐랄까? 보이지 않는 손이 목을 콱, 움켜쥐고 있다는 느낌이라고나 할까요. 어디 그뿐인 줄 아세요? 궁녀들은 물론이고 상궁 마마님들의 눈길은 어찌 그리 차가운지. 다들 밥 대신 찬 서리만 먹고사는 분들 같아요."

덤이가 과장스럽게 너스레를 떨 때였다.

탁! 느닷없는 손길이 덤이의 등판을 힘껏 후려쳤다.

"아얏!"

놀란 덤이가 잔뜩 일그러진 얼굴을 돌렸다. 해루가 갈아입을 새 옷을 가져온 안산댁이 사나운 눈으로 제 여식을 노려보았다.

"아, 엄니! 왜 때려요?"

"이것이, 뭘 잘했다고 엄니한테 바락바락 소리를 질러?"

"잘한 건 없지만, 잘못한 것도 없네요."

"왜 잘못한 것이 없어?"

"뭘 잘못했다고 그래요?"

"내 뭐라고 했냐? 너, 궁에 들어간다고 했을 때 아가씨 곁에서 그저 알겠습니다, 하라는 대로 하겠습니다, 이리하라고 했냐, 안 했냐?"

"했어요."

"그런데 너, 두 번째 관문인지 뭔지 할 때 아가씨한테 투정 부렸다면서?"

그사이 궁에서 일어난 일일랑 미주알고주알 말했던 덤이는 제 손으로 입을 틀어막았다.

하여간, 이놈의 입이 문제라니까. 후회하는 덤이의 등짝으로 안산댁의 손이 다시 날아들었다.

"이 철딱서니야. 이걸 어디다 써먹누? 오죽했으면 아가씨께서 저리 식은땀까지 흘리며 악몽을 꾸겠어?"

"엄니도! 제가 뭘 어쨌다고 그래요? 그럼 어떻게 해요? 그대로 있으면 딱 굶어 죽게 생겼는데."

"고작 몇 끼 굶는다고 사람이 그렇게 쉽게 죽어? 참을성이라고는 밤톨만큼도 없어서는."

"엄니가 안 굶어 봐서 그래요."

어미에게 맞은 등을 손끝으로 만지작하면서도 덤이의 시선은 최씨가 가져온 다과상에 꽂혀 있었다. 그 눈길을 좇아 고개를 돌리던 안산댁이 혀를 쯧쯧 찼다.

"못 먹다 죽은 귀신이 붙었나. 굶기고 키운 것도 아닌데, 너는 어째 눈만 뜨면 먹을 것부터 찾냐?"

"그걸 내가 어떻게 알아요? 내가 이렇게 낳았나? 엄니가 이렇게 낳았으면서."

"이런 팔푼인 줄 알았으면, 낳지도 않았다."

"흥, 나도 엄니가 내 엄닌 줄 알았으면 태어나지도 않았을 것이네요."

"뭐야?"

안산댁의 눈이 커졌다. 그런 어미를 등진 채 덤이가 해루의 손을 꽉 잡았다.

"아가씨, 나중에 세자빈 되시면 이 덤이도 꼭 좀 궁으로 데려가

주세요. 보셨죠? 우리 엄니가 저한테 어떻게 하는지. 이러다가 저, 시집도 가기 전에 구박받아 죽을 것 같아요."

"이것아! 거기가 어디라고 네까짓 게 들어가?"

"내가 뭐 어때서요?"

"시끄러워. 궁이 아무나 들어갈 수 있는 데라더냐?"

"흥, 못 들어갈 것도 없습디다."

"이것이 궁에 한 번 들어 갔다 오더니 헛바람이 들어도 단단히 들었네. 안 되겠다. 너 일루 좀 와봐."

기어이 덤이의 귀를 잡은 안산댁이 방을 나갔다.

"놔요, 엄니. 엄니, 제가 잘못했어요. 네?"

덤이의 우는 소리가 마당을 가로질러 중문 밖으로 사라졌다.

옥신각신하던 두 모녀가 사라진 방으로 정적이 내려앉았다. 한바탕 소란이 가라앉자 최씨는 해루에게 시선을 가져갔다.

"궁이 그리 험한 곳이더냐?"

묻는 최씨의 눈에 안타까운 빛이 어렸다.

"아닙니다. 덤이가 조금 과장해서 말한 것이어요. 좋은 곳입니다."

해루는 해사하게 웃으며 최씨의 손을 잡았다. 그사이 사나운 꿈자리는 흔적도 없이 지워버린 듯 밝은 표정이었다.

"그런 얼굴 하지 마십시오. 저는 괜찮아요."

"괜찮다는 아이가 어찌 그리 사나운 꿈을 꿔?"

"예전부터 종종 꾸던 꿈입니다. 이제 익숙해질 법도 한데. 다른 것은 쉬이 익숙해지는데 유독 이 꿈만은 적용되지 않습니다."

"전에도 이런 일이 종종 있었던 게야?"

"네."

깨고 나면 기억에 남는 것은 아무것도 없었다. 다만, 서럽고 두렵고 그래서 아픈 기억밖에는……. 아무것도 생각나지 않았다. 정말로 두려운 것은 꿈을 꾼 이후였다.

이 악몽을 꾼 이후에는 어김없이 나쁜 일이 생기곤 하였다.

마지막으로 이 꿈을 꾸었을 때는 정 판수가 그녀가 모은 돈을 몽땅 들고 도망가는 일이 있었다. 그러나 그 일로 공갈 저하를 만났으니…… 마냥 나쁜 일만 생겼다고 할 수는 없으려나?

고개를 갸웃거리는 해루를 최씨가 가만히 제 품으로 끌어당겼다.

"가엾은 것. 어찌 사나운 꿈에 익숙해지려 해? 사나운 것은 피해야지. 두렵고 겁나는 것이 있으면 누구의 품이든 파고들어 숨어야지."

"……."

"앞으로 내가 네 꿈자리를 지켜주마. 사납고 두려운 것이 있으면 언제든 내게 얘기하거라."

최씨의 든든한 다독임이 등을 타고 전해졌다.

알았노라 고개를 끄덕이고 싶었다. 마냥 이 품에 안겨 응석받이가 되고 싶었다. 그러나…….

해루는 아쉬운 눈길로 최씨를 올려다보았다.

이 인자한 부인과의 관계는 한시적이었다. 세자빈 간택이 끝나면 허무하게 끝나버릴 사이. 아니, 간택이 끝나기 전이라도 세작을 잡으면 밀물에 휩쓸린 모래성처럼 사라질 사이였다. 차마 아무런 대답도 하지 못하는 해루를 최씨는 더욱 힘껏 끌어안았다. 어린것을 품은 어미 새처럼 최씨는 해루의 주위로 누구도 침범하지 못할 만큼 튼튼하게 울타리를 쳤다.

그 단단한 둥지 안에 안겨 있으면서도 해루는 불안한 마음을 감출 수 없었다.

불안이 등줄기를 훑고 지나갔다.

또 그 꿈을 꾸었다.

이번엔 무슨 일이 일어나려는 거지?

"다시 한 번 말해 보아라. 그 말이 사실이냐?"

위창은 달을 등진 채 서 있는 하얀 늑대처럼 형형한 눈빛으로 정 판수를 내려다보았다.

"지금 한 말, 사실이냐 묻질 않느냐?"

다그치는 위창의 물음에 정 판수는 고개를 끄덕거렸다.

"사실입니다. 제 목숨을 걸고 맹세할 수 있습니다요. 정말입니다."

"그러니까 해루, 그 아이가 미래를 본다는 그 허무맹랑한 말을 나더러 믿으라는 것이냐?"

"허무맹랑한 말이 아닙니다. 처음에는 소인도 안 믿었습니다요. 그런데 몇 번이나 그 아이가 예지한 일이 소인의 눈앞에서 일어났 습지요."

"그런 일이…… 정말 가능하단 말이냐?"

"물론 원하는 것을 볼 수는 없지만. 어쨌든 그 아이가 본 미래는 틀림없이 일어났습니다."

정 판수를 잡고 있던 위창의 손에서 서서히 힘이 풀렸다. 느슨해 진 틈을 타 정 판수는 미꾸라지처럼 빠져나왔다.

"아이고, 숨 막혀 죽을 뻔했네."

마른기침을 연신 흘리던 정 판수가 문득 위창을 돌아보았다.

"그런데 누구십니까? 아무래도 세자 저하께서 보내신 분은 아닌 듯한데……."

"세자가…… 너를 찾는다는 것이냐?"

"네? 네."

"아까도 말했지만, 나에 대해서는 알 것 없다."

"하오나……."

말꼬리를 늘이는 정 판수의 앞으로 위창이 불쑥 한 걸음 다가섰다.

"아무래도 입이 가벼운 작자인 모양이로군. 이대로 놓아주면 필시 그 깃털처럼 가벼운 입을 함부로 놀릴 터."

위창의 위협에 정 판수는 불에 덴 사람처럼 펄쩍 뛰며 놀랐다.

"제 입이 가볍다니, 천부당만부당하신 말씀입니다. 제 입에 진즉 천 근의 추를 달아놓았습지요. 어찌나 무거운지 바다에 빠질 때도 이 주둥아리부터 물속으로 가라앉지 뭡니까? 그러니 안심하셔도 됩니다. 이 일은 절대 아무에게도 입 밖으로 내지 않겠습니다."

"믿어도 되겠느냐?"

"믿으십시오! 믿으세요! 믿으셔야 합니다!"

말을 마치기 무섭게 정 판수는 꽁지가 빠져라 달아났다.

저 멀리로 사라지는 정 판수의 뒷모습을 위창은 텅 빈 시선으로 응시했다. 애초에 그는 정 판수에게는 터럭만큼도 관심이 없었다.

"앞일을 본단 말이지."

위창은 소매에서 두루마리 한 장을 꺼냈다.

한 사람의 초상이 그려진 두루마리였다. 그는 그림 속의 사람에게 말을 걸듯 물었다.

"말해 보아라. 그자들이 너에게 관심을 가지는 이유가 무엇이냐? 미래를 보기 때문이더냐?"

검은 어둠이 고스란히 내려앉은 눈으로 그가 낮게 뇌까렸다.

"어찌하여 그자들이 너를 죽이려 하느냐?"

위창은 달빛을 받아 하얗게 반짝이는 해루의 얼굴을 한없이 바라보았다.

"나는 이제 어찌한다?"

새벽에 잠깐 내린 소낙비로 길이 젖어 있었다. 이른 아침, 권 대감의 집을 나서는 해루를 최씨는 영 아쉬운 눈길로 배웅했다.

"가마를 대령하라 할 것이야. 타고 가려무나."

"아닙니다."

해루는 황급히 고개를 저으며 말을 이었다.

"오늘은 간택인으로 입궐하는 게 아닙니다. 가마라뇨? 말도 안됩니다."

손사래를 치는 해루에게 최씨는 신신당부했다.

"무슨 일이 생기면 꼭 내게도 알려주어야 한다."

"네."

"힘들면 힘들다고 하고."

"네."

"끼니 거르지 말고."

"네."

"누가 괴롭히면 지체 말고……."

"걱정 마세요. 누가 괴롭히면 제가 뺑 차버릴 겁니다. 끼니는…….
누가 굶으라 해도 참지 못하니 걱정하지 않으셔도 됩니다."

이대로 있다간 끝이 없을 듯싶었다. 따뜻한 마음을 뒤로하고 해

집에 가자 239

루는 걸음을 재촉했다.

그렇게 얼마나 걸었을까?

해루는 궁으로 이어지는 시전 골목길로 들어섰다. 그러나 그녀는 얼마 가지 않아 걸음을 세웠다.

길 끝에 한 사내가 서 있었다. 팔짱을 낀 채 무언가 깊은 생각에 빠진 사내는 드디어 결심한 듯 걸음을 옮겼다. 대체 어딜 가는 것일까?

그러나 사내는 이내 갔던 길을 되돌아왔다. 다시 고민에 휩싸인 그는 이번에는 반대 방향으로 걸음을 옮겼다. 이번에도 역시나 갔던 길을 빠른 걸음으로 되돌아 나왔다. 그렇게 갈림길을 몇 번이나 드나들던 사내는 드디어 해루가 있는 쪽으로 걸어왔다.

사내와 해루의 간격이 점차 좁아졌다. 그러다 어느 순간 사내가 해루를 발견했다.

"……!"

예기치 못한 만남 때문일까. 사내의 얼굴 위로 놀라는 빛이 떠올랐다. 그런 사내를 향해 해루가 하얀 미소를 보였다.

"공갈 저하."

"너, 언제부터 여기 있었느냐?"

성큼. 너른 걸음이 해루를 향해 곧장 다가왔다.

"저하께서 같은 장소를 뱅뱅 돌고 계실 때부터요."

해루가 손으로 둥근 원을 그려 보였다.

"다 보고 있었더냐? 그럼, 진즉 달려와 도와줄 것이지. 알다시피 내가 길눈이 좀 많이 어둡지 않더냐."

"어딜 가시는 듯하여서요. 그런데 이른 아침부터 어딜 가느라 그리 부산하신 겁니까?"

"누굴 찾고 있었다."

"그러셨군요. 말씀만 하십시오. 제가 안내해 드리겠습니다."

"되었다."

"말씀해 보시라니까요. 어디든……."

"이미 찾았다."

마침내 해루의 앞에 다다른 향이 부드러운 목소리로 말을 이었다.

"널 찾고 있었다."

예상 밖의 대답에 해루는 향을 올려다보며 물었다.

"지금 절 찾아오신 거라 말씀하시는 건 아니죠?"

물음에 답하는 대신 향은 허공에 흔들리는 해루의 손을 단단히 잡았다.

"저하……."

놀라 눈이 동그래진 해루에게 향이 작은 목소리로 속삭였다.

"집에 가자, 해루야."

잃어버리지 마라

황금빛 아침 햇살이 너른 대지를 물들였다.

태양은 세상의 높고 낮은 담벼락 사이를 고르게 파고들었다.

아침 수라를 물리고 조금은 한가한 시각.

평소 같으면 좋아하는 서책이나 뒤적이며 하루 중 유일한 휴식을 누리고 있었을 터였다. 그러나 오늘 왕께선 황망한 표정으로 문틈을 비집고 들어오는 햇살에서 눈을 떼지 못했다. 아니, 정확하게는 그 햇살 끝에 맺혀 있는 중전의 모습이었다.

"지금 뭐라 하였소?"

왕의 물음에 중전이 입술을 둥그렇게 말아 보였다.

"호."

"응? 무어라?"

"호."

"……?"

"호……라고 하였사옵니다."

"호호호?"

"네."

"지금 내게 교태 부리는 것이오?"

설마, 하는 물음에 중전은 고개를 저었다.

다행이다.

안도의 한숨을 내쉬는 왕의 얼굴에 이번엔 의문이 떠올랐다.

"그런데 '호호호'라니? 대체 그 괴이한 웃음은 다 무어요?"

"저도 궁금하였사옵니다."

"나랑 놀이라도 하고 싶은 것이오? 중전의 무료한 마음일랑 내 모르는 것은 아니나 국사 다난한 때라 어쩔 수 없구려."

서둘러 자리를 털고 일어서려는 왕의 앞에 중전이 다소곳이 무언가를 내놓았다. 도로 자리에 앉은 왕은 중전이 내민 서책을 펼쳤다. 한 장, 한 장 넘길 때마다 왕의 얼굴이 일그러졌다.

"이건…… 아무것도 쓰인 것이 없질 않소?"

"네. 바로 보았사옵니다."

"이 서책을 과인에게 준 연유를 물어도 되겠소?"

"마음을 받고 싶사옵니다."

뜬금없는 한마디에 왕의 고개가 좌로 기울었다.

"마음?"

"세자빈 간택에서 한 간택인이 이리하였더이다. 가장 소중한 것을 가져오라는 과제에 자신이 소중히 여기는 사람들의 마음을 담은 서책을 가져왔더이다."

"그, 그렇소?"

지레 찔린 왕은 저도 모르게 말을 더듬었다.

왕에게 시선을 고정한 채 중전은 말을 이었다.

"그런데 말이옵니다. 그 마음을 담은 서책에서 눈에 익은 필체를 발견하였지 뭡니까."

"그렇소? 그게 누구요?"

"바로 전하시옵니다."

"그, 그럴 리가 없소."

"필시 전하의 필체였사옵니다."

확신하는 중전을 보며 더는 오리발을 내밀어도 소용없다는 것을 깨달았다. 왕은 괜한 헛기침을 흘렸다.

"그걸 그리 쉽게 알아보았단 말이오?"

"일평생 전하와 함께한 신첩이 아니옵니까. 제가 어찌 전하의 필체를 알아보지 못하겠사옵니까."

"하하하, 참으로 용하구려."

중전은 웃음을 터트리는 왕을 따라 함께 웃었다. 그러다 한순간, 뚝 웃음을 그쳤다.

"하온데 무슨 뜻이옵니까? '호호호'라는 것은."

"별다른 뜻은 없소이다."

"자세한 내막이 궁금합니다."

"그 아이가 만든 개떡이 좋아 호(好)라 하였고, 그 개떡을 먹는 시간이 즐거워 호(好)라 하였으며, 이리 누릴 수 있는 작은 행복이 좋으니, 그 역시 호(好)라 한 것이오."

"아, 그런 뜻이군요."

그제야 알았다는 듯 중전은 작게 무릎을 쳤다.

"내 필체를 알아보았다면서 그 옆에 쓰인 주석은 어찌 살펴보지 않은 것이오?”

“살펴보았사옵니다.”

“헌데 어찌 그 뜻을 내게 묻는 것이오?”

“워낙에 악필이라 알아볼 수가…….”

저도 모르게 본심을 털어놓던 중전은 서둘러 입을 막았다.

왕의 악필이야 조정의 대신이라면 누구나 알고 있는 사실이었
다. 오죽하면 왕의 글씨를 알아보지 못해 명을 이행하지 못하는 일
까지 생겼을까. 보다 못한 왕세자가 왕의 명을 새로이 옮겨 적어 신
하들에게 내리는 일도 있었다.

이처럼 궁에서 모르는 사람이 없을 정도로 악평 자자한 필체이
건만, 정작 왕께서는 그 사실을 인지하지 못하였다.

행여 왕께서 마음 다칠세라, 중전은 서둘러 말을 바꿨다.

“워낙에 중한 자리인지라 신첩이 제대로 읽을 생각을 못하였나
이다.”

“그랬구려. 그럼 과인은 바빠서 이만.”

고개를 끄덕이던 왕은 다시 자리에서 일어섰다.

그러나 중전께서 웃는 낯으로 왕의 소매를 붙들어 자리에 주저
앉혔다.

“어딜 가시옵니까?”

“무에? 할 말이 더 남았소?”

꼴깍. 입안에 고인 침을 삼키며 왕이 물었다.

세상 무서울 것이 없는 왕이었다. 그러나 이상하게도 중전 앞에
만 서면 왜 이리 작아지는 것인지.

왕의 귓가에 중전의 목소리가 들려왔다.

“제게도 전하의 마음을 담아달라 청하지 않았사옵니까.”

"지금 말이오?"

"네. 지금, 당장, 이 자리에서 말이옵니다."

"정녕?"

"네. 정녕."

왕은 중전이 펼치는 텅 빈 서책을 물끄러미 내려다보았다.

한참을 생각에 잠긴 왕이 드디어 붓을 들었다.

이윽고 일필휘지(一筆揮之). 단숨에 써 내려간 글씨를 왕이 소리 내어 읽었다.

"가!"

한껏 미소를 머금고 있던 중전의 입가가 바르르 떨렸다. 중전의 얼굴에 이는 잔잔한 변화를 알아차리지 못한 왕은 다시 글을 썼다.

"가!"

중전의 표정이 딱딱하게 굳어갔다.

아랑곳하지 않은 채 왕은 마지막 글자를 마저 썼다.

그리고 하는 말.

"가!"

"지금 신첩더러 가라 하시는 것이옵니까?"

뒤늦게야 중전의 얼굴을 살피며 왕은 양손을 흔들었다.

"그, 그럴 리가 있겠소?"

"그럼 무엇이옵니까? '가가가' 하지 않으셨사옵니까?"

"과인에게 들려주는 중전의 목소리가 하늘 항아의 노랫소리처럼 고우니 노래 가(歌)라 하였고."

"그리고요?"

"중전의 입에서 나온 말일랑은 그것이 무엇이든 무조건, 언제나 옳은 것이니, 옳을 가(可)라 한 것이오."

흡족한 미소가 중전의 얼굴에 다시 떠올랐다.

힐긋 눈치를 살피던 왕께서 마지막 뜻풀이를 입에 올렸다.

"내 눈앞에 있는 중전의 미색이 젊을 때와 변함없이 여전히 아름다우니, 아름다울 가(佳). 하여, 내가 중전에게 전할 마음은 오직 '가! 가! 가!'뿐이오."

흡사 지렁이가 굴러다니다 똬리를 틀고 있는 듯한 악필. 그러나 서책을 품에 안는 중전의 얼굴에는 선홍색의 생기가 들어차 있었다.

"신첩, 주상 전하의 귀한 마음을 품고 그만 물러가겠나이다."

"그리하시겠소? 좀 더 머물러도 되는데."

"그럼……."

"정히 물러가겠다면 나도 잡지는 않으리다."

돌아가는 중전의 뒤태를 바라보며 왕은 넉넉한 미소를 지었다.

그렇게 얼마나 지났을까?

"정동아."

왕의 음성이 문밖으로 흘러나왔다. 상선 정동이 한달음에 왕의 곁으로 다가왔다.

"네, 전하."

"중전께서는 가시었느냐?"

"네, 전하. 중궁전으로 걸음 하시었사옵니다."

화석처럼 새겨져 있던 왕의 미소가 일순간에 사라졌다. 왕은 내내 참았던 한숨을 길게 내쉬었다.

"정동아, 내 오늘 잘하였더냐?"

"훌륭하였사옵니다."

"헌데 정동아, 중전께서 어찌 아셨을까?"

"무엇을 말이옵니까?"

"해루 그 아이에게 써준 글씨를 어찌 그리 단박에 알아냈을까?"

놀랍다는 듯 고개를 설레설레 젓는 왕을 보며 정동은 낮게 한숨을 쉬었다.

'전하 빼고 다 알고 있사옵니다.'

목구멍까지 가득 찬 말을 애써 삼키고 돌아서는 정동의 귀에 왕의 음성이 박혔다.

"그나저나 삼간택은 어찌 되었다더냐?"

"지금 논의 중이라 하였사옵니다."

"이런. 아직도 논의 중이란 말이더냐? 하나같이 느러터져서는."

"해루 아가씨 문제로 조정 대신들의 반발이 심한 모양입니다."

"시끄럽다고 전해라."

"황 정승도 심사숙고하는 것이 좋을 듯……."

"고얀 늙은이로군. 이런 일이 생길 것 같아 귀양을 풀고 조정으로 불러들인 것인데, 오히려 자신이 앞잡이가 되어 나서고 있지 않은가?"

"하오나……."

"그만 됐다. 황 정승에게 일러라. 이번 일 제대로 처리하지 않으면……."

"……?"

"제대로 등골 휘게 해주마, 장담하였다 전하라."

"명 받자옵니다."

뒷걸음으로 방을 나가는 정동에게 왕께서 문득 생각났다는 듯 다시 물었다.

"그런데 정동아, 세자는 무얼 하고 있다더냐?"

"저하는 이른 아침에 궁을 나갔다 하옵니다."

"이른 아침에? 무슨 일이라더냐?"

"자세한 내막까지는 모르겠사옵니다. 다만······."

"다만?"

"호위까지 물리고 홀로 잠행 나간 것으로 보아, 상당히 은밀한 일이 아닐까 생각되옵니다."

정동의 말에 왕은 눈살을 찌푸렸다.

"은밀한 일? 그 목석같은 녀석이 어디에서 또 신기한 물건이라도 발견한 모양이군. 그 집중력의 십분지 일만 여인에게 쏟아도, 천하에서 가장 괜찮은 사내가 될 터인데 말이야. 아깝다, 아까워."

"하지 마라."

"하지만 도저히 못 참겠습니다."

"이리하면 아니 된다."

시전 뒷골목. 놋그릇 파는 점포에 딸린 작은 방 안에서 잔뜩 억눌린 대화가 새어 나왔다.

잠시 후, 무언가를 하려는 해루와 그것을 말리는 향의 작은 투닥거림이 이어졌다.

"참아라, 참고 또 참아야 하느니."

"대체 얼마나 더 참아야 합니까? 왜 저더러 계속 참으라고만 하시는 겁니까? 못 참습니다. 아니 참을 겁니다."

"해루야."

"용서하십시오."

"이리하면 아니 된다. 이리하면······. 헉!"

뭔가에 가로막힌 듯 향의 목소리가 잦아들었다.

그와 동시에 탁! 문이 열리고 점포 여주인인 노파가 방 안으로 들어섰다.

"거참. 쪼매만 기다리라고 했는데 그새를 못 참고 손으로 잡수시었소?"

노파는 손에 들고 있던 수저를 향의 앞에 내려놓았다.

노파의 놋그릇 가게는 향이 잠행을 나갈 때마다 이용하는 안가(安家)였다. 하지만 향의 신분을 알지 못한 참이라, 향을 대하는 노파의 행동에는 때때로 허물이 없었고 향 역시 그런 노파를 편하게 대하곤 하였다.

향과 해루, 두 사람이 궁이 아닌 이곳으로 걸음을 한 것은 순전히 해루의 배에서 들려오는 천둥소리 때문이었다. 꼬르륵꼬르륵 굶주림을 호소하며 아우성치는 소리를 마냥 무시할 수 없었던 향은 무작정 가까운 곳으로 걸음 했다. 다행히 노파는 금세 한 상 가득 차려내 왔다. 그러나 급히 서두르는 바람에 수저를 잊고 말았던 것이다.

잠시 노파가 부엌을 다녀오는 사이, 맨손으로 허겁지겁 부침개를 집어 먹던 해루는 급기야 말리는 향의 입에도 한가득 부침개를 물려주었다. 노파는 파전을 입에 물고 있는 향을 보며 낮게 혀를 찼다.

"높으신 양반 체면도 굶주림 앞에는 소용없습니다요."

노파의 말에 억울해진 향은 제 가슴을 쾅쾅 쳤다.

'내가 먹은 것이 아니라 저 아이가 내 입에 물려준 것이네.'

소리치고 싶었지만, 해루가 구겨 넣듯 넣어준 파전 때문에 제대로 소리조차 낼 수 없었다. 그러나 어느새 말끔하게 입가까지 닦은 해루는 저와는 상관없다는 듯 시침을 딱 떼고 있었다.

"저…… 저……."

미처 말이 되지 못한 외마디가 향의 입에서 새어 나왔다.

"에구구, 그러다 체하십니다요."

걱정하는 노파의 말에 해루가 자리에서 벌떡 일어섰다.

"이쪽이 부엌이지요? 제가 물을 떠 오겠습니다."

부리나케 밖으로 사라지는 해루를 지켜보며 노파는 고개를 끄덕거렸다.

"곱습니다, 참말로 곱습니다."

노파의 칭찬에 그제야 입안의 것을 삼킨 향이 물었다.

"곱다니? 누구 말인가?"

"누구긴 누굽니까? 저 아가씨지요?"

"해루 말인가? 내 눈에는 어디로 튈지 모르는 망아지처럼 보이는데, 뭐가 그리 곱단 말인가?"

"이리 여인을 볼 줄 몰라서 어찌합니까?"

"그대와 같은 연륜이 내겐 아직 부족한 모양일세."

"이 늙은이 눈을 믿으십시오. 쇤네가 보기에 두 분, 무척 잘 어울리십니다."

"그런가?"

"그러니 어디 멀리 가지 못하도록 곁에 단단히 묶어두십시오."

"두 발 달린 사람이 제 발로 가겠다는데 어찌 묶어둘 수 있단 말인가?"

"그럼 어딜 갔는지 알 수 있게 발끝에 방울이라도 달아두시던가요."

"방울?"

"얼마 전에 어린 손주 녀석 발목에 달린 걸 봤습지요. 하도 망아지처럼 이리저리 뛰어다니는 녀석이다 보니 하루에 절반은 그 녀석 찾으러 다니는 것이 일이라 하더군요. 듣자 하니 요즘 어린아이를 둔 집안엔 그런 방울 하나씩은 있다 하더이다."

"그래서 지금 나더러 그런 것을 저 아이에게 매달라는 건가?"

"어디로 튈지 모르는 망아지 같다면서요?"

"아무리 그래도……."

"아니 될 것은 무엇입니까?"

"별소리를 다 하는군."

"이 늙은이가 하고 싶은 말은 잃어버리지 말라는 그 말입지요."

"뭘 잃어버리지 말라는 겁니까?"

어느새 물을 떠 온 해루가 고개를 갸웃거렸다.

머쓱해진 향이 괜한 헛기침을 흘렸다.

서둘러 안으로 들어온 해루가 무에 할 말이 있다는 표정으로 향을 올려다보았다.

"할 말이 있는 표정이로구나. 무어냐?"

함께 지낸 시간이 제법 된 까닭일까? 이제는 말하지 않아도 저 조그마한 머릿속에 무엇이 들었는지 대충 짐작이 되었다.

묻는 향을 향해 해루가 배시시 미소를 지었다.

"저기 밖에서 들은 이야긴데요."

"어떤 이야기?"

"명국의 유명한 광대 패가 들어왔다고 합니다."

"하여?"

"구경하러 가면 안 됩니까?"

눈빛을 반짝거리는 해루를 향은 외면했다.

"어서 밥이나 먹어라."

"아주 잠깐만 구경하면 아니 되겠습니까?"

반짝거리는 눈동자가 다시 향을 향했다.

결국, 향은 고개를 끄덕일 수밖에 없었다.

"그럼 잠시만이다."

"네."

"우선 밥부터 먹고……."

말이 채 끝나기 전.

"다 먹었습니다."

어느새 입안을 가득 채운 해루가 소리쳤다.

그 모습에 향은 너털웃음을 터트리고 말았다.

햇빛을 받아 반짝거리는 해루는 한없이 작고, 한없이 사랑스러웠다.

잔뜩 배를 채운 해루와 향은 다시 거리로 나왔다. 새벽에 내린 비로 옷깃을 스치는 바람결에 물기가 묻어 있었다. 발을 디딜 때마다 눅진한 흙냄새가 코끝을 파고들었다. 신발 끝에 매달리는 진흙의 폭신한 느낌을 즐기며 향은 느긋하게 걸음을 옮겼다.

그와는 달리 해루는 잰 몸짓으로 시전 끝자락을 향해 달리고 있었다.

"빨리요, 빨리 가야 좋은 자리를 차지할 수 있습니다."

조급 난 아이처럼 발을 동동거리는 해루를 지켜보는 재미가 제법이었다. 마치 태어나 처음으로 시장 구경을 나온 아이처럼 해루의 커다란 눈에는 호기심이 가득했다.

잠시 후, 두 사람은 사람들로 북적거리는 공터로 들어섰다. 이미 광대 패가 놀이를 시작한 듯 시끄러운 음악과 함께 환호성이 들려왔다. 까치발을 하고, 깡충 뛰며 놀이를 구경하던 해루는 급기야 향의 소맷자락을 잡아당겼다.

"안쪽에서 구경해도 됩니까?"

향은 고개를 저었다.

"나는 되었으니. 너나 구경하고 오너라."

말과 함께 향은 작은 비단 주머니 하나를 해루에게 건넸다.

얼결에 그것을 받은 해루는 고개를 갸웃거렸다.

"이게 뭡니까?"

"난 저곳에서 쉬고 있을 것이니, 뭐든 마음에 드는 것이 있으면 사거라."

공터 한쪽에 있는 이 층 누각을 가리키며 향이 말했다.

"정말이십니까?"

"싫으면 말든가."

다시 돈주머니를 채 가려 하자 해루는 냉큼 그것을 등 뒤로 숨기며 혀를 쏙 내밀었다.

"잘 쓰겠습니다."

서둘러 고개를 숙인 해루는 이내 잰걸음으로 인파 속으로 스며들었다. 그러다 향을 돌아보며 손을 흔들었다.

마주 손을 흔들던 향의 가슴에 문득 불안한 감정이 파고들었다.

금방이라도 사라질 듯 아스라한 모습. 이대로 영영 되돌아오지 않을 것 같은 어리석은 망상.

아니다, 아니야.

머릿속의 불안을 떨치려 향은 거칠게 고개를 저었다.

그러나 아까부터 귓전을 맴맴 맴도는 노파의 목소리가 그를 괴롭히고 있었다.

—어딜 갔는지 알 수 있게 발끝에 방울이라도 달아두십시오.

어이없는 생각에 저도 모르게 입가에 조소가 맺혔다.

방울이라니. 말도 안 되는 소리.

고개를 저으며 발길을 돌리던 향은 다시 걸음을 되돌렸다.

그렇게 짧은 거리를 오가길 얼마나 하였을까?

결국, 그의 걸음은 인파 속으로 향했다.

"쉬신다 하지 않으셨습니까?"

인파를 헤집던 해루는 등 뒤에 와 닿는 익숙한 향기에 고개를 돌렸다.

"내가 필요할 것 같아서 말이다."

"되었습니다. 저 혼자 충분히 구경할 수 있습니다."

"구경이야 혼자서도 충분히 할 수 있겠지. 하지만 다른 일에는 형편이 다르지 않겠느냐? 가령……."

향은 해루의 곁을 스쳐 지나가는 사내의 팔을 갑자기 잡아 비틀었다.

"뭐 하시는 겁니까?"

향의 갑작스러운 우격다짐에 놀란 해루가 그를 말렸다.

그러나…….

"으앗!"

신음을 흘리며 쓰러진 사내의 손에서 낯익은 주머니 하나가 떨어졌다.

"저건……"

해루의 돈주머니였다. 필요한 것이 있으면 사라고 향이 주었던 것이다.

제법 많은 액수라, 소매 깊은 곳에 단단히 갈무리해 두었는데. 언제 저것이 저 사내의 손에 넘어간 것일까?

향이 해루를 보며 말을 이었다.

"봤느냐? 금세 필요한 경우가 생기지 않느냐?"

"아야얏!"

사내가 팔을 부여잡고 신음을 흘렸다. 그러나 향은 조금도 동요하지 않았다.

"엄살 부리지 마라. 계속 그리 소란스럽게 하면 아예 팔을 뽑아 버릴 것이다."

향의 협박에 사내는 움직임을 우뚝 멈췄다. 그는 고개를 돌려 향을 바라보았다.

단순한 협박이 아니었다. 본능으로 알 수 있었다. 이 사람은 정말로 그럴 수 있는 사람이라는 것을. 아니, 어쩌면 입 밖으로 뱉은 협박보다 더한 일을 할 수 있는 사람일지도 모른다.

두려움이 사내를 엄습했다. 사내는 새어 나오는 신음을 입안으로 삼켰다.

그제야 향의 얼굴에 만족스러운 표정이 떠올랐다.

"어찌할 테냐?"

그는 해루에게 사내의 처분을 물었다.

해루가 잠시 사내를 바라보았다.

자기 또래로 보이는 사내. 문득 그의 얼굴 위로 지난 시절, 자신의 모습이 겹쳐 보였다.

해루의 눈가에 쓸쓸한 기색이 맺혔다.

어쩌다 이런 일을 하게 되었을까.

"어떤 사연으로 이런 일을 하게 되었는지 몰라도 이건 좋지 못한 일입니다. 좋지 못한 일은 언젠가 반드시 자신에게 곱절의 업(業)으로 돌아오게 되어 있지요."

"시답잖은 훈계라면 그만두시오."

"훈계가 아닙니다. 한때 당신과 그리 다를 바 없는 처지였던 사람이라 할 수 있는 조언이죠."

"처지가 나와 같았다고? 그쪽이?"

겉으로 보기에 해루는 영락없이 귀한 댁의 금지옥엽이었다. 일평생 살면서 어려움이란 단 한 번도 겪어본 적 없어 보이는 해맑은 얼굴. 사내는 믿을 수 없다는 표정을 지었다.

"믿기지 않으시는 모양이로군요."

"그쪽이라면 믿겠소?"

"믿고 안 믿고는 자유입니다. 하지만 이것 하나는 말씀드릴 수 있을 것 같습니다."

해루는 사내에게 되찾은 주머니를 들어 보이며 말을 이었다.

"남의 물건을 이리 귀신같이 가져가시니, 그런 집중력이라면 못 할 일이 없을 것 같습니다. 그러니 기왕이면 다른 일에 그 뛰어난 능력을 활용해 보시는 게 어떨지요."

"……"

"죄송합니다. 제가 좀 특이한 사람들과 어울리다 보니 주제넘은 소리를 한 것 같습니다."

해루는 향을 돌아보았다.

"딱히 손해를 본 것은 없으니 그만 풀어주십시오."

해루의 말이 끝나기 무섭게 향은 두말하지 않고 사내를 풀어주었다.

사내는 얼떨떨한 표정을 지었다.

"그냥 놔주는 거냐?"

해루는 그저 웃음을 보이며 걸음을 옮겼다.

그렇게 몇 발짝 걸었을까?

등 뒤에서 문득 사내의 목소리가 들려왔다.

"삼문이라 하오."

"네?"

"내 이름 말이오. 삼문이오. 언젠가 천하제일의 도모(掏摸, 소매치기)를 만나게 될 것이오. 그 누구도 훔칠 수 없는 보물을 세상에서 가장 많이 가진 사람이 될 것이니. 내 이름, 잊지 마시오."

사내에게 되돌아간 해루가 미소를 보였다.

"해루입니다."

"……"

"누구도 훔칠 수 없는 보물을 갖게 되면 신루라는 곳을 찾아오십시오. 저는 그곳에 있습니다."

해루를 향해 가볍게 눈인사를 보낸 사내는 서둘러 인파 끝으로 사라졌다.

그런 사내의 뒷모습을 지켜보던 향의 입에서 낮은 한숨이 흘러나왔다.

"방울, 방울이라……."

어느새 한낮의 열기가 사라지고 느린 오후가 찾아들었다. 광대 패의 놀이가 끝나자 왁자하던 인파들도 하나둘 사라지고, 공터는 금세 텅 비어버렸다.

"이게 뭡니까?"

공터 근처의 낮은 담벼락. 향은 담벼락 위에 앉은 해루의 버선발 위에 머리를 박은 채 무언가에 열중하고 있었다.

"저하, 대체 뭐 하십니까?"

"잠시만 있어 보아라."

"저하······."

"어떠냐? 마음에 드느냐?"

드디어 고개를 든 향은 흡족한 얼굴로 해루의 버선발을 가리켰다. 이내 시선을 내리던 해루는 황당한 표정을 짓고 말았다.

"이게 뭡니까?"

버선발에 매달린 것은 작은 방울이 달린 긴 줄이었다.

해루는 발목을 흔들어보았다.

차랑차랑.

"소리가 납니다."

"부러 소리 잘 나는 것으로 골랐다."

"이건 왜요?"

"워낙에 망아지 같은 녀석이라. 이리하지 않으면 내 마음이 편하지 않아서 그렇다."

"아무리 그래도 그렇지, 이게 뭡니까?"

당장에라도 벗어낼 시늉을 하자 향이 눈매를 치켜떴다.

"벗었다간……."

"벗으면 어찌하시려고요?"

"방울을 두 개 더 추가할 것이다."

"진짜입니까?"

"내가 두말하는 것 봤느냐?"

잠시 생각하던 해루는 고개를 저었다.

저 입에서 나온 말 중에 허튼 말은 하나도 없었다.

흘러가는 말조차도 곧이곧대로 실천하는 분이시니.

불퉁하게 입술을 내밀던 해루는 버선발을 이리저리 흔들어보
았다.

차랑차랑.

맑은 방울 소리가 그리 싫지만은 않았다. 아니, 저분께 처음으로
받은 선물인지라, 마음에 들었다.

"어디, 먼 데 갈 때면 꼭 그걸 하거라. 알겠느냐?"

탁! 바닥으로 내려서며 해루는 고개를 끄덕였다.

"알겠습니다."

차랑. 걸음을 옮길 때마다 작은 방울이 몸통을 흔들며 소리를
냈다.

귀 기울여야만 겨우 들릴 만큼 작은 소리. 그러나 그것만으로도
충분하였다. 그 작은 소리만으로도 충분히 찾을 수 있으리라. 향의
입가에 만족스러운 미소가 피어났다.

차랑차랑.

방울 소리를 노랫가락 삼아 걸음을 옮겼다.

어느새 멀리 있던 궁이 가까워졌다.

어깨를 나란히 한 채 걷는 두 사람의 얼굴에 아쉬움이 피어올

랐다.

그 아쉬움을 얼굴에서 지워내지 못한 채 신루로 들어서는 향의 앞으로 양여섭이 달려들었다.

"저하, 저하."

숨이 턱 끝까지 차오른 그의 모습에 향이 미간을 찡그렸다.

"무슨 일이냐?"

"큰일 났사옵니다."

"큰일?"

"네. 방금 간택인 중 한 명인 대제학의 여식이⋯⋯."

뜻밖의 이름이 양여섭의 입에서 흘러나오자 해루는 놀란 표정을 지었다.

대제학의 여식이라면 윤설이 아니던가.

유난히 차분하고 손짓 하나조차도 고아하기 이를 데 없는 아름다운 여인. 특히 서책이 무척이나 잘 어울리는 학구파 아가씨!

"윤설 아가씨께 무슨 일이라도 생겼습니까?"

이어진 양여섭의 말은 해루의 예상보다 훨씬 심각한 내용이었다.

"그 대제학의 여식을 태군이 겁간하려다 실패하여 도주 중이라 합니다."

해루의 눈이 휘둥그레졌다.

"누가 뭘 하려 하였다고요?"

음모(陰謀)

신루의 분위기가 전에 없이 무거웠다.

"무슨 일인지 상세히 보고하라."

위창에 대한 급보를 받자마자 신루로 돌아온 향은 심각한 어조로 입을 열었다. 그의 말이 끝나기 무섭게 김담이 입을 열었다.

"오늘 새벽, 세자빈 간택에 참여했던 대제학의 집에 정체 모를 괴한이 침입하였사옵니다. 괴한은 곧장 별채로 향했고, 그곳에서 세자빈 간택에 참여했던 간택인을 범하려다 실패하였다 하옵니다."

"그 괴한이 태군이라는 것은 어찌 알았다더냐?"

"그 댁 아가씨의 증언이었습니다."

"하지만…… 이상합니다."

조용히 듣던 해루가 이의를 제기했다.

"이상해?"

"기억나지 않으십니까? 윤설 아가씨라면 얼마 전 시전에서 함께 만나질 않았습니까?"

해루는 얼마 전 시전에서 만났던 윤설을 떠올렸다. 자신이 소중히 생각하는 것을 가져오라는 재간택의 마지막 과제를 해결하기 위해 해루는 위창과 함께 궁 밖으로 나왔더랬다. 그때 우연히 윤설과 마주쳤다. 그리고 그 자리엔 향도 함께였다.

"기억나는구나. 그런데 무어가 이상하단 말이냐?"

"그때 저는 분명 태군을 제 호위 무사라고 소개하였습니다. 그런데 어째서 윤설 아가씨는 태군의 정체를 정확하게 알고 계신 걸까요?"

김담이 해루의 의문을 풀어주었다.

"범인이 제 입으로 스스로를 태군이라 하였다는구나."

향의 한쪽 눈썹이 위로 올라갔다.

"몰래 아녀자를 겁간하려는 자가 자신의 정체를 토설하였다?"

"자신 있었던 모양입니다."

양여섭이 중간에 끼어들었다.

"그건 또 무슨 뜻이냐?"

"태군은 꽃 중의 꽃들만 모인다는 화월루의 루주가 아닙니까. 소문으로는 음란하고 호색하여 평소에도 미인들을 탐하였다고 합니다."

심운기가 고개를 흔들었다.

"이치에 맞지 않아. 자네 말대로 화월루가 어떤 곳이던가? 꽃 중의 꽃들만 모인 조선 최고의 기루가 아닌가? 그런 곳의 루주일세. 원하는 꽃일랑은 손만 뻗으면 취할 수 있는 사내가 무에 아쉽다고 남의 집 담을 타 넘는단 말인가?"

"쉽게 꺾을 수 있는 꽃은 금세 흥미가 사라지지. 쉽게 꺾이지 않는 귀한 꽃을 훔치려 한 것이 틀림없어."

단정 짓는 양여섭을 향해 해루가 목소리를 높였다.

"아닙니다. 절대 그럴 리 없습니다."

"아니라고? 그리 확신하는 이유라도 있느냐?"

해루는 고개를 끄덕이며 말을 이었다.

"만약 태군이 진짜 그런 사람이었다면, 화월루의 여인들이 그분을 그리 따르고 존경하지는 않았을 겁니다."

"으음. 어쩌면 남다른 밤 기술로 여인들을 죄다……."

"저도 해루의 생각과 같습니다."

김담이 두툼한 서책으로 양여섭의 뒤통수를 치며 그의 말을 막았다.

"여기 예조의 기록을 찾아보면 태군이 조선에 온 이후, 명국 사신을 대접하는 연회가 확연히 줄었습니다. 태군의 요청 때문이었다고 기록되어 있습니다. 그리고 연회가 있을 때마다 명국 사신들의 행동을 엄격히 제한하였다는 기록도 있사옵니다. 그들을 감독한 것 역시 태군이었다고 합니다. 심지어 태군이 직접 연회에 참석한 횟수조차 손에 꼽을 정도로 적습니다. 만약, 태군이 새벽이슬을 밟고 남의 담장을 타 넘을 만큼 호색한이었다면 이렇게 행동하지는 않았을 것입니다."

심운기가 김담의 말에 덧보탰다.

"태평관에 붙여둔 아이들의 말에 따르면 태군이 겉으로는 여인을 취하는 척하지만 정작 그의 처소에서 밤을 보낸 여인은 단 한 사람도 없다 하옵니다. 화월루의 기녀들도 함부로 처소를 출입하는 것을 제한하였다고 하더이다."

신루 학자들의 보고가 연이어졌다.

해루는 새삼스러운 눈으로 그들을 돌아보았다. 평소엔 유유자적, 할 일 없이 서책만 들여다보는 사람들 같았건만 사건이 벌어지자 순식간에 자료를 모아 각자의 의견을 내놓고 있었다.

게다가 각자 맡은 역할이 분명했다.

우선, 김담은 기록된 자료와 관찰한 내용을 중심으로 사건을 분석하는 데 주력하였고, 양여섭과 심운기는 궁 안팎의 소문을 조사했다. 주로 나쁜 소문은 양여섭이 맡았고 심운기는 옹호하는 측의 소문을 수집해 왔다. 찬반으로 나뉘어 토론하듯 사건에 대해 각자의 의견을 피력하는 학자들의 모습은 마치…… 잘 훈련된 세작들을 보고 있는 듯했다.

신루 학자들의 또 다른 면모를 발견한 듯한 느낌. 아니, 그보다는 평소의 모습은 거짓이고 지금 이 모습이야말로 그들의 참모습은 아닐까 하는 생각마저 들었다.

내내 묵묵히 침묵하던 향이 오랜만에 입을 열었다.

"대제학의 딸은 어떤가? 큰일을 겪었으니, 많이 놀랐을 터인데."

김담이 대답했다.

"무척 놀란 것 같습니다. 그러나 현명하고 대찬 분인 듯합니다."

"어찌하여?"

"비명을 질러 식솔들을 깨우고, 그들이 달려올 동안 은장도로 태군을 겁박하며 자신을 지켰다고 합니다. 그분의 완강한 저항에 놀란 태군이 서둘러 달아나는 바람에 다행히 큰 변고는 없었던 모양입니다."

"다행이구나."

"이건 사건 현장을 직접 보고 그린 그림입니다."

향은 김담이 내미는 그림을 찬찬한 눈길로 살폈다. 그 와중에도 신루 학자들의 보고는 이어졌다.

한참의 시간이 흐른 후. 모든 보고를 받은 향은 단 한마디로 상황을 정리했다.

"좋지 않다."

왕세자의 짧은 한마디에 신루 안에는 좀 전보다 더 팽팽한 긴장이 내려앉았다.

"이번 일이 그렇게 심각한 것이옵니까?"

걱정이 담긴 김담의 물음에 향은 고개를 끄덕였다.

"모든 상황이 태군을 몰아가고 있다. 악의마저 느껴질 정도로."

말하는 목소리가 평소와 달리 무겁게 가라앉아 있었다.

김담이 한 가닥 희망을 안고 조심스럽게 의견을 내비쳤다.

"고작해야 태군의 일탈일 뿐이옵니다."

그러나 실낱같은 희망에 찬물을 끼얹듯 향이 단호하게 대답했다.

"태군과 세자빈 간택인이 연루된 일이다. 한쪽은 명국을 대표하는 사람이고 다른 한쪽은 어쩌면 조선의 세자빈이 될지도 모를 사람이지."

"아무 일도 일어나지 않았습니다."

"그래. 아무 일도 일어나지 않았다. 하지만 이번 일이 아무런 여과 없이 그대로 소문이 난다면 어찌 될까? 세자빈이 될지도 모를 여인을 취하려 한 태군. 태군은 이 나라 조선을 우습게 여긴 것이란 의미가 될 것이다."

눈치를 살피던 양여섭이 평소 가슴에 담고 있던 한마디를 흘렸다.

"태군은 평소에도 거만하다는 소문이 자자했사옵니다. 자기 위에 사람 없다는 듯 조선 관료들을 대할 때 오만하기 그지없었사옵니다."

"양 학사의 말대로 그는 거만할지도 모른다. 허나, 그는 절대 무뢰배가 아니다. 다른 여인도 아닌 간택인을 겁간하려 들 만큼 멍청한 자는 더더욱 아니지."

향의 말에 신루 학자들의 낯빛이 하얗게 바랬다.

"그렇다면 태군이 함정에라도 빠졌다는 것이옵니까?"

김담의 물음에 향은 확신하듯 대답했다.

"십중팔구(十中八九)."

위창은 함정에 빠진 것이 분명했다.

그러나 어쩌다? 아니, 그보다 천하의 위창이 함정에 빠졌다?

쉬이 이해가 되지 않았다. 지금껏 향이 겪어본 위창은 그리 호락호락한 사내가 아니었다. 그런 사내가 왜……? 향의 미간에 굵은 주름이 새겨졌다. 이번 사건은 어쩌면 생각하는 것보다 훨씬 심각한 일일지도 모른다.

"이 일에 대한 조정의 대응은 어떠하냐?"

향의 물음을 심운기가 재빨리 받았다.

"아직 정확한 정황을 확보하지 못한지라 내금위의 병사들이 태군을 수소문하고 있습니다."

향의 눈빛이 더더욱 깊어졌다. 만약, 이 사건이 음모라면 절대 이 정도에서 끝날 리 없다. 더 치밀하고 심각한 일이 벌어질 수도 있으리라.

"심 학사! 내금위장에게 이르라. 태군의 자취를 쫓되 온전히 사로잡아야 할 것이라고. 절대 다치게 해서는 아니 된다고."

"명 받들겠나이다."

심운기가 신루 밖으로 사라졌다.

향은 김담과 양여섭에게도 명을 내렸다.

"김 학사는 지금 즉시 충위군과 함께 지난 며칠간 태군의 행적을 조사하라. 양 학사는 궁 안의 소문에 대해 소상히 알아보라. 특히, 좋지 않은 소문을 퍼트리는 자가 누구인지 밝혀내라."

"분부대로 따르겠나이다."

마지막으로 그는 무혁에게 귓속말로 지시를 내렸다.

"다녀오겠습니다."

마침내 무혁마저 자리를 떠났다.

"저⋯⋯."

혼자 남게 된 해루가 입을 열었다.

"저는 무얼 하면 되겠습니까?"

기다렸다는 듯 향은 해루와 시선을 마주했다.

"너는 날 안내해 줘야겠다."

"어딜 말입니까?"

"모든 사건은 증거를 남기는 법이지. 사건이 일어난 곳으로 가자."

흥흥한 분위기는 궁 밖에서도 여전하였다. 길목마다 삼삼오오 열을 지은 군졸들이 예리한 시선으로 오가는 행인들을 훑어보았다.

"태군을 잡겠다고 이리 군사를 푸신 겁니까?"

"잡으려는 것이 아니다."

"그럼요?"

"보호하려는 것이다."

"보호요?"

소문이 사실이라면, 위창은 용서받지 못할 위법행위를 한 것이다. 그런데 잡아들이는 게 아니라 보호라니. 향은 고개를 갸웃거리는 해루의 어깨를 잡았다.

"생각은 나중에……. 지금 네가 할 일은 대제학의 집으로 나를 안내하는 것이다."

"알겠습니다."

그래, 생각은 나중에 하자. 지금은 벌어진 일을 직시하는 것이 중요했다. 이런 일이 왜 일어난 것인지 정확하게 알아야 했다. 해루는 서둘러 북촌으로 걸음을 옮겼다.

북촌 한가운데 자리한 대제학의 집은 깊은 정적에 휩싸여 있었다.

비록 미수에 그친 일이라고 하나, 규중의 규수가 겁간당할 뻔했던 일이다. 솟을대문 앞에는 내금위 소속의 병사들이 이중, 삼중으로 결계를 치고 있었다. 재간택까지 오른 간택인과 태군 사이에 벌어진 일인지라 조정에서도 발 빠르게 대처했다.

"들어가실 수 없습니다."

집 안으로 들어서려는 향을, 창을 앞세운 두 명의 병사가 막아세웠다. 잠시 날카로운 시선으로 병사를 노려보던 향은 품속에 있던 신분패를 내보였다.

이런 경우에 사용하려 만들어놓은 가짜 신분. 아무래도 세자의 신분으로 바깥 활동을 하게 되면 여러 가지 제약이 많았다. 그래서 평소 궁 밖으로 나갈 땐 이 가짜 신분을 사용했다.

"이번 일을 소상히 조사하라는 세자 저하의 명이다."

병사들은 신분패와 향의 얼굴을 번갈아 보더니 이내 길을 터주었다.

신분은 가짜지만 신분패는 가짜가 아닌 진짜였다.

저택 안으로 들어간 향을 맞이한 것은 집안의 살림을 맡아보는 행랑아범이었다. 색이 바랜 회색빛 두루마기에 좁은 갓을 쓴 중년인은 조금은 지겹다는 표정으로 고개를 조아렸다. 아침나절 동안 이런 방문을 받은 것이 벌써 수차례였다.

"어디서 오신 뉘신지요?"

"세자 저하의 명으로 왔으이."

"그러십니까요?"

"헌데, 대제학께선 어디 계시는가?"

"대감마님께선 열흘 전 문경으로 출타하시었습지요."

"문경으로?"

"네."

"언제 돌아오신다 하였는가?"

"급히 사람을 보냈지만, 아마 돌아오시려면 시간이 더 걸리실 듯합니다."

"그렇군."

"새벽에 생긴 일로 오신 것이라면 소인에게 하문하시면 될 듯합니다요."

꿰뚫는 눈길로 중년인을 바라보던 향은 몇 가지 질문을 던졌고, 중년인은 기다렸다는 듯이 대답을 늘어놓았다.

대부분 신루 학자들에게서 들은 것들로, 별다른 내용은 없었다. 사내는 윤설에게 벌어진 사건보다는 이 일이 윤설의 세자빈 간택에 나쁜 영향을 주는 것은 아닌지 우려하는 눈치였다.

향은 고개를 끄덕이며 몸을 돌렸다. 그러다 문득 생각났다는 듯 중년인을 돌아보았다.

"그나저나 대제학께선 보기보다 배포가 크군. 여식이 세자빈 간택이라는 큰일을 치르는데 먼 곳으로 걸음을 하시다니 말이야."

270

"저희 같은 아랫것들이 높으신 분들의 깊은 뜻을 어찌 알겠습니까요. 다만, 우리 아가씨께서 어릴 적부터 워낙에 심지가 굳고 강건하시니, 아마 믿고 자리를 비우신 게 아닌가 싶습니다요."

향은 말없이 중년인을 바라보았다.

참[眞].

그는 진실을 말하고 있었다.

향이 다시 물었다.

"주인이 먼 길을 떠나셨는데, 무슨 볼일인지 묻지도 않았단 말인가?"

"대감마님께서는 볼일을 말씀하지 않으시고 출타하시는 일이 잦으셨습니다."

이번 역시 참.

"과연 그렇군. 그런데 자네, 이 집에서 일하게 된 지 얼마나 되었는가?"

"일 년 정도 되었습니다."

참.

"일 년 만에 이 거대한 집안 살림을 맡을 정도라니. 자네의 수완이 보통이 아닌 모양이로군."

중년인이 갓끈을 만지작거리며 씩 웃었다.

"어디 제가 잘해서겠습니까? 대감마님께서 절 좋게 봐주신 덕분입지요."

거짓.

행랑아범을 만난 향은 이번엔 윤설이 있는 별채로 향했다.

그가 발이 쳐진 방에서 윤설과 만나는 동안 해루는 별채 그늘진 곳에서 향을 기다렸다. 비록 이유가 있다고는 하지만 지금 그녀는 윤설과 같은 간택인 신분. 향과 함께 이곳에 나타난다면 당연히 이상하게 생각하리라.

스치는 눈길로 해루를 바라보던 향은 발 너머로 보이는 윤설에게 시선을 옮겼다.

여인으로서는 치욕스러울 수 있는 사건을 겪었건만, 그녀는 흐트러짐 없이 고아한 자태로 향을 맞이했다.

"큰일을 겪어 마음이 어수선할 줄 압니다. 실례가 되지 않는다면 자초지종을 듣고 싶소."

향의 말에 윤설은 가만가만 고개를 끄덕였다.

잠시 침묵이 흘렀다.

이내 윤설의 목소리가 발 너머에서 흘러나왔다.

"새벽이 깊을 때였습니다. 이상한 기척에 눈을 떠 보니 낯선 사내의 모습이 보였습니다."

윤설은 두려움을 간신히 억누른 듯, 떨리는 음성으로 이야기를 이어나갔다.

"사내와는 안면이 있었습니다. 며칠 전, 지인의 호위 무사로 있던 사람이었습니다. 하지만 그는…… 자신이 실은 호위 무사가 아니고, 명국의 사신이며, 태군이라 불린다 말하였지요."

"계속 말해 보시오."

"그자가 말하길, 우연히 본 제 미모에 반하였다 하였습니다. 또한, 제가……. 제가 원한다면 세자빈이 되는 것보다 훨씬 더 높은 자리와 부귀영화를 약조하겠노라 하였습니다."

"그 말에 뭐라 하였소?"

"어림도 없는 소리 말라 하였습니다. 그자가 정말로 태군인지도 명확하지 않았고, 설사 그렇다 하여도 낯선 사내에게 마음을 줄 생각도 없었습니다. 거절의 뜻을 분명히 밝히는 순간, 그자가 돌변하여……."

윤설은 말을 멈추고 숨을 몰아쉬었다. 그렇게 얼마간의 시간이 흐른 후 마른 입술을 적시며 그녀는 말을 이었다.

"전 비명을 지르며 거세게 저항하였습니다. 평소 품고 있던 은장도가 요긴하게 사용되었습니다."

"결국, 태군은 뜻을 이루지 못하고 도주하였다 들었소."

"제 비명을 듣고 곧바로 사람들이 몰려왔습니다. 방 안에서 한바탕 드잡이질이 있었습니다. 그러다 한순간, 하인들을 제압한 그자는 곧장 문을 부수고 달아났습니다."

향은 윤설의 시선을 좇아 고개를 돌렸다.

그녀의 말대로 문 한쪽이 박살 나 있었다. 그 밖에도 벽과 바닥에 격렬한 싸움의 흔적들이 보였다. 날카로운 무언가에 베이고, 둔탁한 흉기에 찍힌 자국이었다.

향은 베이고 찍힌 흔적들을 바탕으로 방 안에서 어떤 몸싸움이 있었는지 머릿속으로 그렸다. 태군의 동선을 확인하던 향의 눈동자가 한쪽 벽에 머물렀다.

벽 귀퉁이에 남은 미미한 핏자국이 눈에 들어왔다.

"혹 다치셨소?"

윤설은 고개를 저었다.

"저는 다치지 않았습니다."

"그럼 저 피는……."

"제 은장도에 그자가 조금 다쳤습니다."

"그랬군요."

필요한 말은 모두 들었다는 듯 향은 자리를 털고 일어났다. 막 문밖으로 나서려던 그가 고개를 돌리며 윤설에게 물었다.

"그런데 태군이 정말 그대를 원한다 하였소?"

"네. 그자는 분명 저에게…… 원한다 했습니다."

참[眞].

"뭔가 알아낸 것이 있으십니까?"

대제학의 솟을대문 밖으로 나서며 해루가 향에게 물었다. 내내 침묵하던 향이 무거운 얼굴로 고개를 끄덕였다.

"사태가 내가 생각한 것보다 훨씬 심각한 것 같구나."

"심각하다니요? 그럼 정말로 태군이 윤설 아가씨를……."

"지금 윤설과 태군 사이에 벌어진 사건이 중요한 게 아니다. 내 짐작대로라면……."

윤설이 있는 별채를 돌아보며 향은 말을 이었다.

"태군, 그의 목숨이 위험하다."

같은 시각.

여름 꽃이 만발한 박두언의 정원으로 최경묵이 들어섰다.

"대감, 무슨 연유십니까? 급히 찾는다는 전갈을 받고 단숨에 뛰어왔습니다."

최경묵은 입안을 가득 채우고 있는 마른 숨을 삼켰다. 그러나 정작 그를 부른 박두언은 가지치기에만 열중할 뿐, 아무런 반응이 없었다.

"대감."

갑갑해진 최경묵이 제 가슴을 쾅쾅 쳤다. 그제야 박두언은 꽃가지에 집중하던 시선을 최경묵에게로 옮겼다.

"오셨소?"

"네. 하온데 무슨 일이십니까?"

"드디어 일을 시작했소."

"정말입니까?"

듣던 중 반가운 소식인지라, 최경묵은 박두언의 곁으로 바싹 한 걸음 다가섰다.

"이제 어찌 되는 겁니까?"

"글쎄, 어찌 될 것 같소?"

낮게 혼잣말을 중얼거리던 박두언은 길게 웃자란 가지를 자르며 말을 이었다.

"제일 먼저 태군이 죽어야겠지."

흘려버리듯 뱉어낸 한마디.

그러나 그 말을 듣는 순간 최경묵의 눈이 휘둥그레졌다.

"지금 무어라고 하셨습니까? 태군이 죽는다 하셨습니까?"

"그렇게 될 것이오."

박두언이 담담하게 웃으며 고개를 끄덕였다. 무서운 음모를 꾸미는 사람답지 않은 넉넉한 웃음이었다.

"그, 그런…… 설마 태군이 누군지 모르십니까? 그 사람을 죽이게 되면…… 우린 정말 끝장입니다. 명나라가 가만있겠습니까?"

"그대의 말처럼 태군이 죽는다면 명나라가 들고일어나겠지요. 그 일을 빌미로 군사를 일으킬 것이 분명하오. 허나, 그들의 목표는 우리가 아닐 것이외다."

"그게 무슨 말씀입니까?"

"간택인을 욕보이려 한 태군이 조선의 병사에게 죽게 될 것이기 때문이오. 그것도 잔혹하고 끔찍하게 살해될 것이오."

서늘한 예감이 최경묵의 등줄기를 훑고 내려왔다.

"대, 대감이 노리는 게 대체 무엇입니까?"

박두언이 환한 미소를 지으며 대답했다.

"전쟁."

두문비사(杜門祕史)

향과 해루의 그림자가 신루의 문턱을 넘었다.

궁으로 돌아오는 내내 둔탁한 둔기로 뒤통수를 얻어맞기라도 한 듯 해루는 멍한 표정이었다.

태군의 목숨이 위험하다고? 지금의 모든 상황이 이해되지 않았다.

그 오만하고 가끔은 나태해 보이기까지 하던 태군이라는 사내가 여인을, 그것도 세자빈 간택인을 겁간하려 하였다는 것도 의아했고, 그 일로 명국을 대표하는 태군이 죽을 위기에 처했다는 이야기도 선뜻 이해할 수 없었다.

무엇보다 이해하기 어려운 것은 세자 저하의 무거운 낯빛이었다. 동구비보에서 만난 이후로 해루는 향과 적지 않은 시간을 함께 보냈지만, 저리 어둡고 우울한 표정의 얼굴은 단 한 번도 본 적이 없었다. 아무리 힘들고 어려운 일이라도 담담히 받아들이시던 분이 아니던가.

의문이 산불처럼 일었다. 연신 향의 눈치를 살피던 해루는 더는 못 참겠다는 듯 입을 열었다.

"말씀해 주십시오. 태군의 목숨이 위험하다는 게 무슨 의미입니까?"

"말 그대로 죽을 수도 있다는 뜻이다."

"죄를 지었다면 그에 합당한 벌을 받는 것이 옳다고 생각합니다. 그러나 지금은 태군이 진짜 죄를 지었는지조차 확신할 수 없습니다. 그런데 어찌 그리 단정을 내리십니까?"

"죄를 지었는지 아닌지 진실 여부는 상관없다. 빨리 그를 찾지 못한다면 그는 죽을 것이다. 틀림없이……."

향의 목소리에 서린 확신.

"그럴 수는 없습니다!"

해루의 목소리가 높아졌다. 앞서 걷던 향이 우뚝 걸음을 멈추고 뒤를 돌아보았다. 향을 향해 한 걸음 다가간 해루가 그에게 말했다.

"살려야 합니다."

"……."

"태군을 살려주십시오."

"왜?"

"네?"

"어째서 그를 그리 살리고 싶은 것이냐?"

해루를 바라보는 향의 눈동자에 문득 푸른 불꽃이 피어올랐다. 자신이 아닌 다른 사내를 신경 쓰는 해루가 거슬렸다. 아니, 좀 더 정확히 말하자면 싫었다. 저 동그란 눈동자에, 그리고 저 작은 머릿

278

속에 자신이 아닌 다른 사내의 그림자가 끼어드는 것이 마음에 들지 않았다.

그러나 그것도 잠시. 어리보기처럼 제 마음을 드러냈던 향은 서둘러 속내를 갈무리했다. 어느새 표정을 지워버리고 평소의 모습으로 되돌아온 그는 해루에게 등을 돌렸다.

"살릴 것이다."

"정말이십니까?"

"그래. 그러니 우선 앉아라."

향의 말에 해루는 시선을 돌렸다. 그제야 지금 이곳에 자신과 향뿐만 아니라 많은 사람이 자리하고 있음을 깨달았다. 위창의 일에 온 신경을 곤두세우는 바람에 주위를 살필 겨를이 없었던 것이다. 주춤거리는 그녀의 곁으로 김 상궁이 빠른 걸음으로 다가왔다.

"넌 나와 함께 저기에 앉자꾸나."

김 상궁에게 이끌려 해루는 탁자를 중심으로 둥글게 모여 있는 사람들의 뒤편으로 걸음을 옮겼다.

책장 옆에 놓인 의자에 엉덩이를 걸친 그녀는 조심스럽게 실내를 살폈다.

제일 먼저 눈에 들어오는 것은 신루의 학자들이었다. 향의 왼편에 자리한 그들은 평소와 달리 날카롭게 눈을 빛내고 있었다. 향의 오른편엔 붉은 무복의 사내들이 자리했다. 특이하게도 그들은 무인의 복색을 하고 있음에도 궁내에서 흔히 볼 수 있는 건장한 사내들과는 무언가 달랐다. 곱상한 얼굴과 어지간한 여인보다 고운 피부, 그리고 사내라고 보기에는 몸피도 가늘고 여렸다. 문득 무인들을 살피던 해루의 눈매가 가늘어졌다.

'저 사람들은…….'

무인 중 눈에 익은 얼굴이 보였다. 세자빈 재간택을 위해 궁으로 들어오던 날, 궁에서 나왔다던 가마꾼이 분명했다. 그들의 가녀린 어깨를 보니 가마가 불안하게 휘청거린 이유를 알 수 있을 것 같았다.

그런데 대체 뭐 하는 사람들일까?

해루의 속내를 읽기라도 한 듯 곁에 있던 김 상궁이 작은 목소리로 속삭였다.

"동궁전의 기무환관(機務宦官)들이다."

"기무환관요?"

"세자 저하의 은밀한 명을 받잡는 특별 환관들이다."

"그렇습니까?"

해루가 몰랐던 또 하나의 세계가 눈앞에 펼쳐졌다.

향이 이끄는 신루. 겉보기엔 하릴없는 한량들의 집합소 같은 이 기묘한 단체는 눈에 보이는 것보다 더욱 비밀스럽고 은밀했다.

향과 해루를 포함하여 모두 열두 명의 사람들이 전각 안에 자리하고 있었다.

적지 않은 인원. 그러나 해루는 무언가 빈 듯한 느낌을 지울 수 없었다. 곧 그 연유를 알 수 있었다.

'두목님이 보이질 않는구나.'

언제나 그림자처럼 향의 뒤를 지키고 있던 무혁이 없었다. 그러나 그녀의 상념은 오래가지 못했다.

"회의를 시작하겠다."

향의 낮은 한마디가 무겁게 가라앉은 공기 위로 내려앉았다.

눈치를 살피던 해루는 엉거주춤 몸을 일으켰다. 마치 끼어서는 안 될 자리에 앉아 있는 듯 자리가 불편했다. 순간, 내내 그녀를 보고 있기라도 한 듯 향이 미간을 찡그렸다.

'거기서 꼼짝도 하지 마라.'

'하지만 제가 있어서는 안 될 자리 같습니다.'

'신루 사람들이 모이는 자리다.'

'그래도……'

'너도 신루 사람이다.'

해루를 향해 단호한 눈빛을 보내던 향은 이내 좌중을 둘러보았다.

"보고하라."

말이 떨어지기 무섭게 김담이 고개를 조아렸다.

"이번 태군 사건으로 궁 안팎의 동요가 적지 않사옵니다. 신료들은 감히 세자빈 간택에 참여한 간택인에게 손을 뻗친 태군을 일벌백계하여야 한다며 목소리를 높였습니다."

"상투적인 대응이로군."

윤설을 겁간하려던 위창의 행동이 사실이라는 전제하에 생각한다면, 태군의 행동은 죽음을 면치 못할 위험한 짓이었다. 그러나 이것은 어디까지나 범상한 사내에 한해 예측할 수 있는 벌의 범주. 상대는 명국을 대표하는 태군이었다. 위창이라는 한 개인이 아닌 명나라와의 관계를 생각해야 하는 관료들의 대응은 당연히 한계가 있을 수밖에 없었다.

"태평관 사신들의 반응은 어떠한가?"

"당황한 기색이 역력하였사옵니다. 태군이 그런 일을 했을 리 없다 하면서도, 만약의 사태에 대비하려 하는 모습이었습니다."

"그들의 행동을 예의 주시하라. 사건이 명명백백 밝혀지지 않은 상태에서 외교적 마찰이 발생하는 것은 어떻게든 피해야 할 일이다."

"명심하겠습니다."

향은 이번에 심운기와 양여섭에게 시선을 던졌다. 기다렸다는 듯 심운기가 입을 열었다.

"저희는 궁 안에 퍼져 있는 소문을 되짚어보았사옵니다. 대부분 궁녀들과 환관들이었는데, 궁에 소금을 대는 염간에게서 그 이야기를 들었다고 하옵니다."

"그자는 잡아들였느냐?"

"찾으려 하였을 때는 이미 궁을 나간 뒤였습니다. 관리를 맡은 사옹방에 알아본바, 원래 궁을 출입하던 염간이 갑자기 앓아누워 임시로 궁에 들였던 자라 하옵니다."

"처음 본 자가 떠드는 소리를 궁녀와 환관들이 그대로 믿었단 말인가?"

"임시로 채용된 자는 예전에도 이따금 궁을 드나들었던 모양이옵니다. 워낙에 수다스럽고 친화력이 좋아 몇 번 보지 않은 사람들과도 금세 친해졌다 하옵니다."

심운기의 보고에 향은 곁에 있는 환관을 돌아보았다.

"수상한 자다. 즉시 추포하라."

"명 받들겠사옵니다."

기무환관 하나가 서둘러 방을 나갔다.

향은 다시 심운기에게 시선을 돌렸다.

"태군이 대제학의 저택에 들기 전 상황은 어떠하더냐? 누굴 만나고 어떤 일을 하였느냐?"

태군의 느닷없는 행동엔 필시 연유가 있을 터.

"일이 벌어지기 하루 전, 손님이 찾아왔다 하옵니다. 박 아무개라는 자인데, 이따금 찾아온 적이 있는 자라 합니다. 하온데……

조사하다 보니 이자와 관련하여 조금 묘한 점을 발견하였습니다. 그에 대해서는 다른 보고가 있으니, 잠시 후에 아뢰겠나이다. 그리고 그 이후에 만난 사람은……."

잠시 말을 끊은 심운기가 뒷머리를 긁었다.

"무엇이냐?"

"정 판수라는 인물이었습니다."

"정 판수 아저씨라고요?"

느닷없이 등장한 정 판수라는 이름에 해루는 저도 모르게 입 밖으로 소리를 내고 말았다.

좌중의 시선이 일제히 해루에게로 쏠렸다. 그제야 제 입을 손으로 틀어막은 해루는 계면쩍은 표정을 지었다. 그나저나 여기서 왜 아저씨가 튀어나오는 거야?

힐끗, 해루를 곁눈질하던 심운기가 다시 말을 이었다.

"정 판수의 말에 따르면 당시 그는 세자 저하의 명을 받고 동궁전으로 향하던 길이었다 하옵니다."

심운기가 눈을 들어 향을 응시했다.

사실 여부를 확인하는 눈빛.

향은 고개를 끄덕였다.

"사실이다."

"그렇게 동궁전으로 향하던 길에 정 판수는 느닷없이 괴한을 만났는데, 다름 아닌 태군이었다 합니다. 태군은 사납고, 거칠고, 위압적이면서도 험상궂은 태도로…… 아! 이 말은 어디까지나 정 판수의 증언입니다. 하여간 태군은 사납게 정 판수를 위협하며 한 사람에 대해 물었다 하옵니다."

이쯤 되면 '그게 누구냐?' 물음이 나올 법도 하건만.

향은 입을 열지 않았다. 태군이 정 판수를 위협하면서까지 물었던 존재에 대해 그는 이미 알고 있었던 까닭이다. 호기심은 엉뚱한 곳에서 튀어나왔다.

"무얼 물었다던가?"

양여섭이 통통한 볼을 흔들며 심운기에게 물었다.

"해루……에 대해 물었다고 하네."

다시 사람들의 눈길이 해루에게로 몰렸다.

해루의 얼굴에 난처한 미소가 피어올랐다.

태군이 나에 대해 물었다고요? 왜요? 어째서?

궁금한 것은 해루만이 아니었다. 그 자리에 모여 있는 대부분의 사람들 역시 태군이 해루에게 관심을 둔 이유가 궁금하였다.

향은 가볍게 서탁을 두드려 주의를 환기했다.

태군이 해루에게 관심을 둔 이유. 그리고 정 판수가 태군에게 토설한 해루의 비밀. 향은 이미 그 모든 것에 대해 알고 있었다.

아무리 태군이 위협한다 하여도 정 판수의 가벼운 입을 닫게 할 수는 없었다. 아니 토설하겠노라 말한 것이 허공중에 채 사라지기 전에 정 판수는 그 일을 향에게 낱낱이 고해바쳤다.

다소 허무맹랑한 이야기. 그러나 다른 사람이 알면 곤란한 내용인지라, 향은 서둘러 화제를 돌렸다.

"지금 중요한 것은 그런 것이 아니다. 강 호위."

향의 부름에 기무환관 중 가장 나이 많은 자가 소리 없이 고개를 숙였다.

"태군의 위치는 알아냈느냐?"

"송구하옵니다. 모든 정보망을 가동하여 사건이 일어난 곳 주변을 샅샅이 뒤졌으나 아직 행적이 묘연하옵니다."

"아무런 흔적도 발견하지 못했단 말이더냐?"

"북촌에서 얼마 떨어지지 않은 곳에서 치열한 싸움의 흔적을 발견하였사옵니다. 사방으로 흩뿌려진 핏자국을 급히 지운 흔적도 있었습니다. 혈흔의 상태로 보아 싸움이 벌어진 지 채 한 시진도 지나지 않아 보였습니다. 그곳에서 발견한 물건이옵니다."

향은 강 호위가 건넨 작은 나뭇조각을 유심히 살폈다. 이내, 그의 눈매가 가늘어졌다.

"이것은 관군의 신분패가 아니더냐? 태군과 병졸들 간에 몸싸움이 있었느냐?"

"수상히 여겨 주변을 탐색하는 관군의 수장에게 물었으나 특별한 보고는 없었다 하옵니다."

"정황으로 보아 누군가 관군과 심한 몸싸움을 한 것이 분명한데, 정작 그런 일이 있었다는 보고는 없었다라……."

"바닥에 흘린 피의 양으로 보아 심각하게 다친 자가 적어도 셋 이상입니다."

향은 턱을 만지며 잠시 생각에 잠겼다.

"변복이다."

"네?"

"관군으로 변복한 무리가 태군을 노리고 있다."

현재 도성 내에 풀린 관군의 수는 수백 명. 궁에서 나간 자들도 있었지만, 인근 관청에서 급히 불러 모은 자들도 적지 않았다. 그런 자들이 한데 섞여 있으니, 개중에 변복한 가짜 관군이 돌아다

닌다 해도 구별하기가 쉽지 않으리라.

"어떤 자들이 감히……."

"태군에게 좋지 않은 마음을 품은 자들이겠지."

또한, 태군의 죽음으로 큰 이득을 볼 수 있는 자들. 향의 머릿속이 빠르게 회전하기 시작했다.

음모.

진득한 피비린내가 점점 짙어지고 있었다.

"한시바삐 태군을 찾아라. 그를 무사히 찾아내야 한다."

"명심하겠사옵니다."

강 호위를 비롯한 무장들이 신루를 나갔다.

향이 신루 학자들을 다시 둘러보았다.

"아직 보고할 것이 남았느냐?"

김담이 작은 목곽을 탁자 위에 올려놓았다.

"일전에 가져오신 화약을 살펴보았습니다. 질이 불량하고 잡스러운 이물이 잔뜩 섞여 있었습니다. 이런 화약은 화포 같은 병기에 사용하기엔 적합하지 않사옵니다."

"병기에 사용될 것이 아니라면 어째서 그리 많은 양을 은밀히 모은단 말이더냐?"

"화약은 다양한 곳에 쓰입니다만, 그렇게 많은 양이 소모될 만한 일은 그리 많지 않습니다. 특히, 질 나쁜 화약으로 할 만한 일은…… 딱히 없다 해도 과언이 아닙니다."

"쓸모없는 물건을 그리 필사적으로 모을 이유는 없다. 사용할 용도가 없는 게 아니라, 우리가 그 용도를 파악하지 못하는 것일 뿐. 그 화약, 어디에서 만들어진 것인지 알 수 있느냐?"

"일전에 우연히 구한 여진의 화약이 이번처럼 상태가 엉망이었습니다."

"여진이라……"

그러고 보니 납치된 여인들을 사들인 자들 역시 여진의 보부상들이었다.

화약이 나온 곳은 여진이 확실해졌다. 이제 남은 것은 화약을 구한 자들의 목적.

김담의 보고가 이어졌다.

"화약을 대가로 납치된 어린 여인들이 매매되었다는 소식에 최근 여아의 실종이 보고된 지역을 조사했습니다. 안타깝게도 전국적으로 보고가 있었는데, 특히 빈도가 높은 지역을 추리고 그 지역의 특색과 공통점들을 뽑아보았사옵니다."

향은 김담이 내미는 자료를 세심하게 살폈다.

"모두 국경과 인접한 곳이로군."

"네. 또한, 상인이나 상점의 활동이 활발한 지역이옵니다."

"전 예조판서 최경묵이 운영하는 상점과 상단의 거점이 이 지역과 일치하는 것 같구나."

"맞사옵니다. 하여, 흥미를 갖고 더 깊게 들어가보았더니, 한 가지 이상한 점을 발견할 수 있었습니다. 최경묵 대감은 불과 몇 해 전만 해도 작은 노점조차 갖지 못한 평범한 버슬아지에 불과하였사옵니다. 하온데, 비단 가게를 시작으로 상업에 눈을 뜨는가 싶더니, 몇 년 만에 전국에서 손꼽히는 거상 중 하나가 되었습니다."

"……뒤를 봐준 인물이 있겠군."

"여러 곳에서 이해하기 어려울 정도로 과한 자금과 인력을 지원해 주었는데, 그들의 뒤를 쫓다 보니 한 인물이 나왔습니다."

"누군가?"

"박두언이라는 자이옵니다."

"태군이 만난 인물 중에 박 아무개라는 자가 있지 않았더냐?"

"동일인이옵니다. 아무리 봐도 수상한 자라 기이하게 생각하던 차였는데, 마침 연(燕)이 중요한 단서를 보내왔습니다."

김담이 품속에서 서찰을 꺼내 공손히 내밀었다.

"연이 보낸 것입니다."

연은 해루가 아직 만나지 못한 신루의 학자 중 한 사람이었다. 대외적으로 알려지긴 명국의 문물을 습득하기 위해 유학을 떠난 것으로 되어 있었다. 그러나 그의 진짜 목적은 국내외를 막론하고 정보를 수집하는 일이었다. 이따금 향에게 보내오는 비밀스러운 서찰은 모두 그에게서 온 것이다.

향은 천천히 서찰을 펼쳤다.

아리랑 아리랑 아라리요, 아리랑 곡애 나마간다, 날 바리고 가시니믄, 십 리도 몯 가서 발화병난다.

—두문회

향의 얼굴이 천천히 굳어갔다.

"이건…… 오래전 두문동(杜門洞)에서 만들어진 참요(讖謠)가 아니더냐."

"그렇사옵니다. 태조 임금 시절, 만수산 두문동으로 숨어든 고려의 유신들이 만든 아리랑이옵니다."

"……."

"말하기 좋아하는 호사가들은, 멸망한 왕조에 충성을 다하고 끝까지 지조를 지키기 위해 두문동으로 숨어든 일흔두 명의 고려 충신들을 설득하지 못한 태조께서 스스로의 분을 삭이지 못하여 그들을 불살라 죽인 사건이라며 두문불출(杜門不出)을 입에 담고는 하였습니다. 그러나 실상은 달랐사옵니다."

"알고 있다. 그들은 이 아리랑이라는 참요로 비밀 거사를 준비하였고, 결국 이 노래에 숨겨진 진의가 밝혀지게 되었지."

노래를 해독하면 역적 신하[臣] 이(李)로 인해 고려가 망한 것이니, 새로운 왕조를 부정하고 고려를 부활시키자는 내용이었다.

김담은 고개를 끄덕거렸다.

"네. 그 사실을 알게 되신 태조께서는 두문동을 불살라버리라는 엄명을 내렸습니다. 살아 있는 것은 그 무엇을 막론하고 두문동을 나올 수 없다 하셨지요."

반란의 대가는 처절한 응징이었다. 그리고 그 끔찍한 살육의 잔상이 낙인처럼 찍힌 노래가 세상 밖으로 다시 고개를 내밀었다.

이윽고 이어지는 김담의 한마디가 허공에 묵직한 파동을 그려냈다.

"박두언은 두문동의 생존자였습니다."

긴 침묵이 신루 안을 가득 채웠다. 감히 무게를 측정할 수 없는 거대한 돌덩이가 공기를 짓누르고 있는 듯했다. 향의 두 눈에 불길이 일었다.

"그들의 배후에 두문동이 있는 것이냐? 아니, 두문회라고 해야 하나?"

향은 서찰 말미에 적힌 세 글자를 손으로 짚었다.

두문회(杜門會).

항상 의아했다.

고모와 누이의 연이은 죽음. 그들의 죽음에 남아 있던 의심을 풀기 위해 시작한 오랜 추적. 그간 그림자만 보일 뿐, 실체를 찾을 수 없었던 적이 마침내 그 모습을 드러냈다.

두문회.

적은 명나라도 아니었고, 호시탐탐 국경을 노리는 야인이나 오랑캐도 아니었다. 고려, 무너진 옛 왕조의 망령들이었다. 마침내 밝혀진 적의 실체.

향은 끓어오르는 분노를 애써 삼켰다.

적의 실체를 파악한 것은 분명 큰 성과이리라. 하지만 지금 중요한 것은 태군이었다. 아니, 태군과 관련한 사건에 두문회라는 고려의 망령이 연관되어 있다는 사실이 중요했다.

그들이 태군을 노리고 있다. 이 왕조에 적의를 가진 자들이 태군을 죽이려 하고 있다. 어찌하여?

해답을 끌어내는 건 그리 어렵지 않았다.

태군의 죽음은 조선과 명나라 간의 마찰의 빌미가 될 것이다. 그리고 그 끝에 기다리는 것은 분명 전쟁일 터. 다시 말해 태군의 죽음은 조선을 불태울 도화선인 셈이다.

"태군을 찾아야 한다."

마음이 급해졌다. 더는 자리만 지키고 있을 수 없었다. 향은 수색에 참여할 생각에 자리에서 몸을 일으켰다.

그때였다.

닫혀 있던 신루 문이 열리고 한 사람이 급히 안으로 들어왔다.

"저하."

무혁의 나직한 부름이 향의 귓전을 파고들었다.

"무슨 일이냐?"

"대제학의 여식으로 추정되는 시신을 찾았사옵니다."

또 다른 충격이 신루를 뒤흔들었다.

유시초(酉時初, 오후 5시).

하늘 끝에 매달린 태양은 붉은 열기를 품어냈다.

기울긴 하였으나 여전히 밝은 낮. 그러나 웅크린 숲은 까만 밤처럼 짙은 그늘을 드리우고 있었다.

그늘이 짙은 계곡 깊은 곳으로 한 무리의 사람들이 발을 들였다. 절벽에서 떨어진 것으로 보이는 가마 한 대가 어두운 구석을 나뒹굴고 있었다.

산산조각이 난 가마. 그나마 불에 타 문양조차 제대로 확인할 수 없었다. 다행히 땅에 묻힌 부분에서 흐릿하게 남은 표식을 발견할 수 있었다. 그 흙 묻은 작은 표식이 자신의 출신을 증명하고 있었다.

가마가 부서진 곳에서 십여 보 떨어진 곳에 작은 구덩이가 파여 있었다. 그곳에서 대제학의 여식으로 추정되는 여인의 시신이 발견되었다.

죽은 지 한 달은 족히 되어 보이는 시신.

"대제학의 여식이 맞느냐?"

향이 물었다. 무혁은 수긍하듯 고개를 조아렸다.

"신체에 남은 특징으로 보아 분명하옵니다."

"이 여인이 윤설이라면, 세자빈 간택에 간택인으로 나온 여인은 대체 누구란 말이냐?"

아무도 대답하는 이가 없었다.

간택인으로 나선 대제학의 딸이 가짜라니. 그 누가 상상이나 할 수 있을까. 게다가 가짜 윤설은 진짜와 그 생김이 유사하였다. 뿐만 아니라, 대제학의 여식다운 기품 있는 태도로 그 누구도 그녀의 정체를 의심하지 않았다.

진짜 윤설이 어릴 적부터 몸이 약해 시골에서 오랜 기간 머무른 탓에 얼굴을 아는 이가 드문 것도 사태를 파악하기 어렵게 만드는 데 일조했다.

이유가 무엇이건 간에 사람이 죽었다.

향이 삼엄한 어조로 명을 내렸다.

"가짜 윤설을 당장 잡아들여라."

"명 받들겠습니다."

그의 주위를 에워싼 무인들이 계곡 아래로 달려갔다.

향은 우두커니 선 채 대제학의 진짜 여식을 내려다보았다.

가여운 여인. 자신과는 상관없는 음모에 휘말려 덧없이 목숨을 잃고 말았다.

대체 나라와 권력이 무엇이건대. 아니, 그것보다 더 향을 기함하게 만든 것은 이 일을 꾸민 자들이었다.

대제학의 여식을 살해하는 것으로 모자라 감히 겁도 없이 세자빈 간택에 참여할 줄이야.

두문회의 치밀함과 과감함에 향은 혀를 내둘렀다.

그들을 어찌해야 할까? 어디서부터 손을 써야 하나?

엉킨 실타래를 늘어놓은 듯 향은 머릿속이 복잡했다.

"저하."

그때, 부르는 목소리가 그의 상념을 방해했다.

동시에 그의 팔목을 덮쳐오는 따뜻한 온기.

무람없이 그를 잡은 것은 해루였다.

"감히……!"

곁을 지키던 위사의 눈매가 단박에 매서워졌다.

그러나 아랑곳하지 않은 채 해루는 향의 팔을 잡아당겼다.

갑작스러운 행동. 향을 바라보는 그녀의 눈동자는 어쩐 일인지 텅 비어 있었다.

그녀의 시선은 향을 향해 있었으나 실상 그를 보는 것은 아니었다. 그가 아닌 다른 무언가를 보는 듯 먼 허공을 바라보던 해루가 불현듯 몸을 떨었다.

"왜 그러느냐?"

묻는 향에게 해루가 말했다.

"저하, 찾았습니다."

"무얼 찾아?"

"태군……. 그분이 어디에 있는지 찾았습니다."

일순, 향의 얼굴에 놀람이 먹물처럼 번져 나갔다.

"네가 어찌 알아?"

"보았습니다."

해루가 눈을 반짝이며 말을 이었다.

"그분이 어디에 있는지 보았습니다."

예전에 진 빚, 지금 갚겠습니다

황혼을 삼킨 어둠이 자욱하게 깔렸다.

땅거미 지는 담벼락 아래로 바쁘게 달리는 걸음들이 모였다.

"찾았나?"

"수상한 자는 보이지 않습니다."

"무슨 일이 있어도 찾으라는 엄명이다."

"대체 무슨 일입니까?"

"난들 알겠는가."

"대제학의 저택에서 큰일이 있었다던데……. 그게 태군이라는 자와 관련 있다는 말이 사실입니까?"

"쉿! 헛소리하다 잡혀가면 끝이야."

"태군이라면 명국에서 온 사신이 아닙니까?"

"평범한 사신이 아니다. 듣자 하니 왕족이라 하더군."

"그리 대단한 사람이 어찌……."

"복잡한 속사정이 있는 모양이더군."

"뭐가 복잡한지 모르지만, 하필 세자빈 간택인을 건드리다니. 간이 부어도 한참 부은 작자인 모양입니다."

"이 나라를 우습게 본 거지. 얘기 못 들었나? 명국 사신들의 유세가 대단하기 이를 데 없다고 하더군."

"아무리 그래도 그렇지. 다른 사람도 아니고……."

"그래도 큰일은 벌어지지 않았으니, 불행 중 다행이라면 다행이지."

"하지만 아무래도 그 간택인은 다음 경합에 나가기 힘들겠지?"

"아무렴. 세자빈이 되는 자리인데, 설사 아무 일 없었다 해도 좋지 않은 소문이 난 이상 세자빈이 되기는 글렀지."

"수다는 그만 떨고 가세나. 오늘 내로 태군인지 뭔지 하는 작자를 잡으라 하지 않았는가?"

"젠장. 그 망나니 같은 녀석은 대체 어디로 숨은 거야?"

관군들은 저마다 욕지거리를 한마디씩 뱉으며 사라졌다. 발소리가 멀어지자 으슥한 담 아래에서 한 사람이 모습을 드러냈다. 위창이었다.

"어처구니없군."

멀어지는 관군을 응시하며 그는 낮게 중얼거렸다.

다른 누구도 아닌 자신이 관군에 쫓기는 신세가 될 줄이야. 아니, 그보다 더 어이없는 것은…….

"내가 함정이 빠지다니."

계속된 편안한 일상 탓에 방심한 것일까? 어처구니없게도 덫에 걸려들고 말았다. 지난 일을 떠올린 위창은 어금니를 으득 갈았다.

그는 문득 품에 있는 서찰을 떠올렸다.

한 여인의 초상화가 그려져 있는 서찰. 모든 것은 그 서찰에서 비롯되었다.

화월루에 있는 위창에게 낯선 서찰이 전해진 것은 며칠 전 밤의 일이었다. 처음에는 어린 기녀가 보내는 철없는 연서쯤으로 생각하였다. 그러나 서찰을 펼치는 순간, 위창의 얼굴은 딱딱하게 굳었다.

어린 기녀가 보낸 서찰이 아니었다. 연서는 더더욱 아니었다. 서찰에는 한 여인의 초상화와 함께 짧게 두 줄이 쓰여 있었다.

―이 여인은 곧 죽을 것입니다. 살리고 싶다면 저를 찾아오십시오.

"어느 것의 못된 장난이냐?"

위창의 눈에 불꽃이 튀었다. 지금보다 앳된 태를 지니고 있었으나, 초상화의 주인공은 분명 해루였다.

서찰은 해루가 곧 죽을 거라 하였다. 왜? 어째서?

위창은 곧 서찰을 가져온 자를 잡아들였다. 그리고 서찰을 보낸 자가 누구인지 알아냈다.

대제학의 여식 홍윤설. 해루와 마찬가지로 세자빈 간택에 참여한 간택인이었다.

대제학의 여식이 왜 이런 서찰을 보낸 것일까?

윤설이 보낸 서찰을 읽는 동안 그의 가슴에 분노와 함께 들끓는 의문이 피어났다.

누가 해루를 죽이려 하는 것일까? 그가 아는 해루는 웃는 모습이 복사꽃처럼 해맑은 순진한 여인에 불과했다. 죽음이라는 단어와는 손톱만큼의 관련도 없는, 그야말로 삶의 생기로 충만한 아이였다. 그런데 그런 해루를 죽이려는 자가 있다. 무엇 때문일까?

"무언가 있다. 내가 모르는 무언가가⋯⋯."

위창은 복잡한 마음으로 서찰을 응시했다. 결국, 그는 서찰의 초대에 응하기로 작심하였다.

자정이 넘은 시각.

위창은 불 꺼진 대제학의 저택을 찾았다. 거대한 솟을대문은 활짝 열려 있었다. 마치 그의 방문을 기다리기라도 한 듯 지키는 자는 아무도 없었다.

그는 윤설의 처소를 어렵지 않게 찾을 수 있었다. 집 안에서 유일하게 불을 밝히고 있었던 까닭이다.

"이제야 오시는군요."

고아한 자태로 차를 우리던 윤설이 위창을 반겼다.

"태군, 아니 해루 아가씨의 호위 무사라 불러야 할까요?"

그녀는 처음부터 위창에 대해 알고 있었다. 그럼에도 시전에서 해루와 함께 우연히 만났을 때, 모르는 척 시침을 떼고 있었던 것이다.

"나를 만나자고 한 연유가 무엇이냐?"

"우선 앉으시지요."

대답 대신 윤설은 자리를 권했다.

위창은 그녀가 권하는 자리에 앉지 않았다. 대신 윤설이 보낸 서찰을 들어 보였다.

"여기 쓰인 말이 무슨 뜻이냐?"

이번에도 대답은 들려오지 않았다.

윤설은 다관을 기울여 찻잔에 차를 따랐다. 한 잔을 위창의 자리에, 다른 한 잔은 자신의 자리에. 그렇게 두 잔의 차를 놓고 말없이 위창을 바라보았다. 그가 자리에 앉을 때까지 입을 열지 않겠다는 의지가 분명했다.

위창은 냉소하며 윤설의 맞은편에 앉았다. 비로소 윤설이 입을 열었다.

"저에 관해선 대충 짐작하고 계시리라 생각합니다. 전……."

"난 허튼 꿈이나 꾸는 별 볼 일 없는 자에겐 조금도 관심 없다. 네가 보낸 글의 의미나 설명해 보아라."

"그 말 그대로입니다. 해루, 그 여인은 죽을 것입니다."

"왜?"

"죽어야 할 운명을 타고 태어났으니까요."

"우스운 말이군. 태어날 때부터 죽어야 할 운명이 있다더냐?"

"네."

"어째서? 어째서 그녀가 죽어야 한다는 것이냐?"

윤설은 대답 대신 엉뚱한 질문을 내놓았다.

"만약, 누군가 앞날을 정확히 예지할 수 있는 사람이 있다면 어떨까요?"

위창의 미간이 구겨졌다.

더 듣지 않아도 알 수 있었다. 해루에 대한 이야기였다.

이곳으로 오기 전, 그는 정 판수를 만났다.

해루에 대해 가장 잘 아는 사람. 얼마 전까지만 해도 해루와 함께 있었던 사람이다. 위창은 그에게서 뜻밖의 비밀을 들을 수 있었다.

해루가 미래를 본다.

그 비밀이 윤설의 입을 통해 다시 흘러나오고 있었다.

"만약, 앞날을 정확히 예지하는 그 사람이 우리의 일을 방해하게 될 운명이라면, 그런 미래를 예지했다면, 어찌해야 할까요?"

"그 사람이 해루란 말이냐?"

위창의 날 선 물음에 윤설이 담담한 어조로 대답했다.

"네, 바로 그렇습니다. 앞날을 정확히 예지하는 하늘이 내린 무녀. 또한, 우리의 목적을 방해할 것이란 운명을 스스로 예언한 여인."

윤설의 말에 위창은 소름이 오싹 돋았다.

그는 애써 내색하지 않으며 심드렁하게 대꾸했다.

"해루, 그 우둔한 아이가 그리 대단한 인물이라니, 놀랄 일이로구나."

"그녀는 우리 두문회의 거사에 걸림돌이 되는 인물입니다. 그러니 우리의 목적을 위해선 기필코 죽여야 할 존재지요."

"두문회?"

위창의 뇌리로 한 사내의 얼굴이 떠올랐다.

며칠 전 그를 찾아왔던 박두언. 이미 멸망한 옛 왕조의 충신. 그는 스스로를 가리켜 두문회의 일원이라 하였다. 불길한 예감이 위창의 등줄기를 타고 올라왔다.

"넌 누구냐?"

바싹 마른 음성이 그의 목에서 흘러나왔다.

"지금은…… 대제학의 여식 노릇을 하고 있지요."

윤설의 대답에 위창은 작게 고개를 저었다.

"평범한 여염집 규수일 거라 생각하진 않았다. 뭐, 상관은 없겠지."

더는 알고 싶지 않았다. 윤설이 누구든, 그녀의 진짜 정체가 무엇이든 그는 관심 없었다. 위창이 궁금한 것은 오직 하나였다.

"해루를 살리고 싶다면 널 찾아오라 했지?"

"살리고 싶으십니까, 해루를?"

"마음만 먹으면 그녀를 죽이든 살리든 마음대로 할 수 있다 여기는 모양이구나."

"태군께서 그 아이의 호위 무사를 자청하시는 모습을 보고 많이 놀랐지요. 처음엔 그저 단순한 장난인 줄 알았습니다. 하지만 아니었지요. 그 아이를 보는 태군의 눈빛은……."

윤설이 말을 채 끝마치기도 전에 위창이 몸을 일으켰다.

성난 들짐승처럼 사나운 기운이 그를 휘감았다. 그는 거칠게 윤설의 목을 움켜쥐었다.

"말해라. 무슨 짓을 꾸미고 있는 것이냐? 해루를 죽이려는 진짜 이유가 뭐냐?"

위창의 위압적인 겁박에도 윤설은 미소를 잃지 않았다.

"이미 말씀드리지 않았습니까? 해루는 두문회를 방해할 운명을 타고난 여인이라고."

위창의 미간이 거칠게 일그러졌다.

또 그놈의 운명 타령.

"설마, 정말로 예지니 운명이니 하는 말을 믿고 사람을 죽이려 한단 말이더냐?"

"큰일을 도모할 때는 모름지기 실낱같은 가능성도 배제해선 안 되는 법입니다."

"좋다. 그렇다 치자. 그렇다면 해루를 살릴 방도란 무엇이냐?"

"그녀를 살릴 수 있는 유일한 방법은……."

윤설이 위창의 눈을 들여다보며 말을 이었다.

"바로 태군, 당신이 죽는 겁니다."

"무엇이?"

바로 그 순간.

윤설이 숨겨둔 은장도를 꺼내 휘둘렀다. 심장을 노린 치명적인 기습.

위창은 동물적인 감각으로 몸을 뒤로 물렸다.

그러나 완벽하지는 못했다.

서걱! 서늘한 소음과 함께 위창의 옆구리에 긴 상처가 생겼다. 검붉은 핏줄기가 상처를 따라 스며 나왔다.

"넌……!"

설마, 느닷없는 기습을 당할 줄이야.

짧게 신음을 흘린 위창은 이내 흥분을 가라앉혔다.

오랜 경험으로 이런 상황에서 흥분하는 건 아무런 도움이 되지 못한다는 사실을 잘 알고 있었다. 대신 그는 차갑게 식은 시선으로 주변부터 살폈다.

문밖에서 발소리가 어지럽게 들려왔다. 윤설이 동창 문을 활짝 열었다. 이내 횃불을 든 하인들이 우르르 몰려드는 광경이 위창의 눈에 들어왔다. 방 안의 일을 미리 알고 있기라도 한 듯 하인들의 손에는 하나같이 섬뜩한 무기가 들려 있었다.

'단순한 하인들이 아니다.'

하인 행색을 하고 있지만, 사람을 보는 눈빛에 비정함이 감돌고 있었다.

"모든 게 거짓이었군. 해루에 관한 이야기는 단순한 미끼. 너의 목적은 날 잡으려는 것이었구나."

윤설이 대답했다.

"전 거짓말을 한 적이 없습니다."

"무엇이?"

"해루, 그 여인이 두문회의 계획에 방해되는 것은 사실입니다. 그 때문에 죽이려 하는 것도 사실. 그리고 당신이 죽으면 해루가 살 수 있다는 것도 사실입니다."

"내가 죽으면 해루가 살 수 있다? 어째서지?"

"홍수의 기세가 제아무리 대단하다 해도 바다에 이는 풍랑에 비할 바는 아니지요."

"날 죽여 풍랑을 일으키겠다?"

"당신의 죽음은 조선과 명국의 분쟁을 노리는 이들에게 훌륭한 빌미가 될 것입니다."

"전쟁을 원하는군."

"그렇습니다."

"이해할 수 없구나. 너희가 원한 것은 옛 왕조의 복원이 아니었던가?"

"정원을 가꾸려면 우선 흉물스럽게 자란 잡초부터 제거해야지요. 그리고 잡초를 치우는 가장 손쉬운 방법은 불을 일으키는 거랍니다."

"……오늘의 음모. 언제 계획한 것이냐?"

"원래는 세자빈이 된 이후 제가 직접 당신에게 접근할 생각이었습니다. 그러나 며칠 전, 해루와 함께 있는 태군을 보고 생각이 바뀌었습니다. 덕분에 일을 앞당길 수 있게 되었지요."

대답을 마친 윤설이 위창을 향해 홀리는 듯한 미소를 흘렸다.

"해루가 살길 원하십니까? 그럼, 얌전히 이곳에서 죽어주십시오. 그리하면 해루는 살게 될 겁니다."

위창의 얼굴에 비웃음이 떠올랐다. 그러나 이내 표정을 지운 그는 단 한 번도 볼 수 없었던 서늘한 낯빛으로 속삭였다.

"네 생각은 틀렸다. 나는 죽지 않을 것이다."

"그럼 해루가 죽어야겠군요."

"아니. 해루 역시 죽지 않을 것이다. 내가 그렇게 만들 것이다."

말이 끝나기 무섭게 위창은 열린 동창 밖으로 몸을 날렸다.

이윽고 앞을 가로막는 하인들과 치열한 사투가 벌어졌다. 밀치고 쓰러트리고 넘어서며 간신히 포위망을 뚫었을 때, 등 뒤에서 윤설의 날카로운 비명이 들려왔다.

"사, 사람 살려! 태군이…… 태군이 나를 겁간하려 하였다!"

"휴우."

긴 상념에서 깨어난 위창은 가늘게 숨을 뿜었다.

잠시 쉬었더니 머릿속이 맑아졌다. 덕분에 어지럽게 엉켜 있던 생각들을 정리할 수 있었다.

"박두언과 윤설…… 두문회는 처음부터 나를 노리고 있었다."

비로소 박두언이 왜 그리 쉽게 자신의 정체와 계획을 흘렸는지 이유를 알 수 있었다. 제법 신중해 보이는 겉모습과 달리 입이 가벼운 작자라 생각했다. 그러나 아니었다. 어수룩한 모습과 달리 박두언은 아슬아슬한 줄타기를 즐기는 승부사였다.

그의 허술한 모습은 자신을 꼬여내기 위한 수작이었다. 아니, 단순한 수작이 아니다.

명국과 조선의 관계. 태군이라는 직책. 세자와의 관계. 그리고 오만한 자신의 성격까지. 그 모두를 꿰뚫어 보고 돌을 쌓듯 치밀하게 계획된 음모. 대단한 배포와 과감한 결단력이 아니라면 결코 획책할 수 없는 일이었다. 그리고 그가 음모에 빠지게 된 또 하나의 이유.

윤설. 그녀는 박두언보다 더 대단한 여자다.

"보기 좋게 걸려들었군."

위창은 씁쓸한 웃음을 떠올렸다. 이렇게 어이없게 적의 음모에 걸려들 줄이야.

"너희는 감히 내게 칼을 들이댄 것을 후회하게 될 것이다."

위창의 눈 속에 서늘한 이채가 피어올랐다가 사라졌다. 그는 차가운 얼굴로 걸음을 옮겼다.

복수. 놈들에게 복수하기 위해선 우선 이곳을 무사히 빠져나가야 하리라.

하지만 온전히 빠져나가기조차 쉽지 않은 상황이었다. 연이은 싸움으로 생긴 부상이 가볍지 않았다. 특히, 윤설에게 당한 옆구리의 상처가 치명적이었다. 손으로 막고 있었지만, 상처에선 끊임없이 검붉은 피가 흘러내렸다. 점점이 떨어지던 핏방울이 어느새 붉은 족적으로 번져가고 있었다.

너무 많은 피를 흘린 탓일까? 심한 어지럼증과 함께 눈앞이 흐려지기 시작했다.

"이런…… 생각보다 더 엉망이구나."

위창은 담벼락에 기댄 채 거친 숨을 몰아쉬었다. 멀지 않은 곳에서 사람들의 목소리가 들려왔다.

"핏자국이다!"

"이쪽으로 이어졌다."

"범인이 분명하다."

곧이어 소란스러운 호각 소리와 함께 바쁘게 달려오는 발소리들이 요란하게 귓가를 울렸다.

잠시 멈춰 섰던 위창은 비틀거리는 걸음을 옮겼다. 그러나 얼마 가지 못해 그는 다시 걸음을 멈추고 말았다. 겨우 몇 걸음 옮겼을 뿐이건만, 숨이 가빠졌다. 수렁에 빠진 듯 온몸이 무거웠다. 모든 것을 포기한 채 바닥에 드러눕고 싶었다.

하지만 포위망은 점점 자신을 향해 좁혀오고 있었다.

지금은 달아나야 한다. 어떻게든 이곳을 벗어나야 한다.

위창은 무거운 눈꺼풀을 들어 주변을 살폈다. 사방이 꽉 막힌 골목의 끝자락. 등 뒤에 있는 대문을 제외하곤 통로라곤 찾아볼 수 없었다. 혹시나 하는 생각에 문을 흔들어보았지만, 굳게 닫힌 대문은 꿈쩍도 하지 않았다. 그사이, 병졸들의 발소리가 목을 조여오듯 가까워졌다.

어찌한다. 그냥 이대로 병졸들에게 잡혀줄까? 병졸에게 잡히면 잠시 고초를 당할지언정 최소한 목숨을 잃지는 않을 것이다. 그런 후에 시간을 두고 꼬인 실타래를 풀듯 문제를 해결하면 되리라. 그러나……

"아니야."

위창은 다시 고개를 저었다.

두문회는 세자빈 간택에 가짜를 넣을 만큼 대단한 능력을 지닌 자들이었다. 그들이 손을 뻗칠 수 있는 범위는 아마도 상상 이상이리라. 자신의 뒤를 쫓는 관군 중에 놈들의 사람이 없다는 보장이 없었다. 이미 관군으로 위장한 자객들과 한차례 혈투를 벌이기도 했지 않은가. 설사, 운 좋게 그들과 관계없는 자들과 만난다 할지라도 궁으로 이동하는 도중, 습격을 받을 수도 있다.

결론은 하나.

"맞서 싸울 수밖에 없겠구나."

위창은 허물어지는 몸을 억지로 다시 일으켜 세웠다.

하는 데까지 해보자. 그 후의 일은 하늘에 맡기자.

문득, 혼자라는 사실을 깨달았다. 혼자라 해도 외롭지는 않았다. 오히려 잊었던 투지마저 되살아났다. 돌이켜보면 그는 세상 그 누구보다도 외로운 싸움에 익숙한 사람이 아니었던가.

"여기다! 이곳에 또 핏자국이 있다!"

병졸들의 목소리가 지척에서 들려왔다. 위창은 숨을 몰아쉬며 주먹을 움켜쥐었다.

바로 그때였다.

끼이이익!

그의 등 뒤에 굳게 닫혀 있던 오래된 나무문이 힘겨운 신음을 흘리며 돌연 열렸다. 동시에 누군가 그를 안으로 잡아당겼다.

"누구……?"

놀란 위창이 급히 고개를 돌렸다.

"쉿!"

이내 손가락을 입술 위에 세우는 동그란 두 눈이 그의 망막에 맺혔다.

낯설지 않은 커다란 눈동자.

"너……. 너는……?"

밤의 습지를 빨아들인 듯 유난히 새까만 눈동자의 주인.

해루가 해사한 미소를 떠올리며 말했다.

"예전에 진 빚, 지금 갚겠습니다."

지금은 갈 수 없습니다

"네가…… 여긴 어찌?"

머루알처럼 새까만 해루의 눈동자. 위창의 얼굴에 놀람과 경계의 빛이 뒤섞였다.

위기의 순간, 누군가의 도움이 절실했던 바로 그 순간, 느닷없이 해루가 나타났다. 반가운 것도 잠시, 동시에 여러 가지 감정이 잔가지처럼 솟아났다.

이곳이 어디라고! 아니, 그보다 이곳을 어찌 찾은 것일까?

"어떻게 된 일입니까?"

"어떻게 날 찾은 것이냐?"

해루와 위창이 동시에 입을 열었다.

위창은 눈매를 가늘게 뜨고 해루를 응시했다.

"내가 물었다."

대답을 재촉하는 그의 말에 해루가 대답했다.

"제가 먼저 물었습니다."

어떻게든 대답을 들어야겠다는 확실한 의지.

위창은 낮게 한숨을 쉬었다. 이런 일로 낭비할 체력이 그에겐 없었다.

결국, 졌다는 듯 위창이 대답했다.

"음모에 걸렸다."

"태군께 변고가 생긴 것은 알고 있습니다."

"그럼 뭐가 궁금한 것이냐?"

"그…… 이상한 짓을 하시려던 건 아니죠?"

"이상한 짓?"

위창의 고개가 한쪽으로 기울어졌다.

해루는 먼 허공으로 시선을 돌렸다. 아무리 그래도 당사자를 앞에 두고 '겁간'이라는 단어를 쉬이 입에 올릴 수는 없었다. 눈치를 살피는 해루를 물끄러미 바라보던 위창이 좀 전부터 궁금히 여긴 것을 물었다.

"그나저나 넌 내가 여기 있는 줄은 어찌 안 것이냐?"

"그건……."

눈동자를 좌우로 굴리며 궁리하던 해루는 이내 어설픈 변명을 덧붙였다.

"운이 좋았습니다."

"운이 좋았다?"

이 넓은 한양 땅에서, 그것도 이리 몸을 숨기고 있는 사람을 운 좋게 찾을 수 있는 확률은 과연 얼마나 되려나? 아마 모래밭에 흘린 바늘 찾기보다 어려우리라.

해루를 바라보는 위창의 눈매가 가늘어졌다. 문득 그의 뇌리로 정 판수의 말이 떠올랐다.

─그 아이, 미래를 봅니다.

동시에 윤설에게서 들은 이야기도 기억났다.

─만약, 누군가 앞날을 정확히 예지할 수 있는 사람이 있다면 어떨까요?

너무 허무맹랑하여 헛소리라 치부하였건만. 그것이 영 근거 없는 소리는 아닌 모양이다.

돌이켜보건대, 해루에겐 평범한 사람과는 다르게 수상한 구석이 제법 많았다.

그날도 그랬다.

폭우가 쏟아지는 그날 밤. 해루는 위창이 잃어버린 옥패를 들고 숲 속 동굴까지 그를 찾아왔더랬다.

"제 얘긴 하였습니다. 이제 태군께서 대답해 주십시오. 정말 이상한 마음을 품으셨던 건 아니시죠?"

"아까부터 이상한 짓, 이상한 짓 하는데, 대체 그 이상한 짓이 무엇이냐?"

"그러니까…… 여인을 강제로……."

"그런 짓은 안 해!"

단정 짓는 위창의 한마디.

"그렇죠?"

"당연하지."

"다행이다."

안심하는 듯한 미소가 해루의 얼굴 위로 번져갔다.

그러나 그것도 잠시. 다시 궁금하다는 듯 해루는 고개를 앞으로 내밀어 위창을 올려다보았다.

"그럼 여인의 처소에 왜 발을 들이신 겁니까?"

"그건……."

해루의 물음에 위창은 차마 답을 할 수 없었다.

너 때문이었다. 너를 죽인다고 하여 덫인 줄 알면서도 스스로 걸어 들어갔다……라는 말을 차마 입 밖으로 끄집어내지 못했다. 잠시 대답을 얼버무리려는 찰나.

"쉿!"

불현듯 해루가 손가락을 입술 앞에 세웠다. 위창이 입을 다물자 곧 닫힌 대문 너머에서 소란스러운 발소리가 우르르 몰려왔다.

"어디 간 거야?"

"분명 이쪽으로 온 것 같은데."

"그쪽은 못 봤어?"

"오는 동안 아무도 보지 못했네."

"흔적이 근방에서 사라졌다."

"멀리 가지 못했을 게야."

어수선한 웅성거림이 한동안 이어졌다.

그러다…….

"혹시, 이리로 도망간 거 아니야?"

갑자기 닫혀 있던 대문이 덜컥덜컥 흔들렸다.

해루는 위창의 팔목을 잡고 안쪽의 그늘로 서둘러 몸을 숨겼다. 곧이어 쾅쾅쾅, 문 두드리는 소리가 들렸다.

"계시오? 도망자를 쫓고 있소. 계시오?"

어두웠던 마당에 불이 밝혀지고 젊은 노비 하나가 달려 나왔다.

"뉘시우?"

"관청에서 나왔소. 도망자를 쫓고 있소. 이곳으로 숨어들었을지 모르니 문 좀 열어주시오."

노비가 문을 열었다. 횃불을 든 관군들이 마당 안으로 들어왔다.

숨어 있던 위창의 얼굴에 긴장감이 서렸다.

고요하던 마당이 순식간에 관군들로 가득했다. 행여 수색을 시작한다면 들키는 것은 그야말로 시간문제. 어쩌면 저들은 정말 관군인지도 모른다. 아니면, 관군으로 위장한 자들인지도. 어느 쪽이 되었건 위창에게는 모험이었다. 이대로 손 놓고 있다가 허무하게 잡히느니, 차라리 어수선한 지금 빠져나가는 것이······.

마치 그의 속내를 읽기라도 한 듯 해루가 그의 팔을 잡았다.

그러고는 고개를 좌우로 흔들며 손가락을 세웠다.

'조용. 가만 계십시오.'

'설마, 이대로 잡히잔 말이냐?'

'잡히지 않을 겁니다. 그러니 지금은 제 말을 따라주십시오.'

'허나······.'

'제발요.'

해루의 간곡한 눈빛이 위창의 망막에 매달렸다. 그는 결국 잠자코 숨을 죽일 수밖에 없었다.

그사이 마당을 가득 채운 관군들의 움직임이 빨라졌다. 횃불을 앞세운 관군들은 집 안 곳곳을 살피기 시작했다.

위창과 해루가 숨어 있는 곳으로도 몇 사람이 걸어왔다.

숨 막히는 긴장감에 위창은 등을 꼿꼿이 세웠다.

여차하면 그대로 관군들을 뚫고 달아나려는 찰나. 사랑채에서 중년의 사내가 모습을 드러냈다.

"이 밤에 웬 소란이냐?"

주인의 성화에 문을 열었던 노비가 한달음에 쪼르르 달려갔다.

"도망자를 쫓고 있다고 합니다요."

"범죄자를 어찌 남의 집에서 찾아? 잘못을 저지른 자라면 응당 밤거리나 산을 뒤져야 할 게 아닌가?"

관군들을 이끌고 온 수장이 중년 사내의 앞에 머리를 조아렸다.

"송구합니다. 도망자의 행적이 이 근방에서 묘연하여……."

"설마 내 집에 흉적이 숨어 있다는 것인가? 떡쇠야! 집 안에서 이상한 자들을 본 적 있느냐?"

중년인의 물음에 떡쇠는 지체하지 않고 고개를 저었다.

"소인은 이상한 자를 보지 못했습니다요."

"들었는가?"

"하지만……."

"집 안에 연로하신 노모가 계시네. 이리 수선을 피우다 놀라시기라도 하면 큰일일 터. 그만들 물러가시게나."

"잠시만 말미를 주시면 금세 찾아보고 나가겠습니다."

"어허! 지금 나를 못 믿겠다는 것인가?"

"그런 것은 아니지만……."

좀처럼 물러갈 기미를 보이지 않는 관군의 태도에 중년인은 분노를 터트렸다.

"자네, 어디의 누군가?"

"무슨 말씀이시온지?"

"소속이 어찌 되느냔 말일세. 내 형님께서 병조참의에 계시니, 대체 어느 산하의 뉘가 이리 내 집 안을 쑥대밭으로 만드는 것인지 소상히 알아볼 것이야."

중년인의 서슬에 결국 관군은 고개를 숙이고 말았다.

"아무래도 저희가 무언가 착각한 모양입니다. 소란을 피워 죄송합니다."

관군들이 물러갔다. 노비가 대문을 단속하고는 사라졌다.

집 안은 다시 평상시처럼 고요했다. 그때까지 내내 대청마루에 서 있던 중년 사내는 위창과 해루가 숨은 곳을 흘낏 보더니 방으로 들어갔다.

문득 위창의 눈에 이채가 서렸다.

저 사내, 불청객이 숨어든 것을 알고 있었다. 그럼에도 모른 척했단 말인가? 왜?

상황이 어찌 돌아가는 것인지 영문을 알 수 없었다.

그러나 그의 의문은 길게 가지 않았다.

사랑채 안에서 한 사람이 나와 곧장 두 사람이 숨어 있는 곳으로 다가왔다.

머리 위로 길게 늘어지는 그림자.

고개를 들어 올린 위창은 낯설지 않은 말을 입에 담았다.

"세자 저하?"

위창에게 이 밤의 일은 모든 것이 기묘했다. 난데없이 해루가 나타난 것도 모자라 도망자를 감싸는 이상한 집주인과 느닷없는 세자 저하의 출현이라니.

아니, 집주인의 이상한 행동은 곧 이해되었다.

아마도 세자 저하의 명으로 그리한 것이겠지.

그러나 향이 이곳에 있는 이유는 도무지 짐작할 수 없었다.

그때 향의 목소리가 들려왔다.

"많이 다치셨습니까?"

어둠이 짙은 곳이었건만, 향은 용케도 위창의 부상을 눈치챘다. 콧속을 파고드는 은은한 피비린내 때문이었다.

"대수롭지 않은 상처입니다."

"서둘러 치료를 해야 할 것 같습니다만."

"버틸 만합니다. 그보다 제가 이곳에 오리란 것은 어찌 아셨습니까?"

"실은 나도 알지 못했습니다."

"그럼 어찌……?"

향은 대답 대신 해루를 보았다. 덩달아 위창도 해루에게로 시선을 돌렸다.

두 사내의 눈빛을 한 몸에 받은 해루는 괜스레 밤하늘을 올려다보며 딴청을 부렸다.

"오늘은 달빛이 무척 좋습니다."

향이 덤덤한 목소리로 말했다.

"달은커녕 먹구름만 가득하구나."

"하하. 그래서 더 운치 있지 않습니까?"

"그게 무슨 말도 안 되는……."

위창의 말이 채 끝나기도 전.

"쉿!"

해루가 다시 손가락을 세웠다.

오늘만 벌써 세 번째, 위창은 자신이 하고 싶은 말을 못 하고 입을 다물어야 했다.

"지금 이러고 있을 때가 아닙니다. 어서 이곳을 떠나야 합니다."

"떠나야 한다고?"

어째서? 관군들이 돌아갔으니 여기서 안전해질 때까지 기다리는 게 좋지 않을까?

해루의 대답이 들려왔다.

"물러간 사람들이 다시 돌아올 겁니다."

"무엇 때문에?"

"긴장이 풀리길 기다렸다 다시 덮칠 셈이지요."

"그러니까 무엇 때문에 그리할 거란 말이냐?"

도무지 이해되지 않는다는 듯 위창이 다시 물었다.

"집주인의 행동이 영 수상했으니까요. 그러니 틀림없이 이곳의 동정을 살피러 다시 올 것입니다."

위창의 표정이 심각해졌다.

일개 병졸이 그처럼 치밀하고 의욕적으로 행동할 거라는 게 믿기지 않았다. 고금을 막론하고 관리란 자들의 태도는 비슷했다. 귀찮은 일을 처리할 때는 겉으로만 하는 척할 뿐, 성실히 임하지 않기 마련 아니던가. 열심히 노력해 봐야 알아주는 사람은 없고 오히려 손해만 볼 공산이 큰 까닭이었다. 무엇보다 그 정도 의욕을 보이는 자는 흔치 않았다.

그런 생각을 하던 위창은 문득, 자신의 뒤를 쫓는 자들이 관군만이 아니라는 사실을 깨달았다. 관군으로 위장한 두문회의 사람들도 있었다. 그들이라면……

의욕 정도가 아니라 수단과 방법을 가리지 않고 그를 잡으려고 혈안이 되어 있을 것이다.

위창의 표정이 점점 굳어졌다.

그때 해루가 문득 향에게 물었다.

"그거, 오늘도 가지고 계십니까?"

"그거라니?"

해루가 팔꿈치를 툭툭 두드리는 시늉을 했다. 소매 안에 숨겨둔 무기를 말하는 것이었다.

향의 고개가 위아래로 끄덕여졌다.

"있다."

"믿겠습니다. 그럼, 가시죠. 시간이 없습니다."

반 시진 후.

"어처구니없군."

위창이 신음 섞인 음성으로 중얼거렸다.

해루의 말을 반신반의하며 중년인의 집을 나섰다. 그들이 자리를 뜨기 무섭게 한 무리의 관군이 나타나 집 안의 동태를 살폈다.

해루가 말한 그대로였다. 만약, 그곳에서 안심하고 있었다면 꼼짝없이 저들에게 들키고 말았으리라.

위창은 새삼스러운 시선으로 해루를 바라보았다.

"무얼 그리 보십니까? 어서 가시죠."

해루가 재촉했다. 그 후로 위창과 향은 해루가 이끄는 대로 어두운 골목길을 달리고, 웅크리고, 뛰어넘으며 정신없이 움직여야 했다.

그 와중에 위창은 몇 번이나 해루에게 혀를 내둘렀다. 그녀의 뒤를 따르는 동안 아슬아슬한 상황은 여러 번 있었지만, 정작 위험한 적은 한 번도 없었다. 마치 높은 곳에서 사람들의 움직임을 죄 꿰뚫어 보는 듯 위험한 상황을 미리 알고 피했다.

귀신에라도 홀린 기분.

반신반의하던 위창은 물론이고, 증명되지 않는 것은 그 무엇도 믿지 않던 향마저도 눈앞에서 벌어지는 일에 입을 다물지 못했다.

그렇게 얼마나 시간이 흘렀을까?

"헉헉. 이곳입니다. 이곳이라면 잠시 쉴 수 있습니다."

돌로 쌓은 담벼락 아래를 가리키며 해루가 말했다.

중년인의 집을 나온 이후 조금도 쉬지 않고 달렸던 터라, 위창은 담벼락 아래에 쓰러지듯 주저앉았다.

그를 물끄러미 내려다보던 향은 해루에게 시선을 돌렸다.

"난 잠시 다녀올 곳이 있다."

좀 더 안전한 곳을 찾아볼 생각인 듯 그의 모습이 어둠 속으로 사라졌다.

잠시 후, 어두운 담벼락에 해루와 위창은 나란히 쪼그려 앉았다.

"힘들지 않으냐?"

위창은 걱정스러운 표정으로 해루에게 물었다.

땀으로 흥건하게 젖은 해루의 얼굴은 백지장처럼 창백했다. 그것은 단지 육체의 곤함에 기인한 것만은 아닌 듯했다.

항상 활기가 넘치는 모습만 보아왔던 터라, 금방이라도 쓰러질 듯 지친 해루의 모습에 위창은 걱정이 되었다.

"괘, 괜찮습니다."

"괜찮지 않아 보이는데?"

"정말로 괜찮습니다."

해루가 팔을 흔들며 애써 씩씩한 모습을 보였다.

어쩌면 예지력 때문인지도 모른다. 앞날을 보는 해루의 능력을 이젠 믿지 않을 수가 없었다. 믿고 싶지 않았지만, 오늘 밤의 일을 경험하고 나니 믿지 않을 도리가 없었다.

위창은 아픈 눈으로 해루를 바라보았다.

앞날을 볼 수 있다는 것은 어쩌면 축복받은 능력이리라. 그러나 정작 그 힘을 가진 해루는 행복하기는커녕 목숨마저 위협받고 있었다. 하늘의 강샘이라도 받은 것일까?

"왜 그리 보십니까? 전 정말로 괜찮습니다. 그보다 태군이야말로 어떠십니까?"

"난 괜찮다."

"안색이 창백합니다."

해루의 말에 위창은 피식 웃음을 터트리고 말았다.

"지금 네가 남 걱정할 처지더냐?"

"이런 제가 걱정할 만큼 태군의 모습이 엉망진창이란 말입니다."

"그러냐?"

태군은 시선을 내려 자신의 모습을 더듬었다.

찢기고 흐트러진 매무새. 해루가 걱정할 만큼 형편없었다. 그래도……

"괜찮……다. 괜찮아."

위창은 낮게 중얼거렸다.

갑자기 긴장이 풀린 탓일까? 잊고 있던 통증과 현기증이 해일처럼 밀려왔다.

"정말 괜찮으십니까? 아프면 아프다고 말을……. 앗! 피가……."

해루의 당황한 목소리가 먼 곳에서 들려오는 듯했다.

"괜찮다. 그저 조금 피곤한 것뿐이야. 잠시 쉬고 나면…… 괜찮아질 거야. 그러니…… 걱정 마라. 걱정하지 마."

해루를 안심시키고 싶었지만, 그의 말은 아스라이 쏟아지는 잠의 물결 속에 잠겨 들고 말았다.

◈

"태군을 찾는 것은 이제 시간문제입니다."

밤이 늦었건만, 박두언의 사랑채는 여전히 불이 환히 켜져 있었다. 서탁을 사이에 두고 박두언과 마주 앉은 최경묵은 연신 수염을 쓸어내리며 웃음을 터트렸다.

"태군을 잡기 위해 도성 안팎에 풀어놓은 사람의 수가 수십입니다. 제아무리 날고뛰는 재주가 있다 하더라도 곧 잡힐 것이니, 이제는 그야말로 굿이나 보고 떡이나 먹으면 되는 것입니다. 안 그렇습니까?"

최경묵의 말에도 박두언은 좀처럼 표정을 풀지 못했다.

동창 너머, 짙은 어둠을 응시하는 그의 낯빛은 최경묵과는 달리 무거웠다.

"대감, 왜 그러십니까?"

그제야 최경묵이 둔한 얼굴을 갸우뚱했다.

"너무 늦소."

"네?"

"태군의 죽음이 너무 늦어지고 있소."

좋지 않은 징조.

발끝을 타고 올라오는 불길한 예감을 떨쳐내기 위해 박두언은 찻잔을 기울였다.

이른 봄에 여식이 수확한 마지막 찻잎을 우린 차였다.

시간이 얼마나 흐른 것일까?

푸른 어둠이 칡덩굴처럼 사위를 휘감았다. 꿈과 현실의 경계선을 들락거리던 위창은 거슴츠레 눈을 떴다.

"괜찮으십니까?"

머리를 받치고 있는 여린 어깨의 감각이 느껴졌다.

흐릿한 시야로 걱정 섞인 눈빛이 달빛처럼 쏟아져 들어왔다.

눈을 뜨던 위창은 미간을 찡그렸다.

"괜찮으세요?"

다시 들려오는 다정한 목소리.

그 위로 겹쳐지는 그리운 얼굴 하나.

"단아냐?"

문득 오랫동안 가슴속에만 묻어두었던 이름이 위창의 입을 타고 흘러나왔다.

"너…… 단아 맞느냐?"

"해륩니다."

"……"

원하는 답이 아니었음이라. 위창은 실눈처럼 떴던 눈을 다시 감았다. 감은 눈가가 눅눅하게 젖어 들었다.

"왜 그러십니까? 많이 아프신 겁니까?"

"……싶다."

"네?"

"보고 싶다."

"누가요? 누가 보고 싶으신 겁니까?"

"그 아이가…… 보고 싶다."

"누군지 말씀만 하십시오. 제가 나중에 기필코 모시고 오겠습니다."

해루의 말에, 위창의 입가에 쓸쓸한 미소가 피어올랐다.

"그랬으면 좋겠구나. 하지만……."

"태군."

"……."

"태군……."

걱정하는 찰나. 위창의 음울한 목소리가 해루의 귓가를 파고들었다.

"저는 단아라고 합니다……."

"네?"

"처음 만난 날, 내게 그 아이가 말했었지."

"……."

"너처럼 작고 조그마한 아이였다. 엉뚱하여 괜한 일에 끼어들던 녀석이었다. 처음부터 그 녀석과 친해지려던 마음은 없었다. 그런데…… 그 녀석이 자꾸만 내게 왔다. 너처럼, 내 허락 없이 불쑥불쑥 내 처소를 범했지."

해루는 위창을 말없이 응시했다. 그의 얼굴에 아련한 그리움이 달맞이꽃처럼 피어났다.

"그때 내 나이 겨우 열셋, 수백 명의 사신단을 이끌고 수백 리 길을 떠나기엔 너무 어린 나이였지. 하지만 해야 했다. 어떻게든 해야만 했다. 그것이 나를 증명할 수 있는 유일한 길이었으니까. 수많은 형제 사이에서 나를 보일 수 있는 단 하나였으니까. 어머니의 나라, 조선. 이곳에 오면 무언가 달라질 줄 알았다. 그러나 나는 명국에서도 그리고 이곳 조선에서도 철저한 이방인이었지."

"……."

"겉으로는 아무렇지도 않은 척 거만을 떨었지만, 사실은 외로웠던 모양이다. 누구도 내 곁에 머무르려고 하지 않았거든. 그런데 그 녀석이 다가왔던 것이다. 그리고 어느 틈엔가 우리는 한 자리에 있는 것이 전혀 어색하지 않은 사이가 되었지."

"좋아하셨습니까?"

"……모르겠다."

"그리우십니까?"

"그립다."

위창의 시선이 바닥에 고정되었다.

"그때는 몰랐다. 언제든 내가 원할 때 손만 뻗으면 그 녀석이 있을 줄 알았거든. 언제나 내 손길 닿는 곳에, 내 시선 머무는 곳에 있는 아이니까…… 언제까지나 내가 원할 때면 그곳에 있을 줄 알았다. 그런데…… 아니었다. 어느 날 불현듯 사라져버렸지. 마치 신기루처럼……. 모든 것이 하룻밤의 꿈인 것처럼, 거짓말처럼 지워져 버렸다. 몇 날 며칠을 기다렸는지 모른다. 왜 아니 오냐며 혼자 괜한 성화도 내어보았지. 기다리다 못해 찾아갔다. 그랬더니……황당한 말이 들려오더군."

"무슨…… 말입니까?"

"죽었다 하더구나."

"그럴 리가요."

"그렇지? 누가 들어도 쉬이 믿기지 않은 이야길 나더러 믿으라 하더구나. 사람이 그리 죽을 수 있다는 거짓말 같은 이야길 내게 하더구나."

"태군."

"바보였다. 그때의 나는 너무 어리석었다."

위창의 목소리에 물기가 고였다.

"태군……."

위창을 바라보던 해루의 눈빛이 처연했다.

언제나 오만한 모습이기에 상처 같은 건 없는 줄 알았다. 언제나 웃고 있었기에 슬픔 같은 건 모르는 사람인 줄 알았다. 그러나 그는 그 누구보다 아프고, 그 누구보다 서글픈 사람이었다.

"괜찮으십니까?"

해루의 물음에 위창은 그녀의 어깨에 기대고 있던 고개를 들었다.

"내가 오래 잠들었느냐?"

"잠시였습니다."

"그래, 그랬구나."

서둘러 화제를 돌리는 위창에게 해루가 말했다.

"전 태군께서 어리석었다 생각하지 않습니다."

"……."

"어리고 미숙한 시절은 누구에게나 있는 것입니다. 더더구나 사람의 죽음은 태군께서 어찌하실 수 없는 겁니다. 그러니 어리석었다 자책하지 마십시오."

"아니, 나는 어리석었다. 하여, 결심하였지. 그때처럼 어리석은 짓은 더는 하지 않겠다고 말이다."

해루를 바라보는 위창의 눈빛이 또렷해졌다. 한동안 뚫어져라 해루를 응시하던 그가 그녀에게 손을 내밀었다.

"너, 나와 함께 떠나지 않을 테냐?"

"무슨 말씀입니까?"

"나와 함께 떠나자."

"……"

"아까 내게 물었지. 왜 대제학의 여식을 찾아갔느냐고. 왜 그 어 둔 새벽에 여인의 처소로 숨어들었느냐고 말이다."

"그분이 가짜라는 것을 알고 찾아가신 것 아닙니까?"

"……너 때문이었다."

"네?"

"누군가 너를 죽일 거라 하였다. 너를 살리고 싶으면 찾아오라 하더구나."

쿵! 해루의 심장이 바닥으로 곤두박질쳤다.

그들이다. 그들이 지척까지 쫓아왔다.

위창의 목소리가 이어졌다.

"그녀가 말했다. 너를 살리고 싶으면 나더러 죽으라고. 죽음 따 윈 두렵지 않았다. 그러나 궁금하였다. 네가 왜 죽어야 하는지, 그 리고 그들의 진짜 정체가 무엇인지 궁금하였다."

"……!"

해루는 놀란 눈으로 위창을 돌아보았다.

잠시 숨을 고르던 위창이 다시 말을 이었다.

"네가 세자빈 간택에 나간 이유, 세작을 잡기 위해서가 아니더냐."

"그건 맞습니다만."

"대제학의 여식이 세작이라는 것이 밝혀졌으니, 너는 이제 궁에 남아 있을 이유가 없을 터. 나와 함께 떠나자."

침묵이 흘렀다.

긴 침묵을 깨고 해루가 대답했다.

"싫습니다."

"죽을 수도 있다. 그들은 네가 생각하는 것보다 집요한 자들이다."

"알고 있습니다. 그래도 지금은 떠날 수 없습니다."

"어찌하여?"

"제 발목에 족쇄가 채워져 있어서 말입니다."

해루가 살며시 치맛자락을 올렸다. 버선 위에 걸린 작은 방울이 찰랑찰랑 소리를 냈다.

스스로 생각해도 말도 안 되는 변명이었다. 그러나…… 또한, 이것이 사실이기도 했다.

향이 해루의 발목에 걸어놓은 마음의 무게는 무거웠다. 마치 어린아이처럼 제 발목의 방울을 자랑하던 해루의 얼굴에 수줍은 홍조가 내걸렸다.

지켜보던 위창은 미간을 찌푸렸다.

"그깟 방울, 떼버리면 그만이다."

당장에라도 방울을 떼어낼 듯 위창이 손을 뻗었다. 그러나 해루는 서둘러 한 걸음 뒤로 물러나며 그의 손길을 피했다. 이윽고 그녀의 얼굴에 그 어느 때보다 해사한 웃음이 맺혔다.

그 웃음 사이로 해루의 목소리가 흘러나왔다.

"지금은 갈 수 없습니다."

지켜야 할 사람들이 있습니다. 어떻게든 지키고 싶은 사람들이 있습니다.

안 될 건 무어냐?

구름 속에 가려진 달이 유백색의 얼굴을 드러냈다.

여름 풀벌레 소리가 잦아들 무렵.

안전한 곳을 찾아보겠다며 사라진 향이 돌아왔다.

"그만 가야 할 것 같구나."

향과 해루는 다친 위창을 부축하며 밤길을 걸었다.

어느새 시간은 밤을 지나 푸른 새벽으로 향하고 있었다. 그럼에도 위창을 찾으려는 사람들의 발소리는 여전히 어두운 골목을 뜨겁게 달구고 있었다.

"오른쪽입니다."

"골목길 끝에 수상한 자들이 있습니다."

해루는 식은땀을 흘리며 길을 안내했다.

그러나 그녀의 안내가 항상 정확했던 것만은 아니었다. 복면을 쓴 무리와 마주쳤을 때는 제법 험악한 상황이 연출되기도 하였다. 다행히 향의 실력이 유감없이 발휘된 덕분에 위험에서 벗어날 수 있었다.

그렇게 때론 걷고, 때론 숨고, 또 때론 싸우면서 서소문 밖의 외진 곳에 있는 안가(安家)에 도착할 수 있었다.

세 사람은 불도 켜지 않은 채 어두운 방에 자리를 잡았다.

여름이라고 하지만 오랫동안 비어 있었던 탓에 집은 차고 눅눅했다.

바닥을 손으로 짚던 해루가 몸을 일으켰다.

"어딜 가려느냐?"

"군불이라도 때야 할 것 같습니다."

위창을 바라보는 해루의 눈에 걱정이 서렸다. 부축하고 오는 내내 그의 몸에서 전해지는 싸늘한 냉기가 마음에 걸린 터였다.

"곧 뒤따라 나가마."

향이 고개를 끄덕였다.

허락을 받은 해루는 날다람쥐처럼 방문 밖으로 쪼르르 사라졌다.

방문이 닫히는 것을 지켜보던 향이 위창에게로 시선을 돌렸다.

"상황이 복잡하게 되었습니다. 음모를 꾸민 자가 무얼 노리는지 알아야 합니다."

향은 처음부터 위창을 의심하지 않았다. 그렇지 않았다면 그의 도주를 이리 적극적으로 돕진 않았으리라.

"제 목숨이겠지요."

"그것으로 인해 야기될 일도 짐작할 듯싶습니다."

"전쟁……이 아닐까 합니다."

"나 역시 그리 생각합니다. 하지만 지금 중요한 것은 태군이 무사히 살아 있는 겁니다. 나머지 일들은 나중에 다시 묻겠습니다."

"굳이 물어보실 필요가 있겠습니까? 이미 대충 짐작하고 계신 눈치인데."

위창의 말에 향은 고개를 저었다.

"한 가지, 아직 모르는 것이 있습니다."

"무엇입니까?"

"대제학의 여식에게 질문을 던졌지요. 정말로 태군이 그대를 원했느냐고."

"그 여인이 뭐라 하던가요?"

"자신을 원했다 대답하더군요."

"그 대답을 진실이라 여기는 것은 아니시겠지요?"

향은 고개를 저었다.

"진실이 아니라는 것은 알고 있습니다."

하지만 거짓 역시 아니었다.

위창이 대답했다.

"제가 원한 것은 한 가지 물음에 대한 '대답'이었습니다."

"대답? 그 물음이 무엇인지 말해 줄 수 있습니까?"

"그것은…… 지극히 개인적인 일이라 말씀드리기 곤란하군요."

해루.

누가 그녀를 노리는 것인지 알고 싶어 그곳을 찾아갔었다.

지금 생각하면 참으로 미련한 행동.

하지만 후회는 하지 않는다. 다시 같은 상황을 맞닥뜨린다 하여도 열 번이면 열 번 그는 똑같은 선택을 하리라. 그것이 비록 헛된 걸음이었다 할지라도 상관없었다. 해루의 얼굴을 보는 순간, 위창은 자신의 선택이 틀리지 않았음을 확인할 수 있었다.

"마지막으로 하나만 더 묻겠습니다. 태군을 함정에 빠트린 자들. 그들이 누구인지 알고 있습니까?"

"절 찾아온 박두언이라는 자가 두문회라고 언급을 한 적이 있습니다."

"두문회……."

연이 보내온 서찰에 적힌 두문회와 그 내용이 사실로 확인되는 순간이었다.

오래전, 무서운 화마 속으로 사라진 두문동의 생존자로 이뤄진 은밀한 조직. 무너진 옛 왕조를 되살리려 하는 망령들의 모임.

그때 위창의 목소리가 향의 귓가를 파고들었다.

"그 사람을……. 단아를 그리 만든 것도 그자들입니까?"

향은 고개를 끄덕였다.

"아마도 그런 것 같습니다."

죽은 원혼보다 더 무서운 것이 살아 있는 망령이라 하였다. 그들은 지독하고 잔인하게 왕가의 생기를 빨아들이고 있었다. 날가얌이(蠹, 흰개미)가 서까래를 갉아먹듯, 조금씩 그리고 집요하게 이 조선을 무너트릴 속셈이 분명했다.

향이 자리를 털고 일어섰다.

"쉬십시오."

방문을 여는 향의 등 뒤에서 위창의 음성이 들려왔다.

"조심하십시오."

눈을 감은 위창이 혼잣말처럼 중얼거렸다.

"저하께서 다치시면 그 사람이…… 슬퍼할 겁니다."

방을 나서는 향의 뇌리에 죽은 누이의 모습이 가득했다.

언제나 향을 걱정하던 착한 누이.

그런 누이를 지키지 못해 안타까웠고, 그리 누이를 빼앗아간 자들에게 분노했다.

무거운 얼굴로 마당에 내려서노라니 사립문을 열고 안으로 들어오는 해루의 모습이 보였다.

그사이 어디서 뜯었는지 한 손에 풀을 가득 쥐고 있는 것으로도 모자라 풀잎을 질겅거리고 있었다.

어이없는 그 모습에 바위처럼 무거웠던 마음이 조금은 가벼워졌다.

"아무거나 먹지 말라고 하였다."

향은 해루의 턱밑에 손바닥을 내밀었다.

그러나 해루는 고집스러운 얼굴로 고개를 저었다.

"아무거나 먹는 거 아닙니다."

"그럼?"

"상처 치료에 이만한 것이 없습니다."

"설마…… 지금 그거, 예전에 내 어깨에 붙였던 이상한 풀은 아니겠지?"

"왜 아니겠습니까? 직접 경험해 보셔서 아시겠지만 이게 상처엔 정말 최고입니다."

"그걸 태군의 상처에 붙이겠다는 말이냐?"

"당연히 붙여야지요."

단순히 말뿐만이 아니라 진짜 상처에 붙일 듯 성큼성큼 방을 향해 걸어갔다.

향은 다급히 그녀의 앞을 가로막았다.

"안 된다."

"왜 이러십니까? 다친 사람이 있지 않습니까. 빨리 치료하지 않으면 덧납니다."

"오히려 네 처치 때문에 덧날 것이야."

"말도 안 됩니다. 저하께서도 톡톡히 효과를 보시고선 그렇게 말씀하시면 안 되지요."

해루의 말에 향은 잠시 말문이 막혔다.

아닌 게 아니라, 그때 해루가 붙여준 약초 덕분에 상처가 금세 아물긴 했었다. 그래도…….

"어쨌든 안 된다."

"왜요?"

"일단 불결하고."

무엇보다 해루에게 그런 치료를 받는 이가 자신이 아닌 다른 사람이라는 것이 마음에 들지 않았다. 더더구나 그 상대가 태군이라는 것은 생각조차 하기 싫었다.

"곧 사람이 올 것이야. 그러니 굳이 그런 치료는 하지 않아도 된다."

"이게 보기엔 좀 그래도 효과는 좋다니까요. 아무리 말리셔도 소용없습니다."

좌우로 움직이던 해루가 미꾸라지처럼 향의 겨드랑이 사이로 빠져나갔다.

"이 녀석이!"

"세자 저하야말로 왜 치료를 방해……. 어?"

향의 손길을 피해 요리조리 도망치며 방문을 열던 해루의 입에서 의문 담긴 탄성이 새어 나왔다.

"어디로 간 거지?"

향과 잠시 실랑이하는 사이, 위창의 모습이 감쪽같이 사라지고 없었다. 바닥에 옅게 묻어 있는 핏자국만이 그가 이곳에 존재했음을 말해 주는 듯했다.

"아직…… 발견하지 못했단 말입니까?"

물어보는 최경묵의 목소리가 불안하게 흔들리고 있었다.

"그렇다는구려."

박두언이 술잔을 기울였다. 차를 마시며 담소를 나누던 가벼운 자리가 어느새 무거운 술자리로 변했다.

"이런! 그리 덤덤하게 말할 때가 아니지 않습니까? 태군이 아직 죽지 않았습니다. 만약, 그가 이대로 무사히 달아나게 된다면……."

최경묵의 안색이 백지장처럼 창백해졌다.

박두언의 계획은 실로 절묘했다.

태군을 모함하여 살해한 후, 조선과 명국 사이에 전쟁을 일으킨다. 물론, 태군 하나 죽는 것만으로는 부족할지도 모른다. 허나, 불씨를 살리기엔 충분했다. 그 후엔 미리 손써놓은 계획들을 차근차근 진행하면 조선은 틀림없이 불바다로 변하리라. 그 과정에서 자신은 이곳저곳에 손을 대며 큰 이득을 챙기기만 하면 된다.

태군이 윤설을 찾아갔을 때만 해도 순풍에 돛 단 듯 모든 일이 순조롭게 풀릴 것처럼 보였다. 한데 다 잡은 물고기인 줄 알았던 태군의 행방이 몇 시진째 오리무중이라는 소식이 들려왔다. 불안한 기운이 스멀스멀 피어올랐다.

태군의 죽음은 계획의 시작임과 동시에 핵심. 때문에 그는 반드시 죽어야만 한다.

"만약……. 만약, 태군이 죽지 않으면……. 그가 무사하게 되면 어찌 되는 것입니까?"

박두언이 단호한 얼굴로 고개를 저었다.

"걱정 마시오. 그에게 날개가 없는 한, 반드시 죽게 될 테니."

그때, 굳게 닫힌 문이 열리며 저음의 목소리가 흘러들어왔다.

"아쉽게도 그리되지 않을 모양입니다."

민안선이 방 안으로 모습을 드러냈다.

"그, 그게 무슨 말인가?"

최경묵은 저도 모르게 말을 더듬었다.

민안선은 그에겐 고개조차 돌리지 않은 채, 홀로 술잔을 기울이는 박두언에게 시선을 고정했다.

"방금, 태군이 태평관으로 돌아왔다는 보고를 받았습니다."

"허, 그럴 리가."

"대감의 계획은 실패한 듯합니다."

"허허."

박두언의 입에서 답답한 한숨이 새어 나왔다.

"완벽하다 생각했거늘. 대체 무엇이 잘못되었는지 모르겠군."

"그자의 실력이 예상보다 뛰어났던 게지요."

"그랬던 것인가? 태군 그자의 실력이 항우나 여포쯤 되더라도 빠져나갈 수 없으리라 확신했거늘. 나 역시 오만했던 모양일세."

"세자가 눈치챈 듯합니다. 대제학의 집으로 관군이 들이닥쳤다

합니다."

"벌써?"

"또한, 수상한 소문을 퍼트리는 자를 잡아들이라는 명과 함께 관군으로 위장한 아랫것들도 일부 잡혔다는 보고가 속속 들어오고 있습니다."

"과연 소문대로 영민한 사람이로군. 작은 단서와 소문만으로 우리 목덜미를 이리 죄어오다니 말일세."

"이번 일은 이미 돌이킬 수 없게 되었습니다. 그만, 모든 일을 원점으로 되돌려야 하겠습니다."

"그래, 그래야겠지."

두 사람의 대화를 듣던 최경묵의 눈두덩에 경련이 일었다.

"자, 잠깐. 그게 무슨 말인가? 원점으로 되돌리다니."

그는 박두언을 돌아보았다.

"대감, 어찌 그런 말씀을 하십니까? 이번 사건으로 전……. 제가 한 일은 백일하에 드러나고 말았습니다. 그런데 어찌 원점으로 되돌릴 수 있단 말입니까?"

민안선은 그제야 최경묵에게 시선을 주었다.

"걱정 마십시오. 원점으로 돌리는 일엔 대감도 포함되어 있습니다."

"그러니까 어찌한단……."

최경묵은 말을 잇지 못했다. 민안선을 따라 들어온 호위 무사가 돌연 품에서 밧줄을 꺼내 그의 목에 휘감았다.

"컥! 왜, 왜?"

최경묵이 파랗게 질린 얼굴로 발버둥을 쳤다.

"누군가는 이 일을 책임져야 하지 않겠습니까?"

민안선이 무표정한 얼굴로 말했다.

"대감은 태군을 죽이려고 음모를 꾸미다 들통이 나서 자결하신 겁니다."

"왜, 왜 하필 나인가?"

"지난 오 년간 일평생 누리고도 남을 부귀영화를 누렸지 않았습니까? 과하게 받으셨으니 돌려주시는 것도 있어야 하질 않겠습니까."

"여기서 죽을 순 없어. 여기서…… 모든 걸 잃을 순 없어. 커컥."

"너무 억울해할 것 없습니다."

"말도 안 돼. 말도…… 안…… 돼. 크윽."

억눌린 숨소리가 어느 순간 뚝 하고 멈췄다. 버둥거리던 최경묵의 사지가 한순간 축 늘어졌다. 억울함 때문인지 그는 죽어서도 눈을 감지 못했다.

죽은 최경묵을 바라보던 박두언이 끌끌 혀를 찼다. 그는 최경묵이 발버둥을 치는 바람에 엎어진 술잔을 바로 놓았다.

"귀한 술을 버리게 되었군."

"송구합니다."

"어쩔 수 없지. 그나저나 모든 일이 밝혀졌으니, 자화는 어찌한다?"

가짜 윤설의 진짜 이름, 자화였다. 또한, 박두언의 유일한 혈육이기도 하였다.

"안타깝지만 구하기 어려울 듯합니다."

"지혜로운 아이니, 알아서 잘 피하길 기대할 수밖에 없겠군."

박두언은 술병을 기울여 술잔을 가득 채웠다.

"그만 떠나야 합니다."

"떠나면? 그다음엔 뭘 할 수 있는가?"

"처음부터 다시 시작해야겠지요."

잠시 침묵하던 민안선이 대답했다.

박두언의 얼굴에 씁쓸한 미소가 걸렸다.

"이미 말하지 않았는가. 내겐 남은 시간이 얼마 없다고. 뜻하지 않게 일이 어렵게 되었지만, 처음으로 되돌릴 수는 없네. 그럴 여유가 없어."

"대감."

민안선의 말에도 박두언은 고개를 저을 뿐이었다.

이윽고 부스스 몸을 일으킨 그가 최경묵의 눈을 감겨주었다.

"억울해 말게. 자네의 저승길, 그리 외롭지 않을 게야."

신루의 둥근 탁자에 사람들이 모여 앉았다.

"태군은 태평관에 무사히 도착했습니다. 이후 명국 사신들과 무장들의 비호를 받으며 치료에 전념하고 있다는 소식입니다."

김담의 말을 심운기가 이었다.

"대제학의 집으로 관군들을 보냈습니다. 하오나 그들이 도착했을 땐 가짜 대제학의 여식은 이미 사라지고 없었다 하옵니다."

"아무런 흔적도 없던가? 남은 짐을 뒤져보면 뭔가 건질 만한 것이라도 있을 터인데."

향의 물음에 심운기는 고개를 저었다.

"잘 정돈된 방 어디에서도 단서가 될 만한 물건은 발견되지 않았다 합니다."

"잘 정돈되었다?"

"마치 아무 일도 없었던 사람의 방처럼 깨끗하게 정돈되어 있었다 합니다."

"도망치기 바빴을 터인데도, 굳이 방을 정리해 두고 떠났다?"

소름이 끼칠 정도로 차분하고 냉정한 심성을 가진 여인이다.

"최경묵은 어찌 되었느냐?"

"그는 시신으로 발견되었습니다."

"시신? 죽었단 말이더냐?"

"자신의 집에서 목을 매고 자진한 것을 발견하였사옵니다."

"허."

신루 학자들 사이에서 탄식이 흘러나왔다.

최경묵은 그들이 쫓던 인물들 가운데 가장 중요한 자였다. 그런 자가 돌연 자결하다니. 두문회와 연결된 중요한 고리 하나가 허무하게 사라지고 말았다.

"꼬리를 잘랐군."

향은 턱을 만지며 중얼거렸다.

그가 만나본 최경묵은 탐욕스러운 인물이었다. 그런 자는 제 수족이 잘릴지언정 자살이라는 극단적인 방법을 선택하지 않는다. 정보가 누설될 것을 두려워한 자들이 자살을 가장하여 그를 살해한 것이 틀림없었다.

"다른 소식은 없느냐?"

김담이 머리를 조아리며 향의 물음에 답했다.

"관군으로 변복한 자들 수십 명을 사로잡아 문초하고 있습니다."

"어떤 자들인가?"

"돈만 주면 무슨 일이든 하는 뜨내기들이라 합니다."

"뭔가를 아는 자는 없고?"

"무리를 이끌던 자는 상황이 불리해지자 곧바로 자진하였다 하옵니다."

곁에서 듣고 있던 양여섭이 통통하게 살이 오른 볼을 부르르 떨었다.

"독하다, 독해."

두문회. 마침내 실체가 드러나는가 싶더니, 이내 안갯속으로 다시 자취를 감췄다.

"비록 놈들을 일망타진하는 데는 실패했지만, 이번 일로 얻은 것이 적지 않다. 한 번 물 밖으로 나온 자들이다. 언젠가 다시 모습을 드러낼 터, 긴장을 풀지 말고 세심히 살펴보아야 할 것이다."

"네."

이후로 향은 신루 학자들을 비롯한 수하들에게 일일이 지시를 내렸다. 그렇게 모든 이에게 명이 하달되었을 때였다.

"저……."

향이 앉아 있는 뒤편에서 작은 목소리가 들려왔다. 해루였다.

"전 이제 무얼 하면 될까요?"

향이 고개를 돌려 그녀를 응시했다.

"무얼 하다니? 넌 그냥 지금처럼 하던 일을 하면 된다."

"하던 일이라니요?"

"모레가 삼간택일이지 않더냐? 잊었느냐?"

"잊을 리가 있겠습니까? 하지만 더는 저와는 상관없는 일 아닙니까?"

"어찌 너와 상관없다는 것이냐?"

해루의 임무는 세자빈 간택에 숨어든 세작을 잡아내는 것이었다. 세작은 이미 대제학의 딸인 윤설로 밝혀졌으니, 구태여 삼간택에 참여할 이유가 없었다.

"설마, 간택인 중에 아직 세작이 남아 있습니까?"

"다른 간택인들은 모두 면밀한 조사를 마쳤다. 남은 사람들의 신분은 믿어도 된다."

"그럼 제가 군이 삼간택에 참여할 필요가 없질 않습니까?"

"삼간택에 오르면 하기 싫어도 참여해야 하는 것이 국법이다."

"에이, 그걸 말씀이라고 하십니까? 제가 어찌 삼간택에 오르겠습니까? 절대 그런 일은 없습니다. 제가 재간택까지 오를 수 있었던 것도 모두 저하께서 손을 쓰신 덕분 아닙니까? 이제 세작을 잡을 일도 없는데……."

"손쓴 적 없다."

"네?"

"초간택에는 얼마간 신경을 쓰긴 했지만……. 그 이후에는 별달리 손을 쓴 적이 없었다."

"무슨 말씀이십니까?"

"네 스스로 재간택까지 올라갔다는 말이다."

"그런……."

해루는 어리둥절한 표정으로 향을 바라보았다. 그러다 이내 과장되게 웃으며 양손을 내저었다.

"무슨 농담을 그리 진지한 얼굴로 하십니까? 뭐, 공갈 저하 말씀대로 저 혼자의 힘으로 재간택까지 올랐다고 치겠습니다. 그러나 그건 그야말로 운(運)입니다, 운. 그리고 그 운은 재간택까지입니다. 절대 삼간택까지 오를 리 없습니다."

"안 될 건 무어냐?"

"말이 되는 말씀을 하십시오. 제가 삼간택에 오르면 제 손에 장을 지지겠습니다."

일순, 신루 안에 정적이 감돌았다.

의미심장한 침묵.

해루의 안색이 서서히 변했다.

"다들…… 왜 그러십니까?"

해루의 물음에 누구 하나 섣불리 입을 여는 사람은 없었다.

대신 책장 앞에서 향과 해루의 대화에 귀 기울이던 양여섭이 자리에서 벌떡 일어섰다. 무에 급한 일이라도 있는 듯 신루를 나가려는 그를 해루가 붙잡았다.

"지금 어디 가십니까?"

"화로(火爐) 가지러 간다."

"이 삼복더위에 뜬금없이 화로는 왜요?"

해루를 위아래로 훑어보던 양여섭이 대답했다.

"좀 전에 네가 네 입으로 말하지 않았느냐? 손에 장을 지진다고."

"네?"

"삼간택에 오르면 손에 장을 지진다고 했잖으냐. 그렇지 않아도 고문에 대한 방법을 연구하던 참이었다. 모처럼 기회가 생겼으니, 제대로 한번 연구를 해보려 한다."

"양 학사님!"

이럴 땐 어쩌나 민첩하신 건지.

어이없어진 해루는 고개를 설레설레 저었다.

그런데…… 잠깐만!

해루는 다시 슬금슬금 문을 나서려는 양여섭의 옷자락을 잡아당겼다.

"지금 하신 말씀이 무슨 뜻입니까?"

"무슨 뜻이긴? 네가 삼간택에 올랐다는 뜻이지."

"제가요? 왜요?"

해루는 놀란 눈으로 향을 바라보았다.

아무 일도 없다는 듯 향은 심드렁한 얼굴로 서책을 들여다보고 있었다.

"뭡니까? 알고 계셨던 겁니까? 아니, 그보다 제가 정말 삼간택에 오른 겁니까? 왜요? 이러면 안 되는 거 아닙니까? 이러다 정말 세자빈이라도 되면 어찌합니까?"

해루의 입에서 소낙비처럼 물음이 쏟아졌다.

"그럼……"

탁, 서책을 소리 나게 덮은 향이 예의 그 태연함으로 말을 이었다.

"고민할 일이 무어가 있겠느냐. 만약, 그리되면 그냥 세자빈이 되면 될 터."

"아! 그리하면 되겠군요. 그냥 세자빈이……. 네?"

해루의 눈이 휘둥그레졌다.

방금 뭐라고 하셨습니까?

잘 다녀오너라

노란 불티가 허공으로 날아올랐다.

일렁이는 불꽃이 무쇠솥을 달구었다.

기름진 향내가 마당에 진동했다.

노릇하게 음식이 익어가는 소리, 마당을 오가는 분주한 걸음들.

왁자한 잔치의 소란이 아침을 시작했다.

여느 때라면 여전히 이부자리 속에서 꼼지락거릴 시간이었건만 어느새 이불을 박차고 나온 나는 마당 한가운데 걸어놓은 무쇠솥 근처를 기웃거렸다.

행여 다칠세라 저리 가라는 행랑어멈의 손짓에도 꿈쩍도 하지 않았다.

등에 내려앉는 돈을볕이 제법 따스했다.

오늘은 내게 무척 특별한 날이었다.

사방이 파릇한 기운으로 들어찬 이날은……. 행복에 겨워 마냥 날개웃음 지을 수밖에 없는 이 봄날은 팔 년 전, 내가 생을 시작한 날이었다.

그 어떤 불행도 감히 끼어들 수 없는 그런 봄.

장하게 태어났으니 축복받아 마땅한 생일 아침.

나는 해사한 봄날의 한복판에 서 있었다.

어머니가 지어 주신 치마와 저고리를 맵시 있게 차려입고 간밤에 아버지께서 사다 주신 고운 신을 신었다. 자박자박 마당을 가로질러 뒤뜰로 이어지는 작은 돌다리를 건넜다. 겨우내 꽝꽝 얼어 있었던 연못물은 어느새 깊은 물웅덩이를 보여주었다. 길게 목을 빼 연못물을 내려다보고 있노라니 붉은 다홍치마에 노란 저고리 입은 나의 모습이 어리비쳤다.

면경처럼 맑은 물 위로 흐릿한 파문이 일었다.

바람이라도 불었을까?

그게 아니라면 연못 아래에 숨어 있던 백리(白鯉)가 빠끔 숨을 쉰 걸까?

홀린 듯 그 모습을 바라보는 나의 눈에 호기심이 어렸다.

잠시 숨을 멈춘 나는 뚫어지게 연못물을 응시했다.

연못에 비친 내 그림자가 그런 나를 향해 미소를 보였다.

둥글게 퍼져가는 파문 위로 흐릿하게 덧칠해지는 잔영들.

운명이 내 귓가에 속삭였다.

쉿!

비밀이야, 비밀.

하지만 아직은 어린 여덟 살.

비밀을 간직하기엔 턱없이 가벼운 나이였다.

"아버지, 어머니."

한달음에 어머니와 아버지에게로 달려갔다.

왁자한 연회의 정중앙.

부모님은 사람들 사이에 앉아 한껏 기쁜 얼굴로 웃고 있었다.

턱 끝에 숨이 차오른 얼굴로 아버지를 보았다. 마침 아버지께서도 날 바라보았다. 언제나처럼 가볍게 너털웃음을 지으신다. 아버지께선 좀처럼 크게 웃거나 크게 슬퍼하는 법이 없었다. 지금처럼 그저 가볍게 웃고 나직하게 한숨지으시는 게 고작이었다.

그런 아버지의 모습이 좋았다. 나를 바라보는 아버지의 눈빛이, 내가 무슨 말을 하는지 궁금해하는 표정이 좋았다. 하여, 장난을 치고픈 짓궂은 마음이 들어차기도 했다. 조가비처럼 입을 꾹 다물어 아버지가 궁금해 안달 내는 것을 보고 싶었다.

하지만 장난치는 대신 해야 할 말이 있었다.

내가 본 비밀을…… 운명이 내게 속삭인 비밀을 말해야 했다.

나는 잔뜩 들뜬 얼굴로 부모님에게 그리고 그 자리에 모인 모두가 들을 수 있도록 내 비밀을 늘어놓았다.

짧은 이야기가 끝난 후, 나는 한껏 부풀어 오른 얼굴로 두 분을 바라보았다.

부모님은 뭐라고 하실까? 나처럼 기뻐하실까? 크게 웃으실까? 아니면…….

어머니와 아버지를 향한 내 눈은 그 어느 때보다 반짝거렸다.

부모님은 기뻐하지도, 웃지도 않으셨다.

두 분의 입가에 화석처럼 걸려 있던 미소가 부서지듯 무너졌다.

웃음으로 떠들썩하게 부풀었던 연회의 공기가 싸늘하게 식어버렸다.

대체 무슨 일일까?

찰나의 시간이 흐른 후.

부모님의 미소는 예전처럼 되돌아왔다. 내게서 시선을 거두고, 다시 손님들과 눈을 맞추며 한담을 나누었다. 굳어버린 실내에도 왁자한 잔치의 분위기가 되돌아왔다. 좀 전의 서먹했던 기운은 거짓말인 양, 모든 것이 원래대로 돌아왔다. 하지만 어쩐 일인지 등줄기를 훑는 아뜩한 예감은 사라지지 않았다.

나는 그 불길한 느낌을 애써 외면했다.

오늘은 내 생일이니까.

그 어느 때보다 행복한 날이니까.

행복해야 할 날이니까…….

하지만…….

불행은 예고 없이 밀려드는 먹구름과 같았다.

늦은 밤, 들뜬 마음을 가라앉히고 겨우 잠이 들었던 나는 이내 달콤한 휴식에서 깨어나야만 했다.

시리도록 차가운 쇠붙이의 감촉이 목과 턱 어름을 훑고 있었다.

졸린 눈자위 사이로 흐릿하게 보이는 얼굴 하나.

사내는 검은 복면으로 얼굴을 가리고 있었다.

그러나 눈구멍 너머로 보이는 그 눈빛.

사내는 슬픔과 분노, 두려움과 공허가 뒤섞인 눈빛을 하고 있었다.

그 차가운 눈빛을 바라보던 나는 사내의 손끝으로 시선을 옮겼다.

시린 유백색의 쇠붙이.

날카로운 예기를 품은 검이었다.

고려의 공신인 할아버지의 유품.

매일 밤 아버지의 손끝에서 과거의 푸른빛을 되찾아가던 그것이

날, 고작 여덟 살 된 내 목을 겨누고 있었다.

"왜……?"

왜 이런 무서운 것을 내게 겨누고 있어요?

의문이 넘쳐났다. 하지만 입 밖으로 소리를 낼 수 없었다.

목을 겨누던 날카로운 검은 어느새 허공 위로 치켜 올라갔다.

바람결에 사내의 나지막한 음성이 들려왔다.

"너는 그리되어서는 안 된다. 너는 결코 그런 사람이 되어서는 아니 된다."

대체 무슨 말을 하는 것일까?

짧은 생애가 빠르게 머릿속을 스치고 지나갔다.

가장 행복한 날이었는데.

가장 행복해야 할 날이었는데.

서러움이 방울져 눈 속에 맺혔다.

바람을 가른 서늘한 감촉이 어느새 정수리 위까지 짓쳐들어왔다.

마지막 힘을 짜내어 눈을 질끈 감았다.

보고 싶지 않았다.

나를 죽이려는 서늘한 쇠붙이를.

내 짧은 생애의 마지막 모습을…… 보고 싶지 않았다.

톡!

뺨을 타고 흐른 눈물이 턱 끝으로 떨어졌다.

살고 싶다.

살고 싶었다.

죽고 싶지 않았다.

마른 비명이 가슴속을 둥둥 메아리쳤다.

죽음의 공포에 온몸이 짓눌려 있던 나는 쥐어짜낸 목소리로 한

마디 내어놓았다.

"살려……주세요."

살고 싶었다.

살고 싶어요.

그러니 제발…… 살려주세요.

그때였다.

나의 간절한 바람이 하늘에 닿은 것일까?

"안 돼요!"

외마디 비명과 함께 따스한 감촉이 내 작은 몸을 감싸 안았다.

보지 않아도, 굳이 고개 들어 확인하지 않아도 알 수 있었다.

그것이 어머니의 품이라는 것을.

어머니, 어머니, 어머니…….

치받힌 서러운 울음이 목 끝까지 올라왔다.

끅끅, 차마 소리 내어 울지 못하는 나를 어머니는 힘껏 품었다.

치자꽃 향내, 그 따스한 숨결과 보드라운 감촉에 마음이 놓였다.

동시에 어머니가 말해 주길 바랐다.

이 모든 것이 꿈이라고, 못된 악몽이라고 말해 주길 바라고 또 바랐다.

그런 내 귓가에 어머니의 작은 목소리가 들려왔다.

"도망쳐."

고개를 들어 어머니를 바라보았다.

어머니는 웃고 있었다. 그리고 울고 있었다.

파르르 떨리는 손끝으로 지문을 찍듯 내 얼굴을 어루만졌다. 그리고 다시 속삭인다.

"아가, 도망쳐. 어서 가거라."

말과 함께 어머니는 품에 안고 있던 나를 힘껏 밀쳐냈다.

그 거친 손짓 사이로 아릿한 혈향이 느껴졌다. 서늘한 검이, 나를 향해 짓쳐들어오던 그 예리한 칼날이 어머니의 등에 박혀 있었다.

거센 완력에 문지방까지 밀려났다. 텅 빈 눈으로 나를 죽이려는 사내와 그리고 나를 살리려는 어머니를 번갈아 보았다.

어머니는 사내의 옷자락을 부여잡고 있었다.

그리고 내게 말했다.

"어서 가, 아가. 어서 도망쳐."

나는 어머니의 말에 떠밀려 정신없이 달리기 시작했다.

얼마나 시간이 흘렀을까?

얼마나 달린 것일까?

가늠조차 되지 않았다.

다시 정신을 차렸을 땐 집이 훤히 내려다보이는 고개티였다.

어찌 그곳을 벗어났는지, 나를 쫓던 사내와 사내의 바짓가랑이를 붙잡던 어머니가 어찌 되었는지 기억나지 않았다.

그저 멍한 얼굴로 바닥에 주저앉은 채 집을 바라보았다.

나의 울타리였고, 나를 지켜주는 온전한 세계였던 그곳은 뜨거운 화염에 휩싸여 있었다.

대체 무슨 일이 일어난 것일까?

그 사내는 왜 나를…… 죽이려 한 것일까?

노란 불티가 허공으로 날린다.

일렁거리는 불꽃이 집을, 어머니를, 그리고 나의 추억을 삼키고 있었다.

나의 봄이, 찬란한 봄날이 뜨거운 불길에 고스란히 파묻혔다.

모든 것을 삼켜버린 불꽃은 곧 잿빛 재가 되어 사방으로 날렸다.

다정하게 바라보던 눈빛도, 따뜻하게 '해루야' 하고 불러주는 사람도 부연 재와 함께 허공으로 사라졌다.

더는 아무도 없었다. 아무도…….

❀

"하암……."

긴 하품 소리가 습한 공기를 갈랐다. 개떡 찌는 솥 앞에 앉아 있던 해루는 기지개를 켜며 눈가를 비볐다.

또 꿈을 꾸었다.

언제나처럼 꿈은 짙은 안갯속에 갇힌 듯 흐릿했다.

그러나 여느 때와는 다른 아릿한 감정. 무언가 소중한 것을…… 잃어버리고 싶지 않은 것을 잃어버린 것만 같았다. 하지만 그것이 무엇인지 기억나지 않았다.

해루는 텅 빈 손을 내려다보았다.

"무슨 생각을 그리하는 게냐?"

자상한 목소리가 머리 위로 떨어졌다. 고개를 들어 보니 눈가 가득 주름을 그린 채 웃고 있는 최최측근 아저씨의 얼굴이 눈에 들어왔다.

"아저씨!"

굳어 있던 해루의 표정이 환하게 밝아졌다.

"개떡 익는 냄새가 화원에 가득하구나."

언제나처럼 하얀 잠방이 차림의 최최측근은 화원의 정자 계단에 자리 잡고 앉았다.

"마침 잘 오셨습니다. 그런데 오늘은 혼자 오셨습니까?"

"황가는 일이 있어 조금 늦는다고 하였지. 그런데 무슨 일이냐?"

"네?"

"잠을 못 잔 게냐? 눈 밑에 수심이 가득하구나."

최최측근은 짙게 그늘이 진 해루의 얼굴을 가리켰다.

"별일 아닙니다."

"나이 들어 좋은 것이 몇 가지 있는데, 제일 좋은 건 주책을 떨어도 그리 큰 흉이 안 된다는 것이야. 젊었을 적에는 이리하면 저 사람이 나를 어찌 볼까, 저리하면 저 사람 눈에 어찌 보일까 전전긍긍하였는데, 나이가 드니 이리해도 나이 들어 저러는구나, 저리해도 나이 들어 노망이 났구나, 이해하고 넘어가 준단 말이지."

"혹시 이해하는 게 아니라 체념하는 것 아닙니까?"

"어쨌든 늙은이는 주책을 떨어도 큰 흠이 안 되더구나."

"그렇습니까?"

"두 번째로 좋은 건 말이다, 굳이 살피지 않아도 느껴지는 것이 있다는 거야. 예를 들면 지금 같은 경우지. 최측근이 굳이 입 밖으로 소리 내지 않아도 뭔가 근심이 있다는 걸 이 늙은이는 다 알고 있지. 그러니 말해 보아. 무슨 걱정이 있는 것이야?"

"그게……."

어찌 말을 해야 하나 잠시 고심하던 해루는 최최측근의 곁에 자리를 잡고 앉았다.

"도무지 이해가 가지 않습니다."

"무어가?"

"세자 저하 말씀입니다."

"저하가 또 왜?"

"제가 세자빈 간택에 참여하는 이유는 분명 세작을 찾아내기 위함이었습니다."

"그렇지."

"아, 그런데 아시는지 모르겠지만, 그 세작을 찾아냈단 말입니다."

"소문으로 들어 알고 있다."

"그럼 된 거 아닙니까? 더는 세자빈 간택에 참여할 이유가 없잖아요. 그런데도 삼간택에 참여하라 하시니…… 도무지 영문을 모르겠습니다. 게다가 무슨 일인지 제가, 바로 제가 삼간택에 올랐단 말입니다."

"허허허, 잘되었구나."

"그게 그런 것이 아닙니다."

"또 왜?"

"이렇게 삼간택에 올랐다가 진짜 만에 하나 덜컥 세자빈이라도 되면 큰일이 아닙니까."

"안 될 것은 또 무어냐?"

최최측근의 말에 해루는 말을 멈추고 그를 빤히 바라보았다.

"왜? 내 얼굴에 뭐가 묻었느냐?"

"똑같은 말씀을 하십니다."

"누가 또 이런 말을 했어?"

"세자 저하께서도 그리 말씀하셨거든요."

"허허, 그랬느냐?"

너털웃음을 터트리는 최최측근을 해루는 꿰뚫는 시선으로 훑었다.

"어찌 사람을 그리 보는 것이야?"

"이상해서요."

"뭐가?"

"그럴 리는 없겠지만 말입니다……."

"응?"

"절대 그런 일은 없을 텐데……. 이상하게도 아저씨와 공갈 저하께서 많이 닮았다는 생각이 들어서 말입니다."

"그러냐?"

행여 눈치챈 것은 아닐까 하여 최최측근은 연신 해루의 눈치를 살폈다. 내내 최최측근의 얼굴에 시선을 고정하던 해루가 마침내 고개를 설레설레 저었다.

"역시……."

"……."

꿀꺽, 최최측근은 긴장으로 고인 침을 삼켰다.

이어 단정 짓듯 해루가 말했다.

"몸이 곤하니 눈도 나빠지는 듯합니다. 최최측근 아저씨와 세자 저하가 닮았다니. 하하하, 이런 말도 안 되는 상상을 다 하다니 말입니다."

"뭘 또 그렇게 단호하게 잘라 말하누."

뭔가 아쉽다는 듯 최최측근은 마른 입맛을 다셨다.

그때 화원 저 끝에서 무에 못마땅한 표정의 황 노인이 어슬렁거리며 다가왔다.

"왔는가?"

반갑게 맞이하는 최최측근과 달리 황 노인은 벌레라도 씹은 듯 이마에 깊은 주름이 가득했다.

"황 할아버지, 안색이 좋지 않습니다."

걱정하는 해루를 보는 황 노인의 시선이 곱지 않았다.

마치 이게 다 너 때문이다, 하는 원망의 눈빛.

그러나 이내 곁에 있는 최최측근의 매서운 눈씨에 질려 고개를 푹 숙였다.

"떡 익는 냄새를 맡으니 배에서 아우성을 치는구나. 최측근, 언제쯤 떡이 되는지 살펴보고 오너라."

최최측근의 말에 해루는 다시 찜솥을 살피러 갔다.

해루가 멀어지기 무섭게 최최측근은 황 노인을 돌아보았다.

"하는 일은 잘되어가는가?"

황 노인은 길게 한숨을 내쉬며 고개를 흔들었다.

"쉽지 않을 것 같습니다."

지금까지 황 노인은 가례도감의 관원들과 함께 삼간택에 올린 간택인들에 관해 의논하고 오던 길이었다. 삼간택에 오를 세 명의 간택인 중 한 명의 간택인으로 인해 오늘도 가례도감은 의견이 분분했다. 이미 낙점은 끝났건만, 여전히 불만이 남은 관원들은 입에 거품을 물고 있었다.

황 노인의 눈이 절로 개떡을 찌고 있는 해루에게 향했다. 이윽고 곁자리를 지키고 있는 최최측근을 돌아보던 황 노인은 다시 땅이 꺼져라 한숨을 내쉬었다.

그런 그에게 최최측근이 물었다.

"누가 제일 문젠가?"

"집현전 교리 최을서가 유생들을 선동하고 있사옵니다. 곧 상소가 올라올 것 같습니다."

"집현전 교리 최을서라……."

곱씹듯 혼잣말을 중얼거리던 최최측근이 문득 앞섶을 뒤적거렸다. 이윽고 품에서 작은 서책이 나왔다. 최최측근은 침침한 듯 눈을 비비며 서책을 넘겼다.

"아, 여기 있군. 집현전 교리 최을서, 지난가을에 죄를 짓고 낙향한 예조참의를 추국하는 과정에서 죄를 꽤 많이 덮어주었더군. 그리고 그 이후에 우연처럼 그 집의 전답이 늘었고 노비의 수도 스물이나 더 늘었군."

"……!"

"가서 전하시게. 눈덩이처럼 재물이 늘어나는 것 같아 지켜보는 내 마음이 다 흐뭇하다고 말일세. 내가 축하의 말 하더라고 꼭 전하게."

"털어서 먼지 안 나는 사람 없습니다."

"말 한번 잘했군. 그대의 말처럼 먼지 안 나오는 사람은 없겠지. 하지만 그 먼지가 해진 옷감에서 털리는 실밥인지, 주머니에 잔뜩 든 뇌물 탓인지는 따져볼 필요가 있지 않겠는가?"

"하오나 그 한 사람의 입을 막는다고 해결될 문제가 아니……."

그때 최최측근이 황 노인의 눈앞에다가 들고 있던 서책을 흔들었다.

"이 책의 절반이 누구의 치부인지 아는가?"

"모, 모르옵니다."

"알면 아주 깜짝 놀랄 걸세."

"……."

저리 말씀하시는 걸 보니, 분명 황 노인의 치부가 저 서책에 가득 담겨 있음이라. 저 치부책으로 삼대는 족히 공갈 협박하실 분이다.

"정말로 해루를 삼간택에 올릴 생각이십니까?"

"그게 아니라면 뭐하러 이 서책을 흔들고 있겠나?"

"근본을 모르는 아이입니다."

"예전에 했던 말이군."

"부모가 누구인지도 모르는 아이입니다. 설사 바라시는 대로 저 아이가 세자빈이 된다 할지라도 오래 버티지 못할 것입니다. 무릇 나무가 천 년을 살려면 뿌리도 튼튼하여야 하지만, 뿌리가 뻗은 대지 또한 굳건해야 하는 법입니다."

"그대도 저 아이의 뿌리가 튼실함은 인정하는 모양이군."

"제 말은 그런 뜻이 아니오라……."

"나무가 튼튼해지려면 대지가 너무 좋아서도 안 된다네. 진실로 천 년을 가는 나무는 오히려 척박한 대지에서 자라는 법이지. 위태로운 절벽 위에서 비바람 견뎌내고, 가뭄과 홍수도 이겨내야 비로소 천 년을 버틸 굳건한 뿌리를 가질 수가 있지. 좋은 대지와 훌륭한 환경에서 자란 나무는 보기엔 예뻐도 뿌리가 얕은 법. 작은 고난에도 허리가 꺾이고 부러지기 쉬운 법이지."

"정치는 자연과 다르지 않습니까?"

"세자가 저 아이의 뒷배로 제법 괜찮은 사람을 준비해 놓았더군. 그 정도면 세파는 막아줄 수 있을 터."

"만약 나중에라도 저 아이의 치부가 밝혀지면 어찌하려 하십니다. 세자빈에 어울리지 않는 신분임이 밝혀지면……. 아니, 나중은 둘째 치고 지금도 대신들의 불만이 하늘을 찌르고 있사옵니다."

"그래서 내가 이렇게 그대 앞에서 책을 흔들고 있지 않은가? 오랫동안 숨겨왔던 이 치부책을 말일세."

"그, 그런……."

뻔뻔한 최최측근의 행동에 황 노인은 말문이 턱 막혔다. 그 모습을 즐기듯 바라보며 최최측근이 말을 이었다.

"내, 그대만 믿으이."

황 노인의 한숨이 짙어졌다.

❀

오후 내내 흐리더니 밤이 되자 는개비가 내렸다.

빗물에 젖어 있는 후원 한 귀퉁이.

해루는 잔뜩 어깨를 움츠린 채 작은 나무문 앞을 서성거렸다.

삼간택의 준비를 위해 궁 밖에 있는 권 대감의 집으로 나가는 길이었다.

"대체 무슨 꿍꿍이속인지 알다가도 모르겠다니까."

제자리걸음을 하는 해루의 입에서 불퉁한 목소리가 흘러나왔다. 세작을 찾아냈음에도 여전히 삼간택에 참여하라는 세자 저하의 의중을 이해할 수가 없었다.

궁금한 마음에 최최측근에게도 물어보았지만 애매한 대답만 돌아올 뿐이었다.

하라기에 하기는 하지만…….

해루의 마음에 진득하게 앙금이 내려앉았다.

어찌 모르시는 것일까? 이리하면 자꾸만 기대하는 것을. 감히 세자빈이 되어 세자 저하의 곁자리를 차지하는 얼토당토않은 꿈을 꾸는 것이……. 오르지 못할 나무를 쳐다보는 것이 얼마나 마음 시린 것인 줄을 저하께서는 정녕 모르시는 듯했다.

속상해진 해루는 향이 있는 동궁을 바라보며 입을 삐죽 내밀었다. 그러다 제 하는 행동을 누가 볼세라 시치미 뚝 떼고는 몸을 돌렸다.

"그나저나 두목님이 오늘은 꽤 늦으시네."

아무리 기다려도 궁 밖으로 자신을 데려다줄 무혁의 모습이 보이지 않았다. 해루는 으스스 몸을 떨며 어깨를 감싸 쥐었다. 소리 없이 내린 빗물에 어느새 옷이 젖었다.

기다리고만 있을 게 아니라 찾으러 가야 하나?

문 앞을 서성이던 발길을 돌리려는 찰나.

"해루야."

아름드리나무 뒤에서 부르는 소리가 들려왔다.

"두목님?"

해루는 눈가를 가늘게 여몄다.

이윽고 그녀의 시야에 긴 그림자가 들어왔다.

그러나 기다리던 무혁이 아니었다.

붉은 곤룡포를 입은 사내, 향이었다.

"저하……."

"많이 기다렸느냐?"

"여긴 어찌?"

해루의 고개가 옆으로 기울어졌다.

지금쯤이면 동궁전 서고에 계셔야 할 분이 여긴 어쩐 일이실까?

"삼간택이 아니더냐? 네가 혼란스러워하는 것 같아, 삼간택에 참가해야 할 이유를 설명해 주러 왔느니라."

해루의 가까이로 다가온 향은 그녀의 모습에 미간을 찡그렸다.

"융통성 없는 녀석."

빗물에 젖어 있는 모양새가 그의 심기를 건드렸다.

이리 비가 오면 어디 처마 밑에라도 가 있던가. 그게 아니면 되돌아와야 할 것이 아니던가.

마뜩잖은 시선으로 해루를 내려다보던 향은 곤룡포를 벗었다.

이윽고 붉은 곤룡포가 그대로 해루의 작은 몸을 감쌌다.

해루는 입술을 내밀었다.

"이리하셔도 소용없습니다."

"뭐라?"

"아무리 이리하셔도 무슨 속셈이 있는 거 다 압니다."

"무슨 소리냐?"

"이 곤룡포의 용도를 제가 진즉에 알고 말았습니다."

"곤룡포의 용도가 있었더냐?"

"네. 집현전 학사들 사이에서는 유명합니다."

"무엇이냐?"

"일종의 채찍질이지요. 저하께서 원하는 것을 달성하기 위해 학사들을 달리게 만드는 채찍과 당근이라고나 할까요."

"……."

"하여 궁금합니다."

해루가 진실로 궁금하다는 눈빛으로 향을 응시했다.

그 눈을 정면으로 마주하며 향이 물었다.

"무어가?"

"지금 제겐 무엇을 원하시는 겁니까?"

"원하는 것?"

"네. 굳이 궁을 나서는 절 일부러 찾아와 용포를 덮어주시는 걸 보니, 분명 하찮은 요구가 아닌 모양이지요. 마음의 준비는 되었습니다. 뭘 해드리면 되는 겁니까?"

"정녕 알고 싶으냐?"

"네. 알고 싶습니다."

"알게 되면 놀랄 터인데, 감당할 자신이 있느냐?"

역시, 무슨 속내가 있었구나.

해루는 제법 당찬 얼굴로 향을 올려다보았다.

"괜찮습니다. 그것이 무엇이 되었든 감당할 자신 있습니다."

"좋다. 정히 그리 원한다면⋯⋯."

거친 악력이 해루의 양어깨를 휘감았다. 동시에 그는 붉은 곤룡포의 옷깃을 힘껏 잡아당겼다. 이내 향의 품으로 해루의 작은 몸이 풀썩 안겼다.

"저, 저하⋯⋯."

해루의 눈에 놀람이 들어찼다.

"그것 보아라. 놀랄 것이라고 하지 않았느냐?"

"그, 그렇지만⋯⋯."

"감당할 자신이 있다 대답하였지?"

해루를 바라보는 향의 입가에 의미심장한 미소가 가득 떠올랐다.

작고 조그마한 여인.

처음에는 그저 스쳐가는 인연이라 생각하였다. 언젠가 떠날 인연이라 생각하였다. 그런데⋯⋯ 아니었다. 떠날 수 있다는 사실을 까맣게 잊어버릴 만큼, 어느새 해루는 그에게 특별한 존재가 되어 있었다.

그런 사실을 깨닫는 순간, 한동안 아무것도 들을 수도, 볼 수도, 생각할 수도 없는 백치가 되어버렸다. 그리고 그다음은 자신을 그리 만들 수 있는 존재에 대한 두려움이 그를 잠식했다.

여인 때문에 마음이 송두리째 흔들릴 수 있다는 것이 도무지 믿기지 않았다. 그 여인이 다름 아닌 해루라는 사실을 더더욱 받아들일 수 없었다. 그러나⋯⋯ 사람의 마음이란 선택할 수 있는 것이 아니었다.

"저하……."

여린 울림이 향의 심장에 큰 파문을 일으켰다.

"그때, 너를 보는 것이 아니었다."

거짓.

동구비보에서 처음 해루를 만난 날을 떠올렸다.

느닷없이 그의 가슴을 파고들었던 온기.

그 온기가 싫지 않았다. 그리고 지금은…… 곁에 없으면 찾게 되었다.

"이렇게 너를 보아서는 아니 되는 것이다."

거짓.

보지 않고는 보낼 수가 없었다. 그래도 궁을 나가는 그녀에게 인사를 건네기 위해 서둘러 달려왔음은 절대 입 밖으로 내지 않으리라.

어쩌다 이리되었을까?

이토록 굴복되는 마음. 한없이 복종하고 싶은 마음. 하여, 온전히 품고 싶은 마음.

세상의 모든 것이 희석되었다. 향에게 보이는 것은 오직 한 사람, 해루밖에 없었다.

그의 얼굴이 그녀의 얼굴 위로 다가왔다.

"내가 네게 원하는 것은 바로 이것이다."

그의 입술이 그녀의 입술 위로 포개졌다.

그의 마음이……. 지금껏 내내 부정(否定)하던 사내의 마음이 마침내 항복을 선언했다. 마음의 무장을 해제한 사내는 더는 거칠 것이 없었다. 그것은 어쩌다 스치고 지나가는 가벼운 감정이 아니었다.

나만의 사람.

오직 한 사람을 위한 마음.

아취니(我取你).

너는 나의 것이다.

나의 사람……. 나만의 여인.

진정한 마음을 담은 길고 긴 입맞춤의 끝자락.

아쉬운 마음 담뿍 담긴 목소리로 향이 속삭였다.

"잘 다녀오너라, 해루야."

기다리고 있으마.

태양 빛이 수강궁 처마 아래로 길게 늘어졌다.

문이 열린 수강궁 안으로 간택인들을 태운 가마가 차례로 들어섰다.

양옆으로 길게 도열해 있던 궁녀들이 고개를 조아렸다.

잠시 후.

첫 번째 가마가 멈춰 섰다.

화려한 치장을 한 가마 문이 열리고 현성이 모습을 드러냈다.

천하를 내려다보는 듯한 거만한 시선.

당장 세자빈이 된 듯 아우르는 눈길로 주위를 둘러보던 현성은 자신만만한 미소를 입가에 지었다.

그녀의 시야에 두 번째로 들어오는 가마가 보였다.

가마 밖으로 소은이 나타나자 현성은 가볍게 눈인사를 보냈다.

'그래, 저만하면 나와 견줄 만하지. 그러나 마지막에 웃는 이는

바로 내가 될 것이야.'

　입 밖으로 내지 않았으나, 그녀의 마음은 낯빛을 통해 고스란히
드러났다.

　그런 현성의 눈동자에 마지막, 세 번째 가마가 들어왔다.

　소박하게 꾸민 가마가 멈추고 가마 문이 열렸다.

　이번에는 뉘려나?

　궁금한 현성의 눈이 다음 순간 크게 벌어졌다.

　열린 가마 문 밖으로 모습을 드러낸 이, 다름 아닌 해루였다.

　유백색의 진주가 알알이 박힌 나비 모양의 머리 장식이 아침 햇
살을 받아 반짝거렸다. 사뿐 걸음을 옮길 때마다 꽃봉오리가 만개
하듯 치맛자락이 부풀어 올랐다.

　삼간택을 위해 치장한 해루는 마치 천계의 항아가 땅 위에 발을
디딘 듯 시리도록 선연한 아름다움을 자아냈다.

　현성의 눈매가 가늘어졌다.

　그런 현성을 향해 해루가 하얀 웃음을 보였다.

　"이렇게 또 만나는군요."

　세자빈 간택의 마지막 날.

　운명의 서막이 열리는 순간이었다.

삼간택까지 앞으로 반보(半步)

떠오르는 아침 햇살 위로 구름이 빠르게 흘러갔다.

날아갈 듯한 처마 아래로 제비가 낮게 날았다.

창밖 풍경을 하염없이 바라보던 해루의 귓가로 덤이의 목소리가 흘러들어왔다.

"아가씨, 듣고 계셔요?"

쉴 새 없이 재잘거리던 덤이가 무언가 질문을 한 모양이다.

"웅?"

"아이참, 대체 왜 이러셔요. 무슨 일 있으셨어요?"

"아무 일도 아니야."

"아무 일도 아닌데 어찌 그리 아침부터 혼을 빼고 계세요?"

거듭 물어오는 덤이에게 해루는 연신 별일 아니라며 고개를 흔들었다.

정신 차려야지. 오늘은 삼간택 날이었다. 중요한 날이니만큼 정신을 집중하고 온 마음으로 간택에 임해야 하리라.

그러나 그런 다짐도 잠시뿐. 조금만 방심하면 해루의 시선은 자연스럽게 처마와 하늘이 보이는 바깥 풍경으로 향했다.

아니, 정확히는 바깥 풍경조차도 제대로 보고 있지 않았다. 푸른 하늘을 배경으로 뜻지 않게 찾아온 작은 행복을 되새기고 있을 뿐이었다. 빗물에 젖은 후원 한 귀퉁이, 촉촉하게 내리는 는개비, 가지가 길게 늘어진 나무 아래 서 있던 향에게로…… 붉은 용포를 입은 그의 곁으로 자꾸만 마음이 치달리곤 하였다.

─많이 기다렸더냐?

향의 나직한 목소리가 귓가를 울렸다. 입술에 새겨진 온기가 잔영처럼 남았다. 심장에 담긴 속삭임이 달궈진 쇠처럼 전신을 뜨겁게 만들었다. 시간이 제법 흘렀음에도 불구하고, 해루의 시간은 그때 그 순간에 멈춰 있었다.

모든 것이 꿈만 같았다. 그 아찔하고 달콤한 입맞춤도, '다녀오라'며 귓가에 속삭이던 목소리도 밤이 그려낸 장난 같았다.

그분이 어떤 시선으로 나를 바라보았었지? 무슨 말을 하고 어떤 표정을 지었더라?

고작 몇 시진 전의 일이 마치 오래된 추억처럼 하얗게 바래져 선명하지 못했다. 자꾸만 흐려지는 기억이 아쉽고 안타까웠다.

"아가씨!"

덤이가 다시 해루를 불렀다. 잠시 딴생각을 하는 사이에 저 작은 입술로 또 무언가 이야기를 한 모양이다. 삼간택이 시작된 이후 덤이는 그야말로 평생 참아온 수다를 죄 쏟아붓듯 끊임없이 수다를 떨고 있었다.

"그래, 덤이야. 듣고 있어."

"아직 삼간택이 시작되지도 않았어요. 어디다 넋을 빼고 계신 거여요? 정신 차리세요. 다른 아가씨들 좀 보시어요. 다들 눈에 불을 켜고 계시잖아요."

덤이의 말에 해루는 주위로 시선을 돌렸다. 아침 햇살이 스며드는 선양정에는 해루와 현성 그리고 소은이 자리하고 있었다. 덤이의 말처럼 현성과 소은의 얼굴에는 긴장감이 가득했다. 두 사람은 각기 함께 입궐한 수모(手母)에게서 마지막 몸치장을 받고 있었다.

"정신 바싹 차리셔야 해요. 이러다 다 된 밥에 코 빠트리는 수가 있다고 울 엄니가 말씀하셨다고요."

결의 가득한 덤이의 목소리가 귓가를 파고들었다.

"다 된 밥에 코를 빠트려? 그건 또 무슨 소리야?"

"그럼 다 된 밥이죠. 삼간택이라고요, 삼간택. 이제 한 보(步), 아니 반 보만 걸으면 세자빈이 되시는 거라고요."

"……."

"울 엄니가 그러시는데 중궁전에서 아가씨를 보는 눈이 예사롭지가 않대요."

"응?"

이건 또 무슨 엉뚱한 소리일까? 해루의 눈에 의구심이 피어올랐다.

"지난번 재간택 끝나고 집으로 돌아갈 때 말이어요, 중궁전 상궁마마님이 집까지 따라오셨잖아요."

"그랬지."

"그게 사실은 중전마마께서 넌지시 속마음을 비치신 거라고 하더라고요."

"중전마마의 속마음?"

해루가 까만 눈을 깜빡거리자 덤이가 제 가슴을 주먹으로 쾅쾅 두드렸다.

"아이참, 어찌 이리 답답하실까? 중궁전에서 뭐하러 아가씨께 상궁마마님을 붙이셨겠어요? 너는 이미 내 며느리다, 이런 뜻 아니겠어요?"

"꿈보다 해몽이구나."

두 사람 사이로 카랑한 목소리가 끼어들었다. 해루의 시야로 현성의 도도한 얼굴이 들어왔다.

"너희 노는 모양새가 순진하다 못해 멍청해 보여서 내 한마디 조언하자면 말이다."

노골적으로 해루에게 적대감을 드러낸 현성이 말을 이었다.

"사실 이 모든 것은 의미가 없단다."

"그게 무슨 말입니까?"

해루가 물었다.

"그러니까 지금 너희가 이리 치장하고 번잡을 떨어봤자 소용없다는 말이다. 이미 세자빈이 될 이는 내정되어 있거든."

입꼬리를 길게 늘인 현성이 해루와 소은을 번갈아 보았다.

"그리 내정된 분이 설마 아가씨는 아니죠?"

해루의 곁에서 연신 눈치를 살피던 덤이가 그 말이 마음에 들지 않는다는 듯 불퉁하게 물었다. 현성의 눈빛이 금세 사나워졌다.

"감히, 어디라고 끼어드는 것이냐?"

"아니, 저는 그런 것이 아니라……."

"어허! 네가 정녕 죽고 싶은 것이냐?"

마치 이미 세자빈이 된 듯 덤이를 대하는 현성의 표정과 목소리는 엄하기 짝이 없었다. 덤이의 목이 자라처럼 움츠러들었다. 해루가 그 앞을 슬그머니 막아섰다.

"아직 어린아이입니다."

"물색없이 덥석덥석 나서기는 주인이나 부리는 아랫것이나 매한가지구나."

낮게 혀를 차며 현성은 등을 돌렸다.

"알아두어라. 세자빈을 간택하는 것은 중전마마, 한 분의 성심으로 결정될 만큼 사소한 일이 아니다. 이 나라의 종묘와 사직을 양 어깨에 올리고 살아야 할 막중한 자리를 뽑는 것이니, 조정의 중신들과 왕실 어른들의 의견이 일치하는 한 사람이 선택될 것이야."

말인즉, 너는 절대 세자빈이 될 가망이 없다고 나름 돌려 말하는 것이었다.

해루의 얼굴에 씁쓸한 미소가 피어올랐다. 그러나 이내 표정을 갈무리한 그녀는 자리에 앉는 현성에게 밝게 말했다.

"길고 짧은 것은 대봐야 알지요."

"뭐?"

"제가 아는 어떤 분이 있습니다. 불가능한 꿈과 이상을 실현하기 위해 발버둥 치는 분이시죠. 그분이 말씀하셨습니다. 불가능은 그저 지금까지 할 수 없었다는 말에 불과하다고요."

"그건 또 무슨 헛소리냐?"

"발버둥 한번 쳐보겠습니다."

"뭐?"

"혹시 압니까? 계란으로 바위를 계속 치다 보면 바위가 깨질 수도 있지 않을까요?"

"흥! 그 나물에 그 밥이라고, 허황한 생각을 하는 건 주인이나

부리는 아랫것이나 다를 것이 없구나."

말귀를 알아듣지 못하는 사람과는 더는 말을 섞기 싫다는 듯 현성은 고개를 돌려 해루를 외면했다.

그 모습을 가만 지켜보던 해루는 한숨을 내쉬었다.

세자빈이 된다? 현성에게 큰소리치긴 했지만, 언감생심 꿈도 못 꿀 일. 감히 생각조차 해서는 안 될 일이었다. 그러나 그 어마어마한 사건의 한복판에 자신이 있었다. 세자빈을 뽑는 마지막 관문. 어찌하다 보니 삼간택까지 오른 세 명의 간택인 중 한 사람이 되고 말았다. 자신이 지금 어디에 무엇을 하러 와 있는지 잠시 망각하고 있던 해루는 입안에 고인 침을 꼴깍 삼켰다.

멀리서 사시(巳時, 아침 9~11시)의 시작을 알리는 북소리가 들려왔다. 굳게 닫혀 있던 선양정의 문이 열리고 짙은 녹색 당의를 입은 상궁들이 일렬로 들어섰다.

잠시 후, 최고 상궁이 모습을 드러냈다. 세 명의 간택인을 둘러보며 최고 상궁이 입을 열었다.

"이제 곧 삼간택이 시작될 것이옵니다."

향은 궁궐의 가장 높은 누각에 올라 궁을 내려다보았다. 사방 끝이 보이지 않는 담벼락으로 둘러싸인 궁은 백성들에겐 그야말로 선인들의 세계였다. 그러나 그 안에서 살아가는 향에겐 그저 일상이었고, 때로는 벗어던지고 싶은 멍에였다.

그러던 것이 달라졌다.

무채색이었던 그의 일상이 언제부터인가 오색 찬연하게 빛났다.

무료한 나날은 햇살처럼 반짝거렸고, 무거웠던 위(位)의 무게가 오늘따라 든든하게 느껴졌다.

이 모든 것이 한 사람 때문이었다.

향은 궁의 광경을 눈에 담았다.

산 자들의 무덤이라 불리던 황금의 고치. 풍요로웠으나 생기라고는 찾아볼 수 없었던 궁이 새로운 식구를 맞이하는 생동감으로 가득했다. 수백의 궁인들이 세자빈 간택의 마지막 날을 준비하고 있었다. 아직 정해지지 않았지만, 곧 있으면 세자빈이 될 이를 축하하기 위해 진즉부터 몰려든 종친과 중신들로 궁은 북적거렸다.

궁과 바깥세상을 연결하는 궁문이 죄다 열렸다. 크고 작은 문을 통해 세자빈을 위한 물건들과 음식들을 이고 지고 사람들이 드나들었다. 에두르는 시선으로 궁을 내려다보는 향의 곁으로 발소리가 들려왔다.

"혁아."

고개도 돌리지 않은 채 향은 무혁을 불렀다. 무혁이 소리 없이 머리를 조아렸다.

"어찌 되었느냐?"

"선양정에 있던 간택인들은 곧 마지막 면담을 위해 중궁전으로 자리를 옮길 것 같사옵니다. 그곳에서 주상 전하와 중전마마, 그리고 왕실 어른들과 간단히 다과를 들며 담소를 나눌 것이라 하옵니다."

"주상 전하께서 그 자리에 나가신다 하더냐?"

"네. 모처럼 시간이 비었으니 기꺼이 새 식구 들이는 데 얼굴을 비치겠다 말씀하셨다 하옵니다."

"아바마마께서 그러셨단 말이지? 참으로 별일이구나."

향은 고개를 외로 기울였다.

좀처럼 없던 일. 아바마마께서는 절대 이유가 없는 일에 시간을 내는 분이 아니셨다. 황금보다 더 소중한 것이 시간이라는 말씀을 입버릇처럼 달고 사시는 분이 아니던가. 그런 분이 세자빈 간택 자리에 걸음을 하신다면 분명 연유가 있을 터.

그것이 무엇인지 궁금하였다. 그러나 그건 나중에 알아보면 될 터. 지금 중요한 일은…….

향의 시선이 궁의 한 곳에 고정되었다.

선양정 계단 아래에 모여 있는 여인들이었다. 그 먼 곳에서도 향의 눈에 한 사람이 들어왔다.

해루.

유난히 얼굴이 하얗고, 유난히 눈이 까만 한 여인이 그의 망막을 가득 채웠다. 봄날의 아지랑이처럼, 한밤의 신기루처럼 아련하여 이상하게도 향의 마음을 불안하게 했던 여인. 그 여인이 자신에게로 걸어오고 있었다. 온전한 향의 여인이 되기 위해 한 걸음, 한 걸음, 고운 발길 내딛고 있었다.

"어서 오너라, 해루야."

낮은 혼잣말이 바람을 타고 선양정으로 날아들었다.

최고 상궁은 선양정 댓돌 위에 서서 세 간택인들을 둘러보았다.

"지금부터 중궁전으로 갈 것이옵니다. 그곳에서 주상 전하와 중전마마 그리고 왕실의 어른들께서 세 분을 기다리고 계시옵니다."

나직한 음성이 허공에 묵직한 파동을 그렸다. 금방이라도 끊어질 듯 팽팽한 긴장감이 선양정 앞뜰을 휘감았다. 내내 오만한 표정을 잃지 않던 현성조차도 긴장한 기색이 역력했다. 언제나 미소를 간직하던 소은의 입가가 파르르 떨렸다.

최고 상궁은 곁을 지키고 서 있는 상궁들을 돌아보았다. 최고 상궁의 눈짓을 받은 상궁들이 세 간택인들에게 다가왔다. 한 간택인마다 두 명의 상궁들이 좌우, 양옆으로 섰다.

"오늘은 곁에 선 아이들이 세 분을 도울 것이옵니다."

상궁들이 일제히 고개를 조아렸다.

세 명의 간택인을 대하는 상궁들의 태도가 조금은 달라졌다. 예전처럼 법도와 규율에 맞춰 행동하는 것은 여전했지만 조금 더 조심스러웠고 조금 더 정중했다. 그도 그럴 것이, 이 세 명의 간택인 중 하나가 그들의 여주인이 될 터였다.

해루의 뇌리로 향의 얼굴이 떠올랐다.

— 잘 다녀오너라.

드디어 시작합니다, 저하.

해루는 상궁들을 따라 선양정을 나섰다. 한 발, 한 발 내디딜 때마다 향과의 거리가 가까워지는 듯했다.

붉게 옻칠한 중문을 지나고 긴 회랑을 따라 걷노라니 분주하게 오가는 궁녀들의 모습이 보였다. 수강궁 앞마당에 길게 쳐진 차일 아래로 수십 개의 솥이 걸려 있었다.

허공으로 날아오르는 노란 불티. 일렁이는 불꽃에 달궈진 무쇠 솥 위로 노릇하게 음식 익어가는 소리가 들려왔다. 내딛는 걸음마다 기름진 향내가 진동했다.

궁 안은 왁자한 잔치의 소란으로 가득했다.

세자빈을 맞이하기 위한 특별한 날. 등으로 내려앉는 따뜻한 아침 볕의 촉감을 느끼며 해루는 걸음을 옮겼다.

그러다 문득, 잠시 멈춰 섰다.

이상했다. 이상하게 낯설지 않았다. 이 왁자한 소란이, 이 기름진 향내가…… 허공으로 날아오르는 노란 불티가 기이하게 익숙했다.

마치…… 언젠가 한 번 본 듯한 광경.

언제 보았을까? 대체 언제……?

묘한 기시감에 해루는 고개를 갸웃거렸다.

"아가씨, 왜요? 무어가 이상해요?"

해루의 등 뒤에 그림자처럼 바싹 달라붙어 있던 덤이가 걱정스럽게 물었다.

"아니, 아니야."

해루는 머릿속을 간질거리는 기억의 편린을 서둘러 털어버린 채 다시 걸음을 옮겼다.

"자네, 어찌 이리 더딘 겐가?"

수강궁 한쪽, 커다란 가마솥 앞에서 칼질을 하던 숙수(熟手)의 얼굴이 일그러졌다.

삼간택이 끝나면 그간 고생했던 종친들을 모시고 한바탕 연회가 벌어질 참이었다. 연회까지 시간이 얼마 남지 않았건만, 일손을 돕기 위해 사용원에서 보내온 사내의 행동은 보기만 해도 답답할 만큼 굼떴다. 마음이 급해진 숙수는 큰 눈을 부라리며 기어이 목소리를 높이고야 말았다.

"거참! 여기 있는 재료부터 손질하라고 내 몇 번을 말했는가?"

숙수는 제 앞에 수북하게 쌓여 있는 채소를 가리켰다. 그러나 사내들은 넉살 좋게 웃으며 술 수레에 담긴 술을 하나씩 꺼내 수강궁 마당에 내려놓았다.

"잠시만 기다리십시오. 금방 끝낼 겁니다."

"어이구, 아무리 일손이 부족해도 그렇지, 어디 저런 자를 궁에 들였단 말인가."

쿵쿵, 제 가슴을 두드리던 숙수는 더는 못 참겠다는 듯 제 손으로 채소를 다듬기 시작했다. 힐끗, 곁눈질로 그 모습을 지켜보던 사내가 차일 아래에 서 있는 궁녀에게로 다가갔다.

"항아님."

뜸을 들이는 솥뚜껑에 젖은 행주질을 하던 궁녀가 사내를 돌아보았다. 문득 사내를 보는 궁녀의 눈에 이채가 서렸다.

"오셨습니까?"

"네. 술을 다 실어 오느라 시간이 좀 걸렸습니다."

"그렇지 않아도 기다리고 있었습니다."

"허면, 얼마나 드리면 되겠습니까?"

사내가 담벼락 아래 길게 늘어서 있는 술동이를 가리켰다.

잠시 생각하던 궁녀가 환하게 웃으며 대답했다.

"많이 필요할 것 같습니다. 그러니 많이 주시어요."

"다른 전각에도 골고루 나눠 드려야 합니다. 두 동이 드리겠습니다."

"두 동이요? 알겠습니다."

궁녀의 말이 끝나기 무섭게 사내가 술 두 동이를 가져왔다. 어쩐지 능숙하지 못한 모습인지라, 궁녀가 소매를 걷어붙이고 술동이 옮기는 것을 도왔다.

"힘들어 보이십니다."

"힘들어도 이 나라의 세자빈이 결정되는 기쁜 날이 아닙니까. 기꺼운 마음으로 해야지요."

"우리에게도 기쁜 날이 될까요?"

"오래 기다린 날이니, 반드시 기쁜 날이 될 것이외다."

"기대해도 되겠습니까?"

궁녀의 물음에 사내가 신분에 어울리지 않게 넉넉한 웃음을 얼굴에 떠올렸다.

"잠시만 기다리시면 됩니다. 이제 곧 모든 사람이 깜짝 놀랄 만한 화려한 잔치가 시작될 겁니다."

"예서 잠시만 기다려주십시오."

수강궁의 솟을대문 앞에 다다르자 앞서 걷던 최고 상궁이 간택인들을 돌아보았다.

간택인들이 걸음을 멈추었다. 해루도 덩달아 발걸음을 멈췄다. 긴장한 탓인지 마른침이 자꾸만 입안에 고였다.

"긴장 푸시어요."

곁에 서 있던 상궁이 작은 목소리로 속삭였다.

"네. 네. 괜찮습니다."

괜찮다고 말하는 목소리가 잘게 떨렸다.

자꾸만 향의 모습이 떠올랐다. 왜 갑자기 그리 요상한 일을 하셔서 이리 가슴을 뛰게 하시는 걸까? 가뜩이나 긴장으로 심장이 멎을 것만 같았다. 어쩌면 골려줄 생각으로 그리 장난치신 것인지도 모르겠다는 생각이 들었다. 삼간택이 끝나면 제대로 물어봐야겠다.

해루가 상념에 빠져 있는 사이 문밖으로 사라졌던 최고 상궁이 다시 돌아왔다.

"준비가 끝났사옵니다."

최고 상궁은 고개를 끄덕였다. 굳게 닫혀 있던 수강궁의 솟을대문이 양옆으로 활짝 열렸다.

일순, 눈부신 햇살이 궁 안으로 쏟아져 들어왔다.

대문 너머의 환한 햇살이 다른 세상으로 넘어가는 관문처럼 느껴졌다.

이제 곧, 이 긴 대장정의 끝을 만날 수 있으리라.

불과 몇 걸음.

삼간택의 마지막 장이 펼쳐지고 있었다.

덤이 말대로 딱 반 보 남은 결말.

"가시지요."

최고 상궁이 앞서 걸었다. 상궁을 대동한 채 간택인들이 차례로 그 뒤를 따랐다.

제일 먼저 현성이 문밖으로 나섰고, 소은이 그다음 차례였다. 마지막으로 해루가 떨리는 걸음으로 수강궁 대문을 넘어서려 할 때였다.

스으으.

황금빛 햇살로 가득한 문밖에서 돌연 회색빛 안개가 몰려들었다.

'이건……!'

느닷없이 찾아온 예지.

해루의 등줄기가 꼿꼿해졌다.

아직 가보지 못한 미래, 그 피안의 세계가 삼간택을 반 보 앞둔 해루를 기습했다.

뭐야? 무슨 일이 생기는 거지?

저하는 어디 가셨습니까?

왁자한 열기가 궁궐의 높은 담벼락을 타고 올랐다. 여기저기서 기름진 향내가 진동했다. 궁을 지키는 병사들의 입안에 절로 침이 고였다. 이른 아침부터 시작된 잔치 준비는 절정을 향해 치닫고 있었다.

"여기에 잠시만 멈추시게들."

동궁전과 담벼락 하나를 사이에 두고 있는 작은 전각 앞에 한 무리의 궁인들이 멈춰 섰다. 사옹원 소속의 궁노(宮奴)들이었다. 저마다 음식 재료들이 쌓인 수레를 각기 한 대씩 끌고 온 궁노들은 말이 떨어지기 무섭게 걸음을 멈추고는 이마에 맺힌 땀을 닦았다.

그러다 맨 앞에 서 있던 늙은 궁노가 옆에 있던 수레의 짐을 툭 치고 말았다. 수레에서 우르르 음식물 재료가 떨어졌다.

"어이쿠, 이 귀한 것을……."

"거참, 노인네. 조심 좀 하시지."

수레를 끌고 온 젊은 사내는 투덜대며 물건을 줍기 시작했다. 그의 곁으로 물건을 떨어트린 늙은 궁노가 다가왔다. 함께 물건을 주워 담던 늙은 궁노가 혼잣말하듯 젊은 사내의 귓가에 속삭였다.

"준비는 어찌 되어가는가?"

"대부분 마무리되었습니다. 시작을 알리는 신호만 보내면…… 궁은 곧 불바다가 될 것입니다."

"자네들이 고생이 많군."

"저희가 무슨 고생이겠습니까. 다만, 대감께서 이런 험한 일까지 하시니, 그것이 안타까울 뿐입니다."

젊은 사내의 말에 늙은 궁노로 정체를 숨기고 있던 박두언은 소리 없이 웃었다.

"지금까지 살아온 세월에 비한다면 이깟 것쯤, 고생이라고 할 것도 없네. 나보다는 젊은 자네들의 노고가 안타까울 뿐이네."

"다 대업을 위한 일. 기꺼운 마음으로 하고 있습니다."

"그리 생각한다니 이 늙은이, 이제 눈을 감아도 여한이 없으이."

박두언의 말에 젊은 사내가 고개를 저었다.

"그런 말씀 마십시오. 어찌 살아온 삶입니까. 사셔야지요. 살아서 꼭 좋은 날들을 보셔야지요."

"그렇지. 그래야지. 허허허, 허면 이제 축제를 시작해야겠군."

"준비하고 있겠습니다."

두 사내는 얼굴을 마주 보며 고개를 끄덕였다. 눈빛 인사가 끝나자 젊은 사내는 수레를 끌고 담벼락 뒤로 사라졌다. 다른 궁노들도 수레의 짐을 들고 사방으로 흩어졌다. 그렇게 하나둘, 자리를 떠나고 남은 것은 박두언 한 사람밖에는 없었다. 내내 흐릿하게 풀린 표정을 하던 그의 눈빛이 일순 돌변했다.

벼린 칼날처럼 날카롭게 변한 시선이 주위를 둘러보았다. 아무도 없음을 확인한 그가 서둘러 수레의 짐을 내리기 시작했다.

그때였다.

"지금 예서 뭐 하는 건가?"

박두언의 목덜미 위로 낯선 음성이 날아들었다. 고개를 돌리니 깐깐한 인상의 환관이 서 있었다.

"묻질 않는가. 예서 뭐 하는 것인가?"

동궁전의 기무환관인 수창은 서늘한 눈빛으로 수레의 짐을 훑었다.

수창과 눈이 마주치자 박두언은 서둘러 고개를 숙였다.

"잔치에 쓰일 음식입니다."

"잔치에 쓰일 음식이면 당연히 수라간으로 가야 하거늘. 어찌하여 이곳에 짐을 부리고 있는 것인가?"

"소인은 그저 명대로 하는 것뿐입니다."

"명?"

"네. 수라간이 번잡하여 임시로 여기에 짐을 부리라는 지시를 받았습니다."

"그래? 아무래도 착오가 있는 모양이군."

혼잣말을 중얼거리던 수창이 문득 미간을 한데로 모았다.

"그런데 자네."

"네."

"처음 보는 얼굴이군."

"연회의 일손을 돕기 위해 임시로 들어왔습지요."

"임시로?"

"네. 사옹방의 최 별사옹께 여쭤보시면 알 것입니다."

박두언의 말에 수창은 낮게 혀를 찼다.

"그리 말하였거늘. 아무리 일손이 부족하다고 해도 모르는 자를 궁에 들여서는 안 된다고 경고를 하였건만. 도대체 일 처리를 어찌하는 것인지……."

"제가 알 도리가 있겠습니까. 저는 그저 명받은 대로……."

"알았네. 요즘 궁 안팎으로 좋지 못한 일이 있어 내가 좀 날카롭네."

"그런 일이 있었군요."

"그러니 지금부터의 무례도 이해해 주게나."

수창은 돌연 옆구리에 차고 있던 단도를 빼 들었다. 그는 이내 박두언이 부린 짐들을 하나하나 헤집었다. 행여 눈으로 볼 수 없는 것들은 단도로 찔러 그 속을 일일이 확인했다. 그렇게 세심하게 짐을 살피던 수창이 수레에 실린 항아리로 시선을 돌렸다.

"이건 뭔가?"

"술입니다."

"술?"

수창은 항아리를 열고 속을 들여다보았다. 이내 알큰한 향내가 콧속을 파고들었다.

"이 술은 어디서 가져오는 것인가?"

"서대문 밖에 있는 공씨 주가(酒家)에서 보내온 것이라 들었습니다."

"공 노인의 술이라면 맛있기로 소문이 났지. 역시나 향이 좋군."

조사를 마친 수창은 단도를 다시 갈무리했다.

"이상 없군. 그럼 고생하게."

수창은 몸은 돌려 동궁전으로 걸음을 옮겼다.

뜻밖의 불청객으로 잠시 긴장했던 박두언의 입에서 낮은 안도의 한숨이 새어 나왔다. 작은 실수가 큰 계획을 망친다고, 자칫했으면 시작도 하기 전에 일을 그르칠 뻔하였다. 그러나 그의 한숨이 채 허공에 번지기 전에 수창이 다시 돌아왔다.

"왜 그러십니까?"

박두언은 본능적으로 손을 소맷자락 안으로 집어넣었다. 여차하면 이자의 입을 막아야 하리라.

그 속내를 알지 못한 채 수창이 다시 입을 열었다.

"아무리 생각해도 여기에 물건을 쌓아두는 것은 아닌 듯싶군."

"네?"

"수라간으로 가서 다시 한 번 확인해 보게."

"알겠습니다."

마지막 당부를 마친 수창이 시야 밖으로 사라지자 박두언은 허리를 곧게 폈다.

"생각했던 것보다 기강이 엄격하군."

못마땅한 얼굴로 혼잣말을 중얼거리던 박두언은 주위를 살폈다. 아무도 없음을 확인한 그는 수레에 실린 술 항아리를 끌어냈다. 잠시 후, 뚜껑을 열어 안을 살피던 박두언은 돌연 술을 바닥에 쏟았다. 그리고는 텅 빈 항아리 아래쪽을 가볍게 내리쳤다.

픽! 둔탁한 소리와 함께 항아리 바닥에 작은 구멍이 생겼다. 그 안에서 그간 야인족에게서 사들인 화약이 흘러나왔다.

술 항아리는 처음부터 이중 구조로 만들어져 있었다. 술을 담는 윗부분과 화약이 담긴 아랫부분. 물건이나 사람의 드나듦을 엄격하게 제한하고 조사하는 궁 안에 화약을 들일 수 있는 유일한 방법이었다.

화약을 바라보는 박두언의 얼굴에 위험한 미소가 걸렸다.

"이제 참된 축제가 시작될 시간이다."

"이런, 이번에는 산적(蒜炙)이로군."

신루의 둥근 탁자에 앉아 있던 양여섭이 갑자기 코를 킁킁댔다. 무언가에 홀린 사람처럼 그는 눈을 감은 채 냄새가 나는 쪽으로 걸어갔다.

"이야, 이쪽에서는 고기를 삶고 있군. 냄새로 보아 태어난 지 석 달 미만의 어린 돼지가 틀림없어."

"쯧쯧."

곁으로 다가온 심운기가 한심하다는 듯 양여섭의 뒤통수를 가볍게 내리쳤다.

"아얏!"

내내 감고 있던 눈을 치뜬 양여섭이 입술을 삐죽거렸다.

"왜 때리는가? 그러고 보니 툭하면 손찌검이군. 아주 버릇이 되었네, 버릇이 되었어."

"일은 아니 하고 온종일 음식 타령이니. 손찌검이 아니라 발찌검도 할 참이라네."

"어허, 이 사람! 어찌 무서운 말을 그리 웃는 낯으로 하는가?"

"더 얻어맞기 싫으면 어서 일하게나, 일."

심운기의 닦달에 양여섭이 울상을 지었다.

"세상에서 제일 지독한 사람은 우리 세자 저하인 줄 알았더니. 그보다 더 독한 사람이 내 옆에 있었구나."

한탄하는 그를 뱁새눈으로 흘겨보던 심운기가 턱을 괴었다.

"그나저나, 우리 해루는 잘하고 있으려나."

덩달아 턱을 괸 채 양여섭은 선양정이 있는 곳으로 고개를 돌렸다.

"잘하겠지. 암, 누구한테 배운 것인데. 세자빈이 아니라 더한 자리도 능히 따낼 수 있을 것일세."

"그런가. 정말 그 아이가 세자빈이라도 되면 어찌하지?"

"걱정도 팔자로군. 해루, 그 아이가 세자빈이 되면…… 흐흐흐. 그야말로 자네와 나의 출셋길은 따놓은 당상이 아니던가. 설마 세자빈이 되었다고 우리를 몰라라 할 아이도 아니고."

"흥, 꿈이 야무지군. 말이 그렇다는 것이지. 정말로 해루가 세자빈이 될 거라 생각하는 건 아니겠지?"

"안 될 것은 또 무언가."

양여섭의 말에 심운기는 고개를 좌우로 흔들었다.

"해루가 세자빈 간택에 참여한 이유일랑, 누구보다 우리가 잘 알고 있질 않은가."

"그렇지. 그 아이가 간택에 참여한 이유는 세작을 알아내기 위해서지. 헌데 말이야, 자네 중요한 사실 하나를 놓치고 있네."

"중요한 사실?"

"그래. 세작이 넌지 알아내지 않았는가."

"그렇지."

"그런데도 저하께서 간택에 참여하라 명하셨단 말이지."

"그래서?"

"이건 말이야, 만약인데……. 만에 하나, 천에 하나…… 저하께서 혹여 해루를 마음에 두신 것은 아닐까?"

"에이, 설마."

"어허, 설마가 사람 잡는다질 않는가. 젊은 사내와 젊은 여인이 만났으니, 충분히 일어날 수 있는 일이 아니겠는가."

나름 일리 있는 양여섭의 추론에 심운기는 자기도 모르게 고개를 끄덕거렸다. 그러나 이내 황급히 머리를 저었다.

"그냥 젊은 사내가 아니네. 그분은 세자 저하시지. 여인 보기를 돌같이 하시는 분. 자네 잊었는가?"

"원래 그렇게 무뚝뚝한 분이 한번 불이 붙으면 더 무서운 법이라네."

"그런가?"

"그렇다네. 여인에 관해서라면 누구보다 내가 꽉 잡고 있지 않은가."

솔깃해진 심운기가 양여섭에게 상체를 기울였다.

"그럼 우리 해루가 정말 세자빈이 될 수도 있겠네?"

"그렇지."

"그럼……."

"우린……."

두 사람의 꿈이 한껏 부풀어 오를 때였다.

쾅! 닫혀 있던 신루의 문이 열리고 누군가 급하게 안으로 달려 들어왔다.

"헉헉헉."

턱밑까지 차오른 숨을 거칠게 내뿜는 여인에게 신루에 있는 모두의 시선이 집중되었다. 도홧빛 꿈을 꾸던 심운기와 양여섭의 눈도 여인에게로 향했다.

이윽고.

"너!"

"해루, 네가 왜 여기에 있는 것이냐?"

두 사람의 입에서 비명 같은 목소리가 터져 나왔다.

곱게 치장한 해루의 모습으로 보아 삼간택에 가던 중이 틀림없었다. 그런 아이가 대체 이곳엔 왜 온 것일까?

한달음에 해루에게로 달려간 양여섭은 발을 동동 굴렀다.

"삼간택은 어찌하고?"

헉헉, 가쁜 숨을 몰아쉬며 해루는 겨우겨우 말을 이었다.

"크, 큰일입니다."

"그래. 진짜 큰일이구나. 삼간택을 치르는 자리에 있어야 할 네가 여기 있으니. 큰일도 보통 큰일이 아니지."

"아니요. 지금 그게 중요한 게 아닙니다."

"그게 중요하지 않으면? 대체 지금 뭐가 중요하다는 것이냐? 어서 가봐라. 세자 저하께서도 너를 그리 보내셨을 때는 분명 특별한 이유가 있을 터. 지금 여기서 이러고 있을 시간이 없다."

"불이…… 날 겁니다."

"뭐?"

"궁에 불이…… 날 거예요."

"꿈이라도 꾼 것이냐? 불이라니? 무슨 불?"

느닷없는 해루의 말에 양여섭이 둔한 표정을 지을 때였다.

쾅! 전각 밖에서 갑자기 굉음이 들려왔다.

해루의 시선이 밖으로 향했다.

그때, 다시 들려오는 폭파음.

콰쾅! 쾅!

"불이야! 불이야!"

다급한 발소리와 함께 비명 섞인 외침이 들려왔다.

"지금 무어라 했느냐?"

상소문에 주석을 달던 향은 붓을 멈추고 무혁을 응시했다. 삼간택이 열리는 동안 그는 대전(大殿)에서 상소문을 살피라는 왕의 명을 받은 터였다.

"다시 말해 보아라. 무어라고?"

"궁에 불이 났습니다. 궁에 동시다발적으로 불길이 치솟고 있사옵니다."

향은 서둘러 자리를 털고 일어섰다. 그의 뒤를 무혁이 그림자처럼 따랐다.

"원인이 무엇이냐?"

"아무래도 누군가 고의적으로 일으킨 것 같습니다."

문득 걸음을 세운 향이 무혁을 돌아보았다.

"화약이 사용된 흔적이 있느냐?"

"네. 발화된 곳곳에 화약을 터트린 흔적이 선명하옵니다."

향은 주먹을 불끈 쥐었다.

"여기였구나. 그들이 사들인 화약이 이곳에 있었구나. 하지만 어떻게……?"

잠시 생각에 빠지던 향의 눈에 이채가 서렸다. 무언가 잡히는 것이 있는 듯 눈을 빛냈다.

"지금 당장 궁의 문을 모두 닫아걸으라 하라. 내 허락 없이는 그 누구도 궁을 나갈 수 없다. 그리고 너는 충위군을 이끌고 화재를 진압하는 데 온 전력을 기울여라."

"네, 저하."

명을 받은 무혁이 빠르게 달려 나갔다. 이윽고 열린 문 안으로 상선 정동이 들어섰다.

"전하와 중전마마께서는 어찌하고 계시는가?"

"다행히 두 분이 계시던 중궁전에서는 화재가 일지 않았사옵니다."

"그래도 모르는 일이니, 두 분을 안전한 곳으로 뫼시게."

"명 받자옵니다."

향은 종종걸음으로 대전을 나서는 정동을 불렀다.

"상선, 지금 불길이 가장 거센 곳은 어딘가?"

"처음 불길이 치솟은 동궁전 서고이옵니다."

"다친 사람은?"

"아직 정확히 파악하지 못하였나이다."

"그 밖에는?"

"그다음으로 불길이 거센 곳은 수강궁이옵니다."

향이 굳은 표정으로 정동을 돌아보았다.

"무어라 했는가? 수강궁이라 하였는가?"

"네, 저하."

탁!

정동의 대답이 끝나기도 전, 향은 대전 밖을 향해 달리기 시작했다.

수강궁을 향해, 해루를 향해…… 그는 달렸다.

"불이야! 불이야!"

"사람 살려요, 전각 안에 사람이 있어요."

"으아아악! 살려주세요."

동궁전 여기저기서 비명이 들려왔다.

그야말로 아비규환(阿鼻叫喚). 살아서 보는 생지옥이 눈앞에 펼쳐졌다. 그러나 화약의 폭발로 일어난 불은 쉽게 잡히지 않았다. 불이 꺼졌나 싶으면 남아 있는 불씨가 꼬리를 물고 번져 나갔다.

"어찌한다?"

"방도가 없습니다, 방도가."

좀처럼 잡히지 않는 불길에 모두가 발만 동동 구를 때였다.

"모두들 비키시오. 저리들 비켜요."

신루의 학자들이 동궁전 안으로 들어섰다. 그들을 보는 궁인들의 시선이 그리 곱지 않았다.

신루의 학자들이라고 하면 세자 저하의 비호 아래 무위도식하는 사람들, 또는 아무 하는 일 없이 쓸데없는 물건을 만드는 데만 골몰하는 괴짜들이라는 편견이 궁인들의 뇌리에 각인된 탓이었다.

하등 쓸모없는 사람들의 등장에 궁인들은 미간을 찡그렸다.

그런 눈길에는 아랑곳하지 않은 채 어깨에 메고 온 부댓자루를 내려놓은 신루 학자들은 그 안의 것들을 불길 속에 던지기 시작했다. 곧 어른 주먹만 한 크기의 주머니가 불길이 치솟는 전각 안으로 날아들었다.

"지금 뭐 하는 겁니까?"

보다 못한 환관 하나가 양여섭의 팔목을 잡고 물었다.

"보면 모르는가? 불을 *끄고* 있질 않은가."

"그게 무슨 헛소리입니까?"

불난 곳에서 돌팔매질이나 하는 신루 학자들의 엉뚱한 행동에 주위의 궁인들도 혀를 끌끌 찼다. 평소에도 엉뚱한 짓을 일삼더니, 이젠 아예 미쳐버린 모양이라고 수군거렸다.

"불을 보니 억눌러 놓은 광증이 발작한 모양이군."

"멀쩡하게 생긴 사람들이……. 쯧쯧."

"세자 저하께선 왜 저런 사람들을 가까이하시는지 모르겠군."

"쓸데없는 물건만 만들어내는 괴짜들이 신기했던 것이겠지. 아니면 불쌍했거나."

주위의 반응에 힘을 얻은 환관이 거만한 표정으로 말했다.

"당장 그만두십시오. 만약 그러지 않으면……."

환관의 말이 채 끝나기도 전이었다.

"어? 불길이 잡히고 있습니다."

누군가 소리쳤다. 내내 발을 동동 구르던 사람들의 시선이 전각으로 향했다.

정말 불길이 사그라지고 있었다. 좀처럼 잡히지 않던 불길을 신루 학자들이 잡은 것이다. 예상치 못한 사태에 환관은 벌린 입을 다물지 못했다.

양여섭이 환관에게 물었다.

"만약 그러지 않으면?"

환관이 시선을 피하며 기어들어가는 목소리로 대답했다.

"저, 적극적으로 도와드리겠다는 의미로……."

"어째 문맥의 앞뒤가 안 맞는데?"

"뜨, 뜻하지 않은 변괴에 당황하여 말이 그만 헛나온 모양입니다."

"정말로?"

양여섭이 가뜩이나 작은 눈을 게슴츠레 뜨며 집요하게 물었다.

"뭘 작은 실수를 그리 따지십니까? 그보다 어찌한 겁니까?"

짜증이 잔뜩 묻어 있던 좀 전과 달리 한층 겸손해진 말투였다.

"에헴, 이것은 말일세, 모래일세."

"모래요?"

발정 난 범처럼 날뛰던 불을 삽시간에 잡아서 대단한 물건인 줄 알았더니, 고작 모래였던가?

"어허, 이건 평범한 모래가 아닐세. 우리 신루에서 고심하여 제작한 특별한 가루가 배합된 아주아주 특별한 모래란 말일세."

"특별한 가루라면 어떤……."

"어험, 아무에게나 말해 줄 수 있는 것이라면 어찌 특별하다 할 수 있겠는가? 그나저나 종알종알 말이 많은 걸 보니 한가한 모양이군. 쓸데없이 떠들 기운이 있으면 이거 들고 불이나 잡게."

양여섭이 환관의 어깨에 주머니를 가득 얹어주었다.

"저희도 돕겠습니다."

내내 미심쩍은 눈길을 보내던 궁인들이 팔을 걷어붙였다.

"이 모래는 큰불을 잡는 용도보다는 불이 번지지 않게 방비하는 용도에 알맞네. 그러니 작은 불이나 불이 옮겨붙을 만한 곳에 우선하여 뿌리게."

"알겠습니다."

궁인들은 신루 학자들이 시키는 대로 열심히 주머니를 던졌다.

"신루의 창고에 가면 더 많은 자루가 있을 것이야. 나를 따르시게나."

양여섭이 한 무리의 궁인들을 이끌고 신루로 향했다.

그 모습을 지켜보던 심운기는 길게 안도의 한숨을 내쉬었다.

"정말 큰일 날 뻔했으이."

"그러게나 말일세. 이걸 미리 만들어두지 않았으면 어쩔 뻔했는가. 심 학사, 자네는 어떻게 알고 이런 걸 만들어두었는가?"

"내가 만들고 싶어 만든 것이 아니라네."

"그럼?"

"해루, 그 아이가 어찌나 조르던지. 귀찮아서 만든 것이라네."

"그래? 그런데 해루는 오늘 같은 일이 생길 줄 어찌 알고 이런 것을 만들라고 한 거지?"

"그러게."

고개를 갸우뚱하는 신루 학자들을 둘러보며 심운기가 물었다.

"그나저나 우리 해루는 어디 있는가?"

"해루?"

"그 아이라면 아까 누구를 찾는다며 저쪽으로 가는 것 같았는데."

심운기는 해루가 갔다는 곳으로 시선을 돌렸다.

"김 학사님! 김 학사님!"

김담을 찾는 해루의 목소리가 동궁전에 길게 메아리쳤다.

치솟는 불길에 잠시 망각하고 있었다. 김담의 미래를……

불길에 휩싸인 신루, 그 앞에서 비통한 외침을 토하며 목숨을 다하는 그의 참혹한 결말을 그만 깜빡 잊고 있었다.

"김 학사님! 어디 계십니까? 김 학사님!"

목이 터져라 김담을 불러보았지만, 돌아오는 대답은 없었다.

"해루야, 해루야."

어느 사이 해루를 찾아온 심운기와 양여섭이 의아한 얼굴로 그녀를 돌아보았다.

"해루야, 너 대체 여기서 뭐 하는 것이냐?"

"김 학사님을 찾고 있습니다."

"담이 그 친구 말이냐?"

"네. 그분이 보이지 않습니다. 어디 계십니까, 대체?"

"그 친구라면……."

기억을 되짚는 듯 낮게 중얼거리던 심운기가 굳은 얼굴로 말을 이었다.

"서고에 서책을 찾는다고 갔는데……."

"서고요?"

말이 끝남과 동시에 해루는 서고를 향해 달리기 시작했다.

제발…… 늦지 않았기를. 제발…… 잔인한 미래가 현실이 되질 않길 염원하며 할 수 있는 한 가장 빠르게 달렸다.

그렇게 얼마나 달렸을까? 검은 연기가 자욱한 서고 앞에 다다랐다. 아직 잡히지 않은 불길이 온 세상을 태워버릴 듯 검붉은 혓바닥을 날름거리고 있었다. 서책으로 가득한 만큼 서고는 그 어느 곳보다 불길이 거셌다.

해루는 빠른 눈길로 서고 이곳저곳을 둘러보았다.

얼마 후, 서고 밖의 후미진 곳에서 바닥에 쓰러져 있는 한 사내를 발견할 수 있었다.

"김 학사님?"

바닥에 엎드려 있어 얼굴을 확인할 수 없었지만…… 입고 있는 복색이나 체격으로 보아 김담이 확실했다.

설마…….

해루는 한 발 한 발 김담을 향해 다가갔다.

"김 학사님……."

"……."

"김 학사님……."

대답은 들려오지 않았다. 해루는 불안한 얼굴로 김담의 머리맡에 주저앉았다.

"김 학사님……."

가슴에 욱신거리는 격통이 느껴졌다.

이렇게 덧없이 김 학사님을 잃게 되다니. 마음이 아파 숨조차 제대로 쉴 수 없었다.

"일어나보십시오. 네? 김 학사님……. 안 됩니다. 이렇게 가시면 안 됩니다. 흐윽, 안 돼요."

해루의 작은 어깨가 애처롭게 흔들렸다.

미래를 알고 있었건만, 그 끔찍한 미래를 바꾸기 위해 그렇게 발버둥 쳤음에도…… 이리되었다. 이리되고 말았다. 미래는……. 예지된 앞날은 결국 바꿀 수 없었다. 지금까지 그러했고, 이번 역시 마찬가지였다.

"안 됩니다, 안 돼요. 흐윽, 김 학사님! 김 학사님!"

해루는 쓰러진 김담의 팔을 잡아당기며 오열했다.

"쿨럭."

그때였다. 내내 죽은 듯 엎드려 있던 김담의 입에서 마른기침 소리가 흘러나왔다.

"김 학사님?"

"쿨럭, 쿨럭."

"김 학사님."

눈물이 범벅된 얼굴로 해루는 자리에서 일어나는 김담을 부축했다.

"쿨럭, 쿨럭, 정말 죽을 뻔했네."

"괜찮으십니까? 어찌 된 겁니까?"

"갑자기 불길이 치솟는 바람에……."

말을 하던 김담이 해루를 돌아보았다.

"그러는 너는 여기 어쩐 일이냐? 삼간택에 참여했던 거 아니냐?"

"지금…… 그게 중요합니까?"

해루의 얼굴에 미소가 피어났다.

살렸다. 미래가 바뀌었다.

참혹하게 죽음을 맞이하던 김담의 미래가 생(生)으로 바뀌었다.

"다행입니다, 정말 다행입니다."

해루는 김담을 보고 울며 웃었다.

처음이었다. 앞날에 대한 예지가 틀린 것은 이번이 처음이었다.

세자 저하의 말대로였다.

세상에 불가능은 없다. 노력하면 불가능해 보이는 것도 이룰 수 있다.

벅찬 희열과 감동이 해루의 얼굴에 교차했다.

김담 역시 안도의 한숨을 쉬며 제 가슴을 쓸어내렸다.

"하마터면 정말 죽을 뻔했구나. 지난번에 네 말대로 서고 앞에도 드므를 설치하지 않았으면 영락없이 죽었을 것이야."

궁궐 곳곳에 있는 드므는 화마(火魔)가 그곳에 비친 제 얼굴을 보고 놀라 도망가라는 상징적인 의미로 설치한 것이었다. 그런 드므를 동궁전은 물론이고 서고에까지 설치해야 하며, 또한 상징적으로가 아니라 진짜로 물을 가득 담아야 한다고 해루가 주장하였더랬다. 누구도 그 일에 관심 기울이지 않았건만.

해루는 하루도 빠지지 않고 드므에 물 채우는 일을 계속했다.

저 아이가 어찌하여 저러는가 싶었지만, 워낙에 분주했던 터라 곧 관심을 껐다. 한데 그 드므가 아니었다면 오늘 꼼짝없이 죽었으리라.

김담은 새삼스러운 눈빛으로 해루를 바라보았다.

처음 해루를 보았을 때 세자 저하께서는 저 아이가 미래를 볼 수 있을지도 모른다고 하였다. 설마, 그것이 사실이었단 말인가.

김담의 눈빛이 깊어졌다.

그런 속내를 알지 못한 채 해루는 마냥 해맑게 웃었다.

"정말 다행입니다. 정말 다행이에요."

"그래, 다행이다. 다른 사람들은 어떠냐? 다들 무사하냐?"

김담이 혼잣말처럼 작게 중얼거렸다.

"네. 모두 무사하십니다. 심 학사님도 무사하시고, 양 학사님도 무사하시고, 또⋯⋯."

순간, 해루의 표정이 급변했다. 무언가 중요한 것을 놓쳐버렸다.

"저하는요?"

해루가 보았던 미래, 그 미래 속에서 위험했던 것은 김담만이 아니었다. 치명적인 위험에 빠진 이가 한 사람 더 있었다.

해루는 다급한 목소리로 김담에게 물었다.

"세자 저하는 어디 가셨습니까?"

약조해라

대전 밖으로 나온 향의 얼굴이 돌처럼 굳어졌다. 그는 서늘한 눈
길로 주위를 둘러보았다.

궁이 불타고 있었다. 무서운 화마가 궁 곳곳을 집어삼키고 있었
다. 해루를 찾아야 한다는 생각조차 잠시 잊은 채 그는 그 자리에
멈춰 섰다.

불길은 각기 다른 장소에서 동시다발적으로 치솟았다. 그렇다는
것은 여러 명의 사람이 이 방화에 가담하고 있다는 것이며 또한
궁에 들어온 세작이 윤설, 한 사람만이 아니라는 뜻이었다.

두문회.

그들의 손길이 궁 곳곳에 번져 있었다.

등줄기로 서늘한 기운이 타고 올랐다.

그들을 어디서부터 뿌리 뽑아야 하는가? 어떻게?

향의 생각은 그리 오래가지 못했다.

"사람 살려!"

"도와주세요! 대전 수라간에 갇힌 사람이 있습니다."

불길이 일어난 전각마다 아우성치는 목소리가 들려왔다.

향은 뒤따르는 세자익위사들과 함께 소리가 들려오는 곳으로 향했다.

마음 같아선 곧장 해루에게 달려가고 싶었다. 그러나 눈앞에서 죽어가는 사람들을 외면할 수는 없었다.

수라간 앞에 다다르자 비로소 화재의 진면목을 확인할 수 있었다.

불길은 생각보다 심각했다.

화르륵. 바닥에서 일어난 불길이 뱀이 똬리를 틀듯 기둥을 휘감고 올라왔다. 불길은 곧 처마 아래를 삼키고 하늘마저 넘보았다. 불길의 기세가 워낙 사나워 가까이 접근하기조차 쉽지 않았다. 문제는 단순히 화염만 있는 것이 아니라는 것이다.

불과 함께 일어난 검은 연기가 습한 안개처럼 주위를 자욱하게 뒤덮었다. 사방에서 신음과 비명 그리고 고함이 난무했다. 매캐한 냄새가 코끝을 파고들었다. 가시덤불에 찔린 것처럼 눈이 따가웠다.

'너무 빠르다.'

불길이 번지는 속도가 지나치게 빨랐다. 자욱하게 퍼진 연기 또한 자연스럽지 않았다. 게다가 독하고 매캐하며 쏘는 듯한 냄새가 그의 신경을 건드렸다.

'유황(硫黃)이다.'

화약의 재료인 유황 특유의 냄새였다. 두문회의 잔인한 실체를 온몸으로 확인하는 순간이었다.

향은 어금니를 거칠게 악물었다.

"천을 물에 적셔 코와 입을 막아라."

향은 수하들에게 명령을 내리고는 스스로도 물에 적신 천으로 코와 입을 막았다.

"저쪽, 사람의 신음이 들린다. 부상자들을 속히 안전한 대전으로 옮겨라. 불길이 거센 곳은 그대로 두어라. 그 대신 불이 옮겨붙을 만한 곳을 미리 철거하고, 철거가 어려우면 물을 뿌려라."

불길이 치솟고 매연이 가득한 어수선한 상황에서도 향은 상황에 필요한 지시를 내렸다.

시간이 없었다. 지금 이 순간에도 해루에게 혹여나 나쁜 일이 생기지 않았을까 걱정되어 마음이 조급했다.

그렇게 얼마나 지났을까?

제법 사나웠던 불길이 어느 정도 힘을 잃었다.

"너희는 이곳에 남아 마지막 불씨마저 끄도록 하라."

명을 내린 향이 선양정으로 몸을 돌릴 때였다.

"사, 사람 살려."

지척에서 들려오는 신음. 마침 그를 수행하던 위사들은 불을 끄고 부상자들을 옮기느라 주위에 없었다. 향은 자신의 몸에 물을 끼얹고는 직접 신음이 들려온 곳으로 몸을 날렸다.

"어디냐? 어디에 있는 것이냐?"

불길 속으로 뛰어든 향은 연기로 가득 찬 곳을 둘러보며 소리쳤다.

"이, 이곳입니다."

자욱한 매연 속에서 앓는 듯한 소리가 들려왔다.

매연이 짙고 불타는 소리로 인해 정확한 방향을 가늠하기 어려웠다.

"어딘가?"

"여기 이쪽……."

"잘 들리지 않는다. 큰 소리로 말해 보아라. 어디에 있느냐?"

"여기……."

"어디라 하였느냐?"

향은 소리를 따라 천천히 걸음을 옮겼다.

"여기, 바로 네가 갈 저승 입구에 있다."

앓는 듯한 신음이 순간, 거친 목소리로 변했다. 그와 동시에 매연 속에서 두건을 쓴 사내가 불쑥 튀어나와 칼을 내질렀다.

향은 반사적으로 기둥 뒤로 상체를 기울여 기습을 피했다. 그를 노린 칼날이 둔탁한 소리를 내며 나무 기둥에 박혔다.

피하는 게 조금만 늦었어도 칼이 박힌 곳은 기둥이 아니라 그의 목이었으리라.

"웬 놈들이냐?"

"널 저승으로 인도할 저승사자들이시다."

안쪽에서 복면을 쓴 사내가 두 명 더 나왔다.

"두문회냐?"

"이곳에서 왕세자를 만나다니, 운이 좋군."

묻는 말에 대답하는 대신 사내는 손바닥에 침을 탁 뱉었다. 향을 바라보는 얼굴에 득의양양한 미소가 한가득했다.

"감히 여기가 어디라고!"

차가운 눈으로 그들을 노려보던 향이 소매를 걷어 올렸다.

버릇처럼 소매에 차고 있는 활을 꺼내려는 참이었다. 그러나…….

정작 드러난 그의 손목엔 아무것도 걸려 있지 않았다.

'아차' 하는 표정이 향의 얼굴에 떠올랐다 사라졌다.

잠행을 나갈 때면 이곳저곳에 병기를 착용하였지만, 지금은 대전에서 곧바로 나온 길이었다.

무기를 갖추지 않은 것은 당연한 일. 설마하니 궁 안에서 자신을 노리는 무리와 마주칠 줄은 상상도 하지 못했다.

'곤란하게 됐군.'

무기만 있다면 눈앞의 복면인 정도야 셋이 아니라 열이라도 능히 상대할 수 있다.

하지만 지금은 빈손. 그런 자신에 비해 상대는 시퍼렇게 날을 세운 쇠붙이가 무려 셋이나 되었다.

어찌한다? 고민하는 찰나.

"쳐라."

복면인들이 일제히 향을 향해 달려들었다.

향은 불과 연기 속을 뛰고 굴렀다. 때로는 기둥과 불길을 방패삼아 적의 공격을 피했다. 무기를 빼앗아 볼까 싶었지만, 복면인들의 실력이 만만치 않았다. 게다가 세 사람이 마치 한 몸인 것처럼 움직이니 좀처럼 기회를 잡을 수 없었다. 그렇게 연신 물러서며 피하다 보니 어느덧 등이 딱딱한 벽에 닿고 말았다.

향의 앞으로 다가온 복면인들에게서 웃음소리가 새어 나왔다.

그들은 향을 둥글게 포위했다.

"미꾸라지 같은 놈. 그러나 이제 더는 도망치지 못할 것이다."

낭패로군.

향의 입에서 낮은 한숨이 새어 나왔다.

"무기만 있었어도……."

그때였다.

"무기 말입니까? 그거라면 여기 있습니다."

누군가 향에게 작은 활을 건넸다.

익숙한 무게. 향의 손때가 묻어 반질반질한 그것은 복면인들과 싸우는 내내 아쉬워했던 그의 수노기였다.

"고맙다."

기쁜 얼굴로 활에 화살을 장전하던 향은 뒤늦게 이상한 생각이 들어 고개를 돌렸다.

누가 무기를 준 거지?

향은 눈매를 가늘게 뜨고 자욱한 연기 너머를 응시했다. 이윽고 뜻밖의 사람이 연기 속에 엎드려 있는 모습이 보였다.

모양새를 보아하니 그가 복면인들과 싸우는 동안 연기 속을 기어서 접근한 듯했다. 낯설지 않은 작은 머리통을 내려다보며 향이 입을 열었다.

"네가 왜 여기 있는 거냐?"

위기일발의 상황에서 향에게 무기를 건네준 사람은 바로 해루였다.

놀라는 향에게 해루는 당연하다는 듯 대답했다.

"왜라니요. 제가 누구입니까? 저하의 최측근 아닙니까? 저하께서 위태로운 지경이니, 당연히 저하를 구하러 와야지요."

"어디 다친 곳은 없느냐?"

"말짱합니다."

"다행이구나."

낮게 안도하던 향의 뇌리로 한 가지 생각이 스치고 지나갔다.

"삼간택은 어찌하였느냐?"

당연히 삼간택 장소에 있어야 할 해루가 왜 이런 장소에 있는 거지?

속내를 읽기라도 한 듯 고개를 바짝 든 채 해루가 대답했다.

"저하께서 이리 위험하신데 삼간택이 무슨 소용 있겠습니까?"

"아무리 그래도……."

향의 미간이 일그러졌다.

그 순간.

"죽어라!"

난데없는 불청객의 등장에 당황했던 복면인들이 다시 달려들었다.

향은 해루에게 시선을 고정한 채 화살 세 발을 무심하게 쐈다. 시위에 활을 메기고 쏘는 동작이 번개가 무색할 만큼 빨랐다.

통통통.

대충 쏜 것 같은데 화살은 복면인들의 급소에 적중했다.

자신을 노리는 복면인들이 죄다 쓰러졌음에도 향은 여전히 해루에게서 눈을 떼지 않았다.

그가 다시 물었다.

"또 본 것이냐?"

미래가 또 보인 것이야?

해루가 고개를 저었다.

"저하를 찾은 것은 우연입니다."

애타게 그리고 간절히 바랐건만, 향이 어디에 있는지 볼 수 없었다.

"우연?"

"네. 얼마나 찾아 헤맸는지 모릅니다. 이리 우연히 만나지 않았다면 큰일 날 뻔했습니다."

"그래서……. 그래서 온 사방을 헤집으며 날 찾아다녔단 말이
냐?"

그의 목소리에 걱정과 성화가 뒤섞였다.

이 불길 속을, 매캐한 연기 속을 헤집고 다녔단 말이냐?

얼마나 급하게 나왔는지 해루는 삼간택에 참여하는 간택인 복
색 그대로였다. 그간의 고생이 엉망으로 망가진 옷에 고스란히 남
아 있었다. 정성스레 치장한 얼굴에도 검정이 잔뜩 묻어 있었다.

향은 손으로 해루의 얼굴을 닦아주었다. 숯검정은 지워지지 않
고 오히려 더 번졌다. 그야말로 엉망이 되었건만, 향의 눈에는 여전
히 어여뻤다. 아니, 이보다 더 흉한 모습을 하고 있어도 마냥 고우
리라.

"하여간에 큰일입니다."

"뭐가 말이냐?"

"제가 잠시, 아주 잠시 자리를 비웠건만, 그사이를 참지 못하고
이 사달이 난 것이 아닙니까. 역시 저하는 제가 곁에서 지켜야겠습
니다. 그래야 안심이 될 것 같습니다."

제 모습이 어떤지 모른 채 해루는 하얀 이를 드러내며 밝게 웃
었다.

"녀석."

뭐가 그리 좋다고 웃느냐? 날 만난 것이……. 내가 무사한 것이
그리 좋으냐? 그래서 세자빈 자리까지……. 모두가 탐내는 그 자리
까지 박차고 이리 나온 것이냐?

"세자빈 간택은 어찌하려고?"

"상관없습니다."

해루가 싱글벙글 웃으며 말을 이었다.

"저하께서 이리 무사히 계시니, 이제 세자빈 간택은 아무래도 상관없습니다."

"해루야."

해루를 부르는 향의 표정이 엄해졌다.

이 녀석은 아직도 모르고 있었다. 삼간택에 나가라 한 것은 해루를 위해서가 아니라 향, 자신을 위해서였다. 그런데도 불이 나자마자 날 찾아오다니.

그러다 문득 떠오른 생각에 향은 피식 웃고 말았다.

해루를 탓할 처지가 아니었다. 자신 역시 불이 났다는 소식에 제일 먼저 해루를 떠올리지 않았던가.

향이 심연처럼 깊은 눈빛으로 해루를 바라보았다.

이 녀석을 어찌한다? 이 착하고 순진한 녀석을 어찌한다?

그러다 한순간, 향의 눈에 이채가 서렸다.

자신을 바라보는 해루의 상태가 이상했다. 자신을 보고 있는 듯했으나, 실상 그녀의 눈동자는 먼 허공을 응시하고 있었다.

"이건……."

향의 입에서 낮은 신음이 흘러나왔다.

숯검정이 묻은 해루의 안색이 창백했다.

눈동자는 꿈이라도 꾸는 듯 흐릿했다.

'미래는 보는 게 틀림없다.'

향의 눈매가 가늘어졌다. 그는 꿰뚫는 시선으로 해루의 변화를 살폈다.

해루의 동공이 팽창하며 초점을 잃었다. 전신의 근육이 팽팽하게 수축하는 것이 마치 악몽이라도 꾸는 듯했다. 이마와 얼굴에 식은땀마저 맺혔다.

향은 조용히 해루의 손을 잡았다.

'괜찮다, 괜찮다.'

다독이는 따뜻한 손길. 그 손길에 이끌린 듯 해루의 표정이 편안해졌다.

그렇게 잠시간이 흘렀다.

"하아, 하아……."

정신을 차린 해루는 거칠게 숨을 몰아쉬었다.

"괜찮으냐?"

향은 해루의 작은 등을 토닥였다.

겨우 진정한 듯 해루가 동그란 눈을 들어 올렸다.

"큰일입니다."

"또 무언가를 본 것이냐?"

해루가 마른침을 삼키며 고개를 끄덕였다.

"간택인들이……. 간택인들이 위험합니다."

궁에 불이 났다는 소식과 함께 삼간택의 모든 일정이 취소되었다는 소식이 날아들었다. 현성과 소은은 상궁들의 안내를 받으며 수강궁으로 돌아왔다.

"이게 무슨 난리인지 모르겠군."

현성이 아미를 찡그렸다. 오늘은 오래도록 염원한 세자빈이 되는 날이었다. 경사를 앞두고 불길한 화재라니.

"상궁과 환관들은 대체 뭘 하는데 그깟 불도 잡지 못하는 거야?"

중요한 일을 망친 터라, 현성의 심기가 고울 리 만무했다.

고작 불길 하나 못 잡아 이 난리라니.

그 와중에 소은이 불안한 얼굴로 그녀에게 말을 걸어왔다.

"해루가 보이지 않아요. 대체 어딜 간 것인지……"

초조한 듯 연신 손톱을 물어뜯던 소은이 덤이에게 고개를 돌렸다.

"정녕 몰라? 해루가 어딜 갔는지 정말 모르는 거야?"

놀란 덤이가 울먹이며 대답했다.

"저는…… 모르겠습니다."

세자빈이 되기까지 불과 반걸음. 그 잠깐을 참지 못하고 사라진 해루가 야속하기만 했다.

"무얼 그리 걱정해? 철딱서니 없는 아이니, 틀림없이 불구경을 간 게지."

현성이 코웃음을 치며 비아냥댔다.

"해루가 비록 예의범절에 어두운 구석은 있을지 모르나 삼간택을 잊을 만큼 사리 분별이 어둡지는 않습니다. 중요한 자리를 박차고 나갔다면 필시 그만큼 중요한 볼일이 있을 겁니다."

"흥, 꼴에 동무라고 감싸려는 게야? 그러면 묻자. 세자빈이 되는 것보다 중요한 볼일이 과연 무엇이냐? 한번 말해 봐. 세자빈이 되는 걸 마다하고 뛰쳐나갈 만한 일이 무엇인지."

"그건……"

"그것 봐라."

현성은 적당한 답을 찾지 못하는 소은을 비웃었다.

"하지만 해루라면 필시 정당한 이유가 있어서……"

소은의 말이 채 끝나기도 전, 현성이 질린다는 듯 소은에게 소리쳤다.

"착한 척은 그만둬!"

"말이…… 심하네요."

"말이 심하다? 너야말로 가식은 그만 떠는 게 어때?"

"가식……이라니요?"

"내가 너에 대해 모를 줄 아느냐? 네 본디 성정으로 말하자면 드세고 거칠기가 사내 못지않다던데?"

"……."

"그런데 너는 소문과 달리 마치 사대부 여인의 본보기처럼 음전하기 이를 데 없구나. 이게 어찌 된 일일까? 소문이 잘못된 것일까? 아니면…… 네가 본모습을 숨기고 가식을 떠는 걸까?"

"자고로 소문이란 믿을 게 못 되는 법이지요."

"그래. 소문은 과장되기 마련이지. 그러나 너를 만난 사람들이 하나같이 같은 말을 한다면 단순한 소문이나 비하로 치부할 수는 없지 않겠느냐?"

"……."

"말해 봐라. 정말로 단순한 소문이냐? 아니면 세자빈이 되고 싶어, 맞지도 않는 양의 탈을 억지로 뒤집어쓴 승냥이인 게냐?"

조롱 섞인 비아냥거림에 소은의 인내심이 바닥을 드러냈다. 내내 부드럽던 소은의 표정이 냉랭해졌다.

"그대는……."

싸늘한 목소리가 허공에 깊은 파문을 그릴 때였다.

"불이야!"

문밖에서 놀란 비명이 터져 나왔다.

현성과 소은의 고개가 문밖으로 향했다. 눈 깜짝할 사이 문과 창문에 붉은 화염이 이글거리고 있었다.

"어느 틈에 불이 저렇게……."

현성이 놀란 얼굴로 중얼거렸다.

잠시 한눈을 판 사이에 어찌 이렇게 불이 번질 수 있단 말인가. 그것도 하필 문과 창문에만 불이 붙다니. 그 때문에 빠져나갈 길이 보이지 않았다.

"저기, 저곳이 괜찮아 보입니다."

마침 눈썰미 좋은 덤이 뒷문을 가리켰다. 그곳은 아직 불이 붙지 않았다.

현성과 소은을 비롯한 사람들이 일제히 그곳을 향해 달려갔다. 그러나 이내 걸음을 멈추어야 했다. 뒷문이 열리고 한 사람이 들어왔던 까닭이다.

작은 술 항아리와 횃불을 든 궁녀.

현성의 눈매가 일그러졌다.

"제정신이냐? 사방에 불이 번지고 있는데 횃불이라니?"

카랑한 음성이 궁녀를 질타했다. 그래도 속이 풀리지 않아 무언가 한마디 더 붙이려 하는데, 소은의 목소리가 들려왔다.

"미, 믿을 수 없어. 당신이 어떻게 이곳에……."

"대체 왜 그래? 무에, 귀신이라도 본 게야?"

현성은 소은의 시선을 좇아 궁녀의 얼굴을 응시했다.

잠시 후.

"넌!"

현성의 입에서도 경악하는 비명이 흘러나왔다. 눈앞에 서 있는 궁녀는 절대로 이곳에 있을 수 없는 인물이었다.

"윤설!"

윤설. 아니, 윤설인 척했던 박두언의 딸, 자화가 그들의 앞을 가로막았다.

"이렇게 다시 만나니 반갑군요."

빙 에두르는 시선으로 주위를 둘러보는 자화의 얼굴에는 상황과 어울리지 않게 웃음이 맺혀 있었다.

"마음 같아서는 재회의 기쁨이라도 나누고 싶지만, 안타깝게도 내 일이 바빠 그럴 여유가 없을 것 같군요."

자화는 들고 있던 술 항아리를 벽에 던졌다. 요란한 소리와 함께 술 항아리가 깨지며 그 속에 들어 있던 검은 가루가 쏟아져 나왔다. 그녀는 바닥에 수북하게 쌓인 검은 가루에 횃불을 던져 넣었다.

타다다닥! 불과 만난 검은 가루가 맹렬하게 반응하며 삽시간에 큰불을 일으켰다.

"이게 무슨 짓이냐?"

마지막 출구까지 막혀버리자 현성이 발악하듯 소리를 내질렀다.

"그대들에게 딱히 원한은 없어요. 얌전히만 있어준다면 해를 끼칠 생각도 없고."

현성은 어처구니가 없다는 듯한 얼굴로 물었다.

"원한은 없다고? 이 지경을 만들어놓고도 그런 말이 나온단 말이냐? 대체 이런 짓을 저지르는 연유가 무엇이냐!"

자화의 미소가 깊어졌다.

"내가 누굴 꼭 만나고 싶은데, 그 사람과 만나려면 아무래도 이런 극단적인 방법이 효과가 있을 것 같아서 그럽니다. 그러니 걱정하지 마세요. 그 사람만 오면 그대들은 안전하게 나갈 수 있을 겁니다."

"빠져나갈 구석이 없는데, 어찌 안전하게 나간단 말이냐?"

"아! 그렇군."

뒤늦게 생각난 듯 자화가 눈썹을 슬쩍 들어 올리며 소리 내어 웃었다.

"어쩔 수 없지. 이렇게 된 이상 우리 함께 저승길 구경이나 할까요?"

그녀의 투명한 광기에 여인들은 감히 신음조차 흘릴 수 없었다.

"가야만 합니다."

해루가 말했다.

"간택인 때문이냐? 그들이 걱정이라면 내가 사람을 보내겠다."

해루가 향의 소매를 붙들며 고개를 저었다.

"안 됩니다."

"안 돼?"

"제가 가야 합니다. 그러지 않으면 간택인들은 죽게 될 겁니다."

"무슨 말을 하는 것이냐?"

"저를 뺀 나머지 간택인들이 위험에 처한 이유, 모두 저 때문입니다. 저를 불러내기 위해 그들을 잡고 있는 겁니다."

"뭐라?"

"그러니 제가 가야 합니다. 그 누구도 아닌 제가 가야 이 불행을 끝낼 수 있습니다."

"그렇다면 더더욱 보낼 수 없다. 그런 곳에 널 절대 보내지 않을 것이다."

향의 미간에 깊은 고랑이 새겨졌다.

보내고 싶지 않았다. 아니, 보낼 수 없었다.

해루는 향의 얼굴을 조심스레 쓰다듬었다.

그의 얼굴에 새겨진 걱정을 모를 리 없었다.

"걱정하지 마십시오."

"……해루야."

"아시지 않습니까? 제가 미래를 볼 수 있다는 것을요. 저들이 원하는 대로 되지는 않을 겁니다. 저들 뜻대로 순순히 당하고만 있진 않을 겁니다. 그러니…… 가게 해주십시오."

"해루야."

"서둘러야 합니다. 지금 당장 제가 가지 않으면 그들이 죽습니다. 그들이 죽으면 저 역시 제대로 살 수 없을 겁니다. 일평생 죄책감에 시달리며 살아야 할 겁니다. 그러니 보내주세요."

"……."

해루는 향의 너른 품을 파고들었다.

"믿어주세요. 절…… 믿어주십시오."

향은 제 품 안으로 들어온 해루를 강하게 안았다.

"그래도 못 보내겠다면 어찌할 것이냐?"

"어떻게든 갈 겁니다. 제 고집…… 저하도 아시지 않습니까?"

향의 입에서 깊은 한숨이 흘러나왔다.

쇠심줄 같은 해루의 고집이야 누구보다 향이 잘 알고 있었다. 아니 보낸다고 아니 갈 아이가 아니었다. 가겠지, 어떻게든…….

마지못해 향이 말했다.

"허면, 약조해라. 무사히 돌아오겠다고."

그의 품에 안긴 채 해루는 고개를 끄덕였다.

"약조합니다. 무사히 돌아올 겁니다."

"약조해라. 다치지 않을 거라고."

"약조합니다. 절대 다치지 않을 겁니다."

"다시 돌아와 지금처럼 내 품으로 파고들 거라고…… 약조해라."

"그건……."

해루가 동그래진 눈으로 향을 올려다보았다.

"약조해라."

향이 단호한 목소리로 대답을 강요했다.

해루의 얼굴에 붉은 기색이 피어올랐다.

"약조……합니다."

수줍은 듯 고개를 숙이고 더욱 단단히 향의 품에 매달렸다.

그러나 수줍은 행동과 달리 그녀의 맹세는 당차고 올곧았다.

돌아오겠습니다. 아무 일도 없이 무사히 돌아와 다시 이 너른 품에 안기겠습니다.

해루는 커다란 눈 속에 다시 한 번 향의 얼굴을 오롯이 담았다.

마주 보던 향이 천천히 고개를 숙였다.

잊지 마라.

너는 나의 것이다.

나의 사람, 나의 연인.

마치 지워지지 않을 낙인이라도 새기듯 향은 해루의 동그란 이마에 입맞춤했다. 봄 나비처럼 부드럽게 내려앉은 그의 입술은 오래도록 해루의 이마에서 떠날 줄 몰랐다.

그렇게 정지해 버린 듯한 시간이 지났다.

겨우 해루의 이마에서 입술을 뗀 향이 다짐하듯 말했다.

"맹세했으니 반드시 지켜야 한다. 반드시 내게로 돌아와야 한다."

"제가 누군지 잊으셨습니까? 저하의 길잡이입니다. 저 없으면 아무 데도 못 가는 저하가 아니십니까. 걱정 마십시오. 틀림없이 돌아올 겁니다."

"반드시, 반드시 돌아와야 한다. 난 약조를 안 지키는 사람은 용서하지 않는다."

"알고 있습니다."

해루가 작은 목소리로 '공갈 저하'라고 속삭였다.

향은 재차 확인한 후에야 겨우 그녀를 풀어주었다.

"다녀오겠습니다."

해루는 여러 번 뒤를 돌아보며 멀어졌다.

어느덧 그녀의 모습이 보이지 않았다.

내내 망부석처럼 굳어 있던 향은 천천히 걸음을 옮겼다.

"너를 혼자 보낼 수야 없지."

해루는 혼자 가야 한다 말했지만, 애초에 그녀를 혼자 보낼 생각은 없었다.

은밀히 뒤를 따르리라. 혹시 모를 위험일랑은 사전에 치워버릴 생각으로 향을 발자국을 뗐다.

"어딜 가시나."

자신을 부르는 목소리만 없었다면 반드시 그리했을 것이다.

"누구냐?"

향은 고개를 돌렸다.

언제 나타난 것일까?

중년의 사내가 뒷짐을 진 채 그를 보고 있었다.

얼굴 가득한 주름살과 반백의 머리. 적지 않은 나이. 그러나 떡 벌어진 어깨와 꼿꼿한 허리가 그의 성품과 강인한 기질은 여전함을 말해 주는 듯했다.

보통 사내가 아니다.

특히나 저 눈빛. 무심한 듯 보이는 두 눈 속엔 사냥감을 마주한 범처럼 거칠고 사나운 야성이 숨어 있었다.

"누구시오?"

향이 다시 물었다.

"그대와의 만남을 간절히 바란 사람이지."

중년의 사내, 박두언이 향을 향해 씩 마른 웃음을 지었다.

너 허락부터 받아야 할 것이다

사내는 궁노의 복색을 하고 있었다. 그러나 비천한 복색과는 달리 그의 인상은 넉넉하고 편안해 보였다. 미소 짓는 얼굴이 영락없이 인상 좋은 할아버지였다. 보는 이를 방심하게 할 만큼 푸근한 인상의 사내는 한 손에 검을 든 채, 향을 바라보고 있었다.

"두문회인가?"

향의 눈매가 가늘어졌다. 웃음을 머금은 채 박두인은 고개를 끄덕였다.

"용케 알아냈군."

향의 얼굴에서 표정이 사라졌다.

오랜 세월 그를 괴롭혀온 그림자의 실체와 마주하는 순간이었다.

지금껏 향은 두문회의 기원이 어디인지, 구성은 어찌 되는지, 아무것도 알 수 없었다. 그러나 지금 이 순간, 한 가지만은 확실히 알 수 있었다.

"그대가 두문회의 수장인 모양이로군."

"부족하지만 그런 자리를 맡고 있다네."

찾았다. 마침내 만났다.

활을 쥔 향의 손에 절로 힘이 들어갔다.

"이런 일을 벌이고도 무사할 거라 생각하였는가?"

"이런 일이라……."

편안해 보이던 박두언의 얼굴이 조금 일그러졌다.

"그래. 이리해서는 안 되는 것이지."

쓸쓸함이 잔뜩 묻은 목소리로 그가 말을 이었다.

"불은 인정도 없고, 사정을 봐주는 건 더더욱 없다. 그러니 불을 질러 사람을 위협하고 죽이는 건, 사람이 절대 해서는 안 되는 짓 이지."

"그걸 알면서도 이런 짓을 벌였단 말인가?"

"그걸 알면서도 그대들은 왜 그런 짓을 했는가?"

되묻는 박두언의 말에 향의 머릿속에 의문이 떠올랐다.

이게 무슨 말인가? 맹세코 지금껏 불을 질러 남을 해한 적은 단 한 번도 없었다.

박두언의 말이 이어졌다.

"그래, 그대는 이런 일을 한 적이 없겠지. 그러나…… 그대의 조부가 그리하였다. 죄 없는 사람들을 겁박하고, 끝내는 불태워버 렸지."

박두언의 눈 속에 깊은 원한이 드리워졌다.

"비록 그대가 저지른 일은 아니라 해도, 그대의 핏줄이 저지른 죄. 죄 없이 목숨을 잃은 사람들의 원한을 외면하지는 못하겠지."

"두문동의 이야기인가?"

두문동. 멸망한 옛 왕조의 신하들이 숨어든 그곳의 이야기였다. 반역을 도모하던 자들은 끝내 사나운 불길 속으로 사라졌다.

그때, 불과 함께 모조리 사라졌다 여겼던 망령들이 다시 수면으로 모습을 드러낸 것이다.

"그래, 두문동. 그곳의 이야기일세."

박두언의 음성이 회한에 잠겼다.

척박한 산골이었다.

비탈길뿐인 땅은 그마저도 온통 자갈밭이라 작물이 제대로 자라지 못했다. 비나 눈이 오면 길이 끊기기 일쑤였다. 세상 밖으로 걸음하는 것은 언감생심 꿈도 꿀 수 없는 형편인지라, 불편한 것이 이만저만이 아니었다.

그래도 좋았다. 인적 드문 산골에는 널린 것이 나물이고 약초였다. 이따금 산짐승을 잡아 올 때면 모두가 배불리 먹을 수 있었다. 덕분에 넉넉하지는 않아도 굶주리지 않을 수 있었다. 무엇보다 아이들의 웃음이 있었다.

망국의 충신. 새 왕조를 거부하고 두메산골로 칩거한 사람들. 완고한 고집과 신념을 품은, 쓰디쓴 아픔과 쓰라린 삭풍을 삼킨 사람들.

새 왕조의 수많은 겁박에도 불구하고 이 깊은 산중으로 숨어든 그들이 그나마 생의 끄나풀을 쥐고 살 수 있는 이유는 아이들 덕분이었다.

그래서 좋았다. 복잡한 세상사를 모두 벗어던지고, 영화로운 과 거를 회상하며 한 서린 노래를 불렀어도, 품에 안기는 작은 온기와 깔깔깔, 맑은 웃음이 있어 그리 서럽지는 않았다. 하지만⋯⋯.

이토록 작고 소중한⋯⋯. 모든 것을 잃어버린 사람들의 유일한 버팀목이 되었던 아이들의 웃음이⋯⋯ 그날, 한 줌의 재가 되어 세 상에서 사라졌다. 해일처럼 밀려드는 화염이 모든 것을 앗아갔다.

든든한 큰아들과 항상 투덜거렸지만, 속정 깊은 둘째, 철없는 셋 째와 아직 걸음마도 떼지 못한 넷째까지. 모든 것이 그날 화염과 함께 하늘로 흩어져버렸다.

"그리해야 했는가?"

박두언이 다시 물었다.

"정녕 그리하여야 했는가?"

그의 시선은 향에게 있었으나, 그의 질문은 향이 아닌 다른 사 람을 향해 있었다.

"어찌하여 불을 일으켰나 물었는가? 어찌하여 이런 일을 벌였느 냐 물었는가? 복수다. 잘못된 세상을 바로잡기 위함이다. 비명에 간 내 아이들과 내 사람들의 원한을 풀어주기 위함이다. 그것이 잘 못인가?"

박두언의 한 서린 물음에 향은 대답 대신 질문을 던졌다.

"화마로 소중한 사람을 잃은 자가 어찌 남의 목숨은 그리 천하 게 여기는가?"

"⋯⋯무슨 말인가?"

"어린 여인들을 납치하고 매매하지 않았는가?"

"……."

박두언의 표정이 딱딱하게 굳었다.

향의 말이 이어졌다.

"고작 화약을 구하기 위해, 궁을 불태우기 위해 남의 자식을 흉악한 오랑캐에게 넘기지 않았던가?"

정곡을 찌르는 날카로운 비판. 박두언의 얼굴이 일그러졌다.

"어쩔 수 없는 일이었다. 큰일을 위해 작은 희생은 불가피한 것."

"그대에겐 작고 사소한 일이었을지 모르나, 당한 사람에겐 일생이 걸린 큰 사건이었다. 부모에게 사랑받으며 행복한 나날을 보내던 아이들이 짐승보다 못한 끔찍한 지옥으로 끌려가야 했단 말이다. 당신의 복수를 위해, 자신과는 하등 관계없는 자의 원한을 갚는 도구로……. 이것이 진정 옳다 생각하는가? 그것이 두문동이 불탄 일과 무엇이 다르단 말인가?"

"목적을 이룬 후 보상할 생각이었다."

"무엇으로 무너진 그들의 마음을 위로하고 보상할 수 있단 말인가? 죽은 자를 되살릴 수 없듯, 잃어버린 행복을 보상하는 것 또한 불가능한 일이다."

"인정하지. 잘못된 행동이다. 저승에 가면 그들에게 무릎 꿇고 사죄할 것이다. 그리고 왜 내가 그래야 했는지 설명하고, 그래도 이해하지 못하면 분이 풀릴 때까지 빌고, 또 빌 생각이었다. 그러나 그 전에……."

박두언은 검을 들어 올렸다.

"그대를 죽여 내 원한을 갚아야겠다. 원수의 씨를 말려 먼저 간 사람들의 복수를 해야겠어."

알고 있다. 목적을 이루기 위한 행동이 잘못되었음을.

알면서도 어쩔 수 없었다. 가슴에 고인 슬픔과 고통을 삼키려면, 가족의 복수를 위해선 어쩔 수 없는 일이었다.

박두언은 무심한 시선으로 향을 보았다.

어차피 처음부터 죽여 없애려 한 사람이다. 그럼에도 굳이 이리 길게 사설을 붙인 것은, 먼 길 떠나보내기 전에 작은 선의를 베풀고 싶었기 때문이다. 적어도 자신이 왜 죽는지 이유는 알게 해주고 싶었다. 그것이 자신의 가족을 앗아간 자들과 자신의 차이라 생각했다.

아니, 그 모두가 변명이다.

그저 알려주고 싶었다.

이 마음을……. 모든 것을 잃어버린 자의 비통함을.

스르릉.

검을 빼 든 박두언은 더는 온화한 노인의 모습이 아니었다. 전장에서 뼈가 굵은 백전노장의 표정이 그의 얼굴에 덧입혀졌다.

지켜보던 향 역시 자신의 수노기에 화살을 걸었다.

남은 화살은 다섯 발. 많지는 않지만, 이빨 빠진 범을 사냥하기엔 충분한 수. 그러나 향의 생각은 박두언의 뒤로 나타난 복면인들로 인해 산산이 부서지고 말았다.

"당신이라면 제대로 된 싸움을 할 줄 알았는데, 실망이군."

"그러고 싶은 마음 굴뚝같으나 오늘 일은 워낙 중요해서 말이야. 더구나 그대는 유약한 겉모습과 달리 병기를 다루는 실력이 일품이라 하더군. 나로선 조심하지 않을 수 없지."

박두언은 수하들에게 눈짓을 보냈다.

"쳐라."

짧은 외침과 함께 복면인들이 일제히 향에게 달려들었다.

그와 동시에 향의 수노기도 화살을 쏘아냈다.

퉁퉁퉁.

가볍고 탄력적인 소음과 함께 손바닥 길이의 짧은 화살이 복면인들을 향해 날아갔다.

향의 정면에서 달려들던 복면인이 급소를 맞고 절명했다. 좌측에서 달려들던 두 명도 각각 어깨와 복부에 화살을 맞고 쓰러졌다.

그사이, 다른 복면인들이 달려들며 칼을 휘둘렀다. 향은 다시 우측으로 한 발을 쏘고, 나머지 한 발을 멀찍이 물러선 박두언에게 쏘았다.

한 발에 한 명. 실로 명궁이라 할 만한 실력이었다. 그러나 정면, 박두언을 향해 쏜 화살은 상황이 달랐다.

카캉!

날카로운 쇳소리가 허공을 진동했다.

박두언의 검이 가볍게 화살을 쳐냈다.

대단한 실력. 조선의 이름난 무장 중에서도 이처럼 대단한 실력을 지닌 자는 보지 못했다.

향은 잠시 당황했다.

그사이 박두언의 명이 이어졌다.

"뭣들 하느냐. 화살이 떨어졌으니, 어서 목을 쳐라."

잠시 움찔했던 복면인들이 다시 달려들었다.

향의 머릿속이 빠르게 회전했다.

'남은 사람은 넷.'

박두언과 복면인 셋.

향은 화살이 떨어진 수노기를 풀어버렸다. 대신 바닥에 떨어진 복면인의 검을 주워 공격을 막으며 적의 수를 헤아렸다.

검과 검이 부딪칠 때마다 푸른 불꽃이 튀고 검붉은 피가 솟구쳤다. 그러다 어느 순간, 향과 세 복면인이 한 덩어리가 되어 만났다. 그리고 짧은 신음과 함께 그중 셋이 쓰러졌다. 복면인들은 밑동 잘린 허깨비처럼 바닥으로 허물어졌다.

"대단하군."

박두언의 입에서 감탄하는 한마디가 새어 나왔다.

"이 나라의 왕세자가 보기 드문 괴짜라 신분에 어울리지 않게 기계와 병기에 관심이 많다는 말은 들었지만, 검술 또한 이리 훌륭할 줄은 몰랐군."

향은 가쁜 숨을 헐떡이며 박두언을 노려보았다.

누구의 검에 베였는지 모를 상처에서는 연신 피가 흘렀다. 그러나 눈빛만큼은 여전히 날카로웠다.

쓰윽, 스치는 눈길로 향을 살피던 박두언이 미소를 지었다.

"훌륭한 실력 잘 봤소. 애 많이 썼지만, 더는 무리일 듯싶군. 그대는 내가 비겁한 수까지 써가며 상대한 유일한 인물로 기억될 것이야."

말이 끝남과 동시에 박두언은 향에게 달려들었다.

일촉즉발의 위기.

"멈춰라!"

박두언의 앞으로 검은 무복을 입은 젊은 사내가 뛰어들었다.

"저하, 늦었습니다."

박두언의 칼을 막은 무혁은 향을 돌아보았다. 애타게 향을 찾던 그가 뒤늦게 세자를 발견한 것이다.

"비켜라."

박두언이 사납게 칼을 휘둘렀다.

맞부딪는 무혁의 칼은 그 어느 때보다 신중했다.

지금 중요한 것은 향을 지키는 일이다. 자신이 쓰러지면 다친 향은 꼼짝없이 목숨을 잃을 터.

두 자루의 검이 얽히며 불꽃이 어지럽게 튀었다. 지키려는 자와 죽이려는 자의 집념이 격렬하게 충돌했다.

그러다 한순간.

중심을 잃은 박두언이 몸을 비틀거렸다.

순간의 틈이 생겼다. 그 틈을 놓치지 않고 무혁은 검을 찔렀다.

박두언이 맨손으로 무혁의 검을 잡았다.

"실력은 뛰어나나, 경험이 부족하군."

박두언은 입아귀를 비틀며 말했다.

무혁의 낯빛이 어두워졌다. 빈틈이라 생각하였건만, 실은 박두언이 부러 흘린 허실이었다.

"죽어라!"

박두언이 검을 휘둘렀다. 그 순간, 화살 한 대가 날아와 그의 왼쪽 어깨에 박혔다.

박두언의 고개가 옆으로 돌아갔다. 죽은 복면인에게서 화살 한 발을 회수한 향이 그것을 장전하여 되쏜 것이다. 박두언이 애써 고통을 참으며 말했다.

"다친 몸으로 제법이군. 하지만 급소를 맞히지 못하였구나."

"급소를 맞히지는 못했으나, 그대에게 잡힌 내 사람의 검을 풀어줄 정도는 될 것 같군."

"무엇이?"

향의 말대로 박두언에게서 풀려난 무혁의 검이 허공을 사선으로 그었다.

"이, 이런……."

한순간의 방심이 그를 쓰러트렸다. 고려 최고의 무사 박두언이, 오랜 세월 전장을 누비던 그가 고작 이런 검에 무너지고 만 것이다.

차가운 바닥에 누운 박두언의 시야로 이글거리는 화염이 들어왔다.

궁을 제물 삼아 땅의 속박에서 풀려난 불길. 웅대한 꿈을 품고 하늘을 염원하나, 끝내 하늘에 닿지 못한 서러운 불꽃이 사방으로 흩날렸다.

"허망하구나. 억울하구나."

텅 빈 눈으로 먼 허공을 바라보던 박두언은 작게 입속말을 중얼거렸다.

"뒤를 부탁하네, 민안선."

"저하!"

향을 부축하는 무혁의 외침이 다급했다.

이 모든 것이 자신의 탓이었다. 자신이 제 역할을 하지 못한 탓에 다시 귀하신 저하의 옥체에 위해를 끼치고 말았다.

"제 탓이옵니다. 이 모든 것이 불충한 소신의 잘못이옵니다."

자책하는 무혁에게 향은 옅게 미소를 보였다.

"괜찮다. 네 탓이 아니다."

"저하."

"수강궁으로 가자꾸나."

"부상이 심하옵니다. 치료를 서둘러야 합니다."

그러나 향은 고집을 꺾지 않았다.

부상보다도, 발밑을 흠뻑 적시는 핏물보다도 급한 일이 있었다. 무엇과도 바꿀 수 없는 존재가 수강궁에 있었다.

"해루가…… 해루를 지켜야 한다."

"저하."

"서두르자꾸나."

향의 눈빛은 단단했다.

그 무엇으로도 깨지지 않을 결기.

그 눈빛을 읽은 무혁은 입술을 깨물었다.

"무례를 용서하옵소서."

무혁이 향을 업고 달렸다. 그의 등에 업힌 채, 향은 수강궁이 있는 곳을 바라보았다.

기다려라, 해루야. 네게 가마. 그리고 미처 하지 못한 이야기를 들려주마. 그러니…… 꼭 기다려야 한다.

가물거리는 의식 속에서 향은 해루를 떠올렸다.

그 작고 하얀 얼굴을…… 돌아오마 약조하던 그 까만 눈을 떠올렸다.

무서운 화염이 수강궁을 통째로 삼키고 있었다. 궁녀와 환관들이 불길을 잡으려 안간힘을 썼지만 역부족이었다.

"간택인들은…… 간택인들은 어디에 있습니까?"

해루의 물음에 궁녀는 불길에 휩싸인 수강궁을 가리켰다.

"아무도……. 아무도 나오지 못했습니다."

"저 안에 모두 있단 말입니까?"

해루는 놀란 눈으로 수강궁을 보았다.

저곳에 간택인들이 있었다. 덤이와 처음으로 사귀게 된 동무 소은, 그리고 거만하지만 어쩐지 밉지 않은 현성이 있다.

때마침 화기를 이기지 못한 문이 맥없이 부서져 내렸다.

망설일 틈이 없었다. 주저할 사이도 없었다.

해루는 불길이 열어준 틈새로 뛰어들었다.

"안 됩니다. 거기 들어가선 아니 되어요."

말리는 궁녀들의 목소리가 들려왔지만, 해루는 발을 멈추지 않았다.

"덤이야! 소은아! 어디 있어?"

해루는 목이 터져라, 두 사람을 불렀다.

그 애타는 부름에 하늘이 감동하였을까? 구석진 곳에서 대답하는 소리가 들려왔다.

"여기, 여기에 있습니다."

해루의 얼굴에 반색하는 빛이 떠올랐다. 불길에 휩싸인 회랑을 달려 깊숙한 안쪽으로 가니 비교적 멀쩡한 구석방이 나왔다.

"어디야? 어디에 있는 것이야?"

해루는 다급한 눈길로 사방을 두리번거렸다.

"애석하지만 그대가 찾는 사람은 이곳에 없답니다."

등 뒤에서 차분한 음성이 들려왔다. 해루는 굳은 얼굴로 고개를 돌렸다.

언제 나타난 것일까?

궁녀 복색을 한 자화가 그녀를 향해 웃고 있었다. 평소처럼 단아하고 아름다운 미소였다.

"윤설 아가씨……."

"내 진짜 이름은 자화입니다."

"자화……."

"대단하군요. 설마 했지만, 정말로 찾아올 줄이야."

"무슨 말입니까?"

"간택인들이 위험한 걸 알고 찾아온 것 아닌가요? 아니, 본 것이 겠지요. 앞날을……."

"그걸 어찌……?"

"두문동에서 왔습니다. 대답이 되었나요?"

"두문동?"

해루가 입버릇처럼 말하던 두문동이었다. 툭하면 '두문동 해루가 나가신다!' 하고 소리치지 않았던가. 그러나 그리 말하면서도 단 한 번도 그것이 뜻하는 의미를 깊이 생각한 적 없었다.

해루가 영문을 모르겠다는 표정을 짓자 자화가 미간을 찌푸렸다.

"전부터 이상하게 생각했는데 설마, 기억을 잃은 건가요?"

"절 아십니까?"

"두문동은 아는 눈치인데, 다른 건 모른단 말입니까?"

"제게 남은 유일한 기억이 '두문동'이라는 세 글자입니다. 그리우면서도 왠지 두려운……. 그래서 감히 찾아가지 못한 곳입니다. 제가 그곳과 무슨 관련이 있습니까?"

"정말 기억을 잃은 모양이군요. 네, 그래요. 그대는 두문동에서 태어나고 자랐습니다. 그리고 기억하지 못하겠지만, 저와도 자주 어울려 놀았답니다."

"제가 아가씨와 놀았단 말입니까?"

드디어 잃어버린 기억을 찾을 작은 실마리를 발견했다.

하지만 전혀 기쁘지 않았다. 자화가 한 말이 신경 쓰인 까닭이었다.

"좀 전의 말은 무엇입니까? 설마, 절 만나기 위해 아가씨가 이 불을 낸 겁니까?"

"불행하게도 그래요."

"왜죠?"

"그대를 죽여야 하거든요."

자화가 한숨을 쉬며 말을 이었다.

"기억을 잃은 그대는 지금 무척 놀라고 당황스럽겠지만, 그대를 죽여야만 하는 저로서는 안타깝고 슬프군요. 한때 동무였던 그대를 내 손으로 죽여야 한다니."

"어째서……. 어째서 절 죽이려 하는 거죠?"

"하늘마저 시기할 그대의 재능 탓입니다. 아니, 모든 것이 운명의 장난이겠지요. 자세한 설명을 해주고 싶지만 안타깝게도 시간이 없군요."

자화가 품에서 단도를 꺼냈다. 그리고 천천히 해루에게 다가왔다.

해루는 주춤주춤 뒷걸음질 쳤다. 그러나 좁은 실내에서 도망갈 곳은 그리 많지 않았다. 그녀는 이내 구석으로 몰렸다. 등 뒤엔 불길에 휩싸여 반쯤 무너진 벽이, 눈앞엔 시퍼런 칼을 든 자화가 있었다.

"얌전히 있으면, 과거의 정리를 생각하여 고통 없이 보내드리겠습니다."

측은한 표정으로 해루를 보던 자화가 속삭이듯 말했다.

이윽고 자화의 검이 해루를 목덜미를 향해 날아들었다.

순간.

"누구 허락을 받고 그 여인을 죽인단 말이냐?"

불길을 뚫고 한 사내가 뛰어나왔다. 갑작스럽게 나타난 사내의 모습에 해루도, 그리고 자화도 놀란 표정을 감추지 못했다.

"거참, 고작 사람 하나 찾으려고 요란스럽게도 일을 벌였군."

불길을 뚫고 온 사내가 옷에 붙은 불씨를 손으로 탁탁 털어내며 말했다.

"당신이 어찌……."

자화의 놀란 물음에 사내가 대수롭지 않은 표정으로 대답했다.

"나 말인가? 그대도 알다시피 해루의 호위 무사가 아니던가. 지키는 이가 위험에 처했으니, 구하러 오는 게 당연한 일. 그러니……."

위창은 입꼬리를 길게 늘이며 말을 이었다.

"이 여인을 어찌하려면 우선 내 허락부터 받아야 할 것이다."

화마가 가른 운명

　벽을 타고 오른 불길이 천장을 야금야금 삼켜갔다. 공포에 질린 비명이 곳곳에서 들려왔다.

　불지옥과 같은 현장 한복판에 선 자화는 딱딱하게 굳은 눈으로 정면을 응시했다. 어미 새가 어린 것을 품듯 해루를 감싸 안은 위창의 모습이 들어왔다.

　"당신이군요."

　"그래, 나다."

　담담한 위창의 대답에 자화는 쓸쓸하게 웃었다.

　해루를 미끼로 빠져나갈 수 없는 함정을 파두었다. 하늘을 나는 재주가 있어도 빠져나가지 못하리라 장담했다. 한데, 그는 태연하게 포위망을 빠져나갔다. 그리고 이렇게 멀쩡한 모습으로 가장 중요한 순간에 다시 나타나 앞을 가로막고 있었다.

"놀란 표정이군."

위창의 말에 자화는 순순히 고개를 끄덕였다.

"솔직히 놀랐어요."

"그것 참 기쁘군. 난 그대가 날 보고도 놀라지 않으면 어쩌나 걱정하던 참이었거든."

"해루를 제게 넘기시는 게 어떻겠습니까? 당신을 해치고 싶지 않습니다. 당신에겐 원한이 없어요."

자화의 말에, 위창의 입가에 서늘한 조소가 걸렸다.

"이걸 어쩌한다? 나는 이미 그대에게 원한이 생겼는데."

그는 아직 상처가 아물지 않은 제 옆구리를 가리켰다.

위창의 손끝을 따라 고개를 돌리던 자화가 한쪽 눈썹을 슬며시 들어 올렸다.

"가벼운 상처였지 않습니까? 부러 죽지 않을 만큼만 찔렀으니까요."

"자상한 배려에 감사하다고 해야 하나?"

비웃는 위창을 향해 자화가 말을 이었다.

"곧 이곳은 불길 속으로 사라질 겁니다. 그러니 그 여인을 제게로 보내세요. 그럼 당신을 비롯하여 다른 사람들은 이곳을 나갈 수 있도록 길을 열어드리지요."

자화가 가로막고 서 있는 문 뒤엔 여인들이 붙잡혀 있었다. 현성과 소은 그리고 덤이를 비롯한 유모와 상궁들이었다. 활활 타오르는 불길 너머에서 여인들의 신음과 비명이 끊임없이 들려왔다. 저들의 생명과 해루를 맞바꾸자는 자화의 말에 위창은 코웃음을 흘렸다.

"아무래도 그대는 기억력이 형편없는 모양이로군."

"무슨 말씀이신가요?"

"분명히 말하지 않았던가. 내가 이 여인의 호위 무사라고 말이야. 그런데도 내가 지키는 이를 위험하게 만들 것 같은가?"

해루를 잡고 있는 위창의 손아귀에 단단하게 힘이 들어갔다.

"지킬 것이다."

"그리하고 있으니, 진짜 호위 무사 같습니다. 하지만 저 여인 하나로 인해 많은 목숨이 사라지게 될 것입니다. 그래도 해루의 안위만을 고집하시겠습니까?"

위창이 지체하지 않고 대답했다.

"설사 천하를 얻는다 해도 내 곁에 그녀가 없으면 무슨 소용이 있겠느냐?"

"천하보다…… 고작 여인 하나가 소중하단 말씀이십니까?"

믿을 수 없다는 듯한 표정으로 자화가 말을 이었다.

"농담이 아닙니다. 당신이 해루를 놓아주지 않으면, 저 여인들을 모두 이 자리에서 죽여버릴 것입니다."

위창은 해루와 시선을 맞추었다.

"내가 농을 하는 것으로 보이는가? 내게 중요한 것은 이 아이 하나다. 다른 사람들 따윈 내 알 바 아니야."

"진심이신가요?"

"단 한 번도 속에 없는 말을 한 적은 없지."

위창의 대답에 자화의 표정이 딱딱하게 굳었다.

진심이다. 저자는 해루를 지킬 수만 있다면 수천수만 명의 사람이 죽는다 하더라도 눈 하나 깜짝하지 않을 비정한 사내였다. 아니, 비정한 것이 아니라 어쩌면 그만큼 해루를 귀하게 여기고 있다는 뜻이리라.

자화는 한숨을 내쉬었다.

"그때, 당신을 죽였어야 했는데. 사소한 연민에 이끌려 칼을 쥔 손에서 힘을 뺀 것이 이리 후회가 될 줄은 몰랐습니다."

"연민이 아니라, 그대의 손에 내가 죽으면 수습이 힘들어서였겠지."

자화는 위창의 비아냥거림을 귓가로 흘리며 해루를 응시했다.

짐작은 하고 있었지만, 설마 하는 마음도 있었다. 하지만 이것으로 확신할 수 있었다.

해루 저 아이가, 세상 아래 무서울 것 없는 오만한 사내의 마음을 빼앗았다는 사실을.

'아무래도 오늘 일은 성사되기 어렵겠구나.'

모든 게 엉망진창이 된 느낌이다. 되짚어보건대, 가장 최선은 그날 그곳에서 위창을 죽이고, 조선을 전쟁의 겁화 속으로 밀어 넣는 것이었다. 차선은 오늘 이곳에서 해루를 죽이는 것이었고.

그러나 두 가지 방법 모두 더는 불가능하게 되었다.

모사재인 성사재천(謀事在人 成事在天).

일은 사람이 꾸미나 성사는 하늘에 달렸다 하였던가.

계획은 좋았으나, 하늘이 그녀의 편이 아니었다. 기회를 잡았다 생각했으나, 돌아보니 손가락 틈 사이로 모조리 빠져나가고 말았다.

'하늘의 뜻. 결국, 이 모든 것이 저 아이 탓인가?'

자화는 묘한 눈빛으로 해루를 훑었다. 지금까지 자신이 도모한 일 중에 이루지 못한 일은 없었다.

처음 경험한 쓰디쓴 패배.

이 생경한 패배에 해루가 관여되어 있었다.

자신과 같은 곳에서 나고 자랐으나, 전혀 다른 길을 걷는 여인.

스스로 자신의 미래를 예언하여, 삶과 죽음의 경계를 아슬아슬하게 넘나들게 된 예지자.

"사실 난 믿지 않았습니다."

자화가 해루를 향해 말했다.

해루가 떨리는 음성으로 물었다.

"무얼 말입니까?"

"내 아버지께서는 종종 입버릇처럼 말씀하셨지요. 그대가 우리 일에 방해가 될 거라고요."

"……"

"고작 여인 하나잖아요. 스스로 제 몸 하나 지키지 못할 만큼 여리고 어린 여인이 이 거대한 조직의 음모를 어찌 막을 수 있을까 생각하였지요. 행여 앞날을 볼 수 있다 할지라도 불가능한 일이라고. 내 아비의 과한 걱정이라 생각했지요. 헌데 지금은……."

해루를 바라보는 자화의 눈이 서늘하게 빛났다.

"지금은 믿습니다. 과연 그대는 세상에서 가장 두려운 적이군요."

앞날을 보기 때문에, 미래를 알고 있어서 두려운 게 아니었다.

위창. 거만하고 오만한 명국의 이단아마저 품어버린 그녀의 포용력이 무섭고 두려웠다.

어디 그뿐인가.

해루는 여인 보기를 돌같이 하는 이 나라의 왕세자마저 흔들고 있었다.

사람의 마음을 잡아끄는 묘한 매력.

예지력만큼이나 강력한 힘을 해루는 갖고 있었다. 정작 해루, 본인은 그 사실을 인지하지 못하고 있는 듯했지만.

자화는 풀썩 마른 웃음을 터트렸다. 그러고는 고혹적인 미소를 입가에 머금은 채 해루에게 물었다.

"혹시 날 위해, 그리고 억울하게 죽은 많은 영혼들을 위해 자결할 생각은 없습니까?"

"싫습니다."

해루는 결기가 가득 담긴 눈으로 고개를 저었다.

어찌 살아온 삶인데.

어찌 버텨온 인생인데.

무엇보다 세자 저하께 약조를 하였다.

무사히 돌아가겠다고, 하여 그분의 너른 품에 안기겠다고 약조하였다. 그러니 돌아가야 한다. 여기서 절대 죽을 수는 없었다.

"나는 죽지 않을 겁니다."

"그대 아비가 또 슬퍼하겠군요."

해루의 눈이 커졌다.

"아비라면……. 내 아버지! 내 아버지를 알고 있습니까?"

"알고 있습니다."

"말해 주십시오. 그분은 누구십니까? 어디로 가야 만날 수 있습니까?"

기억 저 너머로 사라진 자신의 과거를 알 기회.

해루는 상황을 망각한 채 자화에게 물었다.

"그대의 아비는……."

자화가 무언가 말을 하려는 찰나.

우르르, 쾅! 불길에 휩싸인 천장 한 귀퉁이가 맥없이 바닥으로 내려앉았다.

"아아악!"

"살려주세요!"

소은을 비롯한 사람들은 두려움을 넘어 공포에 질려 발버둥 쳤다. 힐끗, 그들을 돌아보던 자화가 다시 입을 열었다.

"아무래도 더는 이야기를 나눌 수 없겠군요."

해루를 바라보는 자화의 눈 속에 잠시 처연한 기색이 떠올랐다. 그리고 인질로 잡아놓은 여인들을 돌아보았다. 갈등하는 빛이 자화의 얼굴에 그려졌다.

잠시 후.

"나중에 쓸모가 있을지도 모르니……."

자화는 알 수 없는 말을 중얼거리며 그대로 시커먼 연기 속으로 사라졌다.

"거기 서라!"

자화를 쫓아 위창이 몸을 날렸다. 그러나 몇 발짝 가지 못해 그는 걸음을 멈추어야 했다. 해루가 그의 소맷자락을 잡았던 것이다.

"왜 그러는 것이야?"

"가지 마십시오."

"지금 뒤쫓지 않으면 놓칠 것이다."

감히 자신을 이용하려 한 죄.

그리고 해루를 해치려 한 죄.

붙잡아 단단히 그 죄를 물으려 하였다.

"그보다 급한 일이 있습니다."

해루가 고개를 흔들었다.

위창의 눈동자에 잔물결이 일었다. 그는 꼿꼿하던 등을 느슨하게 풀었다. 자화를 쫓던 걸음을 거둬들인 위창은 무릎을 굽혀 해루와 시선을 마주했다.

"내 너를 위해 무얼 해주랴?"

"저 사람들을 도와주세요."

위창은 해루가 가리키는 곳으로 시선을 돌렸다.

자화가 가로막고 있던 문 뒤쪽이었다. 매캐한 연기로 가득한 그곳에서 겁에 질린 비명이 들려왔다.

"도와주십시오. 시간이 없습니다."

해루는 전각 안쪽으로 몸을 날렸다.

"저 바보 같은 녀석."

이 와중에도 자신의 안위보다 다른 이들을 챙기는 해루가 마음에 들지 않았다. 그러나 투덜대면서도 위창 역시 그녀의 뒤를 쫓았다.

목표를 정한 뒤로는 단 한 번도 멈춰본 적 없는 사내가 멈추었다. 그리고 자신이 아닌 다른 누군가를 위해 불길 속으로 뛰어든 것이다.

이 모든 것이 해루 때문이었다. 해루를 위한 일이라면…… 그것이 무엇이든 할 것이다.

스스로가 생각해도 어이없는 감정. 그러나 그것이 그리 싫지 않았다.

위창은 입가에 마른 웃음을 떠올렸다.

여인들은 굳게 닫힌 문 너머에 갇혀 있었다. 해루는 문을 가로막은 물건과 걸쇠를 서둘러 풀어주었다. 곧 시커먼 연기와 함께 갇혀 있던 여인들이 기침을 뱉으며 쏟아져 나왔다.

"이쪽입니다! 다들 겁먹지 말고 이쪽으로 오세요."

해루는 빠져나가는 길을 가리키며 목이 쉬도록 소리쳤다. 그러나 연기를 마신 여인들은 제대로 걷지 못했다. 상태가 비교적 나은 사람도 무섭게 휘몰아치는 불길을 보고 뒷걸음질 치기 바빴다.

"현성 아가씨, 어서요."

해루는 일행의 가장 앞에 주저앉아 있는 현성에게 손을 내밀었다.

두려움에 몸을 떨던 현성이 고개를 들어 해루를 올려다보았다. 두 사람의 시선이 마주했다. 겁에 질린 현성의 눈동자에 해루의 투명한 눈동자가 맺혔다.

그 어떤 것도 막을 수 없는 올곧은 결기가 느껴지는 눈빛. 그 눈이 현성에게 용기를 내라 말하고 있었다.

"어서요."

현성이 천천히 손을 뻗었다.

마주 잡은 손을 해루는 힘주어 잡아당겼다.

그것을 신호로 하나둘 자리에서 일어섰다.

"조심하세요. 언제 천장이 무너질지 모릅니다. 저를 따라오세요."

해루는 불길이 거세지 않은 길을 골라 걸음을 옮겼다.

위창은 걸음을 옮기지 못하는 여인들을 업고 부축하며 해루를 도왔다.

덕분에 현성을 비롯한 십여 명의 궁녀들은 불타는 전각 밖으로 몸을 피할 수 있었다.

해루의 입에서 비로소 안도의 한숨이 새어 나왔다. 그러다 문득 미간을 찡그렸다.

덤이가 보이지 않는다.

해루는 유모의 품에 안겨 밭은기침을 토하는 현성에게 물었다.

"아가씨, 우리 덤이 못 보셨어요?"

매캐한 연기에 연신 기침을 흘리던 현성이 벌겋게 충혈된 눈을 돌렸다.

"덤이……?"

"네. 덤이요. 그러고 보니 소은이도 보이지 않습니다. 두 사람…… 어디에 있는 줄 아십니까?"

"그 아이들이라면……."

현성은 마지막으로 보았던 두 사람의 모습을 떠올렸다.

"그러고 보니 천장이 무너지는 순간, 전각 가장 귀퉁이로 몸을 피하던 사람들이 있었는데……."

"그럼……."

해루는 전각 안으로 다시 시선을 돌렸다.

구석진 곳. 무너진 불기둥 너머로 얼핏 사람의 그림자가 보였다.

"덤이야! 소은아!"

곁에서 다른 이들을 돌보던 위창이 해루의 어깨를 붙잡았다. 그는 해루의 눈을 똑바로 바라보며 단호하게 소리쳤다.

"늦었다! 이제는 들어갈 수 없어!"

"하지만……."

이대로 두면 저 두 사람, 죽을지도 몰라요. 아니, 틀림없이 죽을 겁니다.

해루는 고개를 저었다.

"갈 수 있습니다. 살릴 수 있어요."

말릴 틈도 없이 해루는 작은 틈새 사이로 뛰어들어 갔다.

"해루야! 해루……."

위창이 뒤쫓으려는 순간. 벌겋게 입을 벌리고 있던 화마가 우르르 무너져 내렸다. 한순간에 전각으로 들어갈 수 있는 모든 통로가 막혀버렸다.

"해루야……."

불길을 바라보는 위창의 얼굴이 하얗게 바래졌다.

연기로 한 치 앞을 살필 수 없었다. 목구멍으로 매캐한 그을음이 파고들었다. 마른기침을 하며 해루는 불 속을 더듬었다.

"덤이야! 덤이야!"

뿌옇게 흐려지는 눈을 연신 손등으로 비비며 화염과 매연 속에서 얼마나 헤맸을까.

"아가씨? 해루 아가씨셔요?"

어디선가 간신히 쥐어짠 듯한 작은 목소리가 들려왔다.

"덤이야! 어디야? 어디에 있는 것이야?"

"여기여요. 아가씨, 저 여기에 있어요."

사그라지던 음성에 갑자기 생기가 돌았다. 이내 연기 저 너머로 팔을 흔드는 덤이의 모습이 보였다.

"덤이야, 덤아!"

해루는 서둘러 걸음을 옮겼다.

"덤이야, 괜찮아?"

"다리를 접질렸지만…… 괜찮아요."

해루는 고개를 돌려 덤이의 발을 살폈다.

"어쩌다 이리되었어?"

"불덩이가 떨어지는 걸 피하려다 그만."

"이만하니 정말 다행이다. 그런데…… 소은이는 못 봤어?"

"소은 아가씨라면……."

덤이의 말이 끝나기 전, 멀지 않은 곳에서 기침 소리가 들려왔다.

"해루야, 나 여기에 있어. 콜록, 콜록."

소은이 눈가에 맺힌 눈물을 손등으로 닦았다. 놀랐는지 작은 얼굴은 파랗게 질려 있었다.

"소은아, 괜찮아?"

"응. 나는 괜찮아. 그런데……."

소은이 겁에 질린 표정으로 주위를 둘러보았다. 죽음의 공포가 작은 소녀를 휘감았다. 그녀는 마지막 동아줄인 듯 해루의 팔을 부여잡았다.

"우리 여기서 나갈 수 있을까?"

해루는 확신하듯 고개를 끄덕였다.

"걱정하지 마. 그보다 너, 걸을 순 있지?"

"응."

"그럼 어서 여길 나가자."

"하지만 사방이 꽉 막혔잖아. 나갈 구멍이 없어."

절망하는 소은의 말에 해루는 침착한 표정으로 대답했다.

"통로가 있어."

"정말?"

소은의 물음에 답이라도 하듯 해루는 이미 재가 된 병풍 뒤로 돌아갔다. 온통 벽으로 보이는 그곳을 해루는 주먹으로 두드렸다. 꽉 막힌 소리를 내던 벽이었으나 어느 한 곳을 두드리자 통통, 속이 빈 소리가 들려왔다.

'여기다.'

해루의 얼굴에 회심의 미소가 떠올랐다.

언젠가 향이 알려주었던, 왕족 중 선택된 몇 명만이 알고 있는 비밀 통로였다.

"이쪽이야, 소은아."

해루는 벽 한가운데를 힘껏 밀었다.

이윽고, 끼이이익. 오래 사용하지 않아 뻑뻑해진 문이 안쪽으로 열렸다.

"정말…… 문이 있네?"

"그리 보고 있지만 말고 어서 가자."

해루는 놀라 눈을 동그랗게 뜨는 소은의 등을 떠밀었다.

"응."

소은이 안쪽으로 발을 디디자 해루 역시 덤이를 부축하고 뒤따랐다.

세 소녀는 부지런히 통로를 따라 발을 놀렸다. 그렇게 한동안 걷다 보니, 드디어 밖으로 나가는 출구가 눈에 들어왔다.

"다 왔다. 이제 살았다."

등 뒤를 쫓는 매캐한 연기와 검붉은 불길을 뒤돌아보며 해루가 소리쳤다.

일행의 맨 앞에 서 있던 소은이 문을 힘껏 밀었다.

세상이……. 환한 세상이 눈앞에 드러났다.

해루의 표정이 햇살처럼 밝아졌다. 문밖으로 나가는 소은의 뒷모습을 보며 해루는 자꾸만 축축 처지는 덤이를 다독였다.

"덤이야, 정신 차려. 조금만 가면 밖이야. 그러니 절대 정신 잃으면 안 돼. 조금만 가면 돼. 아주 조금만……."

어느덧 지척까지 불꽃이 뒤따라왔다. 금방이라도 그들을 삼켜

버릴 듯 무서운 기세로 다가오는 불길을 보며 해루는 다리에 힘을
주었다.

이제 저 문만 나서면 된다. 저 문만…….

그때, 문 앞을 가로막고 서 있던 소은이 해루에게 물었다.

"정말이야?"

"응?"

느닷없는 물음에 해루는 어리둥절한 표정을 지었다.

"아까 선양정에서 했던 말, 사실이야? 정말로 중궁전의 상궁이
네 집까지 따라갔었어?"

"그렇긴 한데, 갑자기 그건 왜?"

대체 왜 이럴까?

긴박한 상황에 도무지 이해할 수 없는 행동을 하는 동무의 얼굴
을 해루는 뚫어지게 쳐다보았다.

그 말간 눈을 가만히 들여다보는 소은의 입가에 쓸쓸한 미소가
걸렸다.

"그랬구나. 그랬어. 널……. 중전마마께선 널 마음에 두신 거야."

"소은아."

"너였어. 네가…….."

말끝을 흐리던 소은이 입술을 꼬옥 물었다.

"왜 그래? 대체 왜 그러는 거야?"

해루에게 차마 시선조차 주지 못한 채 소은이 중얼거렸다.

"미안해."

"뭐?"

"미안해, 해루야."

말이 끝남과 동시에 소은이 뒷걸음질 쳤다.

"소은아……. 너 지금 뭐 하는 거야?"

답은 들려오지 않았다.

잠시 마른 눈빛을 보내던 소은은 그대로 문을 닫아버렸다.

쾅!

문이 닫히는 소리가 천둥보다 더 크게 해루의 귓가를 울렸다.

쾅쾅쾅! 쾅쾅!

"소은아……. 소은아, 문 좀 열어봐. 제발…… 열어."

애원하는 해루의 목소리가 소은의 귓속을 집요하게 파고들었다. 그러나 소은은 아랫입술을 한껏 악문 채 고개를 숙였다. 문에 등을 기댄 채 서 있는 그녀는 행여 문이 열릴세라 문고리를 힘껏 틀어쥐었다.

문은 연신 덜컹거렸다.

그러면 그럴수록 소은은 문고리를 잡은 손에 힘을 주었다.

머릿속으로 현성의 조롱 섞인 비아냥거림이 떠올랐다.

―벗이라 챙겨준다는 건가? 흥, 속도 좋구나. 그 벗이 세자빈이 되어도 그리 웃을 수 있을지 모르겠군.

소은은 귓전을 맴도는 현성의 목소리를 떨쳐내기 위해 힘껏 체머리를 흔들었다. 이윽고 고개를 드는 그녀의 눈동자에 흐릿한 탐욕의 빛이 떠올랐다.

"무어라고 해도 상관없어. 일생일대의 기회잖아. 난 포기할 수 없어. 가문을 위해서……. 그리고 날 위해서……. 미안해, 해루야. 날 원망해도 좋아. 하지만 이게 나야, 이게 진짜 내 모습이야. 그러니 먼 곳에 가서 날 마음껏 욕하고 원망해. 미안해. 정말 미안해."

뺏기고 싶지 않았다.

이 나라의 세자빈, 언젠가 이 나라의 국모가 될 자리.

그런 귀한 자리를 다른 누구에게도 빼앗길 순 없었다.

"문 좀 열어줘. 소은아, 제발…… 문 좀 열어줘."

주먹이 으스러져라 문을 두드리고 밀어보았지만 어림없었다.

좁은 통로에 연기가 자욱하게 차올랐다.

해루의 눈동자가 쉼 없이 흔들렸다.

왜? 왜?

끊임없이 떠오르는 의문이 머리를 어지럽혔다. 끝을 알 수 없는 수렁에 빠진 듯 몸이 묵직했다. 통로를 가득 채운 연기로 숨을 쉴 수가 없었다. 연신 마른기침이 터져 나왔다. 석룡자(石龍子, 도마뱀)처럼 천장과 바닥을 기어온 불길이 지척에까지 이르렀다.

당황하는 해루의 손으로 여린 온기가 다가왔다.

"아가씨……."

맥없이 축 늘어져 있던 덤이가 해루를 손을 잡았다.

"덤아……."

해루의 눈에 눈물이 고였다.

"헤헤, 그거 아셔요? 아가씨랑 함께 있으면서 참으로 즐거웠어요."

"……."

"앞으로도 계속 그리 즐거울 줄 알았는데……."

덤이의 얼굴에 짙은 아쉬움이 스며들었다.

"아가씨가 세자빈이 되시는 모습을 꼭 보고 싶었는데……."

덤이의 목소리가 잦아들었다.

그러다 한순간.

해루를 잡고 있는 손이 맥없이 툭 떨어졌다.

"덤아."

해루의 목소리가 떨렸다.

"덤아……."

위태롭게 고였던 눈물벽이 와르르 무너졌다. 눈가로 뜨거운 눈물이 흘러내렸다.

해루는 잠든 듯 눈을 감은 덤이의 어깨를 흔들었다.

잠시 정신을 잃은 걸 거야. 김 학사님처럼 이렇게 흔들면 덤이도 눈을 뜰 거야. 틀림없이……. 틀림없이 다시 눈을 뜨고 나를 볼거야.

마지막 사력을 다해 해루는 덤이를 흔들어 깨웠다.

"덤아, 여기서 자면 안 돼. 여기서 잠들면……. 흐윽."

그러나 덤이는 한번 감은 눈을 다시 뜨지 않았다.

"덤아……."

억눌린 울음이 어금니 새로 흘러나왔다.

김담이 살고 덤이가 죽었다.

김담이 죽는 미래는 바꾸었지만, 누군가 죽는 미래까지는 바꿀 수 없었다.

이대로 덤이를 보낼 순 없었다.

이대로 널 잃을 순 없어.

"덤아!"

가지 마.

"덤아!"

일어나거라.

"덤아!"

해루의 입에서 비통한 외침이 터져 나오는 순간.

등 뒤에서 일렁거리던 검붉은 불길이 한순간 두 소녀를 집어삼켰다. 머리를 지탱하던 천장도 와르르 무너져 내렸다.

꼭 지켜야 할 약조가 있습니다

"이보시게들! 이보시게들!"

양여섭이 숨넘어갈 듯 부르짖으며 신루 안으로 들어섰다. 그러나 관심을 두는 이는 단 한 사람도 없었다. 양여섭의 수다에 신경을 쓰기엔 지금 처한 상황이 너무도 참담했던 까닭이다.

신루 학자들은 모두 불에 반쯤 타버린 신루를 정리하는 데 여념이 없었다. 그러나 이어지는 양여섭의 한마디에 모두들 시선을 집중했다.

"해루가……. 우리 해루가 실종되었다고 하네."

툭.

김담이 반쯤 타버린 서책을 손에서 놓쳐버렸다.

"그게 무슨 말인가? 누가 실종되었다고?"

"해루. 해루 말일세."

"설마, 우리 해루가 실종되었다는 겐가?"

되묻는 김담의 목소리가 마른 논바닥처럼 잔뜩 갈라졌다.

"간택인들이 머물던 수강궁에도 불이 났다고 하네. 때마침 근처를 지나던 태군의 도움으로 다른 간택인들은 모두 무사하였으나……."

"그런데 우리 해루는?"

어느새 두 사람 곁으로 다가온 심운기가 양여섭을 재촉했다.

"해루만……. 우리 해루만 보이질 않는다고 하네. 다른 이들을 구하겠다고 불 속으로 뛰어들었다는데. 부리는 몸종과 함께 아직 나오지 않았다고 하네."

"그 아이가 왜 불 속으로 뛰어들어? 다른 이들은 다 뭐 하고?"

양여섭의 멱살을 잡고 눈에 불을 켜던 김담이 신루 밖으로 내달렸다.

"저, 저 미련한 녀석을 보았나."

그 뒤를 제대로 신발도 신지 못한 채 심운기가 따랐다.

"다시 한 번 말해 보라."

향이 앉은자리에서 반쯤 몸을 일으키며 물었다. 황망하여 차마 얼굴조차 제대로 들지 못한 최고 상궁이 어렵게 운을 뗐다.

"간택을 위해 궁으로 드신 세 분의 간택인 중 두 분은 무사하시나…… 해루 아가씨의 행방을 찾을 수 없다 아뢰었나이다."

향의 눈동자가 초점을 잃었다.

저 사람이 지금 뭐라 하는 것이지? 뉘 어찌 되었다고? 해루, 그 아이가 돌아오지 못했단 말인가?

감히 상상도 하지 못한 끔찍한 일인지라, 향은 정신을 차릴 수 없었다.

"자세히……. 자세히 설명하라."

표정 잃은 세자의 물음에 최고 상궁은 한순간 대답할 말을 찾지 못하고 머뭇거렸다.

"말하라 하지 않았느냐!"

향의 호통이 우레처럼 떨어졌다. 깜짝 놀란 최고 상궁은 서둘러 말을 덧붙였다.

"아무래도 그분께선 불길에…… 갇혀버린 듯하옵니다."

"불길에…… 갇혀?"

향은 시커멓게 변한 수강궁으로 눈길을 돌렸다.

느닷없이 일어난 불길은 굶주린 날짐승 같았다.

가을 메뚜기 떼가 들녘을 훑고 지나간 듯 화마가 거쳐간 전각은 검은 뼈대만 앙상하게 남아 있었다. 새카만 잔해 속에 남은 것은 회색빛 잿더미뿐이었다.

저 속에 해루가 있단 말이냐? 아직 나오지 못했단 말이냐?

향은 급하게 몸을 일으켰다. 그러다 이내 신형을 휘청였다. 짙은 어지럼증이 밀려와 제대로 서 있을 수 없었다.

"저하."

곁을 지키고 선 무혁이 그의 팔을 잡았다.

"어딜 가시려 하옵니까?"

무혁의 물음에 향은 당연하다는 듯 대답했다.

"너도 듣지 않았느냐? 해루가……오질 않았다질 않아. 그러니 해루를 데려와야 하지 않겠느냐?"

집념을 넘어 광기마저 느껴지는 목소리였다.

무혁이 뛰쳐나가려는 향을 붙잡았다.

"저하, 고정하시옵소서."

"비켜라."

"저하! 불길이 잡혔다고는 하오나 여전히 위험하옵니다. 게다가…… 상처가 깊사옵니다."

"비키라 말하지 않았느냐!"

"저하……."

"해루가 저 안에 있다질 않느냐. 해루 그 아이가 불 속에 갇혀 있다는데 내 어찌 태평하게 치료나 받고 있겠느냐? 서둘러 가지 않으면 그 아이에게 큰일이 생길 수 있음이다. 그러니 비켜라."

얼음이라도 삼켜버린 듯 차가운 음성. 감히 거역할 수 없는 그 서늘한 명에 무혁은 잠시 당황했다. 그가 주춤하는 사이 저벅저벅, 향이 걸음을 옮겼다.

때마침 수강궁으로 들어서던 김담과 심운기가 향의 발치에 매달렸다.

"저하! 이러시면 아니 되옵니다."

"김 학사야말로 왜 이러느냐? 우리 해루라고 하지 않았느냐? 신루의 식구라고 하지 않았느냐? 헌데, 어찌 모두 나를 말리기만 하느냐? 해루가 저 불 속에 있단 말이다. 그 작은 아이가…… 저 불길 속에 홀로 있단 말이다. 그런데 어찌 한 사람도 빠짐없이 내 앞길을 막고 서 있는 것이냐? 살려야 하지 않겠느냐? 더 늦기 전에 구해야 하지 않겠느냐?"

된서리처럼 내리치는 목소리에 사람들은 감히 고개조차 들지 못했다.

그때, 차마 누구도 입에 담지 못한 한마디가 향의 등 뒤에서 들려왔다.

"늦었사옵니다."

향은 고개를 돌렸다.

얼굴 곳곳에 붉은 화상 자국이 새겨진 위창이 떨리는 눈동자로 향을 보고 있었다.

아랫입술을 거칠게 말아 문 위창이 향의 앞으로 걸어왔다.

그리고 말했다.

"늦었……사옵니다."

"무엇이 늦었다는 겁니까?"

"해루 그 아이……. 그 아이가……."

"그만!"

한 대 치기라도 할 듯 향은 주먹을 둥글게 말아 쥐었다. 무에 들어서는 안 될 말을 들은 듯 사납게 번들거리는 눈빛으로 위창을 노려보았다.

한마디만 더 하면 용서하지 않으리라. 감히, 그녀에 대해 불경스러운 소리를 입에 올리면 그 누구라도 절대 가만두지 않으리라.

향은 상처 입은 짐승처럼 으르렁거렸다.

"저하."

"그만두라 하였다. 내 눈으로 확인하기 전에는 아무것도 믿지 않을 것이다."

향은 마지막 재를 태우는 수강궁으로 걸음을 옮겼다.

해루야, 너 괜찮은 것이지? 그런 것이지?

"저하!"

"아니 되옵니다."

"세자 저하!"

등 뒤에서 말리는 음성이 진득하게 달라붙었다.

귀찮은 듯 향은 눈썹을 일그러뜨렸다.

어찌 오늘따라 이리들 번잡하게 구는 것인지 모르겠다. 어찌 오늘따라 이리들 무람없이 구는 것인지…….

향은 사나운 몸짓으로 붙잡는 손길을 모두 뿌리쳤다.

자신이 보여줄 것이다. 자신이 증명해 보일 것이다.

해루가 무사한 것을……. 그녀에게 아무 일도 일어나지 않았음을.

보란 듯 환히 웃는 해루와 함께 저들 앞에 서리라.

기필코 그리하리라. 기필코…….

뜨거운 열기가 발바닥을 달구었다. 매캐한 그을음이 폐를 가득 메웠다. 그러나 향은 개의치 않았다. 그는 오직 한 사람을 찾기 위해 분주히 시선을 돌렸다. 그러나 그가 찾는 한 사람은 어쩐 일인지 쉽사리 모습을 보이지 않았다.

전각의 구석진 방을 다 헤집고 다녔음에도 해루를 찾을 수 없었다.

"해루야."

불타버린 회랑은 걸음을 내디딜 때마다 위태롭게 삐걱거렸다.

"해루야."

더는 버티지 못한 천장 일부가 향의 눈앞에서 무너져 내렸다.

"해루야!"

움푹 꺼진 한구석에서 불꽃이 와락 피어올랐다. 성난 짐승처럼 달려드는 불꽃에도 향은 걸음을 늦추지 않았다. 궁녀와 환관이 울부짖고 엎드리며 말렸지만, 고개조차 돌리지 않았다.

"해루야, 어디 있느냐?"

두리번거리던 그가 전각의 후미진 방에 다다랐다. 불에 그을린 방을 둘러보던 향이 무언가를 발견하고 눈을 빛냈다.

"저긴……."

비밀 통로였다.

언젠가 해루에게 알려주었던 궁의 비밀 통로. 거미줄처럼 수십 갈래로 뻗어 있던 갈림길 중의 하나. 그 비밀 통로로 가는 입구가 환하게 열려 있었다.

흐릿하던 향의 눈동자에 생기가 다시 피어올랐다.

영리한 녀석. 그래, 이깟 불 따위에 쉬이 당할 아이가 아니지.

향의 걸음이 빨라졌다. 통로를 따라 걷는 그의 얼굴에 희망이 먹물처럼 번져 나갔다.

해루 너, 만나면 단단히 혼을 내주리라. 감히 나를 이리 애태우게 하다니.

다짐하던 향의 표정이 어느 순간 굳었다.

통로의 끝자락. 당연히 열려 있어야 할 문이 보이지 않았다.

대신 천장에서 쏟아진 것으로 보이는 흙과 돌 더미가 통로를 가득 메우고 있었다.

향의 얼굴에 핏기가 가셨다.

설마……. 아니지? 해루야, 너, 무사한 거지?

말해 다오. 안전하다고. 여기 무사히 잘 있다고…… 말해 다오.

향은 다시 주위로 시선을 돌렸다.

그는 불안하게 벽을 더듬었다.

어딘가 다른 문이 있을 터인데. 분명 다른 문이…….

떨리는 손끝으로 통로의 벽을 더듬을 때였다.

차랑.

무언가가 향의 발치에 걸렸다.

낯설지 않은 방울 소리.

일순, 심장으로 온몸의 피가 모이는 듯했다. 뜨거운 열기 한복판
에 서 있음에도 늑골이 시릴 만큼 한기가 느껴졌다.

향은 떨리는 시선을 천천히 아래로 내렸다.

차랑.

자신의 존재를 알리기라도 하려는 듯 그의 발부리에 차인 방울
이 다시 소리를 냈다.

"이게 왜……. 이것이 어째서 이곳에……?"

향은 허리를 굽혀 방울을 집었다.

불에 타 본연의 색을 잃은 그것은 분명 해루의 발목에 채워준
바로 그 방울이었다. 무너진 잔해 속에서 해루의 물건이 나왔다.

숨을 쉴 수 없었다. 숨이 쉬어지지 않았다.

"해루야!"

뜨거운 열기를 품은 방울이 그의 손바닥에 붉은 낙인을 찍었다.
그러나 아픔을 느끼지 못하는 사람처럼 향은 손에 쥐고 있는 방
울을 놓지 않았다.

"불타버린 전각은 다섯 채이옵니다. 여러 곳 중에서도 수강궁의
피해가 가장 컸사옵니다. 이번 화재로 다친 이가 서른이옵고, 죽은

이가 일곱, 그리고 실종된 이가 둘이옵니다. 간택인 해루는…… 여전히 실종 상태입니다."

무혁의 보고가 향의 귓전을 파고들었다.

검은 숯검정이 묻은 얼굴로 향은 수강궁을 바라보았다.

벌써 열흘째.

향은 하루를 수강궁에서 시작하고 수강궁에서 끝냈다. 먹는 것도, 자는 것도 모두 잊은 채 해루를 찾고 있었다.

그러나 아직 찾지 못했다.

잿더미를 모두 뒤졌음에도 해루를 찾을 수가 없었다.

손톱 끝에 검은 재가 가득했다. 어디서 긁힌 것인지, 작고 큰 생채기가 향의 얼굴에 가득했다.

무혁의 눈두덩에 경련이 일었다.

"저하……."

귀한 주군을 제대로 보필하지 못한 이 죄를 어찌해야 한단 말인가.

무혁은 향의 옆구리로 시선을 돌렸다.

박두언에게 입은 상처는 제대로 치료하지 못한 탓에 여전히 핏물이 스며 나오고 있었다.

상황이 그럼에도 향은 치료를 거부하고 있었다. 완고한 왕세자는 해루를 발견하기 전까지 제 몸을 돌보지 않겠다고 선언하였다.

더는 위험했다. 이대로라면 세자 저하마저 잃게 될지도 모른다.

결심을 굳힌 무혁은 깊게 숨을 들이마셨다.

"이제 그만 단념하십시오."

"……."

"저하, 해루는 죽었사옵니다."

"……."

"아니, 행여 그 아이가 살아 있다고 해도 저하의 곁에는 있을 수 없을 것입니다."

"해루가 내 곁에 있을 수 없다?"

"이번 방화의 주범들, 옛 왕조인 고려의 충신들이었습니다. 그들의 수장이었던 박두언이 죽고 그 일에 가담했던 역도(逆徒) 마흔세 명이 죽거나 잡혔습니다. 잡힌 역도들이 실토하지 않았습니까? 해루가 역도의 고장인 두문동 출신이라는 사실을 말입니다."

"해루가 두문동에서 태어난 것이 무에 잘못이란 말이냐?"

"해루는 역도입니다."

"그 아이는 날 지켰다. 위험에 빠진 사람을 여럿 살렸다. 그런 아이가 어찌 역도가 될 수 있단 말이냐?"

"국법이 그러하옵니다. 나라의 법도가 그러하옵니다. 세상의 잣대가 그러하옵니다."

"……."

"해루는……."

무혁이 입술을 깨물며 말을 이었다.

"반역자입니다."

쓰린 말이 향을 움직인 것일까?

내내 미동도 않던 향이 무혁을 돌아보았다.

"……혁아."

"저하."

"해루의 출신이 어디건 상관없다. 해루의 부모가 누구건, 해루가 누구의 핏줄을 타고났는지 내게는 눈곱만큼도 중요하지 않다. 내게 해루는…… 그저 해루일 뿐이다."

"저하."

"그 아이는 내 사람이다. 그 아이는……."

향이 하늘을 올려다보았다.

해루야.

너 지금 어디에 있는 것이냐?

어느 하늘 아래에 있는 것이냐?

무사하다면 대답해 다오.

아니, 기필코 무사해야 한다.

해루야…….

"어디에 있느냐?"

탄식 섞인 긴 한숨을 끝으로 향은 의식을 잃고 쓰러졌다.

타오름 달, 열두 번째 날.

궁에 불이 일었다. 역심을 품은 자들의 소행이었으나, 다행히 그 손실은 크지 않았다. 잠시 지체되었던 세자빈 간택이 이어졌다. 조선이 열린 이후, 처음으로 시행된 세자빈 간택의 마지막 낙점자는 봉여(奉礪)의 여식, 소은이었다.

그해 겨울, 명가의 후손인 봉씨는 세자빈에 올라 순빈(純嬪)으로 봉해졌다. 아름다운 세자빈의 모습에 지나는 곳마다 칭송하는 목소리가 가득했다.

일 년 후.

수십 년 만에 찾아온 폭염이 물러가고 어느덧 가을이 찾아왔다. 한여름의 열기를 고스란히 머금은 과실은 그 어느 해보다 달았다.

수확을 얼마 두지 않은 열매달 초하루.

아직 동이 터오지 않은 시각. 희붐한 새벽빛을 조족등 삼아 한 무리의 사내들이 궁궐 앞으로 모여들었다.

음양과(陰陽科)의 초시가 있는 날.

음양과는 잡과의 하나로 천문학, 지리학, 명과학에 능통한 자를 뽑는 시험이었다. 특히나 올해 치러지는 음양과에서는 명과학에 밝은 자를 주로 뽑는다는 방이 붙은 터라 시험을 치기 위해 모인 사람들 대부분이 관상이나 사주 풀이, 또는 풍수지리에 해박한 자들이었다.

삼삼오오 모여들던 사내들의 수가 어느새 백여 명을 넘어섰다.

기다림의 시간이 길어질수록 경쟁하는 자의 수도 많아졌다.

그사이, 푸른 새벽빛을 뚫고 황금빛 태양이 떠올랐다.

굳게 닫힌 궁문이 열렸다. 시험을 기다린 사내들은 앞다퉈 안으로 들어섰다.

"이름이 무엇이오?"

붉은 대문 앞을 지키고 앉은 관원이 붓을 꺼내 들며 물었다.

"안동에서 올라온 김 아무개라고 합니다."

"저기, 제일 처음 자리에 앉으면 될 것이오."

관원이 건네는 나무패를 받아 든 사내들은 열을 맞춰 제각기 자리를 잡고 앉았다. 그렇게 꼬박 백스물아홉 명의 시험 응시자가 관상감(觀象監) 마당을 가득 채웠다.

"이제 끝인가?"

문 앞을 지키고 섰던 관상감 훈도(訓導) 유익보가 고개를 길게 내밀어 밖을 살폈다. 아무도 없음을 확인한 유익보는 궁문을 지키는 수문장에게 눈짓을 보냈다.

"이만하면 된 것 같으니, 문을 닫으시게."

말이 떨어지기 무섭게 커다란 솟을대문이 쿵! 안으로 닫혔다.

유익보는 시험이 끝나기 전에는 들어올 수도, 나갈 수도 없게 문의 빗장을 굳게 닫아걸었다.

손에 묻은 먼지를 털며 유익보가 시험장 안으로 고개를 돌릴 때였다.

쾅쾅쾅!

"보십시오!"

문밖에서 다급한 음성이 들려왔다.

"문 좀 열어주십시오!"

누군가 뒤늦게 과장(科場)에 도착한 모양이다. 유익보가 귀찮은 기색이 역력한 얼굴로 쯧, 혀를 찼다.

"문은 이미 닫혔소."

"하지만 아직 시간이 남지 않았습니까."

유익보는 고개를 돌려 마당 한구석에 설치된 해시계를 돌아보았다. 사내의 말대로 시간이 조금 남았다.

"거참, 어찌 이리 사람을 귀찮게 한단 말이오."

여느 때 같았으면 이대로 돌아가라, 으름장을 놓았으련만. 이번에 새로 관상감의 제조가 되신 분의 성정이 대쪽 같은 터라, 행여 흠결이라도 잡힐세라, 유익보는 둔한 몸짓을 움직여 빗장을 열었다.

빼꼼 열린 문틈으로 유난히 체구가 작은 사내가 폴짝 뛰어들었다.

"어디서 왔소?"

유익보는 갈무리한 서책을 다시 펼쳤다.

"함경도에서 왔습니다."

"함경도라⋯⋯."

세필 붓을 움직이던 유익보가 힐끗 시선을 들어 사내를 살폈다.

스물 남짓할까? 두 볼에 연한 홍조를 띤 사내는 코에 난 염소수염만 없었다면 계집이라 해도 믿을 만큼 곱상했다.

음양과보다는 문과에 어울릴 법한 사내.

묘한 느낌의 사내에게 호기심을 느낀 것일까?

유익보가 굳이 묻지 않아도 될 질문을 했다.

"헌데 무슨 이유로 음양과에 응시하는 것이오?"

유익보의 물음에 사내가 해사한 미소를 얼굴에 지으며 대답했다.

"여기서 꼭 해야 할 일이 있습니다."

"해야 할 일?"

"꼭 지켜야 할 약조가 있습니다."

사내의 말에 유익보는 웃음을 입가에 지었다.

저런 사람들을 여럿 보았더랬다.

궁에 들어오면 세상이 바뀌는 줄 아는 어리석은 포부를 지닌 자들.

자신이 이 세상을, 미래를 바꿀 수 있다고 확신하는 자들.

잔뜩 기대감에 차서 세상을 온통 도홧빛으로 바라보는 자들.

그런 자들의 미래를 유익보는 잘 알고 있었다.

유익보는 사내가 눈치채지 못하도록 고개를 설레설레 저었다. 그는 세필붓에 먹을 묵히며 다시 물었다.

"이름이 뭐요?"

"해랑이라고 합니다."

"해랑, 해랑이라……. 그럼 잘해보시오."

유익보가 해랑에게 길을 터주었다.

꾸벅 고개를 숙인 해랑이 너른 보폭으로 걸음을 옮겼다. 버릇처럼 염소수염을 매만지는 해랑의 시선이 문득 먼 곳으로 향했다.

그곳은…… 이 나라의 국본, 왕세자께서 거하시는 동궁전이었다.

무언가를 그리는 듯한 아련한 눈빛.

해랑의 시선은 오래도록 동궁전 지붕에서 떠나지 못했다.

해랑으로 살게 된 여인

눈 올라나, 비가 올라나, 억수장마 질라나
만수산 검은 구름이 막 모여든다
백설이 잦아진 골에 구름이 머물레라
그리운 매화는 어느 곳에 피었는고
석양에 홀로 서서 갈 곳 몰라 하노라

—정선아리랑 사설 중에서

한성 북부 광화방.
관상감 훈도 유익보가 고개를 흔들며 말했다.
"글렀습니다."

하얗게 새어버린 백발에 백미의 노인, 관상감 교수(教授) 최정현이 느린 목소리로 물었다.

"글렀다?"

"그냥 글러버린 정도가 아닙니다. 아예 아주 못 쓸 정도입니다."

최정현이 너털웃음을 흘렸다.

"허허. 설마 그 정도로 엉망일 리 있겠나? 그래도 관상감의 시험을 통과한 사람인데 말일세."

최정현의 느긋한 말에 유익보가 답답하다는 듯 제 가슴을 두드렸다.

"그렇게 태연하게 웃고 계실 때가 아니란 말입니다. 정말로 무능하고 또 무능한 작자란 말입니다. 쓸 만한 자는 본감(本監)에서 죄다 데려가고 우리한테는 가장 쓸모없는 녀석을 골라 보낸 겁니다."

"무능하고 또 무능하다라."

최정현은 물끄러미 앞을 응시했다.

씩씩거리며 화를 내는 유익보의 곁에 왜소한 체구의 사내가 서 있었다.

이번에 새로 관상감의 생도가 된 사내였다.

체구가 작고 얼굴이 곱상하여 사내다운 맛이라곤 전혀 없는 자였다. 그나마 코 밑에 난 염소수염만 아니라면 영락없이 여인이라 생각했을 것이다.

"이름이……."

"해랑이라 합니다."

"해랑이라."

최정현은 음미하듯 해랑이라는 이름을 몇 차례 중얼거렸다.

"허허. 이름이 관상에 못 미치는구나."

"이자의 관상이 좋다고요?"

"훌륭하다네."

유익보가 해랑을 뚫어지게 훑었다.

불편한 시선이 느껴지자 해랑은 마른 헛기침만 했다.

유익보의 얼굴이 와락 일그러졌다.

"이자의 관상이 어찌 좋다는 것인지 모르겠습니다. 제가 보기엔 혈색도 좋지 않고 지나치게 유약하며, 오악을 비롯한 이목구비의 조화와 기상이 사내치곤 지나치게 약합니다."

정면으로 반박하는 말에도 최정현은 별반 화내는 기색이 없었다.

"그래? 그런가? 그리 말하는 걸 보니 그런 듯하이."

최정현이 고개를 끄덕이며 자리에서 일어났다.

"어디 가십니까?"

"내 본감에 잠시 다녀오겠네."

"이 무능한 녀석은 어쩌고요?"

최정현이 느티나무처럼 축 늘어진 눈썹 한쪽을 슬며시 올려 해랑을 보며 말했다.

"아직 아무것도 모르는 신참 아닌가. 적당히 돌아가는 모양새라도 일러주게."

"글렀어. 글러먹었다고."

유익보는 최정현의 자리에 앉아 탁자 위에 발을 올려놓았다.

위계와 질서를 중히 여기는 궁의 법도에 어긋나도 한참이나 어긋나는 행동이었다.

절대 있을 수도, 있어서도 안 되는 일이지만 유익보는 상관하지 않았다.

"아무리 한 번 실수로 웃전에 찍혔다 해도 사람이 저리 의욕이 없어 어디에 쓰겠어."

마치 관상감 교수라도 된 것처럼 유익보는 거드름을 피웠다.

"이봐, 신참."

"네."

"방금 나간 양반. 어떻게 생각하느냐?"

"글쎄요. 처음 뵙는 분인지라 잘⋯⋯."

"어허, 우리가 무얼 하는 사람들이냐? 사람의 생과 길흉화복을 점치는 사람들이 아니더냐? 아무리 무능하다고 해도 너는 명색이 명과학의 생도로 뽑힌 사람이다. 그런 사람이 어찌 다른 사람을 보고도 아무것도 느끼지 못한다는 게냐? 그게 가당키나 한소리냐?"

"제가 미숙합니다. 많은 가르침을 주십시오."

"어디서 또 무능한 것이 굴러들어 와서. 보아하니 고생길이 훤하다."

무능하다 욕하면서도 유익보는 해랑의 말이 그리 기분 나쁘지 않은 눈치였다.

"잘 들어라. 관상감 교수로 계신 저 양반은 겉보기엔 백 년 수행한 선인처럼 생겼지만, 실상은 속 빈 강정에 알 없는 쭉정이다."

"쭉정이요?"

"무능하단 말이다. 분위기만 그럴싸하지 실제로는 영 형편없다는 소리야."

해랑은 고개를 갸웃했다.

무능한 사람이 어찌 관상감 교수 자리에까지 오를 수 있을까?

해랑의 속내를 읽기라도 한 듯 유익보의 설명이 이어졌다.

"물론, 처음부터 그랬던 것은 아니야. 일 년 전만 해도 꽤 유능했었지. 중전마마는 물론이고 주상 전하께서도 간혹 의견을 묻곤 하셨단 말이야."

"지금은 아닙니까?"

"보면 모르겠는가? 어깨가 이렇게 축 처져 있잖아. 한마디로 말해 끈 떨어진 연. 딱 그 짝이지."

"어쩌다 그리되었습니까?"

"그게 다 일 년 전 화재 때문이야."

관상감은 크게 천문, 지리, 명과로 나뉘었다. 관측과 책력(冊曆) 제작은 천문학이 담당하였고, 풍수지리를 토대로 명당의 터를 잡는 일은 지리학 관원들이 맡아 하였다. 그리고 명과학에서는 왕실 사람들의 사주와 관상, 길흉화복을 점쳐 합궁일이나 길일, 택일 등을 잡았다.

최정현은 관상감에 소속된 세 명의 교수 중 명과학을 맡은 명과학 교수였다.

그리고 관상감 시험에 통과한 해랑이 배속된 바로 여기, 명과학이었다.

관상감에 소속된 일 중, 어느 하나 중요하지 않은 일은 없었다. 그중에서도 왕실과 가장 밀접한 관련이 있는 것은 다름 아닌 명과학.

그런 이유로 일 년 전까지 관상감의 실세는 명과학의 교수 최정현이었다.

하지만 화무십일홍(花無十日紅)이라.

열흘 붉은 꽃이 없다 하였던가. 한순간의 일로 하늘 높은 줄 모르고 치솟던 그의 권세가 바닥으로 곤두박질쳤다.

이 모든 것이 일 년 전에 일어난 화재 때문이었다.

두문회.

옛 왕조의 충신들이라 자칭하는 자들이 일으킨 방화.

그 일에 많은 궁녀가 연루되어 있었다. 궁녀들이 궁으로 들어올 때마다 명과학에서 궁녀들의 사주와 관상을 보는 것이 관례였던 터라 그 죄를 피하긴 어려웠다.

비록 부리는 아랫것들의 실수라고는 하지만 명과학의 모든 책임은 최정현에게 있었다. 지금껏 쥐었던 모든 권력이 한순간에 손가락 사이로 빠져나갔다.

그에게 허리를 굽히던 사람들도 하나둘, 걸음을 하지 않았다.

공든 탑이 무너지고, 하늘 높은 줄 모르고 치솟던 권세가 사라졌건만 최정현은 좀처럼 잃어버린 권력을 찾기 위해 노력하지 않았다. 오히려 도라도 깨달은 듯 만사 달관한 사람처럼 지내니, 그나마 곁에 있던 사람들마저 떠나버렸다.

"예전엔 후궁 마마들은 물론이고 조정 대신들과 중전마마께서도 열흘에 한 번꼴로 사람을 보냈었지. 그러나 지금은 보다시피 파리만 날린 채 이 모양 이 꼴이 되었다."

"하지만 저리 달관한 모습도 그리 나빠 보이지 않습니다만."

"어찌 저 꼴이 나빠 보이지 않아?"

유익보가 한심하다는 듯 혀를 쯧쯧 찼다.

"사내로 태어났으면 적어도 야망이라는 게 있어야지. 가만 돌이켜보면 관상감 교수가 될 수 있었던 것도 운이 좋았던 게야. 뒤늦게 실력이 드러났으나, 자리를 내주기 싫어 저리 있는 척 행세하는 게지."

"……"

"너도 잘 알아두는 것이 좋을 것이야. 우리 일이라는 게 하루하루가 살얼음판을 걷는 것과 같아. 궁 안의 크고 작은 일을 잘 맞히고 예견해야 하지. 만약 그러지 않으면……"

"않으면……"

"사냥할 필요가 없어진 사냥개 신세가 되는 것도 한순간이야."

"토사구팽당할 수 있단 말이군요."

"그러니 어려운 시험을 뚫고 관상감 생도가 되었다고 안심하지 말고 알아서 살아갈 방도 한두 가지쯤은 세워두는 게 좋을 거야."

"명심하겠습니다."

그 이후로도 유익보는 최정현에 대한 험담과 관상감의 실세가 누구인지, 누가 떠오르는 별인지, 그리고 자신이 얼마나 대단한 사람과 친분이 있는지에 대해 입에 침이 마르도록 떠들었다.

제법 긴 수다로 해랑은 유익보가 어떤 사람인지 대강 파악할 수 있었다.

홀로 쉼 없이 이야기를 늘어놓던 유익보는 갈증을 느꼈는지 냉수 한 사발을 들이켰다. 마른입을 축이던 그의 눈에 집무실 한구석에 쌓여 있는 문서 더미가 들어왔다.

유익보는 먼지가 수북이 쌓인 문서 더미를 가리켰다.

"그럼 오늘은 우선 이것부터 정리해 봐."

"이게 뭡니까?"

"뭐긴 뭐겠느냐? 내가 네게 내리는 첫 번째 교육이다."

"첫 번째 교육요?"

"그래. 지난 반년 동안 우리 명과학에서 길흉을 점친 종친분들의 사주이니라. 그걸 오늘 밤까지 일목요연하게, 한눈에 알아보기 쉽도록 정리해서 내게 가져오너라."

"이 많은 걸 오늘 밤까지 정리하란 말입니까?"

"왜? 못 하겠느냐? 하여간 요새 젊은 것들은 근성이 없단 말이지. 내가 신참이었을 때는 말이야, 윗사람이 하라고 하면 밤사이에 산 하나를 이쪽에서 저쪽으로 파서 옮기는 짓까지 했단 말이지. 정히 하기 싫으면 지금 당장 관상감을 그만두면 될 것이야."

"아니. 그런 것은 아니지만……."

딱 봐도 귀찮은 일을 해랑에게 넘기려는 수작이었다.

"어찌 그리 멀뚱멀뚱하게 서 있는 것이야? 냉큼 받지 않고."

유익보의 재촉에 해랑은 서둘러 문서를 건네받았다.

"이게 다 네 복이다."

"복요?"

"어디 가서 나 같은 상사를 만나겠느냐? 아랫사람을 아끼는 마음이 있어야 일도 가르치는 것이거늘. 내 이리 자네를 아끼는 마음이 가득하니. 이것이 다 하늘에서 내린 복이지."

말을 하며 유익보는 무언가 바라는 눈길로 해랑을 응시했다.

"뭐, 나한테 할 말 없느냐?"

"무슨 말씀이신지?"

"감사합니다…… 해야지."

"네?"

되묻는 해랑을 보며 유익보는 고개를 설레설레 저었다.

"이렇게 눈치 없는 놈은 처음일세. 좋은 가르침을 주셔서 감사합니다, 하는 말 정도는 해야 할 것 아니냐."

유익보는 손에 들고 있던 접선으로 해랑의 머리를 톡톡 쳤다.

"사람이란 무릇 받은 것이 있으면 돌려주는 것도 있어야 하는 법. 내가 친절을 베풀었으니 너는 응당 내게 감사해야 하는 것이 도리가 아니겠느냐.”

“감사합니다.”

“인사할 때는 이마가 발등에 닿을 정도로 허리를 굽히는 법이다.”

못마땅한 듯 연신 혀를 차던 유익보가 자리에서 일어섰다.

“그럼 나는 정양(靜養)을 위해 잠시 나갔다 와야겠군.”

“……”

거짓말.

분명 어딘가, 남들 눈에 띄지 않는 곳에서 늘어지게 낮잠이나 잘 것이 뻔했다. 관상감에 들어온 지 며칠 되지 않았지만, 유익보의 일과쯤은 빤히 꿰고 있었다. 유익보의 굽은 뒷모습을 보며 해랑이 어깨를 축 늘어뜨릴 때였다.

“안에 계십니까?”

열린 문 안으로 궁녀 하나가 얼굴을 내밀었다.

“누구신가?”

유익보의 물음에 눈치를 살피며 궁녀가 대답했다.

“빈궁전에서 나왔습니다.”

“빈궁전!”

유익보의 안색이 하얗게 바래졌다.

궁녀는 아주 짧은 시간 관상감에 머물렀다가 사라졌다. 그러나 그녀가 남기고 간 파장은 생각보다 컸다.

유익보는 초조한 얼굴로 제자리를 맴돌았다. 잠시 생각에 골몰하던 그가 돌연 해랑을 불렀다.

"너, 따라 오너라."

"하지만 아직 문서 정리가 다 끝나지 않았습니다."

"아! 그건 그리 급한 게 아니니, 밤에 천천히 하고. 지금 할 일은 따로 있다."

유익보는 해랑를 재촉하며 관상감을 나섰다. 그러다 무에 잊은 것이 있는 듯 서둘러 다시 안으로 들었다.

"내 정신 좀 보게. 바깥일 하기 전에 꼭 해야 할 일을 하지 않았군."

유익보는 집무실 한구석에 밀봉된 작은 항아리를 들고 잠시 치성을 드렸다.

해랑이 귀를 기울여 들어보니 '오늘 하루도 무사히. 미래를 손바닥 보듯 보이게 하소서'라며 중얼거렸다.

따로 모시는 산신이라도 있나 보군.

해랑은 그리 생각했다.

"이제 가자."

항아리를 제자리에 조심스레 올려놓은 유익보가 앞서 걸었다.

해랑이 뒤를 따랐다.

관상감을 나온 두 사람은 높은 궁궐 담벼락을 따라 걸었다.

"사실, 여긴 너 같은 녀석이 함부로 들어올 곳이 절대 아니다. 헌데 내가 누구냐? 관상감 최고의 훈도 유익보가 아니더냐. 하여, 내 너에게 은혜를 베풀려 하려는 것이니, 대대손손 가문의 영광으로 삼아라."

유익보는 궁 안으로 들어가는 작은 대문 앞에 섰다.

"여긴……."

"그래. 궁궐 안으로 들어갈 수 있는 문이다. 놀랐겠지. 네깟 녀석이 감히 어찌 이리 궁 안을 활보할 수 있을까, 감격스럽겠지. 그렇다고 아무 데서나 눈물을 흘리면 곤란하느라."

"제가 궁에서 할 일이 있단 말씀입니까?"

"이게 다 후배를 생각하는 나의 배려라는 것을 잊지 마라."

유익보가 우쭐대며 걸음을 재게 놀렸다.

뒤를 따르는 해랑의 표정이 시시각각 변했다.

이곳은…….

해랑의 눈에 이채가 드리워졌다.

점점 동궁전에 가까워지고 있었다.

이 모퉁이만 돌아서면……. 이 작은 연못을 건너고 돌다리를 건너면……. 그리고 저 앵두나무 숲 뒤로 돌아가면…….

해랑, 아니 해랑이라는 이름으로 살게 된 해루의 얼굴에 옅은 홍조가 떠올랐다.

그때였다.

앞서 걷던 유익보가 불현듯 걸음을 멈춰 섰다. 그러고는 홀린 듯 어딘가를 보았다.

"왜…… 그러십니까?"

해루는 유익보의 눈길을 따라 시선을 돌렸다.

낮은 담벼락 너머.

길게 난 산책길 사이로 긴 행렬이 보였다. 황금빛 일산(日傘) 아래로 붉은 옷자락이 펄럭거렸다. 당장에라도 하늘로 올라갈 듯 웅혼한 힘을 품은 용이 흉배에 수 놓인 곤룡포의 주인은…… 다름 아닌 왕세자 향이었다. 해루의 눈이 커졌다.

그러나 다음 순간.

탁! 유익보의 접선이 해루의 이마를 아프게 내리쳤다.

"어디라고 함부로 눈길을 던지는 것이냐? 어서 썩 고개를 숙이지 못할까?"

유익보는 멀뚱멀뚱하게 서 있는 해루의 뒷머리를 억지로 누르며 허리를 접었다.

그사이 왕세자의 행렬이 두 사람의 근처로 다가왔다.

고개 숙인 해루의 코끝으로 청아한 여름 숲의 향기가 스며들었다.

한 발짝, 한 발짝, 세자께서 걸음을 옮길 때마다 여름 숲의 향기는 짙어졌다. 아릿한 향기가 닿을 때마다 해루의 어깨가 가늘게 떨렸다.

힐끗, 그 모습을 곁눈질하던 유익보가 웃음을 흘렸다.

"그리 긴장할 것 없다. 이리 머리를 조아리고 있으면 저분께선 너의 존재조차도 모르실 것이니."

유익보는 더더욱 힘껏 해루의 뒷머리를 눌렀다.

그야말로 바닥에 파묻히듯 해루의 얼굴이 바닥으로 향했다. 그사이, 왕세자의 검은 목화가 해루의 눈앞으로 불쑥 다가왔다.

쿠쿵!

자신을 향해 다가오는 걸음이 아닐 것이다. 그런 것을 뻔히 알고 있음에도 해루의 심장이 뛰었다.

그런데 어찌 이쪽으로 곧장 다가오는 것일까? 어찌…….

어어어, 하는 사이 세자 저하의 검은 목화는 해루의 바로 앞에 멈춰 섰다.

"뭐 하는 자들이냐?"

뒤통수 위로 왕세자의 물음이 떨어졌다. 해루의 눈동자가 쉼 없이 흔들렸다. 어찌할 바를 모른 채 고개만 조아리고 있자니 유익보의 대답이 들려왔다.

"관상감의 훈도 유익보라고 하옵니다."

"관상감? 또 그대들을 부른 것인가?"

고저 없는 서늘한 음성이 무언가 말을 덧붙이려는 찰나.

"저하."

흔들리는 꽃잎인 듯 여린 부름이 들려왔다. 해루의 눈앞에 멈춰 섰던 검은 목화가 목소리가 들려온 곳으로 돌아섰다.

저벅거리는 발소리와 함께 여름 숲의 향기가 멀어졌다.

해루의 얼굴에 의미를 알 수 없는 아쉬움이 먹물처럼 번졌다.

"휴우."

유익보가 긴 한숨을 쉬며 고개를 들었다.

해루도 머리를 들고, 등을 보인 채 멀어지는 왕세자를 바라보았다. 그리고 그의 곁에 그림자처럼 붙어 있는 한 여인을 눈에 담았다.

힐끗, 해루를 곁눈질하던 유익보가 친절하게 설명했다.

"빈궁마마일세."

"빈궁……마마시군요."

"참으로 아름다운 광경이지 않은가."

"무엇이 말입니까?"

"세자 저하와 빈궁마마께서 함께 계시는 저 모습 말이다. 마치 천상의 선인들이 하계에 발을 디딘 듯 두 분 모습 아름다우니. 세상 그 어디서 저리 아름다운 광경을 볼 수 있겠느냐."

유익보의 말처럼 나란히 걷는 세자와 세자빈의 모습은 그림에서 툭 튀어나온 듯 아름다웠다.

그러나 해루는 수긍할 수 없다는 듯 고개를 저었다.

방실거리던 얼굴에 웃음기가 사라졌다. 세상에서 가장 날카롭게 벼린 칼날이 심장에 돋아났다. 세자빈을 바라보는 눈동자에 푸른빛의 분노가 넘실거렸다.

"보이는 것이 전부가 아닙니다."

해루의 잇새로 낮은 한마디가 흘러나왔다.

제멋대로 의미를 해석한 유익보가 고개를 끄덕거렸다.

"그렇지. 보이는 것이 전부가 아니지. 보이는 겉모습이야 저리 아름다운 분들이시거늘 어쩌자고……. 쯧쯧."

"저 두 분께 무슨 일이 있습니까?"

"다 큰 남녀가 만나면 일이 생겨야 당연하거늘. 저 두 분 사이엔 일이 안 생겨도 너무 안 생기는 게 문제라오."

나란히 서 있는 유익보와 해랑 사이로 낯선 얼굴이 불쑥 끼어들었다.

"하긴, 좋은 날을 골라 합궁일을 알려드려도 세자 저하께서 좀처럼 빈궁전으로 걸음 하지 않으시니 일이 생길 턱이 있나."

해루는 갑자기 나타난 낯선 사내를 돌아보았다.

훤칠한 키에 어느 한 군데 미운 구석이 없는 이목구비.

서글서글한 눈매의 꽤 유쾌해 보이는 사내……라는 건 중요한 것이 아니고.

"누구십니까?"

"나?"

해루의 물음에 사내가 눈웃음을 지으며 허리를 굽혔다.

"연(燕). 비연이란 사람일세."

동무이자 원수

"비연?"

낯선 사내의 이름을 들은 해루가 고개를 갸웃했다. 처음 듣는 이름이었다.

"나 모르는가?"

"모릅니다."

"어라? 어떻게 나를 모를 수가 있지? 이렇게 훤칠하고 인상 좋아 보이는 사람이 흔하지는 않을 터인데."

"……"

"지난번에 과장에서도 만났는데. 기억 안 나는가?"

"그때는 정신이 없어서요."

"그럼 며칠 전 이번에 새로 뽑힌 생도들끼리 술자리를 하질 않았는가?"

"그런 술자리엔 나간 적이 없습니다만."

"그런가."

머리를 긁적이던 사내가 해루에게 인사를 건넸다.

"다시 소개하지. 나 비연이란 사람일세. 이번에 천문과에 새로 들어온 생도라네."

"……해랑이라 합니다."

"이름 한번 곱군."

"그렇습니까?"

"그런 의미로……."

갑자기 비연이 해루의 어깨에 팔을 척 걸쳤다. 마치 오랜 지기를 만난 듯 스스럼없는 행동에 해루는 당황했다.

그때 유익보가 끼어들었다.

"이게 뭐 하는 겐가? 보아하니 천문학에 새로 들어온 생도인 모양인데."

"유 훈도 나리 아니십니까? 말씀은 많이 들었습니다."

비연이 유익보를 향해 고개를 숙여 보였다. 곧이어 잔소리를 늘어놓으려는 유익보를 향해 아첨을 쏟아냈다.

"명과학에서 단연 독보적인 분이라 들었습니다. 소문으로는 머잖아 교수 자리도……."

"허험. 누가 그런 망언을 했는지 모르겠군."

"갓 궁에 들어온 제가 세상 돌아가는 물정을 어찌 알겠습니까? 다만, 주변의 사람들이 그리 말을 하니 그렇구나 하는 거지요."

"다른 사람들이 그리 말하더란 말이냐? 어허, 쓸데없는 소리를 하고 있구먼. 어험, 어험."

유익보가 웃음을 참기 위해 연신 헛기침을 했다. 단숨에 유익보의 방해를 차단한 비연이 해루를 돌아보며 한쪽 눈썹을 찡긋해 보였다.

해루는 어처구니가 없었다.

이렇게 뻔뻔한 사람을 봤나.

"아무리 반갑다 해도 일과가 바쁜 시각일세. 회포는 나중에 풀기로 하고 어서 돌아가게."

"금과옥조 같은 말씀 가슴에 깊게 담겠습니다."

비연이 머리가 땅에 닿을 듯 허리를 숙였다.

그 모습을 본 유익보가 만족한 표정으로 고개를 끄덕이고는 해루에게 손짓했다.

"그만 가자."

듣던 중 반가운 소리라, 해루는 서둘러 비연을 피해 유익보의 뒤를 쫓았다. 등 뒤에서 비연의 꿋꿋한 목소리가 들려왔다.

"이보게, 곧 다시 만나자고."

손을 흔드는 비연을 보며 해루와 유익보는 서로 맞추기라도 한 듯 고개를 설레설레 흔들었다.

비연은 아랑곳하지 않은 채 그 자리에 서서 오랫동안 손을 흔들었다.

해루와 유익보의 형체가 점처럼 작아졌다. 내내 사람 좋은 미소를 짓던 비연의 얼굴에서 표정이 지워졌다. 비연은 심연처럼 차갑게 가라앉은 눈빛으로 해루가 사라진 곳을 응시했다.

"해랑이라……. 수상한 자로군."

"천문학이라 했던가?"

유익보의 말에 해루는 되물었다.

"좀 전에 만난 사내 말입니까?"

"그래. 어허, 천문학에 인재가 들어왔구먼. 아주 괜찮은 인재가 들어왔어."

"……"

인재(人才)라기보다는 구재(口才) 아닌가요?

아첨하는 재주가 뛰어난 자.

해루는 입안에 맴도는 말을 꿀꺽 삼켰다.

"그런 인재를 두고 어찌 이런……. 쯧쯧."

유익보는 해루를 흘끗 보며 혀를 끌끌 찼다.

그가 자신을 마음에 들어하지 않는 것을 이미 알고 있는 터라 해루는 그저 머쓱한 표정으로 뒷머리만 긁적였다.

"그런데 너, 정말 다른 생도들과 만나지 못하였느냐?"

유익보가 불쑥 질문을 던졌다.

"네."

보아하니 따돌리는 것이 분명했다. 그러나 유익보는 이해가 된다는 듯 고개를 끄덕였다.

"그럴 만도 하지. 이렇게 별 볼 일 없는 자에게 뉘 먼저 손을 내밀겠느냐. 너도 참으로 딱하구나. 그런 사정을 알면 네가 먼저 다른 생도들을 찾아가든가 했어야지. 어째 사람이 그런 융통성도 없느냐?"

이번에는 눈치 빠르고 몸짓 잰 녀석이 들어오는가, 은근히 기대했건만. 될 성싶은 나무는 떡잎부터 알아본다더니, 이놈도 글렀다. 수족으로 부리기엔 눈치도 없고, 윗사람에게 잘 보일 만큼 싹싹하지도 못했다.

못마땅한 기색이 역력한 표정을 짓던 유익보가 걸음을 서둘렀다.

해루는 그 뒤를 묵묵히 따랐다.

유익보의 행동이 좋게 보이지 않았지만, 정작 해루는 딴생각에 여념이 없었다.

그녀의 머릿속은 좀 전에 보았던 향과 소은의 모습으로 가득했다.

일 년의 세월.

짧다면 짧은 시간이었겠지만, 해루에게는 천 년보다 더 긴 시간이었다.

화염으로 뒤덮인 불구덩이 속에서 어찌 살아 나왔는지, 기억이 명확하지 않았다. 다만, 머리 위로 쏟아져 내리는 불덩이를 끝으로 잠시 정신을 잃었던 그녀가 다시 눈을 떴을 때 제 몸을 감싸 안고 있는 덤이가 보였다.

마지막 순간까지도 덤이는 그녀를 지켜주었다. 미소 지은 채 싸늘하게 식어버린 덤이를 안고 비명과 한 섞인 분노를 쏟아냈다. 그러다 기절하고 말았다. 다시 정신을 차렸을 때는 국경을 넘는 마차 안이었다.

화려한 마차 안에는 미려한 얼굴의 사내가 걱정스럽게 그녀를 내려다보고 있었다.

머릿속이 텅 비어 아무것도 생각나지 않았다.

어찌하여 이곳에 있는 것인지. 왜 마차를 타고 있는 것인지.

그때 사내가 그녀의 귓가에 속삭였다.

"차라리 다행이다. 아무것도 생각하지 마라. 아무것도 기억해 내지 마라. 나와 함께 살자꾸나. 나와 함께 떠나자꾸나."

그 속삭임을 끝으로 그녀는 잠이 들었다.

그녀가 정신을 차렸을 땐 어느덧 한 계절이 훌쩍 지나 있었다.

다시 깨어난 그녀에겐 아무것도 남아 있지 않았다.

하얀 백지.

속이 텅 빈 허깨비처럼 하루하루를 지냈다.

무언가 한없이 그리웠건만, 그 그리움의 정체를 알 수가 없었다.

그러던 어느 날부터인가 한 사내의 꿈을 꾸었다. 사내가 죽어가는 악몽을 꾼 날이면 정체 모를 그리움은 더욱 짙어졌다.

그러다 알게 되었다.

지금까지 그녀가 잊고 살았던 한 사람을.

가슴이 터질 것 같은 이 그리움의 정체를.

"저하."

그분을 만나야 한다.

그 사람을…… 다시 만나야 한다.

어떻게든 그의 곁으로 돌아가야 한다.

그리고 마침내 돌아왔다.

넝쿨처럼 옭아매는 아픔과 괴로움, 자꾸만 안도하려는 마음을 떨쳐내고, 험하고 슬프고 한스러운 시간을 지나 실낱같은 가능성을 악착같이 부여잡고 간신히 이곳에 도착했다.

그러나…… 다시 만난 그의 곁에는 다른 이가 있었다.

그녀가 아닌…… 다른 여인이 그의 곁자리를 지키고 있었다.

"어디까지 따라올 셈이오?"

향은 문득 걸음을 세우고 그림자처럼 뒤따르는 소은을 돌아보았다.

소은이 커다란 눈망울을 순하게 깜빡거렸다.

"소첩이 방해되었나이까?"

"무슨 할 말이라도 있소?"

"그런 것은 아니오나……."

"그럼 나는 이만 가봐야겠소."

"저하!"

소은이 급하게 향을 불렀다.

향이 걸음을 세우고 그녀를 돌아보았다. 서늘한 눈 속엔 일말의 온기도 없었다.

그저 바라보는 것만으로 전신이 오그라드는 느낌인지라, 소은은 아랫입술을 꼬옥 깨물었다. 그러나 해야 할 말이 있다는 듯 향의 소맷자락을 움켜쥐었다.

"소첩, 빈궁전의 주인이 된 지 어느덧 일 년이 지났사옵니다."

"……."

"주상 전하와 중전마마께 문후드릴 때마다 송구하기 이를 데가 없사옵니다."

"무슨 말이오?"

"소첩의 소임이 무엇이옵니까? 왕실의 번영을 위해 성심을 다해야 함을 알고 있사오나……."

향이 소은을 보았다.

"관상감에서는 당분간 길일이 없어 합궁할 수 없다 하던데. 내가 잘못 알고 있소?"

"그, 그렇사옵니까?"

"그렇소."

"소첩은 다만, 주상 전하와 중전마마의 심려가 깊으신 것이 걱정되어."

"두 분께는 내 말씀드리겠소."

탁, 차갑게 제 소맷자락을 잡은 소은의 손을 쳐낸 향은 그대로 등을 돌렸다.

소은의 반듯한 이마에 깊은 주름이 그려졌다. 뒤 한 번 돌아보지 않은 채 저 멀리 사라지는 왕세자의 모습에 왈칵 설움과 분노가 치받쳤다.

"대체 왜?"

잘근 입술을 깨물던 그녀는 빈 허공을 쥐며 부르르 떨었다.

이유를 알 수 없었다.

처음에는 여인 보기를 돌같이 하는 분이라 그런 줄로만 알았다.

하루 이틀, 시간이 지나면 마음을 열어줄 거라 믿었다.

하지만…….

적지 않은 시간이 흘렀음에도 자신을 보는 향의 눈빛엔 조금도 감정이 깃들지 않았다. 가뭄에 바짝 말라버린 논바닥처럼 건조하기만 하였다. 그 팍팍한 땅 어디에서도 생기가 느껴지지 않았다.

내가 부족한 것인가? 그리하여 일말의 마음도 주지 않으시는 건가?

분하고 괴로웠다.

무엇보다 참을 수 없었던 것은…… 예전의 세자께선 지금과 달랐다는 것이다.

그 여인, 해루를 볼 때는 저런 표정이 아니었다.

그 아이에게는 그리 잘 웃어주던 분이 아니시던가. 그 아이에게는 곧잘 농도 하셨던 분이라 들었건만.

어찌 저리 찬바람 부는 것인가. 어찌 저리 매서운 것인가.

"내가 무에 모자란 것인가."

자신 있었다. 이 자리에만 올라서면 저분의 마음일랑은 단숨에 자신의 것으로 만들 자신이 있었다.

그러나 동뢰연의 밤.

처음으로 몸과 마음이 하나가 돼야 했을 그 밤.

왕세자께서는 그녀를 품지 않았다. 뿐만 아니라, 그날 이후 그는 두 번 다시 자신에게 걸음하지 않았다.

그날 무슨 실수라도 하였던가?

소은은 수천 번도 더 떠올렸던 그 밤의 일을 다시 떠올렸다.

동뢰연의 밤.

위엄과 권위로 무장한 길고 지루한 법도를 끝내고 향과 소은은 그저 사내와 여인의 모습으로 마주했다.

그들 사이에 있는 것은 오직, 노란 불빛 하나였다. 저 불빛만 끄고 한 이불 속에 몸을 묻으면 끝나는 의식이었다. 문득 시린 한파처럼 서늘한 긴장감이 소은에게 밀려들었다. 조금이나마 긴장을 풀기 위해 그녀는 연신 마른침을 삼키고 있었다.

그때 향이 물었다.

"그대가 해루와 동무였다고 들었소."

해루.

소은의 미간이 저도 모르게 일그러졌다. 그러나 이내 표정을 지워버린 소은은 말간 얼굴로 향을 올려다보았다.

"간택에 참여한 것이 인연이 되었사옵니다."

"그렇군. 하여, 해루 그 아이가 그대를 찾기 위해 불 속으로 뛰어든 것이오?"

"……그 일은 참으로 안타까운 사건이었습니다."

해루를 떠올리며 소은은 눈가를 붉혔다.

그런 소은을 물끄러미 바라보며 향이 다시 물었다.

"정말 못 보았소?"

"네?"

"해루 그 아이, 그대와 부리는 몸종을 찾기 위해 불 속으로 뛰어들었다 들었소. 그런데 그대는 그 아이를 못 보았다 하였소. 정말이오?"

향의 물음에 기어이 눈물을 떨어트리며 소은이 대답했다.

"못 보았사옵니다. 보았다면 저 혼자 이리 살아 있지는 않았을 것이옵니다. 그 아이를 생각하면……. 해루를 생각하면……. 흐윽."

소은의 턱 아래로 눈물이 방울져 떨어졌다.

"그 아이, 반란을 도모했던 자들과 인연이 있다고 들었사옵니다. 그러나…… 제게 그 아이는 소중한 동무였습니다."

"……."

향은 말없이 소은을 바라보고만 있었다.

눈과 눈빛이 허공중에 만났다.

눈물로 얼룩진 소은의 얼굴은 가슴 아릴 정도로 애처롭고 처연했다. 사내라면, 아니 감정을 지닌 사람이라면 누구라도 감싸 안고 위로해 줄 만큼 아픈 광경.

하여, 기대하고 있었다. 자신을 감싸 안으며 다독여줄 세자 저하의 온기를.

하지만…….

뜻밖의 한마디가 세자의 입에서 흘러나왔다.

"거짓."

아주 작은 목소리.

온몸의 신경을 세자에게 곤두세우지 않았더라면 듣지 못할 작은 중얼거림이었다.

그 말을 끝으로 세자께선 미련 없이 자리를 털고 일어섰다.

소은을 바라보는 향의 눈빛이 바뀌었다. 밤하늘을 닮은 까만 눈동자엔 아무것도 담겨 있지 않았다.

"저하?"

무언가 어그러진 느낌. 그러나 그것이 무엇인지 알아차리기도 전에 왕세자는 밖으로 나가버렸다. 도홧빛 희열에 물들어야 할 동뢰연의 밤은 그렇게 끝나버렸다.

홀로 남겨진 소은은 거짓 눈물을 지웠다.

그녀의 머릿속에는 오직 한 가지 의문만이 남아 있었다.

"왜 나를 냉대하신단 말인가?"

소은은 그 밤에 가졌던 의문을 버릇처럼 입 밖으로 내뱉었다.

무려 일 년의 시간이 지났건만, 여전히 세자 저하의 심중에 어떤 마음이 깃든 것인지 알 수 없었다.

"문 상궁!"

소은은 신경질 섞인 음성으로 지밀상궁을 불렀다. 등 뒤에 그림자처럼 서 있던 중년의 상궁이 빠른 걸음으로 다가왔다.

"관상감에서는 아직 기별이 없느냐? 늙은이가 노망이 나도 분수가 있지. 당분간 길일이 없어? 없는 길일도 찾아 만드는 것이 저희의 소임임을 어찌 몰라. 내 이것들을 가만두지 않을 것이야."

"아이들을 보냈으니 곧 기별이 올 것이옵니다."

"어찌 하나같이 이리 더딘 것이냐? 너희를 믿고 내가 어떻게 큰일을 도모한단 말이냐!"

버럭 고함을 지른 소은은 거칠게 걸음을 옮겼다.

치맛자락에 쓸린 낙엽이 발꿈치를 스치고 지나갔다.

빈궁전의 담벼락 아래로 노란 가을 국화가 소담하게 피어 있었다. 눈길 닿는 곳마다 붉게 진 단풍과 가을꽃으로 찬연하였다.

그러나 아름다운 전각의 모습과는 달리 회랑을 걷는 궁녀들의 표정은 어두웠다. 꺼칠한 안색의 궁녀들은 연신 주위를 두리번거렸다.

"잘 살펴라. 빈궁마마의 심기가 불편하시니, 어느 것 하나 소홀해서는 아니 될 것이야."

문 상궁과 더불어 세자빈과 가장 친밀한 관계를 유지하는 한 상궁이 목소리를 높였다.

궁녀들은 허리를 더욱 낮추었다. 행여 세자빈의 눈 밖에 나는 일이 없도록 조심, 또 조심하였다. 긴장감이 흐르는 전각은 바늘 떨어지는 소리마저 들릴 만큼 고요했다. 그러나 숨 막히는 고요함은 이내 깨지고 말았다. 요란한 발소리와 함께 동궁전으로 걸음했던 세자빈이 전각으로 되돌아왔다. 궁녀들은 한껏 머리를 낮추었다.

세자빈의 낯빛을 보아하니, 오늘도 세자 저하와의 만남이 그리 유쾌한 것은 아닌 모양이다. 처음에는 세자 저하께 번번이 거절당하는 세자빈이 가엾게도 느껴졌었다. 그러나 이제 그런 마음을 품은 궁녀는 한 사람도 남지 않았다.

빈궁마마 심기 어지러운 날엔 어김없이 호된 경험을 한 까닭이었다.

오늘은 또 무슨 강짜를 부려 궁녀들을 괴롭히실까? 힐끔거리는 궁녀들의 눈 속에 걱정과 두려움이 가득했다.

그런 시선들을 꼬리표처럼 매단 채 소은은 처소 안으로 들어섰다.

"관상감에서는 아직 아무도 아니 왔느냐?"

처소의 보료 위에 앉자마자 소은은 거칠게 서안을 내리쳤다. 서안 위에 놓인 작은 화병이 위태롭게 달그락거렸다. 매섭게 그것을 노려보던 소은이 기어이 화병을 바닥에 내던졌다.

쨍그랑. 깨진 화병 파편이 처소를 어지럽혔다.

"심기를 가라앉히시옵소서."

문 상궁이 차가운 물그릇을 소은에게 내밀었다.

소은이 눈매를 매섭게 치떴다.

"나를 가르치려 드는 것이냐?"

"그런 것이 아니오라……."

"네 눈엔 내가 우습게 보이느냐? 아직 저하의 성은을 받지 못하였다고 네가 나를 허수아비 취급하는구나. 빈궁전에는 허울뿐인 빈껍데기 세자빈이 있다고 너희끼리 속살거린다지."

"마마……."

"그래서 네가 나를 우습게 여기는 것이냐? 어디라고 네가 나를 가르치려 드는 것이냐!"

"아니옵니다. 절대 그런 것이 아니옵니다."

"시끄럽다! 다 듣기 싫다. 그러니 물러가라."

"네, 마마."

황급히 세자빈의 처소를 나선 문 상궁의 눈에 때마침 빈궁전으로 들어오는 두 사람의 모습이 들어왔다. 종종걸음으로 달려 나간 문 상궁은 관상감 훈도 유익보를 향해 눈을 흘겼다.

"어찌 이리 늦었는가?"

"송구합니다."

"헌데, 최 교수께서는 어찌 아니 보이시는가?"

"그분께서는 본감에 급한 사정이 생겨 가시었습니다."

"그런가……?"

초조한 눈길로 세자빈의 처소를 돌아보던 문 상궁은 유익보를 재촉했다.

"어쩔 수 없지. 어서 자네라도 안으로 드시게나. 빈궁마마께서 기다리신 지 오래라네."

"그것이……."

유익보가 입가에 가식적인 미소를 지었다.

"오늘은 제가 아니라 이 아이가 대신 들어갈 것입니다."

문 상궁은 그제야 유익보의 곁에 서 있는 어린 사내에게로 시선을 돌렸다.

"누구인가?"

문 상궁의 물음에 유익보가 해루를 대신하여 대답했다.

"이번에 명과학에 새로 들어온 생도입니다."

"생도라고 하면, 아직 배울 것이 많은 사람이 아닌가?"

"아닙니다. 이번에 새로 들인 생도는 그 능력이 대단한 자입니다. 올해는 유난히 뛰어난 자들이 시험에 응시했지요. 그중에서 뽑힌 자입니다. 그러니 그 능력이 얼마나 출중하겠습니까?"

유익보의 호언장담에 문 상궁은 고개를 끄덕거렸다.

"그리 말하는 걸 보니 보통 실력이 아닌가 보군."

"아마도 빈궁마마의 마음에 쏙 드실 것입니다."

유익보는 능글맞게 웃으며 뒷걸음으로 물러났다.

새로운 생도의 능력일랑 제 알 바 아니었다. 그저 지금 당장 제 발등에 떨어질 불벼락이나 피해보자는 심산이었다. 돌아가는 사정을 보아하니, 오늘은 빈궁마마의 심기가 더욱 사나운 모양이다. 이런 때는 그저 몸 사리는 것이 최고였다.

제 할 일을 해루에게 떠넘긴 유익보는 서둘러 그 자리를 떴다.

멍하니 서 있는 해루를 문 상궁이 재촉했다.

"뭐 하고 있는가? 서두르시게. 빈궁마마께서 기다리고 계시네."

"네? 네."

해루는 문 상궁을 따라 빈궁전의 긴 회랑을 걸었다.

잠시 후.

두 사람은 아름답게 치장된 방 앞에 다다랐다.

해루를 문 앞에 세워둔 채 문 상궁이 먼저 방 안으로 들어가 소은이 앉은 보료 앞에 긴 발을 드리웠다. 이윽고 문밖에 선 해루에게 들어와도 좋다는 허락이 떨어졌다.

얼떨결에 방 안으로 들어선 해루의 귓가에 세자빈의 목소리가 들려왔다.

"네가 관상감에 새로 들어온 생도더냐?"

장차 이 나라의 국모가 될 존귀한 여인. 한때는 동무였으며, 또

한 덤이를 죽음으로 몰고 간 원수가 발 너머에서 호기심 어린 눈빛을 하고 있었다.

어느새 주문(呪文)이 된 그 이름

반 시진 전.

해루는 잔말 말고 따르라는 유익보를 따라 걸음을 옮겼다. 어깨 너머로 수많은 담벼락이 지나갔다. 머리 위를 길게 드리우는 처마 끝을 따라 한참을 걷노라니 익숙한 풍경이 눈에 들어왔다.

"여긴……."

해루는 당황한 얼굴로 유익보를 바라보았다.

"동궁전이다."

"여긴 왜 오신 겁니까?"

가슴이 두근거렸다. 그분이 계시는 곳이라는 이유만으로 또다시 가슴이 뛴다.

"혹시, 세자 저하를 뵙는 것은 아니지요?"

해루의 물음에 유익보가 고개를 저었다.

"그럴 리가 있느냐."

다행이다, 생각하면서도 가슴 한구석으로 서운한 기색이 스치고 지나갔다.

"우리가 갈 곳은 저기다."

유익보가 어딘가를 가리켰다.

"저건……."

해루의 미간이 한데로 모였다.

유익보가 가리킨 곳, 다름 아닌 세자빈이 머무는 전각이었다.

"설마, 빈궁마마를 뵙는 겁니까?"

유익보가 고개를 끄덕거렸다.

당연하다는 듯한 그의 반응에 해루의 심장이 덜컥 내려앉았다.

빈궁전은 동궁전보다 더 피하고 싶은 곳이었다.

하지만 상황은 점점 더 해루가 원치 않는 방향으로 치달렸다.

"들어가보아라."

무심한 유익보의 말이 해루의 귓전을 파고들었다.

"어딜 들어간단 말입니까? 설마, 저더러 빈궁마마를 뵈란 말씀은 아니겠지요?"

"왜 아니겠느냐? 우리의 소임 중 가장 큰일이 바로 존귀하신 분들의 불안을 덜어드리고 마음을 평안히 할 수 있도록 조언하는 것이다."

"소인은 이제 막 관상감에 들어온 생도일 뿐입니다. 저 같은 사람이 어찌 빈궁마마께 조언할 수 있단 말입니까?"

"누가 너더러 조언하라고 했더냐? 그저 듣기 좋은 말 몇 마디 해드리고 돌아오면 된다."

"하지만……."

해루는 속이 바싹바싹 타들어갔다.

단순히 세자빈을 대하기 어려워 이러는 것이 아니었다. 세자빈과의 인연이…… 아니, 악연이 해루의 발길을 주춤거리게 하였다.

과거 세자빈 간택인 시절, 해루의 유일한 동무였던 사람. 또한, 은혜를 원수로 갚은 악연이 저곳에 도사리고 있었다.

그리고 해루의 정체를 알고 있는 사람이기도 하였다.

세자빈 앞에 서게 된다면 십중팔구 정체를 들킬 것이고, 애써 궁 안으로 들어온 목적 또한 이루지 못할 것이다. 아니, 목적을 이루는 것은 둘째 치고 목숨까지 위험해지리라.

단순히 귀찮은 일을 떠넘기겠다는 유익보의 얄팍한 수작에 해루는 목숨마저 걸어야 하는 상황이었다.

그러나 제 할 말을 마친 유익보는 꽁지가 빠져라 달아나버렸다.

홀로 남은 해루를 문 상궁이 재촉했다.

"뭐 하고 있는가? 서두르시게. 빈궁마마께서 기다리고 계시다네."

무어라 항변하고 싶었지만, 삼엄한 문 상궁의 눈빛에 떠밀려 결국 빈궁전으로 발을 들일 수밖에 없었다. 그리고 마침내 세자빈과 마주했다.

"네가 관상감에 새로 들어온 생도더냐?"

촘촘하게 짜인 발 너머에서 소은의 목소리가 들려왔다.

예전의 곱고 부드럽던 음색에 권위와 위엄이 덧칠해져 있었다.

—우리 동무하지 않을래?

—미안해.

—미안해, 해루야.

마지막으로 자신을 보던 소은의 눈빛을 아직도 잊을 수 없었다.

어느새 주문(呪文)이 된 그 이름 495

그 목소리가 바로 귓가에서 다시 들려왔다. 해루의 심장이 요동쳤다.

"뭐 하고 서 있는가? 어서 인사 올리지 않고서."

문 상궁의 말에 해루는 아랫입술을 문 채 소은에게 절을 올렸다. 살며시 고개를 들어 보니 발 너머로 흐릿하게 세자빈의 모습이 보였다.

촘촘한 발 덕분에 형체를 온전히 확인할 수 없었다. 이쪽에서 저쪽을 볼 수 없으니, 저쪽에서도 이쪽의 얼굴을 제대로 볼 수 없을 것이다.

그나마 다행이었다.

하지만 안심하기엔 이르다. 우연이라도 이 발이 치워진다면 자신은 영락없이 죽을 목숨.

자꾸만 코에 붙여둔 가짜 수염에 손이 갔다.

"내가 너에게 묻고 싶은 것이 있다. 제대로 답한다면 상을 줄 것이나, 틀린 답을 하거나 대답을 얼버무린다면 용서하지 않을 것이다."

엎친 데 덮친 격으로, 발 너머에서 세자빈의 싸늘한 겁박이 들려왔다.

해루의 이마에 식은땀이 맺혔다. 절벽 끝에 아슬아슬하게 서 있는 듯했다. 한 발 잘못 디디기만 해도 그대로 절벽 아래로 추락해 버릴 것만 같았다.

세자빈이 차갑게 가라앉은 목소리로 말을 이었다.

"관상감에서 합궁일을 잡지 않는다고 하던데, 그것은 무슨 연유더냐?"

"그것은……."

해루는 눈앞이 캄캄해졌다.

세자빈이 부른 이유, 하필이면 세자 저하와의 합궁일 때문이었다.

대체 어찌 대답해야 하나?

사람의 길흉화복이라면 어깨너머로 배운 재주가 있어 어찌어찌 넘어갈 수 있지만, 남녀 간의 일은 아는 것이 없었다.

그러나 궁하면 통한다고, 놀랍게도 어려운 상황에 직면하자 저절로 입이 열렸다.

사주도, 관상도, 그저 수박 겉핥기로밖에 익히지 못했다. 정 판수가 하는 걸 어깨너머로 본 것이 전부.

사실, 정 판수도 그리 대단한 실력을 가진 판수는 아니었다. 그럼에도 정 판수가 제법 유명세를 탈 수 있었던 것은 바로 타고난 눈치와 입담 덕이었다.

해루의 입을 열게 한 것은 어설픈 지식이 아닌, 정 판수의 말재간이었다.

"무릇, 큰일을 도모할 때는 세 가지가 함께하여야 성사되는 법입니다."

"세 가지? 그게 무엇이냐?"

"때와 시기를 일컫는 천기가 하나고, 의지와 뜻을 일컫는 사람의 마음이 둘째이며, 그 두 가지가 함께하는 조화가 마지막 셋입니다. 이를 일컬어 인품을 닦으며 천시를 기다리면 조화의 길이 열린다 하지요."

"말은 제법 그럴듯하구나. 그럼 합궁일이 나오지 못하는 이유는 셋 중 무엇 때문이냐?"

해루는 깊게 숨을 들이쉬며 대답했다.

"셋 모두이옵니다."

"무엇이!"

기다렸다는 듯 날 선 반응이 튀어나왔다. 세자빈의 사나운 몸짓에 두 사람 사이를 가로막고 있던 발이 휘청거렸다. 소은의 분노가 고스란히 전해졌다.

"네놈이 진정 죽고 싶은 게냐?"

차가운 목소리에 살기가 어렸다. 그러나 해루는 오히려 그 덕에 머릿속이 차가워졌다.

이미 한 번 죽을 뻔한 목숨. 무엇이 두려우랴.

해루는 침착한 얼굴로 차근차근 이유를 설명했다.

"주위의 환경이 아직 무르익지 않았으니 천기가 되지 못한 것이요, 세자 저하께서 마음을 열 준비가 되지 않으셨으니 사람의 관문 또한 아직 열리지 않은 것이고, 이 둘의 화합이 중요한 조화의 관문이 열리지 않은 것입니다."

반쯤 몸을 일으킨 세자빈이 다시 자리에 앉았다. 인정하기 싫지만, 구구절절 옳은 말이었다. 거친 숨을 가라앉힌 그녀가 다시 물었다.

"그럼 그 세 가지를 가지려면 어찌해야 하느냐?"

"먼저 사람의 관문부터 열어야 합니다."

"사람의 관문이면 세자 저하의 마음 말이더냐?"

"천기와 조화 모두, 의지와 뜻이 있어야 비로소 길이 보이는 법입니다."

"결국, 세 가지를 열 수 있는 열쇠는 세자 저하란 말인가?"

소은의 얼굴에 곤혹스러운 표정이 떠올랐다.

알고 있다. 하늘의 뜻을 얻었다 해도 결국은 왕세자의 마음을 얻지 못하면 소용없다는 것을. 알면서도 헛된 것에 매달리는 것은 그만큼 세자 저하의 마음을 얻는 것이 어려운 까닭이었다.

"저하의 마음을 어찌 얻는단 말이냐?"

한층 누그러진 목소리로 세자빈이 물었다.

해루는 대답을 망설였다.

이런 경우, 정 판수는 으레 '치성'을 언급했다. 정성과 마음을 다하면 굳게 닫힌 마음도 언젠가는 열릴 것이다, 라는 대답을 하곤 하였다. 하지만 다른 사람에겐 몰라도 세자빈에게 그리 말하고 싶지 않았다. 하물며 그 대상이 세자 저하임에야 더더욱 그리 말할수 없었다.

안다. 이 모든 것이 부질없는 짓임을. 그럼에도 억울하게 죽어간 덤이를 생각하면, 지난 일 년간의 외로움과 상처를 생각하면 순순히 듣기 좋은 답을 해줄 수 없었다.

"거리를 두는 것이 어떠하신지요."

"거리를 두라?"

예상 밖의 대답에 소은의 미간이 일그러졌다. 좀 더 가까워지지 못해 안달이 난 판국에 도리어 거리를 두다니. 이 무슨 해괴한 답이란 말인가.

"사람의 마음이란 실로 요상한 구석이 있어, 제 것에겐 무심해지고 남의 것엔 욕심이 동하기 마련입니다."

"그래? 듣고 보니 그럴듯하구나."

발 너머의 세자빈이 고개를 끄덕였다.

해루의 말이 이어졌다.

"지금 두 분의 형국은 한쪽으로 기운 저울과 같습니다. 도무지 균형과 조화가 만들어지지 않고 있사옵니다. 하오니 빈궁마마께옵서 무심히 대하신다면……."

"균형이 맞춰지겠구나. 조화가 이루어지겠어. 내 것인 줄 알았던 사람이 내 것이 아닌 것 같은 마음이 들면 없던 욕심도 생기겠구나."

세자빈의 입가에 만족스러운 미소가 걸렸다.

텅 빈 처소에 홀로 앉아 있던 소은은 제 엄지손톱을 잘근잘근 물어뜯었다.

무심하게 거리를 두어라.

발 너머로 보았던 관상감의 젊은 생도의 말이 귓전을 맴돌았다.

과연, 그리하면 세자 저하께서 관심을 두실까? 그리해도 가까워지지 않으면 어찌하지?

초조하고 답답한 마음에 신경질적으로 손톱을 물어뜯던 소은은 문밖을 향해 목소리를 높였다.

"문 상궁."

"네, 마마."

문 상궁이 단박에 안으로 들어섰다.

"아까 들였던 관상감의 생도 말이다."

"그자가 무에 실수라도 하였사옵니까?"

"아니다. 다만, 곧 다시 부를 것이니 언제든 달려올 수 있도록 기다리라 하라."

"명대로 따르겠사옵니다."

고개를 숙이는 문 상궁의 입에서 안도의 한숨이 새어 나왔다.

다행히 까다로운 세자빈께서 새로운 관상감 생도가 마음에 든 모양이다. 덕분에 당분간은 빈궁전이 조용하리라.

관상감으로 돌아가는 해루의 입가가 길게 늘어졌다.

저하와 소은의 관계가 소원하다는 사실을 알고 난 뒤로는 이상하게도 기분이 좋았다. 저하께서 지금의 빈궁을 냉대하는 것이 무에 좋은 일인가 싶다가도 자꾸만 웃음이 났다.

그러다 다시 시무룩해졌다.

그래 봤자 그분 곁에는 갈 수 없는 몸이질 않은가.

하지만…….

다시 입가가 늘어진다.

그래도 좋았다. 비록 소리 내어 다가갈 수는 없어도 그분의 마음에 아무도 없는 것이……. 그 작은 틈이 가슴을 벅차게 했다.

"무슨 좋은 일이라도 있는가?"

"앗! 깜짝이야!"

기척도 없이 나타난 비연의 모습에 해루는 저도 모르게 뒤로 물러섰다.

"왜 그리 놀라는 겐가? 나쁜 생각이라도 한 건 아니겠지?"

"그럴 리가 있겠습니까?"

"그렇겠지. 이런 순한 얼굴로 무슨 나쁜 짓을 할 수가 있겠는가."

"원래 나쁜 사람 얼굴이 더 순한 법입니다."

소은을 떠올리며 해루가 대답했다.

"그런가?"

"그나저나 여긴 어쩐 일이십니까?"

"어쩐 일은. 자넬 기다리고 있었지."

"제가 언제 올 줄 알고 기다리십니까?"

"기다리다 보면 언젠가 오겠지 하고 기다렸네. 그랬더니 이리 오지 않았는가."

"일, 안 하십니까?"

"물론, 일이야 눈코 뜰 새 없이 많지. 허나, 해야 할 업무보다 더 중요한 일이 있지 않겠는가."

"그게 뭡니까?"

"바로 해랑, 자네와 돈독한 정을 쌓는 것이라네."

"저는 일없습니다."

해루가 자리를 피하려 하자 비연이 그 앞을 교묘하게 막아섰다.

"그러지 말고 나랑 한잔하러 가세나. 내 좋은 술이 있는 곳을 알고 있다네. 듣자 하니 오늘은 안줏거리도 제법 좋은 모양이야."

"술을 좋아하시나 봅니다."

"술이 좋은 게 아니라 사람이 좋은 것이지. 특히, 자네에게 관심이 많다네. 이리 말하면 어찌 생각할까 모르겠지만, 자네를 탁 보는 순간 알게 되었네. 저 사람이라면 백년지교(百年之交)를 맺어도 되겠구나."

"초면에 이런 말씀드리기 송구하오나……."

"송구한 말씀이면 하지 않아도 되네."

비연이 해루의 팔목을 잡았다.

"저는 그쪽과 돈독한 정을 쌓고 싶은 생각이 없습니다만."

"야멸친 성격도 마음에 드는군."

"제가 지금 좀 피곤합니다."

"술 한잔이면 피곤이 눈 녹듯 사라진다네."

"해야 할 일이 산더미이기도 하고요."

"명과학의 유 훈도는 이미 집으로 돌아갔으니, 가봐야 아무도 없

502

을 것이야. 그러니 나와 한잔하세."

"정말 오늘은 날이 아닌 듯합니다."

"천기라도 보고 마실 생각인가? 화살같이 지나는 청춘일세. 그리하다 보면 어느새 늙어 꼬부랑 노인이 되어 있을 걸세. 그러니 가세. 천리(天理)가 어찌 되었건, 술 앞에서는 다 무소용일세. 오늘 내가 그걸 보여주겠네."

"대체 어딜 가려고 이러는 겁니까?"

버티는 해루의 등을 떠밀며 비연이 기분 좋게 소리쳤다.

"말하지 않았는가? 좋은 술과 좋은 안주가 있는 곳이라네. 돈 걱정도 할 필요 없네. 내가 다 해결할 테니 말일세. 하하하하."

구름 천막이 너른 마당에 긴 그늘을 드리웠다.

젊은 사내와 그의 수하들이 대청마루에서 술잔을 기울였다. 댓돌 아래로 길게 시립한 호위 무사들의 눈매가 사나웠다. 사가(私家)의 무사들에게서 잘 훈련된 군사들의 예기가 느껴졌다.

대체 여기가 어딜까?

한눈에도 권세가 보통이 아닌 곳임이 분명했다.

마당 한구석에 앉아 연신 주위를 살피던 해루는 제 곁에서 넉살 좋게 고기를 뜯는 비연을 흘겨보았다.

"여기가 술집입니까?"

"내가 언제 술집에 간다고 했는가?"

"술과 고기가 있는 곳이라고 하질 않았습니까?"

"그래서 여기로 온 것이라네. 좋은 술과 좋은 고기가 있는 곳. 게

다가 공짜일세."

너무 당당한 비연의 태도에 해루는 혹시나 하는 마음으로 물었다.

"당연히 초대는 받으셨겠죠?"

그래, 그런 것이라면 약간은 이해는 갔다.

비연에게도 분명 무슨 사정이 있으리라. 예를 들자면, 친분을 쌓고 싶은 사람과 술 한잔 나누고 싶었건만 넉넉지 않은 주머니 사정으로 이런 자리밖에 데려올 수 없는 상황이라면······.

"초대? 그런 게 어디에 있겠는가?"

비연의 목소리가 해루의 상상에 찬물을 끼얹었다.

"역시!"

이해 취소!

"저는 그만 가보겠습니다."

"어허, 그러지 말고 먹고 가세. 같이 먹고 가세나."

두 사람이 티격태격할 때였다.

"어인 소란인가?"

대청마루에서 카랑한 목소리가 들려왔다. 술자리의 상석에 앉아 있던 젊은 사내였다.

해루는 서둘러 머리를 조아리며 비연에게 소곤대는 목소리로 물었다.

"저분은 뉘십니까?"

기름기 묻은 입가를 소매 끝으로 닦으며 비연이 대답했다.

"모르는가? 진양대군이시라네."

"누구요?"

"세자 저하의 아우이신 진양대군."

"아······!"

비연의 태평한 대답에 해루는 앓는 신음을 흘리고 말았다. 이런 곳인 줄 모르고 따라온 자신이 어리석었다.

그런데 저분께서는 또 어쩌자고 이리 오는 것일까?

해루는 대청마루를 내려오는 진양대군을 곁눈질했다.

"너희는 누구더냐? 처음 보는 얼굴인데."

큰 걸음으로 다가온 진양대군이 해루와 비연을 위아래로 살피며 물었다.

"저희는 이번에 새로이 관상감의 생도가 된 자들이옵니다."

비연이 넙죽 고개를 숙이며 대답했다.

"관상감?"

진양대군은 미간을 한데로 모았다.

"관상감의 생도가 내 집에는 무슨 볼일이냐?"

추상같은 질문에도 비연의 기름진 입술은 막히는 법이 없었다.

"소인이 간밤에 밤하늘을 살피자니 유난히 꼬리가 긴 유성 하나가 대군 댁으로 떨어지는 것이 아니겠습니까."

"그래? 그것이 내 집에 온 것과 너희가 이곳에 있는 것이 무슨 상관이더냐?"

"유성의 시작과 끝이 어느 한 곳 치우치지 않고 일정하니, 이는 곧 권세와 부귀가 함께한다는 뜻이지요. 이처럼 존귀한 분은 좀처럼 볼 수 없어 감히 옥안이라도 훔쳐보고 싶은 마음에 이런 무례를 저질렀나이다."

비연의 입에서 달콤한 말이 샘물처럼 흘러나왔다.

묵묵히 내려다보던 진양의 입가에 피식 웃음이 걸렸다.

"재미있는 녀석들이로군. 좋다, 내 너희에게 술 한 잔을 내리마.

이리들 올라오너라."

호쾌한 말과 함께 진양은 다시 대청마루로 돌아갔다.

"어찌합니까?"

해루가 비연을 돌아보며 물었다.

"어찌하긴 뭘 어찌해? 부르시는데 가야지."

자리에서 벌떡 일어난 비연은 해루의 팔목을 잡고 대청마루로 올라섰다.

"자, 한 잔 받아라."

잔에 채워져 있던 술을 입에 털어 넣은 진양은 그 잔을 해루에게 내밀었다.

"저…… 말씀입니까?"

제 앞으로 불쑥 다가온 술잔을 보며 해루는 당황했다.

"그래."

진양이 고개를 끄덕이며 술잔을 흔들었다.

"하오나 천기를 읽은 것은 제가 아니오라……."

"접니다."

비연이 손을 들며 자신의 존재감을 진양에게 각인시켰다. 그러나 진양의 술잔은 여전히 해루에게 향해 있을 뿐이다.

해루는 마지못해 그 잔을 받았다.

긴장감에 절로 입안이 바싹 말랐다. 행여 실수라도 하면 어쩌나 걱정되었다.

순간!

"그 술, 내게도 한 잔 다오!"

낯설지 않은 목소리가 해루의 등 뒤에서 들려왔다.

도포 자락을 펄럭이며 마당을 가로지르는 아름다운 사내.

그리운 얼굴이 해루의 눈 속에 박혔다. 그녀의 손에 들린 술잔이 가늘게 떨렸다. 이윽고 입술 사이로 어느새 주문(呪文)이 되어버린 한마디가 흘러나왔다.

"공갈 저하……."

〈3권에 계속〉

해시의 신루 2

초판 1쇄 2016년 10월 20일
초판 5쇄 2022년 11월 15일

지은이 | 윤이수
펴낸이 | 송영석

주간 | 이혜진
기획편집 | 박신애 · 최예은 · 조아혜
외서기획편집 | 정혜경 · 송하린
디자인 | 박윤정 · 유보람
마케팅 | 김유종 · 한승민
관리 | 송우석 · 전지연 · 채경민

펴낸곳 | (株)해냄출판사
등록번호 | 제10-229호
등록일자 | 1988년 5월 11일(설립일자 | 1983년 6월 24일)

04042 서울시 마포구 잔다리로 30 해냄빌딩 5 · 6층
대표전화 | 326-1600 **팩스** | 326-1624
홈페이지 | www.hainaim.com

ISBN 978-89-6574-567-9
ISBN 978-89-6574-565-5(세트)